빼쩨르부르그 연대기 외

뻬쩨르부르그 연대기 외
Петербургская летопись

표도르 도스또예프스끼 중단편집

이항재 옮김

PETERBURGSKAIA LETONISI
by FEDOR DOSTOEVSKII (1847)

일러두기

1. 번역 대본은 F. M. Dostoevskii, *Sobranie sochinenii v dvenadtsati tomakh* (Moskva: Pravda, 1982)와 F. M. Dostoevskii, *Polnoe sobranie sochinenii v tridtsati tomakh*(Leningrad: Nauka, 1972~1990)를 주로 사용하였습니다. 다만 판본에 차이가 없는 한 옮긴이가 번역 대본을 임의로 선택하였습니다.
2. 러시아어의 로마자 표기와 우리말 표기는 〈열린책들〉에서 정한 표기안을 따르되, 관행적으로 굳어진 일부 용어만 예외로 하였습니다

이 책은 실로 꿰매어 제본하는 정통적인 사철 방식으로 만들어졌습니다.
사철 방식으로 제본된 책은 오랫동안 보관해도 손상되지 않습니다.

쁘로하르친 씨
7

아홉 통의 편지로 된 소설
59

뻬쩨르부르그 연대기
83

여주인
133

역자 해설
초기 단편 3편과 「뻬쩨르부르그 연대기」
267

도스또예프스끼 연보
275

쁘로하르친 씨

우스찌니야 페도로브나 집의 가장 어둡고 허름한 한쪽 귀퉁이에 세몬 이바노비치 쁘로하르친 씨가 살고 있었다. 그는 나이가 지긋한 사람으로, 사려 깊고 술도 마시지 않는 건실한 사람이었다. 쁘로하르친 씨는 관등도 낮았고, 그의 근무 능력에 알맞은 봉급을 받고 있던 터라, 우스찌니야 페도로브나는 그에게 방세로 한 달에 5루블 이상 받을 수 없었다. 다른 사람들의 말을 빌리면, 여주인이 무슨 특별한 이유가 있어 집세를 그렇게 적게 받는 게 분명하다고 입방아를 찧어 댔지만, 그러면 그럴수록 쁘로하르친 씨는 이 입버릇 나쁜 사람들에게 보라는 듯이 여주인의 총애를 한 몸에 받았다. 물론, 이 말은 고상하고 공정한 뜻에서 그의 도덕적 품성 때문에 그렇다는 것이다. 미리 말하지만, 우스찌니야 페도로브나라는 여주인은 존경받을 만한 여자로, 마음씨 좋고 뚱뚱한 여자였다. 그녀는 기름기 많은 음식이나 커피를 특히 좋아해서 단식 기간이 되면 많이 괴로워했다. 그녀의 집에는 다른 하숙인들이 몇 사람 더 살고 있었는데, 그들은 세몬 이바노비치보다 두 배가 넘는 방세를 지불했지만 점잖지 못했을 뿐만 아니라, 한결같이 그녀의 여자답지 못한 솜씨라든가 의지할 데 없는 그녀의 신세를 짓궂게 놀려대곤 했기 때문에 그녀에게 잔뜩 미움을 사고 있었다. 만약 방세를 못 내기라도 하는 날이면 그날로 집 안에 발도 들여놓지 못하게 될 것이 분명했고, 꼴도 보기 싫다는 말을 들으며 내쫓기고 말 것이 분명했다. 세묜 이바노비치가 그녀의 신임을 얻게 된 것은, 독한 술로 완전히 몸을 망친 퇴직한 사람, 더 정확히 말하면 직장에서 쫓겨난 한 인물이 볼꼬보 묘지로 실려 나간 바로 그 후부터였다. 술독에 빠져 직장에서 쫓겨난 그 사람의 말을 빌리면, 자신은 용감무쌍하게 싸우다 한 눈과 다리 하나를 잃었다고 떠들어 댔다. 그는 발을 절며 걸어다니기는 했지만, 어떻게 했는지 우스찌니야 페도로브나의 호감을 얻어내는 데 성공했고, 그녀의 총애를 독차지하게 되었다. 그가 술독에 빠져 비참한 최후를 마치지만 않았어도, 그는 그녀의 가장 신뢰받는 충복이 되었을 뿐만 아니라, 식객으로서 오랫동안 그녀의 집에 머물렀을 것이 분명한 일이었다. 이 모든 일은 아직 새집으로 이사 오기 전 일로, 뻬스끼[1]에서 살 때였는데 그때 하숙인이라곤 불과 세 사람밖에 없었다. 그 후, 집을 넓혀 새집으로 이사한 후로, 하숙인이 열 명으로 불어났고, 그때까지 남아 있던 옛날 하숙인이라고는 쁘로하르친 씨뿐이었다.

쁘로하르친 씨에게 결점이 있었기 때문인지 다른 하숙인들에게 문제가 있었기 때문인지 알 수 없었지만, 처음부터 그들은 그다지 사이좋게 지내지 못했다. 미리 얘기해 두자면, 우스찌니야 페도로브나의 새로운 하숙인들은 한결같이

---

[1] 당시 뻬쩨르부르그에서 멀리 떨어진 지방으로 스몰리니 수도원에 인접해 있었다.

모두 친형제나 되는 듯 아주 잘 어울려 지냈고, 그 중 몇 사람은 같은 직장에 근무하고 있었다. 모두 매달 월급날이면 이런저런 노름을 즐기면서 받은 월급을 잃기도 하고 따기도 했으며, 얼큰하게 술에 취하면 인생은 한순간이라고 말하면서, 함께 모여 술을 마시며 즐거운 시간을 보내곤 했다. 때때로 그들은 고상한 주제에 대해 대화를 나누기도 했는데, 그럴 때마다 그 대화는 항상 말다툼으로 끝나기가 일쑤였다. 그러나 그들에겐 편견이 없었기 때문에 그들의 상호 협력 관계는 절대 깨지는 법이 없었다. 하숙인들 중에는 주목할 만한 사람들이 몇몇 있었다. 그 중 한 사람은 마르끄 이바노비치라는 사람으로, 영리하고 아주 박식한 사람이었다. 또한 오쁠레바니예프라는 하숙인이 있었고, 겸손하고 사람 좋은 쁘레뽈로벤꼬라는 하숙인, 그리고 어떻게든 상류 사회로 진출하겠다는 한결같은 염원을 갖고 살아온 지노비 쁘로꼬피예비치, 그리고 마지막으로 한때 세묜 이바노비치를 제치고 여주인의 총애를 받을 뻔하기도 했던 서기 오께아노프, 역시 서기를 지내는 수지빈, 그리고 잡계급 출신인 깐따레프 등이 있었다. 그러나 이 모든 사람들에게 세묜 이바노비치라는 인물은 같이 어울리기 힘든 사람이었다. 그러나 아무도 그에게 적대감을 갖고 있지 않았고, 처음에는 쁘로하르친 씨를 정당하게 평가하려 애썼다. 뿐만 아니라 마르끄 이바노비치의 말을 빌리면, 쁘로하르친은 상류 계급의 사람은 아니지만 착하고 온순한 사람이며, 물론 개인적인 결점이 없는 것은 아니지만 아첨쟁이는 아닌 것이 분명하고, 만약 그가 고통을 겪게 되는 일이 있다면, 그것은 다름아니라 그에게 상상력이 없기 때문일 뿐이라고 결론을 내리기까지 했다. 이렇게 상상력이 부족한 것으로 단정지어진 쁘로하르친 씨는 자신의 풍채나 행동으로 그 누구에게도 좋은 인상을 주진 못했지만(이 때문에 남을 비웃기를 즐기는 사람들이 자주 싸움질을 하게 된다), 그의 외모는 아무렇지도 않다는 듯이 전혀 문제되는 법이 없었다. 게다가 마르끄 이바노비치는 영리한 사람들이 그렇듯이 형식적으로 세묜 이바노비치를 옹호했는데, 쁘로하르친이라는 사람은 나이도 꽤 들고 견실한 사람으로 이미 오래전에 로맨스나 즐기는 시기를 벌써 졸업한 사람이라고, 썩 그럴듯한 멋진 말을 구사하면서 다른 사람들 앞에서 그를 옹호해 주기도 했다. 그 때문에 만약 세묜 이바노비치가 사람들과 잘 어울리지 못한다면, 그것은 단지 모든 점에서 그 당사자에게 문제가 있기 때문이라는 것이다.

사람들이 세묜 이바노비치에게서 가장 먼저 발견한 것은 의심할 여지없이 극도의 절약 정신과 인색함이었다. 세묜 이바노비치는 그 누구에게도, 그 어떤 이유로도, 단 1분간도 자기 찻주전자를 빌려 주는 법이 없었다. 더욱 괘씸한 것은 자신은 차를 거의 마시지 않았고, 만약 뭔가 마셔야 할 필요가 있다면, 차 대신 들꽃이나 어떤 약초 달인 물을 마신다는 점이었다. 그는 그런 약초나 들꽃 말린 것을 아주 많이 가지고 있었다. 더욱이 그가 먹는 음식은 다른 하숙인들이 먹는 일상적인 음식과 달랐다. 예를 들면, 그는 우스찌니야 페도로브나가 하숙인들에게 매일 차려 주는 점심을 모두 먹는 일이 한 번도 없었다. 점심 값은 50꼬뻬이까였다. 세묜 이바노비치는 25꼬뻬이까에 상당하는 양만 먹었고, 그 이상은 절대 먹지 않았다. 그는 파이가 딸려 나오는 양배추 수프 한 그릇이나, 아니면 달랑 고기 한 접시만 먹기가 일쑤였다. 그래도 그것은 잘 먹는 편이었고, 종종 파나 응고 우유, 혹은 절인 오이를 얹은 빵이나 조미료를 친 빵으로 끼니를 때우는 게 고작이었다. 모두 아주 형편없는 싸구려 음식이었다. 어쩌다가 어쩔 수 없는 경우가 생기면, 위에서 말한 다른 사람의 절반에 해당하는 점심을 먹었다.

여기서 전기 작가가 미리 고백할 것이 있는데, 그것은 이렇게 하잘것없고 비천한, 심지어는 좀스러운 사실까지, 그러니까 고상한 문장 애호가에게는 미안할 정도의 자세한 묘사를 하는 것은, 이렇게 상세한 묘사 속에서만 이 소설의 주인공의 주요한 특성을 이해할 수 있기 때문이다. 그 자신의 말을 빌리더라도 하루 세 끼 배불리 먹을 수 없을 만큼 가난한 사람은 아님에도 불구하고, 다른 사람들의 입방아도 아랑곳없이, 수치심도 없이 제멋대로 이상한 자신의 목적을 달성하기 위해 쁘로하르친 씨가 그토록 인색하고 조심스럽게 구는 이유는 나중에 알게 될 것이다. 그러나 독자를 지루하게 하는 세몬 이바노비치의 이상한 습관에 대한 이야기는 되도록 피하기 위해, 독자들에게 아주 재미있고 흥미로운 그의 우스꽝스러운 복장에 대한 상세한 묘사도 생략할 뿐만 아니라, 세몬 이바노비치가 일생 동안 속옷을 세탁해 달라고 내줘야 할지 내주지 말아야 할지 결정을 못 내렸기 때문인지, 아니면 너무나 드물게 세탁물을 맡겨서 그가 속옷을 입는지 입지 않는지조차 모를 지경이었다고 우스찌니야 페도로브나가 말한 사실도 잊고 지나칠 뻔했다. 여주인의 증언에는 이런 의미도 포함되어 있었다. 〈세몬 이바노비치라는 사람 말이에요. 오오, 어린 비둘기 같은 그 사람의 영혼을 주여, 보호하소서. 우리 집 한구석에서 부끄러움도 모른 채 20년 동안이나 곯아 있었어요. 이 땅에 살아 있는 동안 내내, 양말이니 수건이니 하는 물건들을 전혀 써본 적이 없어요.〉 심지어 우스찌니야 페도로브나 자신이 낡은 칸막이 틈으로 직접 본 바에 의하면 〈비둘기 같은 그 사람은 자신의 하얀 살을 가릴 만한 것이 아무것도 없었다〉는 것이다.

이 말은 세몬 이바노비치가 이미 죽은 후에 한 이야기였다. 그러나 생전에(바로 이 점이 가장 중요한 불화의 요인 중의 하나였다) 그는 자신의 주변 사람들 중에 누군가가, 가장 좋은 관계에 있다 할지라도, 자신의 구석 자리에 냄새를 맡으려고 얼씬거린다거나, 칸막이 틈으로 자신을 엿보려고 하면 벌컥 화를 내곤 했다. 그는 절대로 자신의 의견을 굽히는 법이 없었고, 입이 무거운 사람이었으며, 농담이라곤 해본 적이 없는 사람이었다. 또한 그는 다른 사람의 충고도 듣기 싫어했고, 남의 일에 끼어드는 일이라면 질색을 했으며, 만약 누군가가 자신을 비웃는다거나 충고라도 할라치면 심한 무안을 주는 것으로 끝맺음을 했다.

〈이봐, 이 애송이야, 제 앞가림도 못하는 주제에 누구에게 충고를 하려 드는 거야. 잘 들어, 이 애송이야, 그럴 시간 있으면 네 양말 꿰매는 데 실이 얼마나 들었는지, 네 주머니나 잘 살펴보란 말이야, 알아들었어!〉

세몬 이바노비치는 단순한 사람인 데다, 아무에게나 〈너〉라고 말하곤 했다. 그리고 종종 일어나곤 한 일인데, 누군가가 그의 습관을 알면서도 장난을 치려고 그의 가방에 무엇이 들어 있는지 끈질기게 캐물으면 그는 참지 못했다. 세몬 이바노비치에게는 가방이 하나 있었다. 이 가방을 침대 밑에 놓아두고 아주 소중하게 여겼다. 모든 사람들이 그 가방 속에는 낡은 옷 쪼가리나, 두세 켤레의 낡은 구두, 들고 다니기에도 쑥스러울 정도의 잡동사니들 외에는 아무것도 없다는 것을 다 알고 있었는데도, 세몬 이바노비치는 자신의 전 재산을 아주 가치 있는 것으로 평가하고 있었고, 심지어 언젠가 한번은 오래되기는 했지만 아주 튼튼한 열쇠를 못 미더워하면서, 다른 열쇠나 특별한 여러 가지 장치가 달려 있고 비밀 용수철이 붙어 있는 독일제 열쇠로 바꿔야겠다고 말하는 것을 들은 사람이 있을 정도였다. 지노비 쁘로꼬피예비치는 언젠가 한번 세몬 이바노비치가 후손에게 물려주기 위해, 분명히 가방 안에 무언가를 숨겨 두었을 거라며 엉뚱하고 말도 안 되는 이야기를 하자, 사람들은 지노비 쁘로꼬피예비치의 이런 엉뚱한 언동에 아연 실색해서 거의 기절할 뻔한 적도 있었다. 처음에 쁘로하르친 씨는 그런 노골적이고 말도 안 되는 소리에 답변할 적당한 말을 얼른 찾지 못하고 어리둥절하기조차 했다. 오랫동안 그의 입에서 아무 의미 없는 이야기가 흘러 나왔는데, 사람들은 나중에서야 세몬 이바노비치가 무슨 말을 하는지 겨우 알아듣게 되었다. 세몬 이바노비치는 먼저, 지노비 쁘로꼬피예비치가 예전에 저질렀던 사소한 잘못을 끄집어내서 욕을 한 다음, 지노비 쁘로꼬피예비치는 아무리 노력해도 상류 사회에 끼어들기는 틀렸으며, 양복 값을 지불하지 못해 양복점 주인에게 호되게 얻어맞을 것이며, 조만간에 이 조그만 애새끼가 양복 값을 주지 않는다고 양복점 주인이 경을 칠 것이 분명하다고 했다. 그러고는 세몬 이바노비치가 이렇게 덧붙였다. 〈이 대가리에 피도 안 마른 녀석아, 너는 그래, 경기병의 견습 사관이라도 되고 싶은 모양인데, 너 같은 놈은 어림도 없어, 미역국이나 먹으란 말이야. 게다가, 네 상관도 너에 대한 이야기를 알게 되어 너를 잡아다 서기로나 써먹고 말 거란 말이야, 이젠 알겠어? 이 대가리에 피도 안 마른 녀석아!〉 그러고 나서 세몬 이바노비치는 조금 안정을 되찾기는 했지만, 다섯 시간 동안 드러누워 있다가 또다시 이전의 기분 나쁜 이야기를 기억해 냈는지, 처음에는 혼잣말로 중얼거리다가 나중에는 지노비 쁘로꼬피예비치를 향해서 욕지거리를 해대며 창피를 주기 시작했다. 그러나 일이 이것으로 끝난 것은 아니었다. 저녁때 마르끄 이바노비치와 쁘레뽈로벤꼬가 서기인 오께아노프를 불러 차를 마시려고 했을 때 세몬 이바노비치가 침대에서 일어나 이 세 사람 곁으로 다가와 앉았다. 그는 갑자기 차를 마시고 싶어졌다는 표정을 지으며, 20꼬뻬이까인지 15꼬뻬이까인지를 내놓고는, 가난뱅이는 아무리 해봐야 가난뱅이에 불과하고, 아끼려고 해도 아무것도 아낄 것이 없다는 등의 장황한 이야기를 늘어놓기 시작했다. 그런 다음, 쁘로하르친 씨는 뭔가 그들에게 자신의 속마음을 털어놓기라도 할 것처럼 이야기를 시작했다. 자신은 아주 가난한 사람으로, 3일 전부터 한 인색한 사람에게 1루블을 빌리려고 했는데 빌릴 수가 없었다, 왜냐하면 그에게 돈을 빌리게 되면, 가뜩이나 오만한 그 사람이 거드름을 피울까 봐 그렇다는 이야기였다. 또한 자기 월급으로는 입에 풀칠하기도 힘들다, 게다가 뜨베리에 살고 있는 자기 누이에게 매월 5루블씩 보내 주고 있다, 만약 자신이 돈을 보내 주지 않았다면, 그녀는 벌써 굶어 죽었을 것이다, 만약 그녀가 죽어 버렸다면, 세몬 이바노비치 자신은 벌써 새 옷을 장만할 수도 있었을 거라는 등의 이야기였다. 그런 식으로 그는 오랫동안 가난뱅이에 대해, 돈에 대해, 누이에 대해 이야기했고, 듣는 사람들에게 더 강한 인상을 주려고 그랬는지, 했던 말을 다시 한번 반복하다가 결국 자기 말에 헷갈려서 완전히 입을 다물고 말았다. 그러고는 3일이 지나, 이미 그 일에 대해 모두 거의 잊어버릴 만했을 때, 마치 결론을 내리기라도 하듯 다시 이렇게 덧붙이는 것이었다. 만약 지노비 쁘로꼬피예비치가 기병이 되고 전쟁터에 나가기라도 하면, 이 나쁜 놈은 다리를 잃을 것이 분명하고, 의족을 달고 와서는 〈착한 세몬 이바노비치 아저씨, 한 푼 도와주세요〉라고 말하게 될 터인데, 그럴 경우 자신은 돈 한 푼 도와줄 리 만무하다며, 저런 못 돼먹은 자식은 거들떠보지도 않을 거라는 둥, 저런 녀석은 어쩔 도리가 없는 놈이라는 둥 지껄였다.

물론 이런 일이야 항상 있는 일이었지만, 흥미 있고 우스꽝스러운 어떤 공포심을 주는 것이었다. 이 하숙집의 모든 사람들은 길게 생각해 볼 필요도 없이, 이후의 사건이 어떻게 진행될지 연구하기 위해 모두 뭉쳤다. 단지 호기심에서 그들은 세몬 이바노비치를 공격하기로 결정했다. 그런데 어찌 된 일인지, 쁘로하르친 씨 역시 최근에, 그러니까 그 일이 있고 난 후부터 다른 사람과 어울리게 되었고, 그 사람 나름대로 무슨 비밀스러운 이유가 있어서인지, 갑자기 모든 일에 흥미를 갖고 알고 싶어하며, 질문을 하는가 하면 호기심을 나타내기도 해서, 이 적대적인 양대 진영은 아무런 예비 공작도 필요 없이, 불필요한 노력도 할 필요 없이 자연스럽게, 마치 우연히 생긴 것처럼 전투를 벌이게 되었다. 이 전투의 진행을 위해, 세몬 이바노비치는 어느 정도 독자들이 이미 알고 있는 제법 교활하고 잘 고안된 방법인 그 나름대로의 전법을 가지고 있었다. 즉, 그는 이따금 하던 버릇대로 차를 마실 시간이면 침대에서 기어 나왔고, 어디선가 사람들이 뭐라도 마시려고 준비를 시작하는 것을 발견하면 겸손하고 영리하며 아주 다정한 사람처럼, 참가자가 내는 규정 20꼬뻬이까를 내놓으며 자기도 끼워 달라고 청하곤 했다. 그러면 젊은 사람들은 서로 눈짓을 주고받으며, 세묜 이바노비치를 대상으로 이야기를 시작하곤 했다. 처음에는 점잖고 예의에 벗어나지 않는 이야기를 한다. 그러다가 누군가가 갑자기 여러 가지 새로운 뉴스를 전하기 시작하는 것이다. 이런 이야기들은 완전히 꾸며 낸 이야기로 새빨간 거짓말이었다. 예를 들면, 누군가가 오늘 놀라운 소식을 들었는데, 각하가 제미드 바실리예비치에게 말한 내용으로, 결혼한 관리들이 결혼하지 않은 관리보다 더 쉽게 높은 관직에 오르는 데 유리한 이유는, 평온한 가정 생활을 하는 사람들이야말로 훨씬 더 제 능력을 발휘할 수 있다는 점에서 그렇다는 것이다. 그래서 이야기하는 장본인인 자신도 가능하면 빨리 페브로니아 쁘로꼬피예브나 다른 누군가에게 장가를 들어 승진할 기회를 잡아야겠다는 것이다. 그런가 하면 그의 동료들 가운데는 많은 사람들이 사교성이라든가 호감 가는 매너를 갖지 못해서 다른 여자들의 호감을 사지 못하는 경우가 많은데, 그런 사람들이 직책을 악용하는 것을 막기 위해서는 서둘러 월급에서 얼마씩을 모아 그 돈으로 춤도 배울 수 있고, 좋은 품성을 기르고 호감을 받을 수 있는 방법이라든가 남에게 친절을 베푸는 방법, 그리고 노인에 대한 공경심을 배우고, 활달한 성격이나 선량한 마음씨, 그리고 다른 여러 가지 매너를 배울 수 있는 기회를 마련해야 한다는 것이다. 그런가 하면, 머지않아 제일 오래된 관리들부터 순서대로 교양 있는 관리를 육성하기 위해 전 과목에 걸쳐 시험을 치르는 법이 곧 시행될 것이며, 그렇게 되면 몇몇 사람들은 어쩔 수 없이 사표를 내야 할 상황에 부딪치게 될 것이며, 수많은 사람들이 벌써부터 두려워하고 있다는 등 사족까지 덧붙이는 것이었다. 사람들은 그 이야기가 사실인 것처럼 보이게 하기 위해서, 그 사실을 믿어 의심치 않는다는 표정을 지어 보이기도 했고, 이젠 어떻게 하면 좋겠느냐고 묻는가 하면, 자기 자신도 그런 일을 당할지 모른다고 걱정을 하기도 했다. 몇몇 사람들은 머리를 흔들며 슬픈 표정을 짓고는, 만약 그런 일이 생기면 어떻게 하면 좋겠느냐고 서로 묻기도 했다. 쁘로하르친 씨보다 훨씬 더 약아빠지고 영리한 사람이라고 해도, 주변에서 그렇게 모두들 입을 모아 이야기를 하다 보면 도저히 믿지 않을 수가 없었다. 더구나 세몬 이바노비치는 너무나 둔하고, 또 새로운 사실에 빨리 적응할 수 있는 머리도 없었거니와, 원래 그는 어떤 새로운 소식이라도 듣게 되면 몇 번이고 곱씹어 보고 이리저리 궁리를 한 다음에야 겨우 이해할 수 있는 그런 사람이라서 그들의 이야기를 도저히 믿지 않을 수 없었던 것이다. 이런 일이 있은 다음부터, 세몬 이바노비치는 지금까지 전혀 상상하기 힘들었던 흥미로운 성격을 보여 주기 시작했다. 여러 가지 소문들과 악평들이 나돌기 시작했고, 이 소문들은 이런저런 이야기가 덧붙여지기도 해서, 드디어 관청에까지 들어가게 되었다. 이런 사실을 증명이라도 하듯, 쁘로하르친 씨는 언제부터라고는 말할 수 없지만, 갑자기 예전의 모습과는 전혀 다른 인상으로 변해 버리고 말았다. 그는 안절부절못하고, 무엇에 놀란 듯한 사람의 시선을 하고, 뭔가 두려워하고 의심하는 듯한 얼굴로 돌아다니고, 서성거리며 돌아다니는가 하면, 무엇엔가 깜짝깜짝 놀라고, 뭔가 엿듣기라도 하는 사람처럼 여기저기 귀를 기울이는가 하면, 급기야 어떤 공포에 휩싸여, 진실을 찾으려고 애쓰는 듯한 모습으로 변해 버렸다. 그는 진실에 대한 사랑을 추구하게 되었다. 그래서 그는 하루에도 수없이 많은 여러 가지 새로운 뉴스에 대한 진위 여부를 묻곤 했으며, 심지어 바로 그 제미드 바실리예비치에게도 두 번이나 직접 질문을 할 정도였다. 우리가 여기서 세몬 이바노비치의 이러한 최근 행동에 대해 침묵하려는 것은, 다름아니라, 오직 그의 평판에 대한 동정심에서였을 뿐이다. 그는 사람을 혐오하게 되었고, 사회 생활과 예의 범절을 무시하는 사람으로 낙인이 찍혔다. 시간이 더 지난 후에는 놀랄 만한 많은 사실을 그에게서 발견하게 되었다. 그도 그럴 것이, 세몬 이바노비치는 이따금 한동안 망연자실해 있는가 하면, 입을 멍하니 벌린 채 한자리에 꼼짝도 않고, 펜을 손에 들고 굳어 버린 사람처럼, 돌로 변한 사람처럼 앉아 있곤 했는데, 이럴 때면, 그는 이성을 가진 존재라기보다는 그림자처럼 여겨질 정도였다. 때때로, 뭔가를 찾는 듯, 멍하니 동요하는 듯한 그의 시선과 무심코 부딪치게 되는 어떤 동료들은 자기도 모르게 움찔하게 되고 당황하게 되어 무심결에 중요한 서류에다 유대 인 놈이라든가, 아니면 전혀 필요 없는 다른 말을 갈기는 일이 한두 번이 아니었다. 세몬 이바노비치의 비정상적인 행동은 진실로 착한 사람들까지도 당황하게 만들었고, 모욕감을 안겨 주게 되었다. 이젠 세몬 이바노비치의 머리가 비정상적이라는 사실을 모두 믿어 의심치 않게 되었다. 어느 날 아침에 쁘로하르친 씨가 제미드 바실리예비치까지 놀라게 했다는 소문이 관청에 쫙 돌았다. 이야기인즉슨, 제미드 바실리예비치가 복도에서 세몬 이바노비치와 마주치게 되었는데, 세몬 이바노비치의 행동이 얼마나 이상하고 괴상했는지 제미드 바실리예비치가 뒷걸음질을 쳤다는 것이다. 세몬 이바노비치의 실책은 갈 데까지 가게 되었다. 이런 사실을 전해 들은 세몬 이바노비치는 곧바로 일어나서 책상과 의자들 사이를 조심스럽게 빠져나온 후, 현관까지 달려가 자신의 외투를 손수 찾아 입고 밖으로 나갔는데, 그 후로 얼마 동안 완전히 자취를 감춰 버렸다. 정신이 돌아 버렸는지, 아니면 다른 일에 관심을 갖게 되었는지, 집에도 들어오지 않고 관청에도 모습을 드러내지 않았으며, 어디로 사라져 버렸는지 도무지 알 수 없었다.

그러나 여기서 세몬 이바노비치의 운명을 정신이 돌아 버렸다든가 하는 이야기로 결론짓는 것은 그만두기로 하자. 그러나 이 이야기만은 독자들에게 꼭 말해 두어야 할 것 같다. 그것은 우리의 주인공이 고상한 사람은 아니었지만, 아주 온순한 사람으로서 이번 하숙집 사람들과 만나기 전까지는 조용하고, 그 누구와도 어울리지 않는 고독한 삶을 살아왔으며, 심지어 어떤 신비스러움까지도 지니고 있는 사람이었다는 것이다. 왜냐하면 뻬스끼에서 지내던 이전의 그의 삶은, 칸막이 뒤에 있는 자신의 침대에 누워 아무 말없이 조용히 보내는 것이 전부였으며, 그 누구와도 아무 교제 없이 살아왔던 것이다. 그의 오래된 이웃이 두 사람 있긴 했지만, 그들 역시 그와 똑같은 삶을 살아가고 있었다. 그들 역시, 비밀스럽게 15년을 칸막이 뒤의 침대에 누워 지냈다. 이러한 원시적인 정적 속에서 행복하고, 꿈꾸는 듯한 나날이 계속 흘러

갔고, 모든 주변의 사람들도 아무 일 없이 순조롭게 살아가고 있었던 까닭에 세몬 이바노비치도, 우스찌니야 페도로브나도 언제 그들이 만났는지 잘 기억이 나지 않을 정도였다.

〈10년이 지났나, 아니면 한 15년…… 아니야, 벌써 한 25년은 된 것 같은데, 정말 그는 아주 좋은 분이지요. 오오, 하느님, 그분의 영혼을 보호하소서〉 하며 그녀는 새로운 집에 들어온 하숙인들에게 말할 정도였다. 그러니 1년 전에 견실하고 수줍음 많은 이 소설의 주인공이 갑자기 소란스럽고 법석대는 젊은 열댓 명의 하숙인들에게 둘러싸이게 되었을 때, 얼마나 당황하고 마음이 편하지 않았을까 하는 것은 아주 자명한 일이다.

세몬 이바노비치의 실종은 그의 하숙집에 적지 않은 소동을 불러일으켰다. 그 첫 번째 이유는 그가 하숙집 여주인의 총애를 받는 사람이었다는 점이고, 두 번째 이유는 이 여주인이 보관하고 있던 그의 신분증이 없어졌다는 사실을 우연히 이때 발견하게 되었기 때문이었다. 우스찌니야 페도로브나는 울고불고 야단법석을 떨었다. 이 방법은 어려운 일을 당하게 되면, 언제나 그녀가 취하는 버릇이었다. 이틀 동안 그녀는 하숙인들을 욕하고 들들 볶아댔다. 그녀는 하숙인들이 어린 병아리를 내몰듯 그를 내몰았고, 〈험담으로〉 그를 업신여겼다고 소란을 피워 대다가 사흘째 되던 날엔, 급기야 그가 죽었든 살았든 당장 찾아오라고 모두 집 밖으로 내쫓았다. 저녁이 되자 첫 번째로 서기 수지빈이 돌아와서 드디어 그의 흔적을 찾아냈고, 똘꾸치 시장²에서뿐만 아니라 여기저

---

2 뻬쩨르부르그의 사도바야 거리에 있다.

기 다른 곳에서도 그를 보았는데, 그 뒤를 따라다니다가 가까이 다가가기도 했다고 말했다. 그러나 말을 걸지는 못했으며, 끄리보이 골목[3]에 있는 한 건물에서 불이 났을 때는 그곳에서 그리 멀리 떨어지지 않은 곳에 그가 서 있는 것을 보았으며, 그때는 자신이 바로 그 옆에 서 있었다고 말했다. 30분이 지난 후에는 오께아노프와 잡계급 출신 깐따례프가 돌아와서, 수지빈이 말했던 내용을 지지해 주었다. 그들은 세묜 이바노비치가 서 있던 곳에서 불과 열 발자국도 안 되는 가까운 곳에 서 있기도 했고 그를 따라다니기도 했지만, 그들 역시 말을 걸어 볼 용기는 없었다고 말했다. 또 한 가지 새로운 사실은 세묜 이바노비치가 주정뱅이 거지와 함께 있었다는 것이다. 나중에 다른 하숙인들도 모두 돌아와 서로 이야기를 주의 깊게 나눈 다음, 드디어 결론을 내렸다. 쁘로하르친 씨는 지금 그리 멀지 않은 곳에 있으며, 곧 돌아올 거라는 것이었다. 그러나 무엇보다도 그가 주정뱅이 거지와 함께 다닌다는 사실에 모두들 주목했다. 이 주정뱅이 거지는 아주 교활한 데다 난폭하고, 형편없는 놈이었기 때문에 모두들 그놈이 세묜 이바노비치를 유혹해서 유인했다고 생각했다. 그는 세묜 이바노비치가 실종되기 꼭 일주일 전에 렘네프라는 친구와 함께 이 집에 나타나 방 한구석에서 잠시 살았는데, 자기 말로는 예전에 어느 현에 있는 관청에서 근무를 했고 정의를 위해 노력하며 살다가, 어느 날 그곳에 검찰관이 와서 자기 동료들과 자신이 정의를 위해 하찮은 실수를 하나 저지른 것 때문에 자신들을 추방했다는 것이다. 그 후에 뻬

---

[3] 1840년대 뻬쩨르부르그의 끄리보이 골목은 폰딴까와 자고로드노이 거리 사이의 모스꼬프 지역에 있었다.

쩨르부르그에 와서 뽀르피리 그리고리예비치의 발 아래 엎드려 자신을 받아 줄 것을 간청한 결과 한 관청에 자리를 얻게 되었는데, 가혹한 운명의 저주로 이 관청이 개편이 되는 바람에 다시 일자리를 잃게 되었다고 했다. 게다가, 이 새롭게 편성된 기구는 자신이 근무 능력이 없어서라기보다는 다른 이유, 즉 전혀 능력과는 거리가 먼 이유로 자신을 받아들이려 하지 않았다고 했다. 이 모든 것이 정의를 사랑했기 때문이었으며, 반대자들의 간계도 적잖은 영향을 미쳤다는 것이다. 거칠고 수염도 깎지 않은 자기 친구인 렘네프 씨에게 몇 번이나 긴 입맞춤을 하면서 이렇게 자신의 이력을 설명한 다음, 방에 있던 모든 사람들에게 심지어 식모 아브도찌야에게까지 머리가 땅에 닿도록 절을 하고는 그들 모두를 은인이라고 불렀으며, 자신은 돼먹지 못한 인간이고 비천한 사람이며 난폭하고 우둔한 사람이니, 착한 사람들이 자신의 저주스러운 운명과 단순함을 제발 책잡지 말기를 바란다고 말했다. 이렇게 하여 모든 사람들의 비호를 얻은 지모베이낀 씨는 나중에 익살꾼이라는 것이 드러났다. 그는 아주 즐거워했으며, 우스찌니야 페도로브나가 거칠고 고상한 손이 아니라고 부끄러워하는데도 그녀의 손에 입 맞추고, 저녁에 자기가 아주 잘 추는 색다른 춤을 보여 주겠다고 말했다. 그러나 다음날, 그가 아주 형편없는 사람이라는 것이 밝혀졌다. 그의 춤이 지나치게 색달랐기 때문이었는지, 아니면 우스찌니야 페도로브나의 말마따나 〈야로슬라프 일리치와도 아는 사이이고, 원하기만 했다면 벌써 오래전에 위관의 아내가 되었을 몸인데 나를 무시하고 아무렇게나 대하려고 했다〉는 이유 때문이었는지는 모르지만, 아무튼, 그는 바로 자기 집으로 줄행랑을 치고 말았다. 그렇게 떠난 뒤에, 그는 이곳에 다시 한번 들어왔다가 무자비하게 또 쫓겨난 적이 있었다. 그 후, 세몬 이바노비치의 동정과 환심을 얻어, 그의 주변을 맴돌다가 새 바지를 얻어 입기도 했는데, 이제는 결국 세몬 이바노비치를 완전히 유인한 것이다.

오직 여주인만이 세몬 이바노비치가 살아 있다고 믿었으며, 신분증을 찾지 않아도 된다는 사실을 알자마자, 바로 울음을 그치고 안정을 되찾게 되었다. 이러는 사이에 하숙인 중 몇 사람이 이 가출인을 깜짝 놀라게 할 기발한 환영회를 열기로 결정했다. 그들은 벽에 붙어 있던 장식을 뜯고, 실종자의 침대에서 칸막이를 약간 밀어낸 다음, 침대요를 약간 흐트러뜨리고, 그 유명한 가방을 들어내어 침대 위에 놓은 다음, 침대 위에 여주인의 낡은 옷과 스카프와 잠잘 때 쓰는 모자 등으로 감쪽같이 속아 넘어갈 만큼 그의 누이 모습으로 인형을 만들어 놓았다. 일을 끝내고, 세몬 이바노비치가 돌아오면 시골에서 누이가 올라와 그의 침대가 놓인 칸막이 뒤에서, 그 불쌍한 누이가 잠을 자고 있다고 놀려 주기 위해 그가 돌아오기를 기다렸다. 그들은 기다리고 기다리고 또 기다렸다……. 기다리는 동안 마르끄 이바노비치는 하숙인 쁘레뽈로벤꼬와 깐따례프에게 자기 월급의 절반을 카드 노름으로 날렸고, 오께아노프의 코는 〈코 때리기〉, 〈코 꼬집기〉 놀이에 져서 빨갛게 부풀어 올랐으며, 식모인 아브도찌야는 실컷 잠을 자고 난 후, 두 번이나 일어나서 나무를 가져와 난로를 피우려고 준비했으며, 지노비 쁘로꼬피예프는 세몬 이바노비치가 돌아오는지 보려고 대문 밖으로 왔다 갔다 하느라 몸이 완전히 젖을 지경이었다. 그러나 세몬 이바노비치도 주정뱅이 거지도 나타나지 않았다. 그러자 모두들 잠자리에 들었고, 만일의 경우를 대비해서 누이 인형을 칸막이 뒤에 남겨 두었다. 새벽 4시가 되었을 때에야 문을 두드리는 소리가 들렸다. 문을 얼마나 세차게 두드려 댔는지, 그동안 하숙인들이 기다리고 고생한 보람을 충분히 보상받을 정도였다. 바로 그 사람이었다. 세묜 이바노비치 그 사람이었고, 쁘로하르친 씨가 분명했다. 그러나 그 지경이 되어 돌아온 세묜 이바노비치를 보는 순간 모두 경악을 금치 못했고, 그 누이인지 뭔지에 대해서는 완전히 잊어버렸다. 이 실종자는 실신한 상태였다. 그를 데려온 사람은, 더 정확히 말해 그를 어깨에 메고 온 사람은 폭삭 젖어 덜덜 떨고 있는 누더기 옷을 걸친 심야 마부였다. 어디서 이 사람이 이렇게 술에 곯아떨어졌느냐고 묻는 하숙집 여주인에게 그는 〈이 사람은 취한 것이 아닙니다. 술을 마신 것이 아니에요. 내가 보장하건대, 이 사람은 정신을 잃었거나, 아니면 갑자기 몸에 이상이 생겼거나, 그것도 아니면 꼰드라쉬까[4]인지도 모르겠어요〉 하고 대답했다. 사람들은 그를 살펴 보기 편리하도록 뻬치까 위에 눕히고 여기저기 자세히 보기 시작했다. 마부의 말대로 술냄새도 나지 않았고, 꼰드라쉬까인 듯한 흔적도 없는 데다, 다른 어떤 이상한 점도 발견하지 못했다. 세묜 이바노비치는 무슨 경기(驚氣)에 들린 사람처럼 혀가 돌아가지 않고, 눈만 희멀겋게 뜨고, 잠옷 바람으로 자신을 바라보고 있는 사람들을, 이 사람 저 사람 의아하게 둘러볼 뿐이었다. 사람들은 그제서야 마부에게 그를 어디서 데려왔느냐고 묻기 시작했다.

4 뇌졸중.

「깔로몬에서 오는 어떤 사람들이었는데, 신사 양반인지 아닌지 모르지만, 아무튼 얼큰하게 취한 분들이 저에게 이분을 넘겨주었어요. 싸움을 했는지, 땅바닥에 뒹굴던 사람을 일으킨 것인지, 여하튼 무슨 일이 있었는지 모르지만, 저에게 데려다 주라고 하더군요. 아주 거나하게 취해서 기분이 좋아 보이는 사람들이었어요. 아주 좋은 사람들이었어요.」마부가 대답했다. 몇몇 힘 좋은 친구들이 세몬 이바노비치를 그의 침대로 간신히 옮겨 놓았다. 침대에 누운 세몬 이바노비치는 손으로 누이를 만져 본 후, 발이 자신의 비밀 가방에 닿자 험한 욕지거리를 하며 비명을 질러 대고, 네 발로 기면서 온몸을 벌벌 떨고는, 손과 온몸으로 자신의 자리를 확보하려고 기어 다녔다. 주변에 모여 있는 사람들을 이상한 눈초리로 쏘아보며 벌벌 떨고 있는 그의 모습은 마치…… 자신의 가난한 재산 중 1퍼센트라도 누군가에게 빼앗기는 것보다는 차라리 죽는 편이 더 낫다는 결의라도 보여 주는 것 같았다…….

세몬 이바노비치는 침대 칸막이를 밀착시키고 2, 3일을 계속 누워 있었는데, 그것은 마치 괜히 자신을 성가시게 하는 이 세상 모든 것으로부터 자신을 보호하려는 듯이 보였다. 모든 일이 항상 그렇듯이 다음날이 되자 모두 그에 대한 일을 완전히 잊게 되었다. 그사이에 시간이 흘러갔고, 또 날들은 정해진 순서대로 흘러갔다. 환자는 계속 비몽사몽인 상태에서 열이 펄펄 끓어오르고 있었다. 그러나 그는 조용하게 누워 있었고, 신음소리나 불평 따위도 하지 않았다. 반대로 그는 조용하게 입을 다문 채, 토끼가 사냥꾼의 총소리를 듣고 공포에 질려 땅속으로 숨어드는 것처럼, 자신의 침대에 더욱더 바싹 들러붙어 숨을 죽였다. 때때로 집 안은 오랫동안 고통스러운 고요 속에 잠겨 있기도 했다. 하숙인들이 모두 근무를 하러 나갔다는 증거였다. 그럴 때면, 세몬 이바노비치는 가만히 눈을 뜨고 가까운 부엌에서 여주인이 분주하게 일하는 소리나, 식모가 뒤꿈치가 다 해진 신발을 질질 끌며 이 방 저 방으로 왔다 갔다 하면서, 이런저런 잔소리를 늘어놓고, 털고 씻고 문지르면서 이 구석 저 구석을 청소하는 소리를 들으며 자신의 아픔을 달랬다. 이렇게 조리대에서 규칙적으로 똑똑 소리를 내며 떨어지는 물소리처럼, 잠을 몰아오는 나른하고 지루한 시간들이 몇 시간씩 흘러가기도 했다. 그러다가 하숙인들이 떼를 지어, 혹은 혼자서 집으로 돌아올 때면, 세몬 이바노비치는 그들이 날씨에 대해 불평을 하거나 배가 고프다고 불평하는 소리, 소란을 피우고 담배를 피우며 욕지거리를 했다가 다시 화해를 하는 소리, 카드 놀이를 하는 소리, 차를 마시려고 모여들면서 찻잔을 부딪치는 소리 등을 모두 분명하게 들을 수 있었다. 세몬 이바노비치는 공동으로 돈을 모아 차를 마시는 모임에 참여하려고 안간힘을 쓰며 일어나려 했지만, 어느 순간 다시 혼수 상태에 빠져 들었고, 꿈속에서 식탁에 앉아 그들과 함께 차를 마시고 대화를 나누는 착각에 빠져 들었다. 또한 지노비 쁘로꼬피예비치는 이 기회를 이용해, 누이에 관한 이야기나 각계 각층의 좋은 사람들과 자신의 정신적인 유대 관계에 대한 어떤 구상을 이야기했다. 그러면 세몬 이바노비치는 그 말을 부정하고 사실을 이야기하려 했지만, 모든 사람의 입에서 동시에 잘 짜여지고, 강력한 힘을 가진 〈이미 한두 번 밝혀진 게 아니야〉라는 말이 튀어나와 그의 부인을 완전히 무시해 버렸다. 그러면 세몬 이바노비치는 다른 좋은 방법을 떠올리지 못했고,

단지 오늘이 초하루니까 관청에서 월급을 받는 날이구나 하고 중얼거리는 것 외에는 다른 새로운 말을 생각해 내지 못했다. 그는 계단 위에 서서 월급 봉투를 꺼내 재빨리 주변을 한번 살펴 보고는, 법적으로 받을 권리가 있는 그 월급을 되도록 빨리 반으로 나눈 다음 절반은 장화 속에 감췄다. 그는 자신이 지금 침대 위에 있다는 사실도, 꿈속이라는 것도 의식하지 못하고, 모든 일이 지금 그 계단 위에서 일어나고 있다고 생각했는데, 집에 돌아가 여주인에게 지불해야 할 방값과 식비를 빼고, 사야 할 물건들을 산 다음, 아주 실망하고 절망한 표정을 지은 채, 모든 것을 지불하고 나니 한 푼도 남지 않았다고 푸념하며 자기 누이에게 보낼 돈도 없다고 말하고는, 누이가 아주 불쌍하다는 동정의 말과 또 매일 하는 그 누이에 대한 말을 되풀이하고 난 다음, 한 10일이 지나면 자신의 친구들이 혹시 잊어버릴지도 모르니, 그때 다시 한번 누이의 궁핍함에 대해 슬쩍 상기를 시켜 줘야겠다고 계획을 세웠다. 그는 이렇게 결정하고 난 다음, 맞은편에 서 있는 안드레이 예피모비치를 보았다. 그는 아주 몸집이 작고, 대머리에 말이 없는 사람으로, 세묜 이바노비치가 근무하는 방에서 세 번째 떨어진 곳에서 근무하는 사람인데, 20년 동안 한 마디도 말을 걸어 본 적이 없는 그 사람이 계단에 서 있었다. 그 사람 역시, 자기가 받은 월급을 세어 보고 나서, 머리를 한번 흔들어 보이고는 말을 걸어 왔다. 「이 돈 좀 보세요! 이것이 없으면 죽도 못 먹지요.」 그 사람은 계단을 내려가면서 쓸쓸한 표정을 짓고 이렇게 덧붙이면서 말을 맺었다. 「우리 집은 아이들이 일곱이나 되지 뭡니까!」 이 대머리 역시, 자신이 유령으로 나타났다는 것을 눈치 채지 못하고, 환상이 아니라 실제로 존재하기라도 하듯, 마루에서 약 1아르신 반 정도 되는 높이에서 손을 내밀고는 비스듬히 내리다가 손을 흔들고, 제일 큰 녀석은 벌써 중학교에 다닌다고 중얼거렸다. 그러고 나서, 집에 애들이 일곱이나 되는 것이 쁘로하르친 씨 때문이라도 된다는 양, 세몬 이바노비치를 울화가 치민 눈으로 쳐다보고, 허름한 모자를 눌러쓰더니 외투를 걸쳐 입고 사라져 버렸다. 세몬 이바노비치는 한 지붕 아래 일곱이나 되는 아이들이 우글거리는 것에 자신은 아무런 책임도 없다는 것을 굳게 믿고 있긴 했지만, 점점 두려움을 느끼게 되었고 그 일에 있어 잘못한 사람은 아무도 없으나 오직 세몬 이바노비치 자신에게만 죄가 있다고 결론을 내렸다. 그는 놀라서 도망가기로 결정했다. 그는 아무래도 이 대머리 양반이 다시 자기 뒤를 쫓아와서 세몬 이바노비치에게는 이 세상에 누이가 존재하지 않는다고 말하고는, 일곱이라는 불가항력적인 숫자에 초점을 맞추어 월급을 빼앗아 갈 것만 같았다. 쁘로하르친 씨는 달리고 또 달렸다. 그와 함께 수많은 사람들이 연미복 뒷주머니에 월급으로 받은 루블 은화를 짤랑거리며, 마구 달리고 있는 듯했다. 드디어 모든 사람들이 달리기 시작했고, 화재가 났을 때 나는 소리가 울리기 시작했다. 사람들이 그를 불길이 타오르고 있는 곳으로 떼밀어 가고 있었는데, 그 화재가 난 곳은 얼마 전에 자기 자신이 주정뱅이 거지와 함께 서서 보고 있었던 바로 그곳이었다. 주정뱅이 즉, 다르게 표현한다면, 지모베이낀은 벌써 그곳에 와 있었고, 세몬 이바노비치를 아주 열렬하게 환영하며 그의 손을 잡고 사람들이 빽빽하게 들어찬 곳으로 데려갔다. 그곳에는 수많은 군중들이 소리를 지르며, 폰딴까 강을 가로지르는 두 개의 다리며 강변이며 거리를 꽉 메우고 있었다. 그때와 똑같이 세몬 이바노비치와 주정뱅이는 어떤 울타리 같은 곳 뒤로 떠밀려 갔다. 그들은 마치 거대한 통나무 사이나 신탄장(薪炭場)에 낀 것처럼 울타리 뒤에 눌린 채 꼼짝할 수 없었다. 그곳은 똘꾸치 시장이었는데, 그 근방의 건물과 선술집, 그리고 음식점에서 몰려나온 구경꾼들로 인산인해를 이루고 있었다. 세몬 이바노비치는 예전에 본 것과 똑같은 것을 목격하고 있었다. 그는 열에 들뜬 잠꼬대와 흥분 속에서 서로 다른 이상한 얼굴들이 눈앞에 어른거리기 시작하는 것을 보았다. 그 중 몇몇은 낯익은 사람들이었다. 그 중 한 사람은 키가 아주 크고 다른 사람들 사이에 우뚝 솟아 있는 사람이었는데 수염을 길게 늘어뜨리고 있었다. 화재가 났을 때 뒤에서 세몬 이바노비치를 고무하던 바로 그 사람이었다. 그러자 우리의 주인공도 어떤 감동에 사로잡힌 채 소방대의 활약에 갈채를 보내는 듯 발을 구르고 있었다. 그가 서 있는 곳에서 소방대원들의 활약상이 똑똑히 보였기 때문이었다. 또 한 사람이 있었는데, 통통한 젊은이로, 세몬 이바노비치가 누군가를 구하려고 벽을 타넘고 있었을 때, 그를 도와주는 척하며 한 방 먹이려고 하던 사람이었다. 그곳에 어떤 한 노인의 모습이 스쳐 지나갔다. 그는 치질을 앓고 있는 사람처럼 얼굴을 찌푸리고 두툼한 솜옷에 허리띠를 두르고 있었는데, 화재가 나기 전에 자기 하숙인의 부탁으로 마른 빵과 담배를 사러 나왔다가 돌아가는 길이었다. 그는 한 손에 우유병을 들고, 다른 한 손에는 무슨 자루를 들고 꽉 찬 군중 사이를 헤치고, 불타고 있는 건물로 다가가려 안간힘을 쓰고 있었다. 불타고 있는 그 건물에 아내와 딸이 불타고 있고, 털이불을 놓아둔 방구석 밑에서 자신의 30루블하고도 50꼬뻬이까가 타고 있다고 했다. 그런데 여기서 세몬 이바노비치는 꿈속에서 몇 번씩이나 본 가난하고 죄 많은 한 여자를 발견했다. 지금 나타난 이 여인도 그녀와 똑같았다. 그녀는 예전 모습 그대로 헌 누더기 옷을 걸친 채, 짚신을 신고 긴 지팡이를 들고 있었으며, 등에는 백화나무로 짠 광주리를 지고 있었다. 그녀는 지팡이와 손을 마구 휘저으며, 소방대원들이나 모여 있는 군중들보다 더 큰 소리를 질러 대며, 자신은 어디어디에서 자식들에게 버림받았고, 그때 5꼬뻬이까짜리 두 개를 잃어버렸다고 소리소리 질러 댔다. 아이들과 5꼬뻬이까, 5꼬뻬이까와 아이들이라는 말이 그녀의 입에서 계속 뒤죽박죽 되어 흘러 나왔으며, 그 말을 이해하려 하면 할수록 헷갈려서 포기해 버렸다. 그녀는 여간해서 입을 다물려고 하지 않았고, 계속 팔과 지팡이를 휘두르며, 거리의 모든 사람을 모이게 한 화재에도, 그녀의 곁에 있던 많은 사람들의 물결에도, 다른 사람들의 불행과 심지어 그곳에 몰려 있는 사람들의 머리 위로 떨어지기 시작하는 불똥에도 전혀 아랑곳하지 않고 계속해서 자신의 이야기를 소리쳐 말하고 있었다. 결국, 쁘로하르친 씨는 공포의 감정을 느끼기 시작했다. 왜냐하면, 그 모든 것이 아무 의미 없이 단순히 일어나는 것이 아니라는 사실을 깨달았기 때문이고, 그냥 이대로 모든 일이 끝날 것 같지는 않다는 느낌을 받았기 때문이었다. 실제로 그가 있는 곳에서 얼마 떨어지지 않은 곳에 어떤 한 남자가 허름한 웃옷의 앞섶을 다 풀어헤치고, 불에 그을린 머리카락과 수염을 산발한 채, 장작더미 위로 올라가면서 세몬 이바노비치를 공격하라고 군중들을 선동하고 있었다. 사람들이 점점 더 몰려들었고, 그는 계속해서 소리를 질렀다. 그는 공포에 사로잡혔다. 이때 문득 떠오르는 일이 있었다. 바로 그 남자는 세몬 이바노비치가 5년 전에 속여 먹은 적이 있는 마부였다. 그때, 그는 미리 빠져나갈 장소를 물색해 놓고 마부가 보지 않는 틈에 슬쩍 빠져나가, 불에 달구어진 철판 위를 맨발로 걷는 것처럼 살금살금 빠져나가 걸음아 날 살려라 하고 도망쳐 버린 적이 있었다. 절망에 빠진 쁘로하르친 씨가 아무리 소리를 질러도 목소리는 나오지 않았다. 분노한 군중들은 마치 뱀처럼 그를 에워싸고 목을 조르기 시작했다. 그는 있는 힘을 다해 빠져나오려고 몸부림치다가 잠에서 깨어났다. 그런데, 이번에는 자기 방이 불타고 있는 것이 보였다. 그의 침대 칸막이가 불타고, 온 집이 불타고 있었으며, 우스찌니야 페도로브나와 그녀의 하숙인들이 모두 불타고 있었다. 또한, 그의 침대와 베개와 이불이, 그의 가방이 불타고 있었고, 더구나 가장 아끼는 요까지 타고 있었다. 세몬 이바노비치는 벌떡 일어나 그의 요를 들고 여주인의 방으로 달려갔다. 여주인의 방으로 달려간 우리의 주인공은 부끄러움도 잊고 맨발에 셔츠만 입고 있었다. 사람들이 그를 붙잡아 칸막이 뒤에 있는 그의 침대로 다시 데려왔다. 그곳은 불탄 흔적이 없었는데 타고 있는 것은 바로 자신인 세몬 이바노비치의 머리였다. 그는 다시 침대에 눕혀졌다. 그의 형상은 미쳐 날뛰고, 닥치는 대로 깨부수고, 자기 영혼마저 악마에게 팔아 버린 꼭두각시가 허름한 옷에 수염이 무성한 무서운 얼굴에 샤르만까[5]를 켜는 노인에 의해 노인의 여행용 가방 속에 갇혀 버린 형

---

5 등에 메고 다니는 소형 오르간.

상과 같았다. 이 꼭두각시는 모든 역할에 종지부를 찍고, 다음에 광대 놀이를 할 때까지, 도깨비니 검둥이니 하는 나무 인형들과 까쩨리나 아가씨와 그녀의 행복한 애인인 경찰서장과 같은 다른 인형들과 함께 한곳에 들어가 있어야 할 순간이었다.

늙은이든 젊은이든 모두 하나같이 세묜 이바노비치의 곁에 둘러선 채, 침대 위에 병들어 누워 있는 환자를 냉정하게 내려다보고 있었다. 한동안 그는 정신을 차리지 못하다가 겨우 의식을 되찾은 다음 양심에 가책을 받아서 그랬는지, 아니면 다른 이유에서였는지, 있는 힘을 다해 이불을 끌어당기기 시작했다. 아마, 그는 자신을 동정하는 사람들로부터 얼굴을 가릴 심산이었던 것이 분명했다. 드디어 마르끄 이바노비치가 처음 입을 열었다. 그는 영리한 사람들이 그렇듯이 가장 먼저 침묵을 깼는데, 세묜 이바노비치에게 빨리 안정을 되찾아야 한다고 다정하게 말하고, 건강을 회복해서 근무를 시작해야 한다고 말했다. 그러고는 앓고 있는 관리에 대한 봉급 책정이 아직 정확하게 결정된 것은 아니지만, 분명한 것은 등급이 형편없이 낮아질 것이라서 자기 생각엔 병을 앓는 것은 그다지 큰 이익이 되지는 않을 것 같다고 우스갯소리를 하며 말을 마쳤다. 사람들이 세묜 이바노비치의 운명에 대해 진정으로 염려하는 것이 분명했는데도, 세묜 이바노비치는 이해할 수 없는 무례한 태도로 계속 침대에 누워 입을 굳게 다물고 있었으며, 고집스럽게 이불만 계속 끌어당기는 것이었다. 그러나 마르끄 이바노비치는 자신의 패배를 인정하지 않고, 여전히 마음을 애서 진정시키며 병자에게 해야 할 행동을 애서 해보이며, 세묜 이바노비치에게 다정스레 이야기를 하고 있었다. 그러나 세묜 이바노비치는 그의 말에 전혀 감동하지 않았다. 반대로 그는 가장 믿을 수 없다는 표정을 짓고, 이 사이로 바람을 내며 중얼거리더니, 주변의 사람들을 증오에 찬 눈초리로 노려보았다. 그의 눈빛은 마치 자신을 동정하고 있는 이 모든 사람들이 해골로나 변했으면 하고 바라는 지독함 그 자체였다. 이렇게 되고 보니 더 이상 참을 수 없었다. 마르끄 이바노비치는 더 이상 참지 못하고, 세묜 이바노비치가 끝까지 고집을 피우고 있다는 사실에 모욕을 느꼈는지 화가 단단히 나서는, 다정한 어투가 아니라 아주 단호한 어조로 이젠 일어나는 것이 좋지 않겠느냐, 더 이상 누워 있을 필요가 없지 않느냐, 밤낮으로 그놈의 화재니 누이니 주정뱅이니 자물쇠니 가방이니 하는 말은 그만 집어치워라, 그런 말로 사람을 모욕하는 일 따위는 정말 우둔한 짓이고 예의가 아니다, 세묜 이바노비치 자신이 잠을 자고 싶어하지 않는 거야 할 수 없는 일이지만 다른 사람을 방해하는 행동은 하지 말아야 한다, 이 말만은 꼭 명심하라며 그렇게 말했다. 이 말이 효과가 있었는지, 세묜 이바노비치는 말하는 사람을 향해 갑자기 몸을 돌리더니, 비록 아직 몸이 약하고 힘이 없긴 했지만 아주 단호한 어투로 이렇게 말했다. 「이봐, 이 머리에 피도 안 마른 자식아, 쓸데없는 소리 집어치우고 입 다물어! 교활한 놈 같으니라고, 이 구두 뒤축만도 못한 녀석아, 네가 무슨 공작이라도 되는 줄 아나 보지? 말귀 알아들었어, 응?」 이 말을 들은 마르끄 이바노비치는 화가 잔뜩 났지만, 병자에게 화를 내면 안 된다는 생각에 간신히 화를 가라앉혔고, 반대로 상대방을 골려 줄까도 생각했지만 그것도 그만두어 버렸다. 그도 그럴 것이 세묜 이바노비치는 금세 그가 자신에게 농담을 하려고 한다는 것을 알아채고는 돼먹지 못한 행동을 할 경우 네 놈이 시를 쓴대도 용서하지 않겠다고 으름장을 놓았기 때문이었다. 2분 가량 침묵이 흘렀다. 깜짝 놀랐다가 겨우 정신을 차린 마르끄 이바노비치는 약간 당황하긴 했지만, 분명하고 고상한 어투로 세몬 이바노비치는 훌륭한 사람들과 같이 지내고 있다는 사실을 알아야 하며, 〈훌륭한 신사라면, 훌륭한 사람들에게 어떤 태도를 가져야 하는지를 알아야 한다〉고 말했다. 마르끄 이바노비치는 기회가 있을 때마다 고상하게 말하는 법을 알고 있는 사람이었고, 또한 듣는 사람들에게 감명을 주는 일을 아주 좋아했다. 반면 세몬 이바노비치는 어떤가 하면, 오랫동안 말을 하지 않아서 그렇게 됐는지도 모르지만 말에 두서가 없었다. 그 외에도 예를 들어, 그가 어떤 긴 말을 하려고 할 때면, 이야기가 진행되면서 모든 말 하나하나가 다른 말로 새어 나가 버리고, 다른 말은 또 제3, 제4의 다른 말로 변해 버려 그의 입은 말로 가득 차게 되고, 마치 뒤죽박죽되어 버린 그림들처럼 들려왔다. 머리가 좋은 세몬 이바노비치가 가끔 이렇게 바보 같은 말을 하는 것도 모두 그 때문이었다.

「거짓말 마, 이 녀석아, 너는 아직 어린애에 불과하단 말이야. 빈둥거리고 노는 주제에, 넌 목에 자루나 걸고 구걸이나 하러 돌아다니게 될 것이 분명해. 너는 자유 사상가야, 너는 방탕한 놈이야, 맞아, 이 알량한 시인아!」

「아니, 세몬 이바노비치, 당신 아직 헛소리를 하고 있는 거요?」

세몬 이바노비치가 대답했다. 「그래, 내 말 좀 들어 봐. 헛소리는 멍청이들이나 하는 짓이고, 주정뱅이나 개들이 하는 짓이야. 현명하고 지혜로운 사람은 일을 하는 법이야. 그래, 내 말 듣고 있나? 너는 일이 뭔지 모르는 작자야. 너는 빈둥거리고 노는 놈팡이야. 학자인 체하는 너, 말이야, 겉멋으로나 책을 읽는 주제에, 그래, 너 같은 놈은 불에 태워 버려야 해. 머리가 타서 떨어져 나가는 줄도 모를 거야. 그래, 이런 이야기 들어 봤어!」

「그러니까······ 무슨 말인지 세묜 이바노비치, 머리가 타서 떨어져 나가다니······?」

마르꼬 이바노비치는 더 이상 말하지 않았다. 누가 보더라도 세묜 이바노비치는 아직 제정신을 차린 게 아니고, 여전히 헛소리를 하고 있는 것이 분명했기 때문이다. 그러나 여주인은 참지 못하고, 얼마 전에 끄리보이 거리에 있는 한 집에서 대머리 계집애가 집에 불을 냈는데, 그 계집애가 초에 불을 붙여 헛간을 몽땅 태웠지만, 지금 이 집은 그런 일이 일어날 리 만무하고, 아무 일도 없을 거라고 말했다.

「그런데, 세묜 이바노비치!」 지노비 쁘로꼬피예비치가 참지 못하겠다는 듯 여주인의 말을 가로막으며 말했다. 「세묜 이바노비치, 도대체 당신은 어떻게 된 사람이기에 지금 이러고 있는 거요. 정말 당신하고 농담하고 있는 줄 아시오? 당신 누나 댄스 시험에 대해 농담이나 하고 있는 줄 아시오? 그렇게 생각해요?」

「좋아, 내 말 좀 들어 봐.」 우리의 주인공은 있는 힘을 다해 침대에서 몸을 일으킨 후 이 동정하는 사람들에게 증오심을 보이며 말을 시작했다. 「누가 실없는 사람이라는 거야? 실없는 놈은 바로 너야. 실없는 놈은 바로 개란 말이야. 그런데 나는 말이야, 너 같은 놈의 명령에 따라 실없는 짓이나 하고 있을 사람이 아니란 말이야, 알았어. 이 대가리에 피도 안 마른 자식아, 이봐, 난 네 머슴이 아니야!」

세몬 이바노비치는 뭔가 더 말하려고 했지만, 힘을 잃고 침대 위에 그대로 쓰러지고 말았다. 그에게 동정을 보낸 사람들은 정신이 멍해져서 입을 쩍 벌리고 있을 뿐이었다. 이제야 세몬 이바노비치가 어떻게 됐는지 알게 되었지만, 어디서부터 손을 대야 할지 몰랐다. 그때 부엌문이 비걱거리며 열리고 술주정뱅이 친구, 그러니까 다시 말하면, 지모베이긴이 머뭇거리며 고개를 숙이고, 언제나처럼 냄새를 맡기라도 하듯 살금살금 들어왔다. 모두들 그를 기다리고 있기라도 했다는 듯이 빨리 들어오라며 불렀다. 지모베이긴은 아주 좋아라 하며, 외투도 벗지 않은 채 서둘러 세몬 이바노비치 침대 곁으로 다가갔다.

그 모습으로 봐서 지모베이긴은 밤새 한잠도 자지 않고 무슨 중요한 일이라도 하고 온 사람 같았다. 오른쪽 얼굴에는 뭔가가 붙어 있었고, 부풀어 오른쪽 눈은 눌어붙은 눈곱으로 가득 했다. 연미복이나 바지도 모두 너덜너덜했으며, 그나마 한쪽은 어디 시궁창에라도 빠진 모양인지, 온통 흙에 범벅이 되어 있었다. 그는 누구의 것인지 알 수 없는 바이올린을 한쪽 옆구리에 끼고 있었는데, 아마도 그것을 팔러 가는 모양이었다. 그가 도움이 될 거라고 생각한 모든 예상은 빗나가지 않았다. 그도 그럴 것이, 그는 문제가 무엇인지 금세 알아채고, 재빨리 세몬 이바노비치에게 다가갔다. 그러고는 모든 주도권을 쥐고 있는 사람처럼, 또 이 일을 어떻게 해야 하는지 알고 있는 사람처럼 말했다. 「셴까! 자네, 이게 어찌된 일인가! 일어나게. 이봐 셴까, 일어나란 말이야, 현명한 쁘로하르친 씨! 이제 그만 정신을 차려야지! 계속 이러면 자네를 끌어내리겠어. 허세를 부려도 분수가 있지!」 이렇게 짧고 단호한 그의 말은 곁에 있던 사람들을 놀라게 했다. 게다가 더욱 놀라운 것은 세몬 이바노비치가 이 이야기를 듣고 자기 앞에 서 있는 사람이 누구인지 알아보았으며, 아주 당황하고 겁먹은 얼굴로 간신히 입을 벌려 소곤거리는 말로, 무언가 꼭 할 말을 해야겠다고 결심한 사람처럼 말한 것이다. 「이런 불쌍한 녀석 같으니라고, 너는 도둑놈이야. 너는 정말 대단해. 공작이라도 부럽지 않다고. 정말 자넨 대단해!」

「아닐세, 이 사람아.」 지모베이긴이 침착하고 점잖게 말했다. 「이러면 안 돼. 이보게, 지혜로운 쁘로하르친. 자네는 쁘로하르친다운 사람이야.」 지모베이긴이 세몬 이바노비치의 말을 약간 조롱하고는 득의 양양해서 주위를 둘러보고 계속 말했다. 「이봐, 이젠 그만 하면 됐네. 이젠 충분하다고. 그렇지 않으면 자네 얘기를 모두 말해 버리겠어. 모두 말이야, 알아들었어?」

세몬 이바노비치는 이 말을 알아듣는 듯했다. 왜냐하면, 그는 이 말을 끝까지 들은 후 몸을 움찔했고, 불안한 얼굴로 재빨리 사방을 둘러보기 시작했기 때문이다. 이 사실에 만족한 지모베이긴이 계속해서 말을 하려고 했으나, 이때 마르끄 이바노비치가 그를 제지했다. 세몬 이바노비치가 완전히 조용해지고 온순해져서 안정을 되찾을 때까지 기다렸다가, 이 사람에게 훌륭하고 긴 설교를 늘어놓기 시작했다.

「첫째, 무슨 생각을 지금 그에 머릿속에 주입시키려고 하는 것은 아주 무익한 일이며, 둘째, 무익할 뿐만 아니라 해롭기까지 하며, 해로운 만큼이나 완전히 비도덕적인 것이오.

그 이유는 세묜 이바노비치가 많은 사람들을 유혹에 빠뜨리고, 또 나쁜 본보기가 되기 때문이오.」

모두들 그 말을 듣고는 좋은 결과가 나오리라고 생각했다. 이 때문인지 세묜 이바노비치는 아주 조용해졌고, 온순한 태도로 답변을 하기 시작했다. 가벼운 언쟁이 일어났다. 그것은 어떻게 해서 그가 이렇게 얼빠진 사람처럼 온순하게 변했는가 하는 것이었다. 세묜 이바노비치는 대답을 하긴 했지만, 뭔가 비유적으로 답변을 했다. 사람들이 그에게 다시 반대 심문을 하자, 세묜 이바노비치는 이에 반박했다. 또한 두 가지 점에서 이의가 제기되었다. 그러다가 나중에는 늙은이고 젊은이고 할 것 없이 서로 엇갈려서 언성을 높이기 시작했고, 결과적으로는 어떻게 해결해야 할지 알 수 없는 난감한 상황에 이르고 말았다. 언쟁은 마침내 초조감을 불러일으키고, 초조감은 고함소리를 불러일으키고, 고함소리는 눈물까지 자아내게 했다. 마르끄 이바노비치는 화가 머리끝까지 나서 게거품을 물고, 지금껏 이렇게도 꽉 막힌 사람은 처음 보았다고 말하며 자리를 떴다. 오쁠레바니예프는 침을 뱉었고, 오께아노프는 깜짝 놀랐으며, 지노비 쁘로꼬피예비치는 눈물을 줄줄 흘렸으며, 우스찌니야 페도로브나는 소리 내어 통곡까지 했다. 「내 하숙인이 나를 버리고는 정신이 돌아 버렸어. 아직 젊은 사람인데 신분증도 없이 죽으려는 모양이야. 이제 나는 완전히 외톨이가 되어 버렸어. 이제 사람들이 나를 더 못살게 굴 게 틀림없어.」 한마디로 다음과 같은 내용이 모든 사람들에게 분명해졌다. 즉, 파종하는 것까지는 좋았다. 아무렇게나 뿌려진 씨앗들도 모두 백 배로 거둬들였으며 땅은 참으로 비옥했다. 그리고 세묜 이바노비치는 모든 사람들 틈에서 들볶이는 동안 머리가 이상해졌다는 것이다. 모두들 입을 다물었다. 지금껏 세몬 이바노비치가 모든 사람들을 두려워했다면, 이번에는 다른 모든 사람들이 세몬 이바노비치 때문에 멍해진 것이다……

마르끄 이바노비치가 소리를 질렀다. 「어떻게 된 일이오! 도대체 당신은 무얼 두려워하고 있습니까? 뭣 때문에 정신이 나갔느냔 말이오? 누가 당신 따위에게 관심이나 있는 줄 아시오? 두려워할 권리라도 있는 줄 아시오! 당신은 도대체 누구요? 뭣 하는 사람이냔 말이오? 당신은 아무것도 아니에요, 동그란 블린[6]에 불과하단 말이오. 그런데, 무슨 이유로 이런 소동을 벌이느냔 말이오? 거리에서 어떤 여인이 마차에 치었다고 해서 당신도 그렇게 될 거라는 거요? 어느 주정뱅이가 호주머니를 털렸다고 해서 당신 옷자락이 잘릴 거라고 생각한단 말이오? 어느 집에 불이 났다고 왜 당신 머리가 불에 타느냔 말이오? 왜 그래요? 왜 그러느냔 말이오?」

세몬 이바노비치가 소리를 질렀다. 「너, 너, 너란 놈은 멍청한 자식이야! 너 같은 놈은 코를 잘라 빵과 버무려 먹어도 모를 놈이란 말이야……」

잘 듣지도 않고 마르끄 이바노비치가 말했다. 「그래, 구두 뒤축이라고 해도 좋아. 그래, 내가 구두 뒤축만도 못한 사람이라고 치자고, 하지만, 난 시험을 친다거나 결혼을 한다거나 춤을 배워야 할 이유가 없는 사람이야. 나는 아무 걱정이 없는 사람이란 말이오. 왜 그러시오, 이 양반아, 당신이 서 있을 넓은 자리가 없어서 그러오? 당신 발 밑 마루가 꺼지기라

---

[6] 러시아 식 핫케이크.

도 할 거란 말이오? 그렇소?」

「그래서 어떻다는 거야. 누가 너에게 물어보기라도 했단 말이야? 닫아 버리면 그만이야.」

「아니, 무얼 닫아 버린단 말이오? 무슨 할 말이 더 있소?」

「저기, 주정뱅이를 파면시켰잖아……」

「파면시켰지요. 그러나 당신이나 나는 제대로 된 사람들이란 말이오!」

「그래, 사람이지, 그렇지만 있다가 없어진단 말이야.」

「없어지다니! 도대체 뭐가 없어진단 말이오?」

「관청 말이야……. 관 — 청 — 말 — 이 — 야!」

「당신은 행복한 인간이오! 물론, 관청이야 필요한 것이지, 관청이야…….」

「관청은 필요하단 말이야, 내 말 듣고 있어? 내일까진 필요할지 모르지. 그런데 그 다음날은 필요 없게 될지 누가 안단 말이야? 그런 이야기를 내가 들었다고…….」

「당신에게 연봉을 지급하고 있지 않소! 당신은 포마 같은 사람이군.[7] 당신은 포마야, 의심 많은 사람이란 말이오! 당신은 고참 관리니까 다른 자리에서도 그만한 대우를 해줄 거요…….」

「봉급이라고? 그래, 나는 봉급은 다 먹어 버렸지. 도둑이 들어와 다 가져가 버릴 거야. 게다가 나에겐 부양해야 할 누이가 있어. 알아들었어? 누이가 있단 말이야, 이 못 대가리야…….」

「누이라! 당신이란 사람은 정말…….」

「그래, 나는 사람이야. 그런데, 책 많이 읽은 너 말이야, 이

---

7 남자의 이름으로 믿음이나 신앙이 약한 사람을 의미한다.

런 멍청이. 이 못 대가리야. 너는 못 대가리란 말이야. 알겠어? 농담으로 이런 말 하는 게 아니야. 사실 그런 자리가 있어. 얼마 안 가서 없어질 그런 자리가 있단 말이야. 제미드, 너, 내 말 듣고 있어? 제미드 바실리예비치 말로는 자리가 없어진다는 거야.」

「오오, 그래, 제미드, 제미드, 당신이 바로 장본인이군요, 그렇죠.」

「그래, 순식간에 자리를 잃고 마는 거야……」

「그래요. 당신 이제 보니 거짓말을 하고 있었군요. 아니면, 정신이 완전히 돈 것 아니오! 우리에게 모두 얘기하는 것이 어떻소, 응? 고백하시오, 무슨 나쁜 짓을 했소? 부끄러워할 필요는 없소, 어서 말해 보시오. 아니면, 완전히 돌기라도 한 거요, 응?」

「그래요, 나는 미쳤소. 정신이 나갔어!」 모두들 어쩔 줄 모른 채, 완전히 맥이 풀렸다. 여주인은 마르끄 이바노비치의 두 손을 잡고 제발 세몬 이바노비치를 괴롭히지 말아 달라고 애원했다.

「이교도 같으니라고. 너는 이교도의 영혼을 가진 사람이야. 아주 영리하기도 하군!」 지모베이낀이 설득했다. 「세냐, 자네는 화를 낼 줄 모르는 사람이 아닌가. 자네는 아주 선량한 사람이야. 친절한 사람이라고. 자네는 아주 순박하고 좋은 사람이야……. 듣고 있나? 이것은 모두 자네가 착해서 그런 거야. 그런데, 나로 말할 것 같으면, 난폭한 데다 멍청이란 말이야. 게다가 나는 거지가 아닌가. 그런데 착한 사람들은 나를 저버리려 하지 않는단 말이야. 나에게 존경을 표한다고. 그리고 여기 사람들과 여주인에게 고마울 따름이야. 자,

보라고. 내가 정중하게 인사를 올릴 테니까 말이야. 이렇게 나는 자신의 의무를 다한단 말이야, 주인 아주머니!」 이렇게 말한 후, 지모베이긴은 정말로 거북할 정도로 땅에 머리가 닿도록 정중하게 절을 했다. 그 다음, 세묜 이바노비치가 앞서 말하던 것을 계속하려 했지만, 이번에는 모두들 그가 말하는 것을 허락하지 않았다. 모두 그를 설득하고 간청도 하고 보증도 하면서 위로를 해주려고 하자, 세묜 이바노비치도 그만 수줍어하면서, 허약한 목소리로 설명할 기회를 달라고 말했다.

그가 말했다. 「그래, 모두 좋은 이야기야. 나는 선량한 사람인 데다, 얌전하고 남에게 해코지도 않고, 충실하며 믿을 만한 사람이라고. 말하자면, 나라는 사람은 마지막 피 한 방울까지도 아끼지 않는단 말이야. 그런데, 너는 말이야, 이 풋내기야, 자리가 있다면, 그건 괜찮아. 그런데 나는 가난뱅이란 말이야, 그런데, 자리를 빼앗기기라도 하면 말이야, 이 풋내기야, 잠자코 생각을 해보란 말이야, 갑자기 자리를 빼앗기면 말이야……. 이봐, 이 사람아, 지금은 자리가 있지만 나중에도 계속 있다는 법이 어디 있나…… 내 말뜻을 알겠어? 나는 말이야, 이 사람아, 목에 자루를 걸어야 할 판이란 말이야, 알겠어?」

「센까!」 떠들썩한 소리를 압도하기라도 하듯 지모베이긴이 화를 내며 말했다. 「자네는 불손한 사상을 가진 사람이야. 지금 당장 고발하고 말 거야, 자네는 뭔가? 도대체 자네는 누구야? 그래, 깡패라도 된단 말인가, 이런 멍청한 작자 같으니라고. 난폭하고 멍청한 사람은 말이야, 내 말 듣고 있나? 면직 사령 따위가 없으면 자리에서 쫓겨나고 말아. 넌 뭐하는 사람이야?」

「그건 바로, 그건……」

「그런 게 대체 뭐야? 그런 작자는 내버려 둬!」

「그런 작자라니?」

「그러니까 만약 그가 자유로운 인간이라면 말이야, 나도 자유로운 인간이야. 그래서 줄곧 누워 있는 동안에 그 작자를……」

「뭘 말이야?」

「그러니까, 자유 사상가[8]를……」

「자 ― 유 ― 사 ― 상 ― 가라고! 셴까, 자네가 자유 사상가라고!」

「잠깐!」 쁘로하르친 씨는 손을 저어 고함치려는 것을 막으면서 소리쳤다. 「나는 그런 사람이 아니야. 잠깐만 기다려 봐, 기다려 보란 말이야. 이런 염소 같은 자식아, 나는 온순한 사람이야. 오늘도 온순하고, 또 내일도 온순할 거야. 그런데 그 다음엔 온순하지 못하고 난폭해졌어. 그러니까 불손한 사상가가 되었지!」

「무슨 말을 하고 있는 거요?」 이때, 마르끄 이바노비치가 화가 잔뜩 나서 잠시 앉아 쉬고 있던 의자에서 벌떡 일어난 후, 온몸을 부르르 떨며 있는 힘을 다해 그의 침대 쪽으로 달려와 소동을 벌였다. 「무슨 말을 하는 거요, 이 염소 대가리 같으니라고! 빈털터리 염소란 말이야. 이 세상에 자기 혼자 산다고 생각하나? 아니면, 세상이 당신을 위해 존재한다고 생각하기라도 한단 말이야. 당신이 뭐냔 말이오? 나폴레옹이

---

[8] 1840년대 러시아에서는 기존의 종교와 전통적 도덕에 대해 회의를 가진 사람들을 자유 사상가로 일컬었다.

라도 된단 말인가? 입이 있으면, 말 좀 해봐요. 당신이 나폴레옹이라도 되냐고?」

그러나 쁘로하르친 씨는 아무 대답도 하지 않았다. 자신이 나폴레옹이라는 것에 수치심을 느껴서도 아니고, 그런 임무를 맡는 것이 두려워서도 아니었다. 전혀 아니었다. 그는 이미 더 이상 싸울 힘이 없었던 것이다. 지금, 말을 하고 있을 처지가 아니었다. 병의 위기가 닥쳐온 것이다. 맹렬한 불길에 휩싸여 번득이고 있는 그의 잿빛 눈에서 갑자기 굵은 눈물이 줄줄 흘러내리기 시작했다. 그는 병으로 야윈 앙상한 손으로 불덩이 같은 머리를 움켜쥔 채 침대 위에서 몸을 일으키고는 엉엉 울면서 말했다. 즉, 자신은 아주 가난한 사람이고, 불행하고 천하고 멍청하고 둔한 사람이며, 사람들이 자기를 용서하고 돌봐 주기를 원하며, 먹는 것과 마시는 것을 챙겨 주고, 만일 자신이 궁지에 빠지면, 자신을 구해 달라는 등 알아들을 수 없는 말을 계속 중얼거렸다. 이렇게 중얼거리면서도 그는 금방이라도 천장이 꺼지지는 않나, 마루가 무너지지는 않을까 걱정하며 잔뜩 겁먹은 사람처럼 주위를 둘러보았다. 모두들 이 가련한 사람을 보자 불쌍한 생각이 들었고 마음도 곧 누그러졌다. 여주인은 시골 아낙네처럼 자신의 홀몸 신세를 한탄하고 통곡을 하면서, 병자를 직접 침대 위에 눕혀 주었다. 마르끄 이바노비치는 나폴레옹에 대한 언급을 회상시키는 것은 아무 득될 것이 없다고 생각하고는, 갑자기 상냥한 사람으로 변해 자신도 뭔가 도움을 주려고 애썼다. 다른 사람들도 뭔가 할 일이 없나 하고 기다리면서, 환자에게 모든 병에 효과가 있고 기분이 훨씬 좋아질 것이라며 딸기잼을 권하기도 했다. 그러나 지모베이낀은 이런 병에는 진하게 달인 약초 즙을 먹는 것보다 더 좋은 방법은 없다고 주장하며, 다른 모든 사람들의 의견을 묵살해 버렸다. 지노비 쁘로꼬피예비치로 말할 것 같으면, 그는 워낙 선량한 마음씨를 가진 사람이라, 눈물을 줄줄 흘리고 엉엉 울면서, 세몬 이바노비치를 이런저런 일로 놀려 준 것을 사과하고, 이 환자의 마지막 말에 감동되었는지, 자신은 아주 가난해서 어쩔 수 없으나 여기 하숙집 사람들만이라도 그를 먹여 살릴 수 있는 방법을 마련해서 서명을 받자고 제안했다. 모두들 한숨을 짓고 안타까워했으며, 그를 가련하게 생각하고 가슴 아파했지만, 사람이 어떻게 저렇게 갑자기 소심해질 수 있을까 하고 놀라기도 했다. 무엇 때문에 그렇게 소심해졌는가? 큰 직책이라도 갖고 있고, 아내나 자식을 거느리고 있다면 얘기가 달라질 텐데, 또 만약 무슨 사건으로 법정에라도 끌려 갔다면 모르겠지만, 이 사람은 완전히 거렁뱅이에다 가진 것이라고는 독일산 자물쇠가 달린 가방 하나가 전부이다. 칸막이 너머에서 20년이 넘도록 죽은 듯이 누워 입도 벙긋하지 않고, 슬픔이니 기쁨이니 하는 것도 모르고 검소하게 살아온 사람인데, 무슨 헛소리를 듣고 갑자기 머리가 돌아 버려, 이 세상에 사는 것이 갑자기 두려워진 것이란 말인가……. 다른 모든 사람들도 살기 힘들다는 것을 이 사람은 모른단 말인가……!

나중에 오께아노프가 말했다. 「만약, 그 사람이 그 때문에 그랬다면……. 다른 모든 사람들도 힘들다는 것을 그 사람이 알았더라면, 머리가 돌지도 않았을 테고 그럭저럭 저런 못난 짓은 하지 않고 지냈을 텐데…….」

온종일 세몬 이바노비치에 대한 이야기가 화제였다. 모두가 그를 문병 와서 그의 근황에 대해 물어보기도 했으며, 그를 위로하기도 했다. 그러나 저녁이 되자 그런 위안이 문제가 아니었다. 가련한 병자는 헛소리를 하기 시작했고 열이 펄펄 끓어올랐다. 그는 갑자기 의식을 잃었다. 이 때문에 의사를 부르러 갈 참이었다. 그들은 밤새 번갈아 가면서 세묜 이바노비치를 간호하고 돌보며 무슨 일이 생기면 바로 모두를 깨우기로 약속했다. 환자의 침대 곁에서 자리를 잡은 채, 온종일 앉아 있다가 밤을 새우게 해달라고 부탁하는 주정뱅이 친구를 환자에게 붙여 놓고, 다른 하숙인들은 카드 놀이를 하기 위해 둘러앉았다. 이 노름은 판돈을 걸지 않아서 모두들 금세 싫증을 냈다. 카드 놀이를 그만두고, 무슨 이야기를 하다가 언쟁을 하기 시작했다. 그러더니 소란을 피우기 시작했고, 소동을 벌인 다음 결국엔 모두들 편을 지어 여기저기 귀퉁이에 모여 앉아 오랫동안 소리를 지르며 실컷 대화를 나눈 다음, 모두들 화가 나서 아무도 지키지 않겠다고 하며 잠들어 버렸다. 텅 빈 무덤처럼 사방은 고요해졌고, 게다가 지독하게 추운 날씨였다. 그 중에서 마지막으로 잠이 들었던 오께아노프가 나중에 이렇게 말했다. 「꿈이었는지, 생시였는지 분간하기가 어려웠어요. 그러니까, 새벽녘이었는데 그렇게 멀리 떨어져 있지 않은 곳에서 두 사람이 이야기를 하고 있었어요.」 오께아노프는 그가 지모베이낀이라는 것을 알게 되었다고 했다. 지모베이낀이 그의 오랜 친구인 렘네프를 깨워 오랫동안 이야기를 나누다가, 바로 지모베이낀이 방을 나갔다는 것이다. 그리고 그가 부엌 문을 열쇠로 여는 소리가 들려왔다는 것이다. 나중에 여주인의 말에 의하면 열쇠는 그날 밤 자신이 베개 밑에 놓아두었는데 없어졌다는 것이다. 그런 다음, 그들은 다시 환자가 누워 있는 칸막이 뒤로 가서 촛불을 켰다는 것이다. 그러고는 더 이상 아무것도 기억이 나지 않으며 바로 잠이 들었다고 했다. 그리고 아침이 되자 다른 사람들과 함께 일어났다고 했다. 그곳에 있던 사람들은 칸막이 뒤에서 사람이 죽는 듯한 비명이 들려와 모두들 깜짝 놀라 잠에서 깨어났다. 그때 많은 사람들은 촛불이 꺼지는 것을 느꼈다. 큰 소동이 벌어졌다. 모두들 가슴이 덜컥 내려앉았다. 소리가 난 곳으로 모두들 달려갔다. 그때 이미 칸막이 뒤에서 투닥거리며 싸우는 소리가 들렸다. 고함을 지르고 욕지거리를 해대며, 지모베이낀과 그의 친구인 렘네프 두 사람이 맞붙어 싸우고 있었다. 불빛이 두 사람을 비추자 한 사람이 소리를 질렀다. 「나는 강도가 아니야!」

「거짓말 마! 나는 결백해. 지금 당장 맹세라도 할 수 있어!」 지모베이낀이 소리를 질렀다.

두 사람 모두 인간의 몰골이 아니었다. 그러나 지금 그들에게 정신을 팔고 있을 때가 아니었다. 누워 있던 환자가 보이지 않았다. 두 싸움꾼을 떼어 내서 옆으로 밀어 놓고 보니, 쁘로하르친 씨가 침대 밑에 떨어져 쭉 뻗어 있었다. 그는 완전히 의식을 잃은 상태였다. 베개와 요를 모두 같이 떼밀어 내기라도 했는지, 그의 침대 위에는 기름때가 낀 낡은 담요 한 장만이 몰골을 드러내고 있었다(그는 침대 시트라고는 사용해 본 적이 없었다). 세몬 이바노비치를 끌어올려 침대 위에 눕혔다. 세몬 이바노비치는 완전히 뻗어 버린 것이 분명했다. 양손은 점점 굳어 갔고 간신히 숨을 쉬고 있었다. 모두들 그를 에워쌌다. 그는 온몸을 덜덜 떨며, 안간힘을 다해 손을 움직여 보려고 애를 쓰고 있었다. 이미 혀도 굳어 버려 말도 못하고 눈만 깜빡거리고 있는 모양이 마치 참수당한 머리가 아직 따뜻한 피로 범벅이 되어 파닥거리는 모습 같았다.

결국, 모두들 조용해졌다. 임종시의 전율과 경련을 이미 끝낸 쁘로하르친 씨는 다리를 쭉 뻗은 상태에서 모든 선행과 죄를 그대로 지닌 채 숨이 끊기고 말았다. 세몬 이바노비치가 무엇에 겁을 먹었는지, 아니면 나중에 렘네프가 말한 대로 무슨 꿈이라도 꾼 것인지, 아니면 다른 무슨 죄를 지었는지는 알 수 없었다. 문제는, 지금 하숙집에 검사관이라도 갑자기 들어와서, 개인적으로 그가 자유 사상을 가졌다거나 폭동이라든가 음주라든가 하는 이유로 세몬 이바노비치에게 면직을 언도한다 해도, 다른 문으로 어떤 여자 거지가 들어와서 자신이 세몬 이바노비치의 누이라고 말한다고 해도, 지금 그가 당장 2백 루블의 보너스를 받는다 해도, 집이 불타고 세몬 이바노비치 자신의 머리가 타기 시작한다고 해도, 아마 그는 손가락 하나 까딱할 수 없을 것이란 데 있었다. 어안이 벙벙해져 있던 순간도 지나자 그곳에 있던 사람들이 떠들썩하게 말을 하기 시작하고, 이런저런 억측을 하거나 무엇인가 의심을 하고 소리를 지르고 소란을 피우는 동안, 우스찌니야 페도로브나는 침대 밑에서 가방을 꺼내고, 베갯속이나 요, 심지어 그의 장화 속까지 살펴보고 있었다. 사람들이 지모베이긴과 렘네프를 심문하고 있는 동안, 지금까지 가장 온순하고 조용했으며 좀 우둔한 사람으로 알려져 있던 오께아노프가 갑자기 침착성을 되찾고는, 숨어 있던 자신의 재능과 재질을 발휘하여 모자를 집어 들고 소란을 피우며 집을 나갔다. 최근까지 아주 평온하고 조용했던 하숙집이 온통 쑥밭이 되어 소란에 휩싸여 있을 때, 갑자기 머리에 눈이 내리기라도 하듯이 소리 없이 문이 열리더니 품위 있는 신사가 엄격하지만 못마땅한 표정을 지은 채 들어왔다. 그 뒤를 따라 야로슬라프 일리치, 그 뒤로 그의 부하와 또 이런 경우에 항상 얼굴을 들이미는 사람들이 들어왔으며, 맨 나중에 오께아노프가 주저하면서 들어왔다. 품위가 있고 엄격해 보이는 그 신사는 곧장 세몬 이바노비치가 있는 곳으로 다가가서 맥을 짚어 보더니 얼굴을 잔뜩 찌푸리고 어깨를 들썩여 보이고는 이미 숨졌다고, 이미 모두 알고 있는 사실을 말했다. 그러고는 2, 3일 전에도 아주 존경받고 높은 지위에 있던 신사 한 사람이 죽은 사건이 있었는데, 그 역시 잠든 사이에 느닷없이 죽었다고 말했다. 그 신사는 품위가 있었지만, 아주 못마땅한 표정을 지으며 세몬 이바노비치의 침대 곁을 떠나면서 공연히 야단법석을 떨었다고 말하고 나가 버렸다. 그런 다음, 야로슬라프 일리치가 그 자리를 대신해서(이때 지모베이긴과 렘네프는 넘겨져야 할 사람에게 이미 넘겨졌다) 차지하고는, 몇 사람에게 질문을 했다. 이때 여주인이 가방을 열기 위해 안간힘을 쓰고 있는 것을 보고는 그것을 넘겨받아 자리에 놓고, 세몬 이바노비치의 장화를 보러 다가갔다가, 장화가 이미 해지고 쓸모없다는 것을 발견하고는 제자리에 다시 놓아둔 다음, 베개를 요구하고 오께아노프를 불러 가방의 열쇠를 요구했다. 그 열쇠는 주정뱅이 친구의 호주머니에 들어 있었다. 그러고는 입회할 필요가 있다고 생각되는 사람들을 불러다 놓고, 드디어 세몬 이바노비치의 가보를 열었다. 거기에는 모든 것이 다 들어 있었다. 옷가지가 두 벌, 양말 한 켤레, 절반만 남은 수건, 낡은 모자, 단추 몇 개, 낡은 구두 바닥 가죽과 장화의 허리 가죽, 송곳, 비누, 속옷 몇 가지 등, 모두 쓰레기에 불과한 것들이었고, 고물, 오물, 잡동사니 등에서는 지독한 냄새가 났다. 한 가지 괜찮은 것은 독일산 자물쇠뿐이었다. 다시 오게아노프를 불러 엄격하게 심문했지만 그는 법정의 증인대에라도 설 준비가 되어 있다고 말했다. 이번에는 베개를 요구하여 그것을 살펴보았다. 그것은 더럽기는 했으나 여러모로 보아 틀림없는 베개였다. 요를 가져오도록 일렀다. 그것을 집어 들어 검사를 하려고 했을 때 전혀 뜻하지 않았던, 뭔가 무거운 덩어리가 둔탁한 소리를 내며 마룻바닥으로 굴러 떨어졌다. 사람들이 허리를 굽히고, 이리저리 더듬어 떨어진 종이 뭉치를 찾아냈다. 그 뭉치 속에는 수십 개의 루블 은화가 들어 있었다.

「에 — 게 — 게!」 야로슬라프 일리치가 요 속의 허름하고, 솜이 비어져 나와 보푸라기가 너덜거리는 곳을 보여 주며 말했다. 그곳을 곧바로 조사하기 시작했다. 그곳에는 바로 방금 전에 칼로 반 아르신[9] 정도 베어 낸 자국이 있었다. 손을 넣고 헤집어 보니, 요를 찢고는 당황해서 그곳에 그냥 남겨 둔 것으로 보이는 여주인의 식칼이 들어 있었다. 야로슬라프 일리치는 그 자리에서 칼을 채 빼기도 전에 다시 〈에 — 게 — 게〉 하고 말했다. 바로 그때, 다른 종이로 싼 뭉치 하나를 또 발견한 것이다. 그 속에서 50꼬뻬이까짜리 은화 두 개, 25꼬뻬이까짜리 은화 한 개, 그리고 잔돈 몇 개와 예전에 사용했던 무거운 5꼬뻬이까짜리가 마구 쏟아져 나왔다. 사람들이 그것들을 긁어모으기 시작했다. 요를 다 뜯어 보자는 의견이 나왔다. 가위를 가지러 갔다.

한편 맹렬하게 타오르는 촛불이 아주 흥미로운 광경을 비

---

[9] 아르신은 러시아의 길이 단위. 1아르신은 71.12센티미터.

취 주고 있었다. 열 명이 넘는 하숙인들이 진풍경으로 옷을 차려입고서는, 수염도 깎지 않고 얼굴도 씻지 않은 채, 이제 막 잠에서 깨어난 졸리운 모습으로 침대 근처에 떼를 지어 몰려 서 있었다. 어떤 사람들은 하얗게 질려 있었고, 어떤 사람들은 이마에 땀이 배어 있었으며, 또 어떤 사람들은 한기로 몸을 덜덜 떨었고, 어떤 사람들은 열에 들떠 있었다. 멍해진 여주인은 숨을 죽이고 야로슬라프 일리치의 선처를 바라며 손을 합장하고 서 있었다. 뻬치까 위에서는 식모 아브도찌야와 주인집 고양이가 머리를 내밀고 호기심 어린 눈으로 내려다보고 있었다. 주위에는 산산조각 난 칸막이 조각들이 널려 있었다. 열려진 가방은 그다지 볼품없는 자기 뱃속을 다 드러내 보여 주고 있었다. 이불과 베개와 터진 요에서 나온 솜들이 여기저기 흩어져 있었다. 나무 책상 위에는 계속 쏟아져 내리는 은화와 동전들이 빛을 발하고 있었다. 세묜 이바노비치만이 냉정하고 고요하게 자신의 침대 위에 누워 있었고, 자신이 파산하고 있다는 것을 전혀 짐작하지 못하고 있는 것 같았다. 가위를 가져오자 야로슬라프 일리치의 조수가 상관을 대신해서 약간 더듬거리며 조심스럽게 요를 잡아 당겼다. 이 주인의 등 밑에서 요를 쉽게 빼내기 위해서였다. 그러자 예의상 그랬는지, 세묜 이바노비치는 처음에 이 탐색자에게 등을 보이고, 옆으로 돌아누우며 약간 자리를 비켜 주었다. 다시 빼내려고 요를 잡아당기자, 이번에는 완전히 엎어지면서 자리를 내주었고, 마지막에는 더 이상 옆으로 돌아눕기에 좁은 침대 모서리에 걸려 침대에서 머리가 아래로 떨어졌고, 앙상하게 남은 뼈가 드러나 보이는 시퍼런 두 다리만이 타고 남은 나무토막처럼 간신히 침대 위에 걸쳐져 있었다. 쁘로하르친 씨는 오늘 아침 이렇게 자신의 침대에서 두 번째로 굴러 떨어진 셈이다. 이것은 뭔가 의심스러운 일이라고 결론지어졌다. 곧바로 몇몇 하숙인들이 지노비 쁘로꼬피예비치를 중심으로 하여, 침대 밑에 무엇이 숨겨진 것이 아닐까 하고 기어 들어가 보기로 했다. 그러나 이 탐색자들은 그곳에서 서로 박치기만 했다. 야로슬라프 일리치는 그들을 향해 빨리 세몬 이바노비치를 끌어올리라고 소리를 쳤고, 그들 중 머리가 좋은 두 사람이 각각 팔과 다리를 잡고 뜻하지 않은 이 갑부를 어둠침침한 바닥에서 밝은 빛의 세상으로 끌어올려 침대 위에 눕혔다. 그사이 솜뭉치와 깃털이 주변에서 날리고 있었고, 은화들은 점점 늘어만 갔다. 오, 맙소사, 그곳에는 없는 것이 없었다······. 우아한 루블 은화며, 단단한 1루블 50꼬뻬이까짜리 은화들, 깜찍하게 생긴 50꼬뻬이까짜리 은화들, 약간 볼품없는 25꼬뻬이까짜리와 20꼬뻬이까짜리 은화들, 그리고 하찮은 10꼬뻬이까짜리 은화들이 모두 종이에 싸여, 아주 꼼꼼히 질서 정연하게 정리되어 있는 것이 아닌가! 그 중에는 아주 진귀한 것들도 들어 있었는데, 잘 모르는 어떤 메달이 두 개, 나폴레옹이 그려진 20프랑짜리 금화, 아주 희귀한 지폐가 한 장, 그리고 아주 연대가 오래된 루블 은화 몇 개도 있었다. 거의 닳아 빠진 엘리자베스 여왕 시대의 것, 독일의 십자 마크가 붙은 화폐, 뾰뜨르 대제 시대의 것, 예까쩨리나 여왕 시대의 것, 그리고 지금은 아주 구하기 힘든 것으로 구멍을 뚫어 귀고리로 사용하던 10꼬뻬이까 은화들도 있었다. 모두 닳고닳은 것이었지만, 여전히 법적으로 통용되는 것들이었다. 동전들도 있었지만 완전히 녹슬어 녹색을 띠고 있었다. 붉은색 지폐[10]도 한 장 있었지만, 그 이상은 없었다. 드디어 모든 해부가 끝나고, 요를 몇 번이고 털어 이젠 아무것도 남지 않았다는 것을 확인하고는 돈을 모두 책상 위에 놓고 계산을 하기 시작했다. 1백만 루블이라고 해도 믿을 만큼 — 그만큼이나 많은 액수였다 — 많은 액수였지만, 그래도 1백만 루블은 아니었다. 계산을 해본 결과 결코 적은 액수라고 할 수 없는 2천 4백 9십 7루블하고도 50꼬뻬이까였다. 이렇게 해서 만약, 어제 지노비 쁘로꼬피예비치가 제안한 갹출금까지 모두 합친다면, 지폐로 2천 5백 루블은 되었을 것이다. 고인의 현금은 압수되고 가방엔 봉인이 붙여졌다. 여주인의 제안대로 만약, 고인에게 돈을 빌려 준 사람이 누군가 있으면 언제 어떻게 고인에게 돈을 빌려 주었는가 하는 증거 서류를 제출하라는 지시가 떨어졌다. 만약 필요하다면, 영주증도 쓰도록 했다. 그때, 누군가가 그의 누이에 대한 이야기를 했다. 그러자, 그것은 쁘로하르친 씨의 단순한 신화에 불과할 뿐이라고 결론지어졌고, 더구나 그런 이야기는 쁘로하르친 씨의 평판에 아무런 득이 되지 않을 뿐만 아니라 해롭기까지 한 것으로 종결이 나서, 드디어 막이 내렸다. 이렇게 최초의 공포가 잠잠해지고, 정신을 수습하게 되어 고인이 어떤 사람이었는지를 알게 되자 모두들 숙연해졌고, 믿기지 않는다는 듯 의아한 눈으로 서로 바라보기 시작했다. 그 중 몇몇은 이런 세몬 이바노비치의 행동을 지나치게 마음에 두고, 화가 잔뜩 난 사람도 있었다……. 그렇게나 많은 돈을! 이런 돈을 모아 두었다니! 마르끄 이바노비치는 정신을 가다듬고 어떻게 세몬 이바노비치가 그렇게 갑자기

10 당시 통용되던 지폐는 색깔로 그 가치가 구분되었다. 붉은색은 10루블짜리 지폐, 녹색은 3루블, 푸른색은 5루블, 회색은 50루블이었다.

겁을 먹게 되었는가 하는 점을 설명하려 했지만, 그 누구도 그의 이야기를 듣는 사람이 없었다. 지노비 쁘로꼬피예비치는 무언가 매우 심각한 생각에 잠겼고, 오께아노프는 술을 약간 마셨으며, 나머지 사람들은 서로 기대고 있었고, 참새 같은 코가 특징적인, 체구가 작은 깐따레프는 저녁 무렵에 자기 짐을 꼼꼼히 꾸리고 나서는, 호기심 어린 눈으로 질문하는 사람들에게 가뜩이나 어려운 때에 이 하숙집에서 살기에는 호주머니가 넉넉하지 않다고 쌀쌀하게 설명하고는 집을 떠나 버렸다. 여주인은 세묜 이바노비치가 의지할 데 없는 자기 처지를 몰라주고 자신을 버렸다고 원망하면서 계속해서 통곡을 했다. 누군가가 마르끄 이바노비치에게 왜 세묜 이바노비치가 그 돈을 은행에 맡기지 않았느냐고 물었다.

「그건 말이죠, 그 사람이 미련해서 그랬던 겁니다. 머리가 거기까지 미치지를 않았던 거지요.」 마르끄 이바노비치가 대답했다.

「그래요, 주인 아주머니. 당신도 아주 단순한 사람이잖아요.」 오께아노프가 그녀를 들먹였다. 「20년 동안이나 당신 집에서 견디며 살았던 사람인데 좀 신경을 써주지 않았어요. 하기야, 당신은 음식 만드랴, 일하랴 여유가 없었을 거예요……! 에이, 이 아주머니야!」 여주인이 말했다. 「오오, 이런, 넌 아직 어려, 어리단 말이야! 그래, 은행 정도는 아니더라도 조금이라도 돈을 가져와 나에게 건네주면서, 〈나의 우스찌누쉬까, 이것 얼마 되지 않지만 내가 살아 있는 동안 가련한 나를 거둬 주구려〉 하고 말했다면, 나는 신께 맹세코 그를 먹여 주고 재워 주고 돌봐 줬을 텐데. 오오, 벌받을 사람 같으니, 거짓말을 해서 나를, 이 의지할 데 없는 나를 속이다니!」

사람들이 다시 세묜 이바노비치의 침대 곁으로 몰려들었다. 그는 이제서야 자기 품위를 지키고 누워 있었다. 비록, 단 한 벌밖에 없는 옷이기는 했지만 단정하게 옷이 입혀졌고, 앙상한 목에는 약간 옆으로 매어진 넥타이가 둘러져 있었으며, 깨끗이 씻겨졌고 머리도 잘 매만져져 있었지만, 단 면도질은 되어 있지 않았다. 이 집 안에는 면도기가 없었기 때문이었다. 지노비 쁘로꼬피예비치가 갖고 있던 유일한 면도기는 작년에 이가 나가서 똘꾸치 시장에서 좋은 값에 팔렸던 것이다. 그래서 다른 사람들은 이발소로 면도를 하러 다니는 형편이었다. 아직 현장은 난장판이었다. 칸막이는 부서진 채로 뒹굴고 있어, 세묜 이바노비치의 고독한 모습을 그대로 드러내 보이고 있었다. 그 모습은, 마치 죽음이란 것이 우리들의 모든 비밀이나 음모, 간계 등의 모든 베일을 벗겨 준다는 것을 의미하기라도 하는 것 같았다. 요도 해진 채 그대로 뭉뚱그려져 나뒹굴고 있었다. 이렇게 갑자기 주인을 잃어버린 그의 방 한구석은 마치 시인이 〈자기의 보금자리를 소중히 하는 제비의 망가진 둥지〉라고 표현할 만한 모습을 하고 있었다. 폭풍 때문에 산산조각으로 망가진 둥지에 어미 새와 어린 새끼가 모두 죽어 버리고 둥지 주변에는 그들의 따뜻했던 털이나 깃털, 그리고 솜털 등이 마구 흐트러져 있는 그런 모습 같았다. 게다가 세묜 이바노비치는 늙은 욕심쟁이나 도둑 참새처럼 그것들을 모두 보고 있었다. 그는 자신에겐 아무런 죄가 없다는 듯, 부당한 방법으로 부끄러움도 모르고 수치심도 없이 선량한 사람들을 속인 것은 자기가 아니라는 듯, 완전히 숨을 멈추고 조용한 모습으로 누워 있었다. 그는 이제 자신을 홀로 남겨 놓고 떠났다고 절망하고 원망하는 자기 여주인의 울음소리도 듣지 못했다. 반대로 그는 무덤에 들어가게 되었다곤 하지만, 단 1분이라도 일없이 시간을 그냥 보낼 수는 없다고 생각하고, 어떤 투기 사업엔가 골몰하느라 여념이 없는 경험 많고 노련한 자본가 같은 모습이었다. 그는 뭔가 깊은 생각에 잠겨 있는 것처럼 보였고 입은 꼭 다물어져 있었다. 이런 모습은 세몬 이바노비치가 생전에 한 번도 지은 적이 없는 그런 표정이었다. 조금 영리해진 것처럼 보이기도 했다. 그의 오른쪽 눈이 교활한 빛으로 가늘게 떠지는 것 같았다. 그리고 세몬 이바노비치는 뭔가 꼭 해야 할 말을 하려는 듯, 시간을 낭비하지 않고 서둘러 뭔가를 납득시키려는 듯, 일이 산더미처럼 많아 지금이 아니면 이제 영원히 기회를 잃어버릴지도 모를…… 무슨 말인가를 하려는 듯했다. 그러고는 이런 말이 들려오는 것 같았다.

「도대체 어떻게 된 거요? 이젠 그만 울어요. 그만 하면 되지 않았소? 내 말 듣고 있소? 바보 같은 아주머니! 그만 훌쩍거려요! 자, 아주머니 이제 잠 좀 주무시구려, 알았어요! 나는 이미 죽은 사람이오. 이제 이미 필요 없는 일이오. 정말, 어떻게 된 일이오! 이렇게 누워 있으니 좋구먼……. 나는 말이오, 내 말 듣고 있소? 내 말은 그게 아니라, 당신은 정말 좋은 여자요. 최고라고. 그러나 이걸 명심해요. 이제 나는 죽었단 말이오. 만약, 그러니까 만약, 내가 죽지 않았다고 치자고. 그렇게 될 리도 없지만, 내가 죽지 않았다면, 말이오. 내 말 듣고 있소? 내가 살아서 일어난다면, 도대체 무슨 일이 일어날까요, 네?」

아홉 통의 편지로 된 소설

1. 뾰뜨르 이바니치가 이반 뻬뜨로비치에게

친애하는 나의 소중한 벗, 이반 뻬뜨로비치!

자네와 긴히 의논할 일이 있어 벌써 3일째 자네를 찾아 돌아다녔지만 도무지 자네를 찾을 길이 없었네. 어제 세몬 알렉세이치 집에서 자네와 따찌야나 뻬뜨로브나에 대해 이야기를 하던 중에, 내 아내가 자네들은 도대체 집에 붙어 있을 때가 없다고 농담을 했다네. 결혼한 지 3개월도 채 안 됐는데, 가사일을 내팽개쳐 버렸다고 말이야. 우리 모두 한바탕 웃어 댔지. 물론, 이 이야기는 자네 두 사람에 대한 호의에서 나온 것이지 다른 뜻은 없었다네. 농담은 그렇다치고, 소중한 나의 벗이여, 나는 자네 때문에 고생을 톡톡히 했다네. 세몬 알렉세이치는 자네가 협회 클럽의 무도회에 간 건 아닐까 하고 말하더군. 그래서 아내를 세몬 알렉세이치 부인과 같이 남겨 두고, 나는 협회 클럽으로 당장 달려갔다네. 얼마나 우습고, 서글픈 일이었는지 아나! 내 입장을 한번 생각해보게. 글쎄, 집사람도 없이 나 혼자 그런 곳엘 갔으니 말일세! 입구에서 나를 발견한 이반 안드레이치는 내가 혼자 온 것을 알고는 글쎄 내가 무슨 춤 모임에 굉장한 열이라도 오른 모양이라고 금세 단정해 버리는 걸세(악당 같으니라고). 그러고는 협회가 자신에게 너무 비좁아 젊은 영혼을 마음껏 발산할 수 없고, 향수 냄새 때문에 머리가 아파 견딜 수 없다고 말하면서, 내 팔을 꽉 잡고 강제로 나를 춤 교실로 데려갔다네. 그곳에는 자네도 따찌야나 뻬뜨로브나도 없었네! 이반 안드레이치는 틀림없이, 신에게 맹세코 자네가 「지혜의 슬픔」[1]을 보러 알렉산드르 극장[2]에 갔을 거라고 말하지 뭔가.

나는 다시 알렉산드르 극장으로 달려갔네. 그러나 그곳에도 자네는 보이지 않았어. 오늘 아침에는 치스또간노프 집에서 혹시 자네를 만날 수 있지 않을까 해서 그곳으로 갔는데, 그곳에서도 역시 자네를 찾을 수 없었네. 치스또간노프는 뻬레빨긴에게 가보라고 하더군. 그러나 그곳에도 자네는 없었어. 한마디로 말해, 나는 완전히 녹초가 되다시피 했네. 얼마나 고생을 했는지 상상이 가나! 그래서 이젠 어쩔 도리가 없어 이렇게 편지를 쓰는 걸세(더 이상 무슨 수가 있겠나). 내가 하고자 하는 말은 이렇게 편지로 쓸 만한 성질의 것이 아니고(내 말을 이해하겠지), 서로 얼굴을 맞대고 자네하고 꼭 해결해야 할 일이 있어서일세. 가능하면 빠른 시일 내에 말일세. 그러니 오늘 저녁 차 마시는 시간에 따찌야나 뻬뜨로브나와 함께 우리 집에 와주었으면 하네. 우리 안나 미하일로브나는 자네 부부와 대화를 나누게 된다면 아주 기뻐할 걸세. 흔히 하는 말이지만, 그 은혜는 진정 잊지 않음세.

그건 그렇다치고, 친애하는 나의 벗이여, 일단 펜을 든 이

---

[1] A. 그리보예도프(1795~1829)의 유명한 희극(1822~1824)으로 이상주의자 주인공 차쯔끼는 인습적인 귀족 사회를 비판하고 풍자하지만 정신이상자로 몰려 주변과 애인으로부터도 버림받는다. 1840년대 알렉산드르 극장의 최고의 흥행 희극.
[2] 뻬쩨르부르그에 있는, 뿌쉬낀의 이름을 딴 드라마 극장.

상 이야기를 좀 더 해야겠네. 나의 존경하는 벗이여, 자네가 아무런 이유도 없이 나에게 짓궂은 장난을 친 것에 대하여, 꼭 한마디 해야 할 것 같고, 또 책망을 좀 해야겠네……. 자네는 정말 악당 같은 사람이고 양심도 없는 사람일세그려! 지난 달 중순경에 자네가 잘 아는 사람이라면서 우리 집에 데려온 사람 있지 않나, 바로 예브게니 니꼴라이치 말일세. 그리고 나에게는 아주 영광이라고 할 수 있는, 자네의 우정 어린 소개까지 받았지 않았나. 나는 아주 기쁘게 생각하고 두 팔을 벌려 열렬하게 환영했건만, 그게 바로 올가미에 머리를 들이민 꼴이 되었지 뭔가. 올가미든 올가미가 아니든 간에, 어쨌든 재미있는 사건이 생기지 않았겠나. 그러나 지금은 말하기가 곤란하고, 펜으로 쓸 만한 일도 아니라고 생각하네. 단지 자네에게 말일세, 이 악당 같은 친구, 자네에게 한 가지 공손히 부탁할 것은, 아주 조심스럽게 괄호 속에 넣어서, 자네의 그 아는 사람에게 귓속말로, 우리 집 외에도 이 도시에는 다른 집이 얼마든지 있다는 것을, 어떻게든 살짝 귀띔을 해달라는 것일세. 오, 이런, 견딜 수가 있어야지! 내가 잘 아는 시모네비치가 입버릇같이 하던 말처럼, 발 아래 꿇어 엎드려 자네에게 애원이라도 하겠네. 만나서 모든 것을 다 이야기해 주겠네. 내가 지금 그 젊은이를 두고 외모나 정신적인 자질상의 결함이 있다거나, 다른 어떤 점에서 부족한 점이 있다고 말하는 것은 아닐세. 반대로, 그는 아주 상냥하고 온순한 사람이네. 그러나 좀 기다렸다가 만나서 이야기를 하기로 하세. 어쨌든 혹시라도 그를 만나게 되면, 내가 아까 얘기한 것을 귀에 대고 속삭여 주는 것을 잊지 말게. 나의 존경하는 벗이여, 생각 같아선 내가 직접 말하고 싶지만, 워낙 그럴 만한 성질의 것이 아니라서 내 입으로는 직접 말할 수가 없네. 그를 소개해 준 장본인은 자네가 아닌가. 아무튼 저녁에 만나서 자세한 이야기를 하기로 하세. 그럼 잘 지내게. 이만, 총총.

추신 — 우리 집 애가 벌써 일주일 전부터 병이 나서 점점 더 심하게 앓고 있네. 이가 나느라 몹시 통증을 느끼고 있지. 아내가 그 애를 돌보고 있는데, 아주 울적해 하고 있다네. 딱하지 뭔가. 그러니 집에 와주게. 소중한 나의 벗이여, 부디 우리를 기쁘게 해주게!

2. 이반 뻬뜨로비치가 뽀뜨르 이바니치에게

친애하는 뽀뜨르 이바니치!
나는 어제, 자네의 편지를 받아 읽고 어리둥절했다네. 자네는 나를 찾느라 전혀 얼토당토않은 곳을 돌아다녔다고 했지만, 나는 집에 계속 있었네. 열 시까지 이반 이바니치 똘로꼬노프를 기다리고 있다가, 그 후에는 곧장 아내를 데리고 마차를 불러 돈까지 낭비하며, 여섯 시 반경에 자네 집으로 달려가지 않았겠나. 자네는 집에 없고 자네 부인이 우리를 맞더군. 우리는 열 시 반까지 자네를 기다렸네. 더 이상은 기다릴 수가 없었네. 나는 다시 돈을 낭비하면서까지 마차를 불러 아내를 집에 데려다 주고는, 혹시 자네를 만날 수 있지 않을까 해서 혼자 뻬레빨낀 집에 갔다네. 그러나 그곳에서도 자네를 보지 못했네. 그런 다음 집으로 돌아와 밤새 잠을 이루지 못하고 전전긍긍하다가, 아침이 되자마자 마차를 불러, 그것도 세 번씩이나 돈을 낭비해 가며, 아홉 시에 한 번, 열 시에 한 번, 또 열한 시에 한 번, 도합 세 번이나 자네 집에 갔네만 자넨 다시 나를 우롱했어.

그래서 다시 한번 자네 편지를 읽어 보고는 깜짝 놀랐네. 예브게니 니꼴라이치에게 살짝 귀띔을 하라고 하고는, 그 이유에 대해서는 한 마디도 언급하지 않았더군. 물론, 자네가 신중을 기하느라 그랬을 거라는 생각은 들지만, 편지도 여러 가지가 있는 법이고 나는 중요한 서류를 아내에게 보여 주는 사람은 아닐세. 아무튼, 무슨 일로 나에게 그런 편지를 썼는지, 도무지 이해하기 힘드네. 또 이미 지나간 일이라면, 무엇 때문에 나를 그런 일에 끌어들이려 한단 말인가. 나는 그런 일에 끼어들기 좋아하는 사람이 아닐세. 그리고 자네 집에 오는 것을 막는 일이야 자네가 충분히 할 수 있는 일이라고 생각하며, 다만 자네하고 무슨 일이 있었는지, 조속한 시일 내에 이야기를 해야겠다는 생각뿐일세. 시간이 자꾸 흘러가고 있지 않은가. 만약 자네가 그렇게 계속 약속을 무시할 경우, 나는 어떻게 해야 할지를 모르겠네. 여행 출발일은 코앞에 닥쳤고, 게다가 여행을 하자면 돈이 드는데, 아내마저 어떻게든 유행하는 벨벳 실내복을 한 벌 해달라고 졸라대고 있지 뭔가. 예브게니 니꼴라이치에 관해서 한 가지 꼭 해둬야 할 말이 있네. 어제 빠벨 세묘느이치 뻬레빨낀 집에 들렀을 때, 서둘러 몇 가지를 알아봤네. 그는 야로슬라프 지방에 5백 명의 농노를 거느리고 있고, 3백 명의 농노가 딸린 모스끄바 근교의 땅도 그의 조모로부터 유산으로 상속받게 되어 있다네. 현금이 얼마나 있는지 알 수 없지만, 그것은 자네가 알아보게나. 어쨌든 어디서 만나야 할지, 딱 부러지게 결정을 하세. 어제 내가 아내와 함께 알렉산드르 극장에 갔을 거라고 이반 안드레이치가 자네에게 말했다고 했는데, 자네에게 일러두지만 그가 자네에게 거짓말을 한 것이 분명하네. 또 그 사람은 전혀 믿을 수 없는 친구인 데다, 3일 전쯤만 해도 자기 할머니를 속여 8백 루블을 갈취한 인물이라네. 그럼, 이만 줄이겠네.

추신 — 내 아내가 아이를 갖게 됐네. 그래서인지 잘 놀라고, 우울증에 빠지기도 한다네. 그래서 극장은 되도록이면 삼가고 있네. 그도 그럴 것이 연극 중에는 가끔 총소리가 나기도 하고, 기계 장치로 굉음을 울리기도 해서 말일세. 게다가 나도 연극에는 그리 흥미가 없네.

3. 뽀뜨르 이바노치가 이반 뻬뜨로비치에게

소중한 나의 벗, 이반 뻬뜨로비치!
미안하네, 미안해. 정말 죽을 죄를 지었네. 하지만, 급히 변명을 좀 하겠네. 어제 여섯 시경에 아내와 함께 자네와 자네 부인에 대하여 마음에서 진정으로 우러나오는 찬사를 하며 이야기를 나누고 있었는데, 갑자기 스쩨빤 알렉세이치 아저씨가 보낸 급사가 황급히 달려와 아주머니가 위독하다고 전하지 않겠나. 나는 아내가 놀랄까 봐 이야기도 못하고, 다른 급한 볼일로 갈 데가 있다고 해두고는 아주머니 댁으로 달려갔다네. 가서 보니 아주머니는 간신히 숨이 붙어 있는 정도였네. 정각 다섯 시에 그녀는 졸도를 했는데, 2년 동안 벌써 세 번째 그런 일을 당했지 뭔가. 그 집 주치의인 까를 표도리치는 아마 하룻밤을 넘기기가 힘들 거라고 말하더군. 오, 나의 소중한 벗이여, 내가 어떤 심경이었는지 짐작하겠나. 밤새 서 있었다네. 내가 얼마나 가슴 아프고 근심에 싸여 있었는지 아나. 아침이 되어서야 기진맥진한 몸을 그 집 소파에 누이고는 그대로 잠이 들고 말았다네. 언제 나를 깨우라는 말도 잊어버리고 말이야. 열한 시 반이 되어서야 겨우 일어났지 뭔가. 아주머니는 차도가 꽤 있더군. 그래서 마차를 타고 집으로 돌아왔다네. 가련한 아내는 나를 기다리며 안절부절못하고 있었다네. 나는 손에 잡히는 대로 허기를 대강 때우고 아기를 한번 안아 주고 아내를 달랜 다음, 바로 자네 집으로 달려가지 않았겠나. 그런데 자네는 집에 없더군. 자네 집에서 예브게니 니꼴라이치만 만났다네. 그래서 집으로 돌아와 펜을 들고 이렇게 자네에게 편지를 쓰고 있네. 내 진정한 벗이여, 나에게 불평을 하거나 화를 내진 말게. 설사 나를 두들겨 패고 죄 많은 머리를 잘라 버린다 해도 나는 자네의 호의만은 잃고 싶지 않네. 자네 부인에게 듣기로, 자네는 오늘 밤 슬라뱌노프 집에 있을 거라더군. 그럼, 그곳에서 자네 만나기를 학수고대하겠네.

  그럼 이만, 줄이겠네.

추신 — 우리 부부는 어린애 때문에 정말 힘들었다네. 까를 표도리치가 처방을 내려 줬다네. 어제는 신음소리를 내며 아무도 못 알아볼 지경이었네. 오늘은 조금 나아져서 사람을 알아보고, **빠빠**, 마마, 부…… 하면서 내내 옹알거리고 있다네. 아내는 아침 내내 눈물을 흘리고 있지 뭔가.

4. 이반 뻬뜨로비치가 뾰뜨르 이바니치에게

친애하는 뾰뜨르 이바니치!

자네 집의, 서재에 있는 자네 책상에서 자네에게 편지를 쓰고 있네. 이 편지를 쓰기 전에 여기서 두 시간 반이나 자네를 기다렸다네. 뾰뜨르 이바니치, 이렇게 뒤죽박죽이 되어 버린 상황에 대해 이젠 자네에게 단도직입적으로 말하겠네. 자네의 편지를 읽고 나서, 처음에 나는 자네가 슬라뱌노프에게 초대를 받아, 그곳에서 나를 기다리겠다고 한 것으로 이해하고, 당장 그곳으로 달려가서 다섯 시간 동안이나 자네를 기다렸네. 그러나 자네는 나타나지 않았어. 그래, 자네는 내가 사람들에게 꼭 웃음거리가 되어야 직성이 풀리겠나? 존경하는 벗이여, 용서하게……. 그리고 다음날 아침, 나는 자네 집으로 달려갔네. 집에 있을 시간을 택해 집으로 찾아가면 될 일을 얼토당토않은 장소로 사람을 찾으러 다닌다는 것이 우스운 일이라 생각하고, 자네가 집에 있을 아침 시간에 달려왔지. 그러나 자네 그림자도 찾을 수 없었어. 이젠, 자네에게 무슨 말인가 분명한 사실을 말해야 할 때라고 생각하네. 내가 판단한 것만을 이야기하자면, 자네는 우리가 서로 분명히 알고 있는 약속을 어기고, 나를 피하고 있다는 것일세. 난 이제서야 모든 것을 깨닫고, 자네의 그 교활한 생각을 도저히 당해 낼 재간이 없다고 경탄하는 중이네. 이제 분명한 것은 자네가 오래전부터 뭔가 좋지 않은 꿍꿍이속을 가지고 있다는 것을 알아차렸다는 점일세. 내가 그렇게 생각하는 증거로는 자네가 지난번에 나에게 보낸 편지를 도저히 용납하기 힘든 방법으로 훔쳐 갔다는 사실일세. 그 편지에는 분명하진 않지만, 자네 자신은 분명히 알고 있을, 우리들의 어떤 약속에 대해서 자네가 쓴 내용이 들어 있었던 것을 기억하네. 자네는 나를 속이고 있다는 증거를 없애 나를 바보로 만들려고 하지만, 난 그렇게 호락호락 넘어갈 사람이 아닐세. 나는 지금껏 누구에게 바보 취급을 당한 적도 없을 뿐 아니라, 이번 일만 해도 모든 상황이 나에게 유리하게 되어 있기 때문일세. 이제야 모든 진상을 알게 되었네. 자네는 예브게니 니꼴라이치를 끌어들여, 나를 어리둥절하게 하고 혼란스럽게 만들어 버린 걸세. 게다가 이 달 7일자 편지의 내용에 대해 진의를 알고자 자네를 만나려고 했지만, 자네는 만날 장소를 거짓으로 이야기해 주고는 나타나지도 않았다는 사실일세. 존경하는 벗이여, 자네는 내가 이런 사실을 눈치 채지 못할 것으로 생각하고 있었나? 자네는 이런저런 사람을 소개시켜 주는 대가로 나에게 수고비를 지급하겠다고 해놓고는, 수고비는 고사하고 도리어 차용 증서도 쓰지 않고 나한테 많은 돈을 가져가지 않았나. 이 사실은 오래전도 아니고, 바로 지난 주에 있었던 일일세. 그러고는 돈을 갖고 행방을 감춰 예브게니 니꼴라이치를 소개해 준 수고를 아무런 보람도 없게 해버리지 않았는가 말일세. 자네는 내가 곧 심비르스끄로 떠나리라는 것을 알고 자네와의 문제를 해결할 여유가 없으리라고 판단한 모양인데, 단단히 경고하지만, 아니 내 말을 꼭 증명해 보이겠지만, 만약 이런 식으로 계속 나간다면 나는 일부러라도 앞으로 한두 달 정도 더 뻬쩨르부르그에 남아 있을 생각이네. 그래서 이 모든 문제를 해결하고 꼭 목적을 달성할 것이며, 어떻게 해서든지 자네를 기어이 찾아내고야 말겠다는 각오를 단단히 하고 있네. 우리라고 남을 괴롭히는 일에 재주가 없으란 법이 없지 않은가. 마지막으로 경고하는데, 오늘은 우선 편지로라도 연락을 해주고, 나중에 꼭 만나 서로 마주앉은 채 만족할 만큼 이야기를 하든가, 아니면 편지에다 우리 사이에 있었던 중요한 협약을 새로 쓰지 않는다면, 그리고 예브게니 니꼴라이치에 대한 자네의 생각을 정확하게 써서 보내 주지 않는다면, 자네에게 좋지 않은 일이 생길 것이며, 내 자신도 썩 내키지 않는 유쾌하지 못한 방법에 호소하겠다는 것을 경고하겠네.

그럼 이만, 줄이겠네.

5. 뾰뜨르 이바노비치가 이반 뻬뜨로비치에게

11월 11일

존경하고 친애하는 나의 벗, 이반 뻬뜨로비치!

나는 자네의 편지를 읽고 마음이 매우 언짢아 견딜 수 없었네. 나의 친애하는, 그러나 공평치 못한 벗이여, 자네에게 최상의 호의를 갖고 있는 사람을 이렇게도 막 대하다니 자넨 부끄럽지도 않나? 어쩌면 그다지도 성급히 사건의 경위도 모른 채 그런 모욕적인 혐의를 나에게 씌울 수가 있단 말인가. 하지만 자네의 그런 비난에, 일단은 서둘러 답변을 해야겠네. 이반 뻬뜨로비치! 어제 내가 자네를 만나러 갈 수 없었던 것은, 뜻밖에 임종하신 아주머니의 병상에 불려갔기 때문일세. 예브피미야 니꼴라예브나 아주머니는 어젯밤 열한 시에 돌아가셨다네. 나는 친척들의 만장 일치의 추천으로 이 비통하고도 슬픈 장례식에 호상(護喪)의 역할을 맡게 된 걸세. 형편이 그렇게 되고 보니, 오늘 아침 일찍 자네를 만날 틈이 없었고, 한 줄의 편지도 자네에게 쓸 틈이 없었네. 나는 진정으로 우리 두 사람 사이에 생긴 오해에 대해 서글프게 생각하고 있네. 예브게니 니꼴라이치에 관해서 내가 농담 반, 진담 반 그냥 지나가는 말로 자네에게 한 이야기는 별 뜻 없이 한 말이었네. 그런데 자네는 오히려 그것을 부정적인 측면으로 받아들이고 자네를 모욕하는 의미로 해석한 모양이군. 또 자네는 금전에 관한 이야기를 하면서 아주 불안해 하는 것 같은데, 분명히 말하지만 나는 지금 당장이라도 자네의 모든 요구를 충족시켜 줄 수 있다는 것을 말하고 싶네. 말이 나왔으니 하는 말인데, 몇 가지를 자네에게 지적해야 할 것 같네. 즉, 지난 주에 내가 자네한테서 가져온 은화 3백 50루블은 자네가 알고 있는, 그 조건으로 가져온 것이지, 자네에게 빌려 간 것은 아닐세. 물론, 내가 자네에게 빌린 것이라면, 당연히 차용 증서를 써야 마땅했을 일이 아니던가. 그 외에도 편지에 언급한 이런저런 이야기에 일일이 굴욕적으로 설명할 필요가 있다고 생각하지 않네. 이번 일이 순전히 오해로 빚어진 것이라는 것은 알지만, 자네의 성급하고 과격한 성격은 이번 일에서도 여전하군. 자네의 선량하고 개방적인 성격으로 봐서 자네가 그런 의혹을 마음속에 계속 간직하지 않을 것이라는 것과 조만간 자네가 먼저 나에게 용서를 빌고 화해를 청하리라고 믿네. 자네는 오해하고 있는 걸세, 이반 뻬뜨로비치. 자넨 정말 큰 오해를 하고 있네! 자네의 그런 편지에 마음이 몹시 상하고, 오늘 당장 자네를 찾아가 내가 먼저 사과하고 싶은 생각이 굴뚝 같지만, 알다시피 어제 일로 피곤한 데다 기진맥진해서 두 다리와 팔을 지탱하고 있기도 힘이

들 만큼 녹초가 되어 어쩔 수가 없네. 또 불행하게도 아내까지 앓아 누워 있다네. 중병이나 아닌가 하고 두려워하고 있네. 그리고 우리 아이는 하느님 덕택으로 병세가 호전되었다네. 그러면, 이만 줄이겠네…… 해야 할 일이 아주 산더미처럼 쌓여 있네…….

나의 소중한 벗이여, 그럼 이만 글을 줄이겠네…….

6. 이반 뻬드로비치가 뾰뜨르 이바니치에게

11월 14일

친애하는 뾰뜨르 이바니치!

나는 3일 동안이나 기다렸네. 기다리는 동안 3일 간을 유익하게 보내려고 애썼네. 그런 와중에서도 정중함과 예의를 지키는 것을 인간에게 있어서 제일가는 미덕으로 여기고 있던 까닭에, 이 달 10일에 보낸 편지 이후, 되도록이면 자네가 내 생각을 하지 않았으면 하는 바람에서 아무 말도, 아무 일도 하지 않고 가만히 있었네. 그 중 한 가지 이유는 자네가 기독교인으로서 의무를 잘 수행할 수 있었으면 하는 바람과, 그리고 다른 이유는 자네가 잘 알고 있는 일에 대하여 잠시 생각할 시간이 필요했기 때문이네. 그러나 이젠 마지막으로 결정적인 해명을 해야겠다고 생각해서 이 글을 쓰고 있네. 자네에게 솔직히 말하자면, 마지막으로 자네가 보낸 두 통의 편지로 보아, 자네는 아직 내가 무엇을 원하는지를 충분히 이해하고 있지 못하고 있다는 생각이 들었네. 그 때문에 어떻게 해서든 자네와 직접 만나 이야기를 하려 했네. 나는 서면으로 자신의 의사를 정확히 표현하지 못하는 나의 무능력 때문에 글쓰기를 아주 두려워하기 때문일세. 자네가 알다시피, 나는 예의도 모르고 교양도 없는 사람이지만, 실속 없이 겉만 번지르르한 것을 그다지 좋아하지 않네. 그도 그럴 것이 나는 이전의 쓰디쓴 경험을 통해서 외모로 사람을 판단하면 실수를 하는 경우가 많고, 아름다운 꽃 밑에는 뱀이 똬리를 틀고 있게 마련이라는 것을 잘 알고 있기 때문일세. 그런데 자네는 나의 뜻을 잘 알면서도, 당연히 해명을 해야 할 문제에 대해 답장을 하지 않았네. 그것은 자네가 명예를 걸고 약속한 것과 우리 사이에 존재하고 있던 우정을 고의로 배신할 생각을 이미 오래전부터 갖고 있었기 때문이라고 생각하네. 최근에 내게 보여 준 자네의 비겁한 행동을 통해서, 그리고 치사한 금전 관계를 통해서, 자네는 그런 사실을 완전히 증명해 보인 셈이네. 이런 일은 나로서는 전혀 예기치 못한 사건이며, 지금 이 순간까지도 믿어지지 않는 일이네. 왜냐하면 처음 우리가 만났을 때부터, 자네의 총명한 언행이며 세련된 사교술, 만사에 정통한 자네의 지식과 자네와 손을 잡음으로써 나에게 생길 여러 가지 이득을 생각하고 열광하여 자네를 진실한 친구이자 알음알이이며, 진정으로 나에게 호의를 베풀어 주려는 사람으로 생각해 왔기 때문일세. 그러나 이제는 모든 것이 확실해졌네. 이 세상에는 겉으로 화려한 외모와 친절을 가장하고, 마음 깊숙한 곳에는 독을 감추고 가까운 사람을 함정에 빠뜨리기 위해서, 그리고 간악한 사기 행위를 하기 위해서 자신의 지혜를 이용하고, 또한 증거를 남기는 편지나 서류를 두려워하여 편지는 쓰지 않으면서, 자신의 글재주를 가까운 사람이나 조국을 위해서 사용하기보다는 이런저런 사업을 획책하기 위해, 협약을 맺을 상대방의 이성을 현혹하고 마비시키기 위해서 사용하는 경우가 많이 있다는 것을 나는 알고 있네. 나에 대한 자네의 배신 행위는 다음과 같은 점에서 분명하게 알 수 있네.

친애하는 벗이여, 그 첫 번째는 내가 분명하고 간단한 내용을 편지에 써서 내 입장을 자네에게 설명했을 때, 동시에 내가 쓴 최초의 편지에서 예브게니 니꼴라이치에 대한 자네의 생각과 의도가 무엇인지 물었을 때 자네가 그 사실을 묵살하려 했고, 자네에게 혐의와 의혹을 품고 있는 나에게 아무런 해명도 없이 완전히 침묵하며 이 사건으로부터 슬쩍 발을 빼버린 것일세. 그런 다음에는 전혀 예의에 맞지 않는 행동을 여러 번이나 반복하고도, 나에게는 슬퍼서 견딜 수 없다는 내용의 편지를 쓴 점일세. 도대체 이것을 뭐라고 말해야겠나? 그 후, 1분 1초가 소중한 그런 때에 자네 뒤를 쫓아다니느라고 이 넓은 장안을 이리 뛰고 저리 뛰며 동분서주 돌아다니게 하고는, 이제 와서 우정이라는 명분을 내세워 용건은 전혀 말하지도 않고, 전혀 관계 없는 일만 편지에 써 보냈네. 말하자면 내가 아주 존경해 마지않는 자네 부인이 병을 앓는다든가, 자네 아이에게 의사가 무슨 처방을 내렸다든가, 그때 아이가 이가 나고 있었다든가 하는 비굴하고 모욕적인 이야기들만 써 보냈네. 자네는 매번 편지마다 판에 박은 듯이 이런 사소한 이야기를 자세하게 써 보내며 나를 아주 모욕했네. 물론, 자네의 친혈육이 앓고 있을 때의 자네 심정을 잘 이해하지만, 다른 중요하고 다급한 용건이 많은데 무슨 이유로 그 따위 이야기를 쓴단 말인가? 지금까지 나는 입을 다물고 참고 있었지만, 이젠 모든 것을 명확히 해야 할 때가 왔다고 생각하네. 자네는 몇 번이고 만날 장소를 거짓으로 정해서 나를 속이고 배신했으며, 결국엔 나를 바보로 만들어 버린 것이네. 그러나 나는 결코 그런 바보가 될 생각이 없네. 또 자네는 나를 집으로 초대하고는, 매번 그랬듯이, 나를 골탕먹이기 위해 병상에 있는 자네의 아주머니 댁에 불려 갔다고 말했네. 게다가 졸도한 시간이 다섯 시였다는 둥, 이런 식으로 낯 두껍게 정확한 시간까지 말하는 자네의 행동은 얼마나 우스운 일인가. 그러나, 뾰뜨르 이바니치! 다행히도 나는 요 사흘 동안 모든 것을 자세하게 알아낼 수 있었네. 그 결과 자네의 아주머니가 발작을 일으킨 것은 8일 밤 자정 직전이었다는 것을 알아냈네. 이 사실을 통해 자네가 신성한 친척 관계를 아무런 상관도 없는 다른 사람들을 속이기 위해 이용한 것을 알게 됐네. 게다가 더욱 괘씸한 일은 자네의 아주머니가 돌아가신 시간이 내가 몇 가지 일을 협의하기 위해 자네 집을 찾아간 때라고 자네의 마지막 편지에 써어 있었는데, 이 사실 역시 자네의 거짓말과 계산된 못된 행동이 상상을 초월하고 있음을 보여 주더군. 다행히도 내가 가장 믿을 만한 정보를 통해 우연한 기회에 알게 된 바로는, 자네 아주머니는 자네가 편지 속에 멋대로 적어 보낸 임종 시간보다 꼭 하루가 지난 후에야 돌아가셨다는 것을 알게 되었네. 자네가 나에게 한 배신 행위는 셀 수도 없을 정도일세.

  자네는 편지에 말끝마다 소중한 벗이니, 아니면 여러 가지 다른 명칭을 사용해 나를 부르지만, 내 생각으로는 누구라도 조금만 더 자세히 관찰하면, 그것은 모두 단지 나의 양심을 무디게 하려는 사탕발림에 불과하다는 것을 충분히 알 수 있을 걸세.

내가 지금부터 하는 얘기는 아주 중요한 것으로, 나에 대한 자네의 기만 행위와 배신 행위에 대한 것일세. 즉, 우리들 사이의 공동 이해에 관한 일체 문제에 대한 것으로서, 도무지 불분명해서 나로서는 이해가 되지 않았던 사실이지만, 자네가 우리 상호간의 계약과 협정에 관한 것을 써놓은 서류를 하늘이 무섭지도 않은지 나에게서 절취해 갔다는 것에 대해서 자네는 아무런 해명도 하지 않았고, 이익금의 절반을 할당받을 자격이 있는 나한테서 차용 증서도 없이 은화 3백 50루블을 강제로 빼앗아 갔고, 더구나 우리들이 다 같이 알고 있던 예브게니 니꼴라이치에 대해 어떻게 그런 중상을 할 수 있을까 하는 점일세. 나는 이제야 이 사실을 모두 분명히 알게 되었네. 그러니까, 실례를 무릅쓰고서라도 이야기를 하려고 하네만, 자네는 그 사람이 젖도 짜낼 수 없고 털도 깎을 수 없는 산양 같은 사람으로, 이것도 아니고 저것도 아니며, 물고기도 아니고 육고기도 아니라고 말했고, 이번 6일자 편지에서도 그런 말로 그를 비난하려 했네. 나는 예브게니 니꼴라이치란 사람이 아주 겸손하고 품행도 방정한 젊은이이며, 이 때문에 사교계에서도 모든 사람들의 호감을 받고 있으며 존경을 받고 있다고 생각하고 있네. 또한 자네가 2주 동안 내내 매일 밤 예브게니 니꼴라이치를 상대로 카드를 해서, 그때마다 수십 루블, 수백 루블의 은화를 자기 호주머니에 집어 넣었다는 것도 잘 알고 있네.

그런데, 자네는 이제 와서 이 모든 것을 완전히 부정하고, 나의 노고에 대한 보답은커녕 이익금의 반액 할당자라는 말로 나를 현혹하고, 또 내 몫으로 많은 이익금을 받게 될 거라고 나에게 바람을 잔뜩 불어넣어 놓고, 나에게서 돈을 착복한 것이 아닌가 말일세. 나와 예브게니 니꼴라이치의 돈을 부당한 방법으로 착복한 후에, 중상모략을 해서 나에게 지불해야 할 보수를 주지 않고, 자네에게 소개시켜 준 젊은이마저 무안을 줘서 내치지 않았나. 그런데 주변 사람들의 이야기를 들으면, 자네는 그 반대로 지금까지 그 사람과 입을 맞추기라도 할 듯이 가까운 사람처럼 행세를 했다더군.

그러나 자네의 속셈이 과연 무엇인지, 또한 그와 자네의 다정한 친분 관계가 사실상 무엇을 의미하는지 알아차릴 수 없을 정도로 멍청한 사람은 이 세상에 한 사람도 없을 걸세. 감히 말하지만, 그러한 행위는 기만과 배신 행위이며, 인간의 예의와 권리에 대한 망각이고 신의 가르침을 배반하는 악행일세. 자네의 그런 행위를 나는 실례를 들어 증명할 수 있네. 그런데도 내가 자네에게 무슨 모욕을 했다고 말할 수 있단 말인가. 그리고 도대체, 무엇 때문에 자네는 나에게 그런 추악한 행위를 한단 말인가?

이것으로 글을 맺고자 하네. 하고 싶었던 말은 다 한 것 같네. 그러면 결론을 내리겠네. 친애하는 뾰뜨르 이바니치, 자네는 이 편지를 받자마자, 지체 없이 나에게 돌려줘야 할 돈의 전액을 주기 바라네. 첫째, 내가 자네에게 준 은화 3백 50루블을, 그리고 둘째, 자네가 나에게 제안한 대로 나에게 돌아와야 할 돈의 전액을 돌려주기 바라네. 그렇지 않으면, 가능한 한 모든 수단을 강구해서, 공적인 힘에 의지해서라도 자네가 그 돈을 반환하도록 할 것이며, 법의 보호를 받는 일도 사양할 생각이 없네. 마지막으로 자네에게 선언하지만 나는 몇 가지 증거물도 가지고 있네. 자네의 충실한 심부름꾼이며, 자네를 존경해 마지않는 내가 가지고 있는 이 증거물은 전 사교계에서,

자네의 명성에 결정적인 타격을 줄 수도 있으며, 명예를 훼손할 수도 있네.

그럼, 이만 줄이겠네.

7. 뽀뜨르 이바니치가 이반 뻬뜨로비치에게

11월 15일

이반 뻬뜨로비치!

자네의 기이한 편지를 보고, 난 처음에는 찢어 버리려고 했지만, 진귀한 물건으로 잘 보존해 두기로 결정했네. 어쨌든 우리 두 사람 사이에 생긴 오해와 불쾌한 일에 대해서 정말 유감으로 생각하네. 자네에게 편지를 쓰고 싶지 않았지만 꼭 써야 할 이유가 있어서 쓰게 되었네. 그것은 다름이 아니라, 이후로는 그 어떤 이유로도 우리 집에서 자네의 얼굴을 보는 일이 없기를 바라며, 또한 이 점에 대해서는 내 아내도 마찬가지라는 것을 서면으로 경고해야 할 필요가 있다고 생각했기 때문이네. 아내도 마찬가지라고 말한 이유는, 그녀는 지금 몸이 아주 허약해져서, 구두에서 나는 타르 냄새조차 몸에 해롭기 때문이네.

아내는 자네 부인에게 빌려 왔던 『라만차의 돈키호테』를 감사하는 마음으로 발송했다네. 그리고 자네가 지난번에 우리 집에 와서 놓고 간 자네의 덧신은 아무리 찾으려 해도 찾을 수가 없었다는 말을 전하고 싶네. 결국 못 찾게 된다면, 새것을 한 켤레 사서 보내도록 하겠네.

그럼, 이만 줄이겠네.

8

뾰뜨르 이바니치는 11월 16일, 시내 우편으로 배달된 두 통의 편지를 받았다. 그 첫 번째 편지를 뜯어서 보니, 그 속에는 아주 정교한 솜씨로 접어 놓은 장밋빛 편지가 들어 있었다. 그의 아내의 필적이었다. 11월 2일자로 된 그 편지는 그의 아내가 예브게니 니꼴라이치에게 보낸 편지였다. 봉투 속에는 그 외에 아무것도 들어 있지 않았다. 뾰뜨르 이바니치는 그것을 읽었다.

사랑하는 예브게니! 어제는 정말 어쩔 수 없었어요. 남편이 저녁내 집에 있었기 때문입니다. 내일은 정각 열한 시에 꼭 와주세요. 열 시 반에 남편은 짜르스꼬예로 갔다가 자정에야 돌아올 것입니다. 저는 어제 밤새도록 화가 나서 어쩔 줄 몰랐답니다. 보내 주신 통보와 편지에 대해 감사를 드립니다. 매수가 아주 많더군요! 그것이 모두 그 여자가 쓴 것이란 말입니까? 그러나 그 중에는 아주 잘 쓴 문구도 있었어요. 감사해요, 당신이 나를 사랑한다는 것을 알 수 있었어요. 어제의 일은 화를 내지 말아 주세요. 그러면, 내일 꼭 와주세요.

뾰뜨르 이바니치는 두 번째 편지를 뜯었다.

뾰뜨르 이바니치!
물론, 나는 자네가 말하지 않았어도 자네 집에 발을 들여 놓을 생각이 전혀 없네. 사실, 공연히 종이만 한 장 낭비한 셈이지.

다음 주에 나는 심비르스끄로 떠나네. 자네 곁에는 아주 소중하고 귀중한 벗인 예브게니 니꼴라이치가 남아 있겠지. 성공을 비네. 덧신에 대해서는 염려하지 않아도 되네.

9

11월 17일, 이반 뻬뜨로비치는 시내 우편으로 배달된 두 통의 편지를 받았다. 첫 번째 편지 속에서는 조심성 없이 마구 갈겨 쓴 편지가 나왔다. 그의 아내의 필적이었다. 예브게니 니꼴라이치에게 보낸 8월 4일자 편지였다. 그 외에는 봉투 속에 아무것도 없었다. 이반 뻬뜨로비치는 그것을 읽었다.

안녕히, 안녕히 계세요, 예브게니 니꼴라이치! 그리고 일이 이렇게 된 것에 대해서도 신의 은총이 있기를 빕니다. 당신은 행복하시겠지만, 나에게는 너무나도 가혹한 운명입니다. 두려워요! 그러나 그것이 당신이 원하는 것이라면 어쩔 도리가 없지요. 만약, 아주머니만 오시지 않았더라도 난 당신을 그토록 불신하지 않았을 거예요. 저와 아주머니를 비웃지 말아 주세요. 내일은 저의 결혼식입니다. 아주머니는 좋은 사람이 나타나서 지참금도 없는 나를 데려가 준다고 아주 기뻐한답니다. 저는 오늘에야 처음으로 그 사람을 자세히 보았답니다. 아주 좋은 사람처럼 보이더군요. 그럼, 이만 줄이겠어요. 나를 재촉하고 있답니다. 안녕히 가세요, 부디 안녕히…… 나의 사랑하는 이여! 부디 나를 기억해 주세요. 저 역시, 당신을 결코 잊지 않을 겁니다. 안녕히 계세요. 이 마지막 편지에도 첫 번째 편지에 그랬던 것처럼 제 서명을 하겠습니다……. 생각나시나요?

따찌야나

두 번째 편지는 다음과 같은 내용이었다.

이반 뻬뜨로비치! 내일 자네는 새 덧신을 받게 될 것이네. 나는 무엇이든 남의 호주머니에서 도둑질하는 버릇은 없다네. 또한 길거리에서 이것저것 고물 쪼가리들을 긁어모으는 취미도 없다네.

예브게니 니꼴라이치는 며칠간 자기 할아버지 일로 심비르스끄로 떠날 예정이라네. 나더러 길동무가 되어 도와 달라고 하는데, 자네의 생각은 어떤가?

뻬쩨르부르그 연대기

4월 27일

바로 얼마 전까지만 해도 뻬쩨르부르그 사람 하면, 잠옷에다가 침실용 모자를 쓰고 꼭 닫힌 방 안에서 두 시간마다 무슨 약인가를 한 스푼씩 떠서 먹는 모습을 머리에 떠올리곤 했다. 그렇다고 물론 모두가 환자들은 아니다. 직무 때문에 아플 수도 없는 사람들도 있고, 또 강인한 천성 덕분에 질병에서 무사히 벗어난 사람들도 있다. 그러나 마침내 태양이 빛을 발하고 있고, 이는 다른 어떤 소식보다도 값지다. 병에서 회복 중에 있는 그는 망설이고 있다. 마지못해 침실용 모자를 벗어 버리고 생각에 잠긴 채 몸단장을 하고는 드디어 산책하러 나가기로 결심한다. 물론 스웨터에 털외투를 입고 방수 덧신을 신는 등 완전 무장을 한 채로 말이다. 그는 따스한 공기와 거리를 오가는 사람들에게서 풍겨 나오는 어떤 축제 분위기, 모습을 완전히 드러낸 아스팔트 위를 달리는 마차들이 내는 고막이 터질 것 같은 소음 등에 약간은 놀라면서 기분이 좋아진다. 병에서 회복 중인 그가 마침내 네프스끼 거리의 신선한 먼지를 마시게 된 것이다! 그의 심장은 고동치기 시작하고 그때까지만 해도 의심쩍은 듯, 믿지 못하겠다는 듯 굳게 닫혀 있던 입술은 미소를 머금은 듯 약간 비뚤어진다. 질척이는 진흙탕과 공기 중의 진한 습기가 사라진 후 날아다니는 뻬쩨르부르그의 첫 먼지는 물론 달콤함에 있어 옛날 고향의 화덕에서 피어 오르던 연기에 결코 뒤지지 않았다. 그래서 산책을 하는 그의 얼굴에서는 의혹의 표정이 사라지고, 마침내 그는 봄을 맘껏 즐기기로 결심한다. 봄을 즐기려고 결심한 뻬쩨르부르그 주민에게는 흔히 선량하고 순진한 그 무엇인가가 있어서 도대체 그와 기쁨을 함께 나누지 않을 수가 없게 된다. 그는 친구를 만나면 보통 건네곤 하던 〈별일 없는가〉라는 질문 대신에 이보다 훨씬 색다른 질문인 〈오늘은 신수가 어떤가〉로 바꾸어 물어본다. 뻬쩨르부르그에서는, 특히 날씨가 좋지 않은 다음날 〈별일 없는가〉라고 물어보는 것이 무례한 질문이라는 것은 이미 모두가 알고 있는 사실이다. 나는 뻬쩨르부르그에 사는 두 친구가 길에서 만나 서로 인사를 나눈 다음, 둘이 동시에 〈별일 없는가〉라고 묻고 나면 다음의 대화가 어떤 억양으로 시작되든 간에 그들의 목소리에서 가슴을 찌르는 듯한 우울함이 느껴지는 것을 자주 목격했다. 실제로 이 질문에는 완전한 절망감이 담겨 있다. 그러나 무엇보다도 화가 나는 것은 만사에 무관심하고 이 지역의 관습을 잘 안다는 뻬쩨르부르그 토박이라는 사람들이 자주 그렇게 묻는다는 사실이다. 그는 질문을 던지기 전에 벌써 자기의 질문에 아무도 대답하지 않을 것이며, 새로운 건 아무것도 없다는 것을 알고 있다. 그는 이미 1천여 번 정도 아무런 의미도 없이 이런 질문을 던지곤 했으며, 이미 오래전부터 새로운 게 없으리라는 사실에 안심하고 있는 터이다. 그런데도 그는 마치 관심을 가지고 있다는 듯, 혹은 예의 때문인지는 몰라도 사회적인 일에는 참여를 해야 한다, 공동의 관심사에는 의견을 표명해야 한다는 듯, 그런 질문을 계속 던지고 있다. 공동의 관심사, 그러니까 우리에게 공동의 관심사라는 것이 존재한다는 데 대해서는 논쟁의 여지가 없다. 우리는 모두 정열적으로 조국을 사랑하고, 우리의 고향 뻬쩨르부르그를 사랑하며, 무슨 일이 생기면 함께 즐기기를 좋아한다. 한마디로 공동의 관심사에는 여러 가지가 있다. 그러나 우리는 〈모임〉[1]이라는 단어를 더 자주 사용한다. 뻬쩨르부르그가 나름대로의 규약과 예절, 규칙, 논리, 그리고 회장이 존재하는 엄청난 수의 소모임들의 집합체라는 것은 누구나 알고 있는 사실이다. 이는 어떻게 보면 사회 생활을 조금은 꺼려하고 가정에 보다 애착을 느끼는 우리 민족의 산물이라고도 볼 수 있다. 더욱이 사회 생활에는 기교가 필요하고 이런저런 조건들이 마련되어야 하기 때문에, 한마디로 말해서 집이 훨씬 낫다고 할 수 있다. 집에서는 보다 자연스럽고, 기교도 필요 없으며 마음도 훨씬 편하다. 모임에서는 〈별일 없는가〉라는 질문에 활기 찬 답변이 뒤따를 것이다. 질문은 곧바로 사적인 의미를 띄게 되고, 그에 대해 수다스러운 혹은 누가 들어도 냉소적인 하품을 불러일으킬 만한 그런 투의 답변을 들을 수 있을 것이다. 이런 모임에서는 하품과 입방아 속에서 가장 평온하고 달콤하게 자신의 유익한 인생을 모두 보낸 다음, 이 모든 일들이 어떻게 일어났는지, 무엇 때문인지도 모르는 채 어느 날 갑자기 찾아온 독감이나 열병으로 인해 단호하고 냉담하게 세상과 작별을 고해야 한

---

[1] 영어로는 (small) circle에 해당함.

단 말인가? 사람들은 컴컴한 어둠 속에서, 혹은 황혼이 질 무렵, 혹은 한줄기 빛도 없는 비 오는 날에 어쨌든 살아왔고(아니면 살았던 것 같고), 그러면서 뭔가를 성취하긴 했는데, 지금 어째서 이 기분좋고 평온한 세상을 버리고, 더 나은 다른 세상으로 떠나야 하는지 전혀 모르는 상태에서 죽어 간다. 한편 다른 모임에서는 구체적인 사안에 대해 격렬한 토론을 벌인다. 교육도 받고 건전한 생각을 가진 몇몇 사람들이 열성적으로 회합을 가지며 잡담이나 카드 놀이 같은 쓸데없는 놀이를 모두 배격하고(아마도 문학 모임은 아닐 것이다), 다양한 주제에 대해 열광적으로 대화를 나눈다. 이렇게 이야기도 하고 토의도 해서 뭔가 사회에 유익한 몇몇 문제들을 해결하고, 서로 상대에게 자신의 의견을 관철시키고 난 다음에는, 모임 전체는 왠지 짜증 나고, 기분 나쁜 허탈한 상태가 되어 버린다. 그래서 결국에는 상대방에게 화를 내고, 몇 가지 아픈 사실들이 이야기되고, 몇몇 잔인하고 과장된 인격들의 실체가 폭로되면, 결국 각자 집으로 흩어져 진정을 하게 되고 현실적인 삶의 지혜가 쌓이게 되면 점차적으로 위에서 말한 모임과 흡사해지는 것으로 끝을 맺는다. 물론 그렇게 사는 것도 나쁘지는 않지만, 결국에 가서는 화가 날 정도로 안타까워진다. 예를 들어 내가 우리의 보수적인 모임들에 대해 안타깝다고 느끼는 것은, 거기에 반드시 역겨운 성격을 가진 한 신사가 나타나 눈에 띄는 행동을 한다는 점이다. 여러분들은 이 신사를 잘 알 것이다. 이 신사는 〈선한 마음〉을 가지고 있고, 〈선한 마음〉 외에는 아무것도 가진 게 없다. 우리 시대에 선한 마음을 간직하고 있다는 것이 얼마나 놀라운 일이냐는 듯! 결국에는 그걸, 그러니까 이 선한 마음을 영원히 가져야 하는 것처럼! 이런 훌륭한 자질을 갖춘 이 신사는 영원히 만족하고 또 행복해지기 위해서는 자신의 선한 마음 하나면 충분하리라는 완벽한 확신을 가지고 사교계에 진출한다. 그는 성공을 확신한 나머지 인생 길로 나갈 준비를 하면서 다른 모든 수단은 무시해 버린다. 예를 들어 그는 구속이나 자제 같은 것은 전혀 모른다. 그는 모든 일에 자유 분방하고 노골적이다.

이 사람은 갑자기 누군가가 좋아져서 친해지는 경향이 지나칠 정도인데, 자신이 모든 사람을 사랑한다는 사실 자체만으로도 모두가 금세 자신을 좋아할 것이라고 굳게 믿고 있다. 단지 정열적으로 누군가를 사랑하는 것만으론 부족하고 자신을 사랑하게 만들 수 있는 기술 또한 습득해야 하며, 이것 없이는 모든 게 허사이고, 이것 없이는 그의 사랑하는 마음이나, 그의 억제할 수 없는 열정의 대상으로 지목된 그 불행한 대상에게도 삶이 현실적인 것이 될 수 없다는 사실을, 이 신사의 선한 마음은 결코 알 수가 없는 것이다. 만일 이 사람이 친구를 사귀게 되면, 그 친구는 곧 집에 있는 가구나 혹은 침 뱉는 그릇처럼 변해 버리고 만다. 모든 것, 정말 모든 것이, 고골의 표현을 빌리자면 〈마음속에 있는 모든 시시콜콜한 것들〉까지도 그의 혀끝을 통해 친구의 가슴속으로 날아 들어 간다. 친구는 이 모든 이야기를 듣고 또 이 모든 것에 진심으로 슬퍼해야만 한다. 사기를 당했거나 자신의 정부(情婦)로부터 속임을 당했거나 카드 놀이에서 돈을 잃기라도 하면 그는 허락도 없이, 그 즉시 곰처럼 저돌적으로 친구의 집으로 달려가서는 아주 하찮은 일에 이르기까지 모든 걸 구구절절 그에게 털어놓는다. 이때 이 신사는 친구도 역시 여러 가지 걱정으로 머리가 지끈거린다거나 혹은 친구의 자식들이 죽었다거나 혹은 친구의 아내에게 뭔가 좋지 않은 일이 생겼다는 사실을 전혀 눈치도 채지 못한다. 결국 친구를 사랑하는 마음을 가진 이 신사는 그에게 지긋지긋할 정도로 귀찮은 존재가 되어 버리고, 결국 친구는 이 신사에게 오늘은 날씨가 너무 화창하지 않느냐면서 혼자 산책이라도 즐기는 게 어떻겠느냐고 은근히 암시를 줄 정도에까지 이른다. 어떤 여인을 사랑하게 될 경우, 그는 자신의 직설적인 성격으로 인해 셀 수 없을 정도로 그녀를 모욕하고 난 다음에야 비로소 자신의 사랑하는 마음을 통해 이 사실을 알아챌 것이다. 그러나 그가 이 사실을 알아채기 전에(물론 그가 그런 걸 알아챌 수 있는 능력이 있는 경우에 한해서지만) 이미 이 여인은 그의 사랑으로 인해 갈수록 초췌해져 가고, 결국에 가서는 그와 함께 있는 것이 끔찍하고 거북스럽게 느껴지게 된다. 무로마 족[2]처럼 순수했던 그의 사랑하는 마음이 결국 그녀의 존재 자체를 독살시킨 것이다. 그렇다! 단지 고립과 은거, 그리고 무엇보다도 이런 소모임에서만이 이와 같은 기질의 훌륭한 작품, 혹은 미국인들의 말에 따르면, 이와 같은 〈우리의 가공되지 않은 원료의 표본〉이 만들어진다. 이는 아무런 인공도 가미되지 않은 모든 것이 자연 그대로인, 구속이나 자제가 뭔지도 모르는 순수한 천연광이다. 이런 사람에게 인생이란 하나의 예술이며 살아간다는 것은 자신을 예술작품으로 만드는 것을 의미하며, 태만과 대중을 와해시켜 버리는 단절과 고립이 아닌 공동의 이해 관계 속에서, 사회 대

---

2 9~12세기 러시아 오까 강 하류와 끌랴지마 강 사이에 살던 종족.

중과 대중의 직접적인 요구에 대한 관심 속에서만이 자신의 보물과 자신의 자본, 자신의 선한 마음이 진실로 고귀하고 모방할 수 없는 빛나는 다이아몬드로 연마될 수 있다는 사실을 잊어버리고, 자신의 완벽한 순진함에도 전혀 의심을 하지 않는다.

하느님 맙소사! 여러분, 옛날의 멜로드라마나 소설에 등장하던 악인들은 다 어디로 사라져 버린 겁니까? 그들이 이 세상에 살아 있었을 때가 얼마나 좋았는지 모른다! 어째서 좋은가 하면, 바로 여기 우리 옆에 무죄를 옹호하고 사악함을 벌하는 가장 은혜로운 사람이 있었기 때문이다. 이 악한, 이 티라노 인그라토tirano ingrato는 어떤 비밀스럽고 전혀 이해할 수 없는 그런 운명의 예정에 의해 이미 완전히 준비된 악한으로 태어났다. 그가 하는 모든 짓은 악한 행동 그 자체였다. 그는 이미 엄마 뱃속에서부터 악한이었으며, 뿐만 아니라 그의 조상들은 아마도 그의 탄생을 예견하여 미래의 후손이 차지할 사회적 위치에 상응하는 성(姓)을 선택해 놓았다. 우리는 이미 그의 성 하나만으로도 이 사람이 칼을 가지고 다니면서 아무 이유도 없이 그냥 사람들을 죽이고 다닌다는 사실을 알 수 있다. 마치 찌르고 불지르는 기계처럼. 이런 건 괜찮다! 최소한 이해는 할 수 있으니까! 그런데 지금 작가들이 무엇에 대해 쓰는지를 한번 알아보자. 어째선지 지금은 갑자기 가장 선한 사람, 정말 악한 행동과는 아주 거리가 먼 그런 착한 사람이 자신도 모르는 사이에 가장 악한 사람이 되어 버린다. 무엇보다도 안타까운 것은, 그 누구도 이 사실을 의식하지 못하고 있고, 그렇기에 그 누구도 그에게 얘기해 줄 수 없어서 그는 그렇게 오랫동안 아무 일없이 살아가

다가 결국엔 부러울 정도의 존경과 칭송 속에서 죽어 가는 것인데, 흔히 그의 죽음은 진심 어리고 부드러운 애도를 받게 된다. 무엇보다도 흥미 있는 것은 바로 고인에게 피해를 당한 사람이 그의 죽음을 가장 슬퍼한다는 사실이다. 어떻게 우리 사회에 자리 잡았는지 정확히 알 수는 없지만 세상에는 종종 얼마간의 사려 깊은 행동이 이뤄지고 있다. 한가한 시간에 사람들의 행복을 위해 필요할 정도는 말이다! 최근에 있었던 예를 하나 들어 보자. 나와 잘 아는 사이로 남에게 항상 호의적인 인물이며 나에게도 약간의 도움을 주었던 율리안 마스따꼬비치는 결혼을 준비하고 있었다. 사실 적령기에 결혼한다는 것이 쉬운 일은 아니다. 그는 아직 결혼을 하지 않았고, 결혼식까지는 아직 3주가 남아 있었다. 그래서 그는 하얀 조끼를 입고, 가발을 쓰고, 훈장으로 옷을 치장하고는 꽃다발과 사탕을 사 들고 열일곱 살 난 너무도 순진하고 악이라고는 전혀 모르는 약혼녀 글라피라 뻬뜨로브나의 마음을 사려고 매일 저녁 그녀의 집으로 향한다. 순진 무구한 그녀에 대한 생각 하나만으로도 율리안 마스따꼬비치의 아첨에 능한 입가에는 엷은 미소가 드리워진다. 하긴, 그 나이에 결혼을 한다는 것은 기분좋은 일이긴 하다! 만약 내 생각을 모두 이야기한다면, 결혼을 소년기에, 그러니까 서른다섯 이전에 하는 것은 무례하기까지하다. 애송이의 정열일 뿐이니까! 그런데 사람 나이 오십 정도가 되면, 벌써 안정감, 예의 바름, 원숙한 어조와 함께 육체적, 정신적 원만함이 나타나니 이 얼마나 좋은 일인가, 정말 좋은 일이다! 게다가 생각하는 건 또 어떻고! 한 인간이 인생을 살고 또 살아가다가 드디어 뭔가를 성취하게 된 시기니까……. 그렇기에 나는 어째서 율리안 마스따꼬비치가 최근에 저녁 무렵만 되면 서재에서 뒷짐을 진 채 왔다 갔다 하는지를 전혀 알 수가 없었다. 그때 그의 얼굴은 생기를 잃은 채 아주 언짢은 표정을 짓고 있어서 만일 화급을 다투는 중대한 용건을 처리하기 위해 찾아와 서재 한구석에 앉아 있는 관리가 무덤덤한 성격의 소유자가 아니었던들, 아마도 이 후원자의 눈길 하나만으로도 금세 낙담하게 되었을 것이 분명하다. 조금이라도 생각이 있는 사람에겐 너무도 하찮고 말도 안 되는 일이라서 나는 정말 이야기하고 싶지도 않다. 고로호바야 거리에 있는, 내가 언젠가 임대하려 했던 한 아파트 4층에 현재 어느 의장 부인 한 명이 세들어 살고 있다. 그러니까 그녀는 의장 부인이었는데 지금은 미망인이 된 착하고 젊은 부인으로, 호감을 주는 용모의 소유자이다. 그런데 율리안 마스따꼬비치는 결혼하고 나서도 어떻게 하면, 물론 예전처럼 자주는 아니더라도, 저녁에 소피야 이바노브나의 집을 찾아가 재판과 관련된 그녀의 일에 대해 이야기를 나눌 수 없을까 고민하고 있는 것이다. 소피야 이바노브나가 청원서 한 장을 법원에 제출한 지도 벌써 2년이 지났는데, 그녀의 대변인이 바로 이 아주 선한 마음씨를 가진 율리안 마스따꼬비치였다. 그래서 그의 위엄 있는 이마에는 주름살이 많이 늘어났다. 드디어 그는 하얀 조끼를 입고, 꽃다발과 사탕을 손에 들고는 기쁜 표정으로 글라피라 뻬뜨로브나에게 갔다. 나는 율리안 마스따꼬비치를 머릿속에 떠올리면서 〈한 인간에게 저런 행복이 있을 수 있을까, 저 황혼의 나이에 중등 학교를 졸업한 지 겨우 한 달밖에 되지 않은 순진하고, 교양 있는 데다가, 완벽하게 그를 이해하는 열일곱 살 처녀를 동반자로 발견하다니. 그렇게 그는 살아가겠지, 만족감과 행복감 속에서 말이야!〉라고 생각을 했다. 나는 정말 그가 부러웠다! 그 즈음 날씨는 흐리고 음산했다. 나는 쎈나야 거리를 따라 걷고 있었다. 그런데, 여러분, 나는 칼럼니스트이기 때문에 여러분에게 가장 신선한 소식, 가장 〈살아 움직이는〉 소식을 전해 주어야 한다. 나는 방금 〈살아 움직이는〉이라는 고어(古語)를 사용했는데, 이 형용사는 아마도 뻬쩨르부르그 독자들이, 예를 들어 〈젠니 린드〉가 런던에 온다는 류의 어떤 살아 움직이는 소식을 듣고는 기쁨에 펄쩍 뛸 것이라는 기대감에 의해 만들어진 것 같다. 하긴 뻬쩨르부르그 독자들에게 젠니 린드가 다 뭐야! 뻬쩨르부르그에도 그런 사람은 많은데……. 아니오, 여러분, 우리 도시에 그런 사람은 없어요, 정말 없어요. 그렇게 나는 쎈나야 거리를 걸으면서 무엇에 대해 써야 하나 궁리를 하고 있었다. 뭔가 아련함 같은 것이 나의 마음을 아프게 했다. 습기가 많고 안개가 낀 아침이었다. 뻬쩨르부르그는 마치 어제 있었던 무도회 때문에 얼굴이 누렇게 뜬 채 짜증을 내는 아가씨처럼 화가 나 있었고 사악해진 모습으로 아침을 맞았다. 도시는 머리부터 발끝까지 온통 화가 나 있었다. 잠을 잘 못 잤는지, 밤새 담즙이 쓸데없이 너무 많이 생겼는지, 감기에 걸려 콧물을 흘려 대서 그런 건지, 젊은 사내처럼 저녁부터 카드 놀이에 돈을 너무 잃어서 아침 무렵이 되자 빈털터리가 된 자신을 발견해야 했는지, 아니면 투정만 부리는 사악한 아내나 버릇없고 게으른 아이들, 건방지고 면도도 하지 않은 일단의 하인들이나 유대 인 채권자들, 못된 관리들이나 이러저러한 중상을 일삼는 이들 때문인지는 잘 모르겠다. 하지만 도시는 화가 나 있어서 축축하고 거대한 벽이나 마치 좋지 않은 날씨에 덜덜 떨면서 습기로 인해 이빨을 부딪쳐 대는 대리석, 양각, 조각, 기둥, 일부러 사람들의 발 밑에서 온통 틈이 생긴 듯한 보도의 벌거벗고 축축한 화강암, 그리고 마침내는 창백하고 굳어 있으며 뭔가 아주 단단히 화가 난 채 대부분이 멋지고 꼼꼼하게 면도를 한 모습으로 맡은 업무를 수행하기 위해 이리저리 바삐 움직이는 사람들에 이르기까지, 이 모든 것을 쳐다보기조차 슬퍼졌다. 뻬쩨르부르그의 수평선은 찌푸린 표정을 짓고 있었다. 뻬쩨르부르그는 단단히 골이 나 있었다. 도시는 마치 화가 난 여느 나리들이 그렇듯 자신의 온갖 짜증을 어느 제3자에게 마구 퍼부어 대거나, 싸움을 걸어 결국엔 서로 침을 뱉고 돌아설 지경을 만들거나, 사사건건 꼬투리를 잡아 상대를 혼쭐낸 다음, 자신은 어디론가 사라져 나 몰라라 하고 있고 싶은 것처럼 보였다. 밤의 위력으로 빛을 잃고 있다가 병들어 있는 어리광쟁이 아이에게 상냥한 미소와 멋진 사랑을 담은 키스 세례를 퍼부으려고 서둘러 모습을 드러낸 태양도, 가던 길을 멈추고 불만에 찬 투정꾸러기인 병든 아이를 이해할 수 없다는 듯 유감스럽게 한번 쳐다보고는 납빛 먹구름 뒤로 쓸쓸히 사라져 버렸다. 밝고 화사한 한줄기 햇빛만이 사람들에게 무언가를 간청하려는 듯, 한순간 연보랏빛 깊은 어스름 속에서 튀어나와 지붕 위를 따라 잠시 노닐고 칙칙하고 축축한 담벽에 언뜻 모습을 보이더니, 빗방울을 때리며 수천 개의 불꽃으로 분산되어 자신만의 외로운 유희에 화가 난 듯 어딘가로 사라져 버렸다. 마치 회의적인 슬라브 인의 영혼으로 무심코 날아 들어왔다가 영혼이 당황해 하며 받아들이지 않자 이내 사라져 버린 뜻밖의 환희처럼. 마침 이때 뻬쩨르부르그에는 땅거미가 몹시도 나른하게 내려앉고 있었다. 오후 한 시를 알리는 시계 종소리가 울렸는데, 도시의 시계탑들은 아마도 무슨 권리로 이 시간 이런 어둠에 시간을 알려야 하는지 모르고 있는 듯했다.

이때 나는 장례 행렬과 마주쳤는데, 칼럼니스트인 나는 그 즉시 유행성 감기와 열병이 뻬쩨르부르그의 당면한 문제라는 사실을 떠올렸다. 호화로운 장례식이었다. 이 긴 장례 행렬의 주인공은 값비싼 관 속에 누워 엄숙하고 단정하게, 발을 앞으로 한 채 이 세상에서 가장 편한 집을 향해 가고 있었다. 신부들의 긴 행렬은 흩어진 전나무 가지들을 묵직한 장화발로 밟아 부러뜨리며 온 거리에 타르 냄새를 발산시키고 있었다. 깃털 장식이 달린 모자는 관 위에 가지런히 놓여 이 고관의 직위를 말해 주고 있었다. ……관 옆에서는 아마 고인의 처남이나 사촌 동생쯤 되어 보이는 머리가 허연 대령 한 명이 슬픔을 견디지 못해 목 놓아 울고 있었다. 긴 마차 행렬에서는, 항상 그렇듯 사람들의 얼굴에 일그러진 슬픈 표정이 어른거렸고, 끊임없이 이어지는 험담소리가 소곤소곤 들려왔으며, 아이들은 하얀 상복을 입고도 즐거운 듯 웃고 있었다. 나는 왠지 우울하고 화가 치밀었으나, 비난할 사람이 아무도 없는데도 누군가를 책망하는 화난 표정으로, 녹초가 되어 둔해진 말, 이 네 발 달린 짐승의 호의를 받아들여야 했다. 조용히 행렬을 따라가다가 옆 마차에서 슬그머니 훔친 건초 한 묶음을 한참 전부터 씹고 있던 녀석은 할 일이 없었는지 장난이나 치기로 작정했는지, 근엄하거나 바빠 보이는 행인을 골라서는(나도 그런 행인으로 보였나 보다), 옷깃이나 소매를 살짝 잡아 자기 쪽으로 끌어당기고는, 마치 아무 일도 없었다는 듯이, 우울한 아침의 상념에서 퍼뜩 정신을 차린 나에게 수염이 잔뜩 난 자신의 선한 얼굴을 들이댔다. 불쌍한 말 같으니라고! 나는 집으로 돌아와 연대기를 쓰려다 나도 모르게 잡지를 펼쳐서는 어느 중편소설 하나를 읽기 시작했다.

  이 소설은 모스끄바의 한 중산층 가족에 관한 것이다. 작품에서는 사랑에 대해 이야기하고 있는데, 여러분은 어떤지 모르겠지만 나는 사랑을 주제로 한 작품을 별로 좋아하지 않는다. 나는 마치 머나먼 고향 모스끄바로 옮겨 간 듯했다. 여러분, 만약 이 소설을 아직 읽지 않으신 분이 있다면, 꼭 읽어 보라고 권하는 바이다. 실제로 어떻게 이런 새롭고 훌륭한 소식을 전할 수 있겠는가? 네프스끼 거리에 나타난 신형 합승 마차가 인기를 끌고 있다는 것, 한 주일 내내 네바 강이 모든 사람의 관심을 끌었다는 것, 아니면 매일 그 시간에 살롱에 모인 사람들이 애타게 여름을 기다리며 여전히 하품만 하고 있다는 것, 이런 것들을 원하는가? 여러분, 이것은 이미 오래전에 여러분 스스로가 흥미를 잃은 것이다. 여러분이 한 시베리아 지방의 아침을 묘사한 글을 읽었다고 가정하자. 정말 지루하지 않은가? 그러니까 지루한 시간, 음산한 아침에는 모스끄바의 한 작은 가정과 이 집안에 전래되던 거울이 깨진 이야기를 읽어 보라. 나는 마치 어릴 적에 이 가정의 어머니인 불쌍한 안나 이바노브나를 본 듯하며, 이반 끼릴로비치도 알고 있는 것 같다. 이반 끼릴로비치는 착한 사람인데, 기분이 좋아 허세를 부릴 때면 여러 가지 농담 던지기를 좋아한다. 예를 들어, 그의 아내는 몸이 좋지 않은 데다가 늘 죽음을 두려워하고 있다. 그런데 그는 사람들 앞에서 웃어 대기 시작하면 은근 슬쩍 농담으로 자기가 홀아비가 되면 새 장가를 들 것이라고 말하곤 한다. 아내는 참고 참다가 결국에는 긴장을 풀면서 웃음을 터뜨린다. 어쩌겠어, 남편 성격이 그 모양인데. 예를 들어 찻주전자가 깨졌다고 치자. 물론 돈이 아깝겠지. 하지만 남편이 창피해 하면서 왜 그렇게 조심성이 없느냐고 핀잔을 주기 시작하면, 사람들 앞에서 아내가 더 민망해 하지 않겠는가. 드디어 사육제 날[3]이 다가왔다. 이반 끼릴로비치는 집에 없었다. 저녁 파티에는 큰딸 올렌까의 여자 친구들이 많이 왔다. 물론 청년들도 많았고, 장난기 심한 아이들도 있었다. 또한 빠벨 루끼치도 있었는데, 그는 월터 스콧의 소설에나 어울리는 사람이었다. 이 빠벨 루끼치는 사람들의 정신을 홀딱 빼놓더니, 갑자기 술래잡기를 하자고 제안했다. 아픈 안나 이바노브나는 뭔가 좋지 않은 느낌이 들었다. 그러나 모두가 원하기 때문에 그녀는 어쩔 수 없이 술래잡기 놀이를 허락했다. 아, 여러분, 15년 전 내가 술래잡기를 하던 때와 똑같다! 얼마나 재미있는지 모른다! 게다가 이 빠벨 루끼치란 사람은 또 어떻고! 올렌까의 친구인 검은 눈동자의 사셴까가 벽에 달라붙어서 기대감에 가슴을 두근거리면서 자긴 이제 죽었다고 중얼거리는 것도 무리는 아니다. 그처럼 빠벨 루끼치는 무서운 사람인데, 그런 그가 지금 술래가 되어 수건으로 눈을 가린 채 있다. 그러던 중 몇몇 꼬마들이 구석의 걸상 밑으로 뛰어가 거울 근처에서 소란을 피우게 되었다. 그러자 빠벨 루끼치는 소리가 나는 쪽을 향해 돌진했는데, 그때 거울이 약간 흔들리는 듯하더니 낡은

[3] 고대 슬라브 인들 사이에서는 이 축제를 기점으로 하여 겨울을 보내고 봄을 맞이할 준비를 하게 된다.

매듭이 끊어지면서 거울은 그의 머리를 스쳐 바닥에 떨어져 박살이 나고 말았다. 이 부분을 읽을 때 나는 마치 내가 그 거울을 깬 것 같은 기분이었다! 마치 이 모든 것이 나의 잘못인 것 같았다. 안나 이바노브나는 창백해졌다. 모두 사방으로 달아나 버렸는데, 모두 당황했으며 두려워했다. 어떻게 될까? 나는 초조와 두려움으로 이반 끼릴로비치가 돌아올 기다렸다. 나는 안나 이바노브나에 대해서도 생각했다. 한밤중이 되자 술에 취한 그가 집으로 돌아왔다. 현관에 도착했을 때 고자질쟁이로서 전통적인 모스끄바 노친네인 할머니가 나와서는 그를 보자마자 집 안에서 벌어진 불상사에 대해 소곤거렸다. 나의 심장은 뛰기 시작했다. 갑자기 소나기가 내리기 시작했는데, 처음에는 엄청난 소리로 내리다가 점차 수그러들었다. 나는 이젠 어떡하나, 하는 안나 이바노브나의 목소리를 들었다. 3일 후 그녀는 병석에 드러누웠고, 한 달 후 폐병으로 세상을 떠났다. 어떻게 이럴 수가, 겨우 깨진 거울 때문에? 이런 일이 가능하단 말인가? 그렇다, 가능하다. 아무튼 그녀는 죽었으니까. 이 조용하고 평범한 인생의 마지막 순간에 대한 묘사에서 어떤 디킨스적인 매력이 느껴지지 않는가!

이반 끼릴로비치도 훌륭한 사람이다. 그는 거의 실성한 사람 같았다. 직접 약국을 뛰어다니고, 의사와도 언쟁을 하고, 아내가 자기만 남겨 두고 죽으면 어떻게 하느냐며 계속 울기만 했다. 그래, 아마도 여러 가지 일이 머릿속에 떠올랐을 것이다. 뻬쩨르부르그에는 이런 가정이 많다. 개인적으로 내가 아는 사람은 이반 끼릴로비치 한 사람밖에 없지만, 그런 사람들은 의외로 상당히 많다. 여러분, 내가 왜 여러분에게 이

소설에 대한 이야기를 꺼냈는가 하면 다른 중편소설 하나에 대한 이야기를 하기 위해서다. 하지만 그건 다음 기회로 미루자. 그건 그렇고, 이번에는 문학에 대해 한마디 하자. 많은 사람들이 겨울에 발표된 문학 작품들에 상당히 만족해 하고 있다는 이야기가 들린다. 비판의 목소리나 부산스러움, 혹은 꼬리에 꼬리를 무는 논쟁도 눈에 띄지 않았다. 물론 몇몇 새로운 신문과 잡지가 등장하긴 했다. 어째서인지 모든 것이 진지해지고 엄격해졌다. 모든 작품에 균형감, 원숙함, 신중함과 조화가 더해 가고 있다. 물론, 고골의 책이 겨울 초엽에 엄청난 논쟁을 불러일으키긴 했다. 특히 흥미로운 점은 거의 모든 신문, 잡지에서 이 책에 대한 서평을 썼는데, 그 의견이 서로 앞뒤가 맞지 않는다는 것이다.

이것 참, 중요한 걸 빠뜨릴 뻔했다. 이야기하는 동안 내내 기억하고 있었는데, 깜빡 잊어버렸다. 에른스뜨가 또 한번의 콘서트를 가질 예정인데, 기금은 빈민 구조 협회와 독일 자선 협회에 기부할 것이라고 한다. 극장이 관객들로 가득 찰 것이라는 건 굳이 말할 필요조차 없을 것이다.

5월 11일

우리의 이 커다란 도시에서, 누구도 알지 못하는 어떤 새로운 소식을 알고 있고, 게다가 그 소식을 아주 재미있게 이야기할 줄 아는 사람이 있다면, 그런 사람이 어느 정도의 가치를 지니는지, 혹시 여러분은 알고 있는가? 내 생각에 그런 사람은 거의 위대한 사람에 가깝다. 어떤 새로운 이야기를 알고 있는 것이 자본을 소유하고 있는 것보다 훨씬 더 낫다는 것은 말할 여지도 없다. 뻬쩨르부르그 사람은 서둘러서 자신이 알고 있는 희귀한 소식을 얘기하려 할 때면, 입을 열기도 전에 정신적으로 달콤한 열정 같은 그 무엇을 느끼게 된다. 그의 목소리는 약해지면서 만족감에 떨린다. 그의 심장은 마치 장밋빛 버터 속에서 헤엄치는 듯하다. 그는 소식을 전하기 위해 네프스끼 광장을 지나 친구들에게로 달려가고 있는 그 순간부터 갑자기 기분 나쁜 모든 일에서 해방되는 스스로를 발견한다. (관찰한 바에 따르면) 그의 평소 지병조차 말끔히 치유되거나 혹은 이 순간만큼은 자기의 적들에게조차 관대해진다. 그는 아주 온순해지고 위대해진다. 어째서 이와 같은 현상이 일어나는 것일까? 그런 장엄한 순간 뻬쩨르부르그 사람은 모든 장점과 소중함을 인식하고, 스스로에게 공평성을 부여하기 때문이다. 이뿐만이 아니다. 다른 때 같으면 무슨 일이 있어도 여러분이 집 현관 안으로 들이지 않을 그런 사람들이(정말 정신없는 상황을 제외하고) 많이 있다. 물론 그런 것은 좋지 않다! 그 부류에 속하는 사람은 이미 자신이 뭔가 잘못하고 있으며, 꼬리와 귀를 축 내린 채 상황을 기다리는 개와 흡사하다는 사실을 스스로 인식하고 있다. 그런데 어느 날 갑자기 다음과 같은 일이 벌어진다. 바로 그 신사가 성큼성큼 당신을 향해 만족스러운 표정으로 벨을 누르고는 깜짝 놀란 하인의 곁을 지나 자연스럽게 활짝 웃는 표정으로 당신에게 악수를 청하게 되면, 그제서야 당신은 그에게 어떤 새로운 소식이나 흥미로운 소문, 혹은 뭔가 기분좋은 일이 있음을 눈치 챌 것이다. 그렇지 않다면 그런 신사가 당신을 찾아올 리 만무할 테니까. 그럼 당신은 애들에게 영어를 가르치고 남편에게 매를 드는 아내처럼, 어떤 새로운 소식도 좋아하지는 않지만 남의 얘기에 귀를 기울이는 사교계의 점잖은 귀부인처럼, 만족스럽게 그의 이야기를 경청할 것이다.

여러분, 소문이란 정말 달콤한 것이다! 나는 자주 이런 생각을 해본다. 다른 국가에서는 결코 들을 수 없는 그런 엄청나게 새로운 이야기를 들려주는 재능을 가진 사람이, 만일 우리 뻬쩨르부르그에 나타난다면, 그 사람은 엄청나게 많은 돈을 벌 수 있을 텐데 하고 말이다. 그러나 우린 여전히 우리 도시에 사는 평범한 이야기꾼, 식객, 웃기는 이들 속에서 그럭저럭 잘 해나가고 있다. 물론 그 중에서도 뛰어난 사람들은 몇몇 있게 마련이다! 인간이란 얼마나 놀랍게 창조되었는지 모른다! 흥미로운 이야기를 듣는 사람은 갑자기 어떤 날벌레, 평범하고 작은 그런 날벌레처럼 변해 버린다(절대로 비겁해서가 아니다). 그의 얼굴은 축축한 것이 아닌 뭔가 빛나는 색깔로 전체가 뒤덮여 버린다. 갑자기 그의 키는, 예를 들면, 당신 키보다 더 작아진다. 그라는 존재는 눈 깜짝할 사이에 사라져 버린다. 그는 정말 동냥을 기다리는 거지처럼 당신의 눈을 쳐다보기만 한다. 뿐만 아니라, 그는 엄청나게 비싼 연미복을 입었음에도 불구하고 모인 사람들의 열광 속에 함께 휩쓸려서는, 마치 바다에 엎드려서 기쁘게 꼬리를 흔들며 깨갱거리고 핥아 댈 뿐 〈먹어〉 하고 말할 때까지는 절대로 입도 안 대는 강아지와 흡사해진다. 그런데 가장 재미있고, 또 기분좋은 점은 그가 그러면서도 절대로 품위를 잃지 않는다는 점이다. 당신이 확신하는 것처럼, 그는 품위를 신성하고 소중하게 유지하는데, 이 모든 것은 아주 자연스럽게 이루어진다. 당신은 물론 명예의 레굴이요, 최소한 아리스찌드가 되어서, 다시 말해 진리를 위해 기꺼이 몸을 바칠 것이다. 당신은 자신의 소인(小人)을 꿰뚫어 본다. 그런데 소인은 그 반대로 자기 쪽에서 당신을 아주 훤하게 들여다본다고 확신한다. 그리하여 모든 일은 잘 진행되어 당신에게도 좋고, 소인 역시 품위를 잃지 않는다. 그런데, 여러분, 문제는 바로 그가 당신을 치켜세운다는 사실이다. 당신 면전에서 당신 칭찬을 하는 것은 좋지 않다. 그건 찜찜하고, 기분 나쁜 일이다. 하지만 결국 당신은 상대방이 아주 영악하게 당신 칭찬을 하는데, 당신 스스로도 만족스럽게 여기는 바로 그런 부분을 지적하면서 칭찬한다는 사실을 느낀다. 결과적으로 그 사람은 똑똑하고, 남을 칭찬하는 방법도 알고 있으며, 어떤 느낌이라는 것도 알고 있고, 남의 마음속도 알고 있다는 뜻이다. 왜냐하면 그는 당신에 대해 아마 당신 자신조차 눈치 챌 수 없었던 것마저 끄집어내어 인정하면서 치켜세우기 때문이다. 드디어 당신은 이렇게 말할 것이다. 아마도 그 사람은 아첨꾼이 아니라, 뭐, 그냥 지나치게 천진난만하고 진실한 사람인지도 몰라. 뭣 때문에 사람을 처음 보자마자 다짜고짜 거부해야 해? 그렇게 그 사람은 원하는 모든 것을 자신의 손에 넣게 된다. 그는 마치 폴란드 나리에게 절대로 자기 물건을 사지 말라고, 뭐하러 사냐고 애걸해 대는 유대 인과 같다. 유대 인은 나리에게 그저 물건을 한번만 보라고, 보고 나서 정말 형편없다면 침을 뱉고 가도 좋으니까, 그저 보따리 속을 한번 들여다만 보고 가라고 한다. 결국 유대 인은 보따리를 풀게 되고, 그 폴란드 나리는 유대 인이 팔고자 하는 모든 물건을 사게 된다. 여기에서도 역시 우리 도시의 소인은 절대로 비열하게 행동하지 않는다. 거창한 말도 필요 없다! 절대로 수준 낮은 사람이 아니니까. 그는 현명한 사람이고, 귀여운 사람이고 사회적인 사람이며, 나름대로 욕심도 있고 노력하는 사람이며, 사교에도 능한 사람이다. 물론 그는 남들보다 좀 앞서 나가고, 또 남들과는 좀 다르다. 하지만 그는 사회가 필요로 하는 사람으로서 그가 없었다면 많은 사람들이 무료함으로 인해 고통을 받았거나 혹은 서로가 서로를 못 잡아먹어서 난리였을 것이다. 물론 이중성이나 탈을 쓰는 것은 좋지 않다. 나 역시 동의하는 바이다. 하지만 지금 모든 사람들이 자신의 본 모습을 드러낸다고 상상하면, 그것 역시 아주 끔찍할 것이다.

이 모든 생각이 내 머릿속에 떠오른 것은 뻬제르부르그 사람 모두가 자신의 새 봄옷을 뽐내기 위해 레뜨니 싸드[4]와 네프스끼 광장에 나온 바로 그 즈음이었다.

맙소사! 네프스끼 광장에서 이루어지는 사람들의 만남, 이것 하나만으로도 웬만한 책 한 권은 쓸 수 있을 것이다. 하지만 여러분들은 이미 경험으로 잘 알고 있을 테니까, 굳이 책까지 쓸 필요는 없을 것 같다. 나의 머릿속에는 또 다른 생각 하나가 떠올랐다. 바로 뻬제르부르그에선 엄청나게 낭비가 심하다는 사실이다. 뻬제르부르그에 사는 사람들 중 자신이 원하는 모든 걸 손에 넣을 수 있는 부유한 사람들은 얼마나 될까? 나는, 내가 옳은지 모르겠지만(만일 그런 비교가 가능하다면), 뻬제르부르그를 생각할 때면, 나이가 지긋한 부유하고 합리적이면서도 마음씨 좋은, 그런 존경받는 아버지의 나이 어리고 버릇없는 아들이 머리에 떠오른다. 아버지는 드

---

4 뻬제르부르그에 있는 공원으로 〈여름 공원〉이란 뜻이다.

디어 은퇴하고는 시골로 내려가 살면서 무명으로 만든 프록 코트를 입을 수 있게 되어 기뻐 어쩔 줄을 모른다. 그러나 아들을 사회에 내보내고, 교육을 받도록 해야 하고, 그래서 어엿한 유럽 사람을 만들어야 하기에 아버지는 비록 계몽이 뭔지 얼핏 귀동냥으로 들었을 뿐이지만, 자기 아들이 가장 계몽된 젊은이가 되어 주기를 바란다. 사회 생활을 시작한 아들은 처음에 외모에만 관심이 있어 유럽 식 양복을 입고 콧수염, 턱수염을 기르게 된다. 아들은 어쨌든 서서히 어른스러워지고 경험도 쌓고 자립심 있는 사람이 되면서 스스로 인생을 개척하려 노력한다. 그렇게 하여 아들은 겨우 스무 살의 나이에, 자신의 아버지가 증조부, 고조부적 전통 속에서 평생을 걸려 겨우 알아낸 것보다 훨씬 더 많은 것을 알게 된다. 그러나 아버지는 아들의 턱수염 하나만 보고는 깜짝 놀란다. 또 아들이 계속해서 아버지의 호주머니를 축내고, 또 아들이 약간은 진보적이고 개인주의적으로 변한 것을 보고 아버지는 투덜대고 화를 내면서 계몽과 서구를 싸잡아 비난하면서, 〈이젠 달걀이 닭을 훈계하기 시작한다〉고 못마땅하게 생각한다. 하지만 아들은 어쨌든 살아가야 하기 때문에 자신도 모르는 사이에 서둘러서 미래를 계획하게 된다. 물론 그는 상당히 빠른 속도로 돈을 낭비하긴 한다.

자, 겨울이 막을 내리고, 적어도 달력상으로는 뻬쩨르부르그에도 봄이 찾아왔다. 신문의 여러 면이 해외로 떠나는 사람들의 명단으로 가득 차기 시작한다. 그제서야 여러분은 놀랍게도 뻬쩨르부르그 사람들의 건강 문제가 재정 문제에 비해 훨씬 심각하다는 것을 알아차리게 될 것이다. 나 또한 이런 비교를 하다 보면 내가 이곳 수도가 아닌 어디 외딴 야전

병원에 누워 있는 것 같은 두려움을 느끼기 시작한다. 그러나 나는 이내 내가 쓸데없는 걱정을 하고 있으며, 시골에 사는 아버지들의 지갑이 꽤나 큼직하고 두툼하다는 사실을 깨달았다.

여러분은 별장들이 사람들로 속속 들어차는 위대한 광경과 자작나무 숲이 멋진 옷으로 갈아입고 울긋불긋해지는 모습, 그리고 사람들 모두가 만족하고 행복해 하는 모습을 볼 수 있을 것이다. 이렇게 만물이 기뻐하는 것을 보고 있으면 아무리 가난한 사람도 만족하고 행복해질 것이라고 나는 확신한다. 적어도 여러분은 광활한 우리 나라의 그 어느 도시에서도 볼 수 없는 그런 광경을 돈도 내지 않고 볼 수 있는 것이다.

그건 그렇고, 가난한 사람에 대해 잠시 생각해 보자. 우리가 보기에, 모든 가능한 가난 중에서 가장 경멸스럽고 가장 더럽고 수준 낮고 지저분한 가난은 바로 사교계 사람의 가난이다. 물론 그런 일은 드물다. 마지막 한 푼까지 완전히 다 써 버렸는데도 불구하고, 체면 때문에 마차를 타고 다니면서, 정직한 노동으로 땀 흘려 빵 한 조각을 버는 평민들에게 흙탕물을 튀긴다. 그들은 어떤 일이 있어도 하얀 넥타이에 하얀 장갑을 낀 하인들을 거느린다. 그들은 동냥을 하는 것은 창피해 하면서도 가장 뻔뻔하고 비양심적인 방법으로 동냥을 얻어내는 것은 창피해 하지 않는다. 아니, 이런 지저분한 얘긴 그만 하기로 하자! 우리는 뻬쩨르부르그 사람들이 별장에서 즐기되 하품은 좀 자제하기를 진심으로 바라고 있다. 이미 알려진 바와 같이 뻬쩨르부르그에서 하품은 감기나 치질, 열병과 같은 병으로, 지금까지도 아무런 치료 방법, 예를 들어 뻬쩨르부르그의 그 어떤 유명한 치료 방법으로도 치유되지 않고 있다. 뻬쩨르부르그는 하품을 하면서 일어나고 하품을 하면서 일을 하고, 하품을 하면서 잠자리에 든다. 이 도시에서 가장 많이 하품을 하는 곳은 가면 무도회장과 오페라 극장이다. 그런데 우리의 오페라는 얼마나 완벽한가. 성악가들의 경이로운 목소리는 너무나도 낭랑하고 깨끗해서 광활한 우리 나라 전체, 대도시, 소도시, 촌락, 그리고 마을마다 상쾌하게 울려 퍼진다. 많은 사람들이 뻬쩨르부르그에 오페라가 있다는 사실을 알고 있고 또 부러워한다. 하지만 뻬쩨르부르그도 역시 조금은 지루해 하고, 겨울이 끝나 갈 무렵이면 오페라 역시, 예를 들어 마지막 겨울 콘서트처럼 지루하게 느껴진다. 물론 훌륭한 박애주의를 목적으로 개최된 에른스트의 콘서트 같은 것은 예외이다. 그런데 이 콘서트장에 희한한 일이 일어났다. 마치 일부러 그런 것처럼, 바로 이 콘서트를 전후해서 레뜨니 싸드가 처음으로 일반인에게 공개되었고, 극장 안이 너무 혼잡해 깔려 죽을까 두려워한 많은 사람들이 레뜨니 싸드에서 산책이나 해야겠다고 발길을 돌려 버려, 콘서트장은 빈 좌석이 상당히 많이 생겼다. 물론 이것은 예외적인 경우이다. 그런데도 불구하고 빈민들을 위한 자선함은 가득 찼다. 엄청난 혼잡에 겁을 먹은 많은 사람들이 직접 오지 않고 기부금만 보냈기 때문이란다. 물론 이런 걱정은 아주 자연스러운 것이다.

여러분과 뻬쩨르부르그에 관해 이야기를 나누고, 또 여러분을 위해 뻬쩨르부르그 연대기를 쓴다는 것이 얼마나 기분 좋은 일인지 여러분들은 상상할 수 없을 것이다! 이것은 직무라기보다는 최고의 만족이다. 여러분이 나의 이 기쁨을 이해할 수 있을지는 모르겠지만, 실제로 그렇다. 잠깐 모여 앉아 여러 가지 사회적 관심사에 대해 대화를 나누는 것은 정말 너무나도 기분좋은 일이다. 어느 모임에 가서 절대 품위를 잃지 않고 이야기를 나누는 아주 교양 있고 점잖은 사람들을 보고 있노라면, 가끔 너무 기쁜 나머지 노래라도 한 곡조 부르고 싶어지곤 한다. 대화의 주제 자체는 그리 중요하지 않다. 나는 종종 훌륭한 모임 그 자체에 너무 만족한 나머지 대화 내용에 귀를 기울이는 것을 잊어버리곤 한다. 나의 마음은 가장 존경스러운 환희로 가득 찬다.

그러나 나는 아직까지도 〈모임 아닌〉 사교계 사람들이 나누는 대화의 의미를, 그 〈내용〉을 이해할 수가 없다. 도대체 무슨 얘기를 하는지 알 수가 없다! 아마도 상당히 고상한 내용일 테고, 이들도 위엄 있고 괜찮은 사람들이지만, 아무튼 알 수가 없다. 언제 봐도 이제 막 대화가 시작된 것 같고, 한창 대화를 위한 준비 작업을 하고 있는 것 같다. 두 시간 동안 앉아 있어도 그들은 여전히 대화의 서두에서 맴돌고 있을 뿐이다. 가끔은 마치 뭔가 진지한 것, 사고를 요하는 어떤 것에 대해 이야기를 하는 듯하다. 그러나 어느 정도 시간이 흐른 다음 그런데 도대체 무슨 이야기를 한 거지 하고 자문하게 되면, 도무지 알 수가 없다. 장갑에 대해서였는지, 농촌 경제에 대해서였는지, 아니면 〈여자의 사랑이란 변하지 않는 것일까?〉라는 주제에 대한 것이었는지. 이렇기 때문에 시인하지 않을 수 없는 것은 이따금 뭔가 안타까움 같은 감정이 나를 엄습해 온다는 것이다. 이는 마치 어두워진 저녁 무렵, 아무 생각 없이 축 처져 주위를 둘러보며 집으로 돌아오다가 갑자기 음악소리를 듣는 것과 흡사하다. 무도회, 그래, 정말

무도회다! 휘황찬란하게 빛나는 창문에는 그림자가 어른거리고, 사각사각거리는 소리가 들려오고, 마치 무도회장이 속삭이면서 유혹하는 듯하다. 장엄한 콘트라베이스와 바이올린 소리가 울려 퍼지고, 사람들의 운집, 밝은 조명……. 당신은 설레임과 동요 속에서 헌병이 서 있는 현관 옆을 지나간다. 당신의 마음속에는 어떤 소망, 욕구가 솟구친다. 당신은 삶의 소리를 들었지만, 당신은 지금 뚜렷하지 않은 삶의 동기, 이상, 그림자, 즉 아무것도 아닌 것을 걸머진 채 가고 있다. 아무것도 믿을 수 없다는 듯 그렇게 지나가 버린다. 뭔가 다른 소리가 들리는 듯, 아무런 의미도 없는 우리의 평범한 생활을 뚫고 까뿔레뜨 가의 베를리오즈 무도회처럼 뭔가 살아 숨쉬는 아련한 삶의 의미가 들리는 듯하다. 아련함과 회의감은 당신의 마음을 아프게 하고 찢어지게 만들 텐데, 음울한 러시아 노래의 길고긴 후렴에서 나타나는 친숙하고, 뭔가를 호소하는 듯한 아련함과 흡사하다.

   귀 기울여 들어 보세요……. 뭔가 다른 소리가 들려오죠…….
   음울함과 함께 절망적인 방탕함…….
   도둑놈이 그곳에서 노래 한 곡조를 뽑는 건지,
   아니면 처녀가 슬픈 이별의 순간에 눈물을 흘리는 건지요?
   아니, 풀 베는 이들이 일터에서 돌아오고 있어요…….
   도대체 누가 그들에게 노래를 만들어 줬죠? 누구겠어요?
   주위를 둘러봐요. 바로 숲과 사라또프의 스텝이랍니다…….

얼마 전에는 러시아 민속 축제일인 쎄믹[5]이었다. 이날을 기점으로 사람들은 봄을 맞이하고, 러시아 전체가 빗자루를 엮어 만드느라 정신이 없다. 그러나 뻬쩨르부르그의 날씨는 아직 춥고 모든 것이 잠들어 있었다. 그날도 눈이 내렸는데, 자작나무의 싹이나 꽃봉오리는 아직 움트지 않았으며, 그 전날에는 우박이 나무의 새순을 망가뜨렸다. 날씨는 곧 첫눈이 올 듯했다. 거센 바람 때문에 네바 강의 파도가 높이 출렁거리고, 바람이 윙윙거리고 온 거리를 돌아다니며 가로등을 흔들어 소리를 내는 11월의 날씨와 너무도 흡사했다. 그럴 때면 나는 뻬쩨르부르그 사람들이 몹시 화를 내고 슬퍼하는 것처럼 느껴지고, 글을 쓰는 내 마음도 아프게 죄어 온다. 그리고 사람들 모두가 분노의 아련함으로 인해 누구는 남을 험담하며 마음을 달래고, 누구는 아내와 한바탕 싸우면서 하루를 시작하고, 누구는 공문서 처리에 푹 빠져 있고, 누구는 다음 날의 한판 승부를 위해 저녁에 벌이던 카드 놀이를 걷어치우고, 누구는 쓸쓸한 집 구석에서 커피를 끓이려다 주전자에서 부글부글 끓어오르는 환상적인 물소리에 잠이 들어 버리는 등, 모두가 할 일 없이 각자 집에 처박혀 있는 모습이 떠오른다. 행인들도 축제나 사회 문제에 대해선 전혀 관심이 없고, 햇빛이 쬐는 것보다 비가 오는 것이 더 낫다고 생각하는 턱수염이 짙은 농부에게도, 그런 축축하고 추운 날씨에도 돈을 벌 목적으로 외출을 하는 고급 외투를 입은 신사에게도 단지 한 가지 근심거리만이 있는 듯하다……. 이것은 여러분, 한마디로 말해서, 좋지 않다……!

5 부활절 후 제7주일째의 목요일에 행해지는 민간 제사(죽은 이의 넋을 기린다).

6월 1일

나는 지금이 어느 때인가 확신을 못하고 있다가 지금이 늦가을이 아니라, 여름으로 막 넘어가려는 늦봄이라는 사실을 알게 되었다. 에메랄드빛 푸르름은 조금 있으면 날씨가 안 좋아질 테니 어서 교외의 별장으로 나오라고 뻬쩨르부르그 주민을 유혹하고 있다. 지금 뻬쩨르부르그는 텅 비어 있어 폐품과 쓰레기가 여기저기 굴러다니고, 건축 공사가 진행되고, 대청소가 이루어지는 등 마치 휴식을 하고 있는 듯, 잠시 삶 자체를 멈춘 듯하다. 작열하는 허공의 열기에는 얇고 하얀 먼지가 두껍게 깔려 있다. 한 무리의 노동자들이 시멘트와 삽, 망치, 도끼, 그리고 그 외 다른 연장을 들고는 네프스끼 광장에서 마치 자기 집처럼 편안하게 움직이고 있다. 밀가루를 뒤집어쓴 로마 카니발의 피에로처럼 되길 원치 않는 보행자나 할 일 없는 사람들은 그곳을 지날 때 각별히 조심해야 할 것이다. 거리의 삶은 깊은 잠에 빠져 있고, 배우들은 휴가를 얻어 시골로 내려가고 없으며, 문학가들은 〈쉬고 있고〉, 카페와 가게들은 텅 비어 있다……. 그럼, 어쩔 수 없이 여름을 도시에서 보내야 하는 도시인들은 무엇을 하지? 건물의 건축을 연구하거나 도시가 새로워지는 과정을 지켜볼까? 물론 그것도 중요하고, 어떻게 보면 유익한 일이기도 하다. 뻬쩨르부르그 사람들은 겨울이 되면 일, 직장, 카드 놀이, 험담, 그 외 다른 오락거리가 많은 데다가 주변도 지저분해서, 아마도 주위를 둘러보거나 뻬쩨르부르그를 관찰하거나, 혹은 이 돌 무더기와 멋진 건물, 궁전, 기념물 속에 면면히 흐르는 도시의 역사와 과거를 읽어 볼 시간이 거의 없을 것이다. 상당히 소박하고 아무 수입도 가져다 주지 않는 그런 일에 자신의 소중한 시간을 소비할 사람은 아마 없을 것이다. 뻬쩨르부르그 주민들 가운데에는 십여 년 혹은 그 이상을 자기 동네 밖으로 나오지 않거나 혹은 집에서 직장으로 가는 길목 하나밖에 모르는 사람도 있다. 혹은 에르미따쥐나 보따니췌스끼 싸드,[6] 박물관, 그리고 예술 아카데미 근처에도 가보지 못한 사람들도 있다. 기차 여행을 한 번도 해본 적이 없는 사람도 있다. 그건 그렇고, 도시 연구는 사실 쓸모없는 일은 아니다. 언젠가 정확히 기억이 나지는 않지만, 현대 러시아의 상황에 대해 쓴 프랑스 책 한 권을 읽은 적이 있다. 물론, 러시아의 현 상황에 대한 외국인들의 견해가 어떠한가에 대해서는 잘 알려져 있다. 왠지 알 수는 없지만 우리는 아직까지도 유럽의 기준으로 우리를 평가하도록 허용하지 않는다. 하지만, 그럼에도 불구하고 이 악명 높은 여행가의 책은 유럽 전역에 걸쳐 엄청나게 읽혀지고 있다. 이 책의 저자에 따르면, 뻬쩨르부르그의 건축만큼 특색 없는 것도 없단다. 그는 말하기를, 뻬쩨르부르그의 건축에는 특히 놀랍거나 〈뭔가 민족적인 것이 없으며〉, 도시 전체가 유럽의 몇몇 수도를 합쳐 놓은 우스꽝스러운 희화 같단다. 게다가 뻬쩨르부르그 건축의 어떤 부분은 너무나도 희한한 혼합물이라서, 한 발자국을 내디딜 때마다 탄성과 놀라움을 금할 수가 없다고 한다. 그리스 건축, 로마 건축, 비잔틴 건축, 네덜란드 건축, 고딕 건축, 로코코 건축, 현대 이탈리아 건축, 그리고 우리 러시아 정교 건축 등. 이 여행가의 말에 따르면, 이 모든 것이 가장 흥미로운 형태로 결합되고 뭉쳐 있는데, 결정적으로 진짜 훌륭한 건축물은 하나도 찾아볼 수 없

6 식물원의 명칭.

다는 것이다! 그러나 우리의 이 여행가는 끄레믈과 모스끄바에 대해서는 경외심으로 가득 차 있다. 그러나 그는 끄레믈에 대해 몇 마디 웅변적인 미사여구를 늘어놓으며 모스끄바를 칭송하지만, 덮개 없는 2인승 마차를 비난하면서, 바로 이것 때문에 고대의 전통적인 덮개 있는 4인승 마차가 사라질 수 밖에 없었으며, 이런 식으로, 러시아에서 고유한 모든 것, 민족적인 것은 전부 사라져 버리고 있다고 말하고 있다. 그 의미를 정리해 보면, 러시아 인은 자기의 것을 부끄럽게 여기기 때문에 자기네 전통 마차를 타고 다니는 것도 창피하게 생각한다는 말이 된다.

이 책을 쓴 사람은 프랑스 인으로서, 거의 모든 프랑스 인이 그렇듯 이 역시 영리한 사람이지만, 겉만 볼 줄 아는 사람이요, 어리석을 정도로 특이한 사람이다. 예술이나 문학, 과학, 그리고 민족의 역사에서조차 자기네 것이 아니면 그 무엇도 인정하려 하지 않는다. 그는 다른 어떤 민족이 자기네 고유의 역사와 사상, 민족성, 그리고 발전사를 가지고 있다는 사실에 화를 낼 수 있는 사람이다. 하지만 이 프랑스 인은 자신도 모르는 사이에 흔히 우리의 서재에서 이루어지는 그런 한가한 사고에 동조하고 있다. 그렇다, 프랑스 인은 러시아의 민족적인 것을 현대인들이 주로 찾으려 하는 부분, 즉 사라져 버린 글자, 사라진 사상, 그리고 고대 루시를 연상시키는 일단의 돌 무더기에서, 그리고 마침내는 과거에 대한 맹목적이고 헌신적인 태도에서 찾고 있다. 물론 끄레믈은 경외의 대상인 역사적 기념물이다. 그것은 고고학적 가치가 있는 것으로, 색다른 흥미와 커다란 존경심을 불러일으킨다. 그런데 도대체 무엇 때문에 끄레믈이 완벽한 민족적 기념물인가에 대해서는 그 누구도 시원한 답변을 할 수가 없다! 민족적 기념물 중에는 자신의 시대를 훨씬 넘어서까지 계속 보존되면서 더 이상 민족적이라고 할 수 없는 것이 있다. 러시아 민족은 모스끄바의 끄레믈을 잘 알고 있고, 종교적인 민족이며, 그들이 모스끄바 성자(聖者)들에게 입을 맞추기 위해 전국 방방곡곡에서 찾아온다고 당신은 말할 것이다. 뭐, 좋다. 하지만 여기에 특별한 것은 하나도 없다. 사람들은 기도를 드리기 위해 무리를 지어 끼예프로, 쏠로베쯔끼 섬으로, 라도쉬스꼬예 호수로, 아폰스까야 산으로, 그리고 예루살렘으로, 세계 방방곡곡으로 찾아다닌다. 그런데 그들이 모스끄바 성자들, 성 베드로나 필립의 이야기를 알고 있을까? 물론 아니다. 결론적으로 러시아 역사의 가장 중요한 두 시기에 대해 전혀 모른다는 말이다. 당신은 우리 민족이 모스끄바의 아르항겔 사원에 묻혀 있는 러시아 땅의 과거 짜르들과 공후들의 넋을 존경하고 애도한다고 말할 것이다. 좋다. 하지만 러시아 민중은 로마노프 왕조에 이르기까지 러시아 땅의 짜르들과 공후들 중에서 과연 누구를 알고 있는가? 그들은 단 세 사람의 이름만을 알고 있다. 바로 드미뜨리 돈스꼬이, 요안 그로즈니, 그리고 보리스 고두노프(고두노프의 유해는 상뜨 뜨로이쯔끼 수도원에 안치되어 있다)이다. 그러나 보리스 고두노프를 러시아 민중이 알고 있는 것은 단지 그가 〈이반 대제〉 행세를 했기 때문이고, 드미뜨리 돈스꼬이와 이반 바실리예비치에 대해서는 별 해괴한 이야기를 해댈테니, 아예 듣지 않는 편이 더 낫다. 그라노비다야 빨라따[7]의

---

7 모스끄바 끄레믈 안의 궁전 이름.

진귀품에 대해서도 러시아 사람들은 전혀 모르고 있는데, 이처럼 러시아 민중이 자기네 역사적 기념물에 대해 무지한 데는 그만한 이유가 있을 것이다. 무슨 민중들이 그래, 하고 당신은 말할 것이다. 당신은, 민중이란 몽매하고 교육 수준이 낮은 법이라고 말한 다음, 식자층을 향해 주의를 돌릴 것이다. 그러나 과거에 대한 식자층의 탄성도, 과거에 대한 그들의 헌신적인 노력도 모두가 우리에게는 머릿속에서 나온 낭만적 탄성이요, 탁상공론인 것 같다. 왜냐하면, 우리 나라에서 누가 역사를 아는가? 역사 동화는 아주 유명하다. 하지만 오늘날 역사는 그 어느 때보다도 가장 인기 없고, 가장 전문적인 분야로서, 논쟁하고 심의하고 비교를 하고 있지만, 지금까지도 가장 기본적인 개념에도 일치점을 찾지 못하고 있는 학자들의 몫일 뿐이다. 그들은 그 어느 때보다도 더욱 수수께끼가 되어 버린 사실들을 설명할 수 있는 방법을 찾고 있는 중이다. 어떤 러시아 인도 자기 민족의 역사가 어떻든 간에 완전히 무관심할 수는 없다는 점에 대해 논쟁할 생각은 없을 것이다. 그러나 모두에게 골동품으로서의 가치밖에 없는 대상 하나만을 위해 현재를 망각하고 팽개치라고 요구한다면, 그것은 아주 불공평하고 어이없는 일일 것이다.

뻬쩨르부르그는 그렇지 않다. 이곳에서는 어디를 가도 현재의 이 순간, 그리고 현재의 이상이 보이고 들리고 느껴진다. 어떤 면에서 이곳에는 모든 것이 카오스인데, 모든 것이 뒤섞여 있는지도 모른다. 많은 것이 캐리커처의 소재가 될 수 있다. 하지만 모든 것이 삶이요, 움직임이다. 뻬쩨르부르그는 러시아의 머리요, 심장이다. 우리는 도시의 건축에 대한 이야기로 글머리를 장식했다. 심지어 이와 같은 건축의 다양성이 사고의 통일성과 운동의 통일성을 증명해 주는 것이다. 네덜란드 건축 양식으로 지어진 이 일련의 건물들은 뾰뜨르 대제 시대를 연상시킨다. 이 건물은 예까쩨리나 여제 시절을 연상시키고, 이 그리스·로마 양식은 현대를 연상시키지만, 이 모든 것은 함께 어우러져 뻬쩨르부르그와 러시아 전체의 유럽 생활사를 연상시킨다. 지금까지도 러시아는 먼지와 쓰레기 속에 있다. 도시는 아직도 창조되고 만들어지는 과정에 있다. 도시의 미래는 아직도 이데아 속에 있다. 이 이데아란 바로 뾰뜨르 1세의 것으로서, 그것은 하루하루 점진적으로 구현되고 발전돼 가면서, 뻬쩨르부르그뿐만이 아니라 뻬쩨르부르그를 중심으로 발전하는 러시아 전체에 깊은 뿌리를 내리고 있다. 이미 국민 모두가 뾰뜨르 대제 정책의 힘과 진가를 확인했고, 모든 계층은 그의 위대한 생각을 구현시키기 위한 공동의 사업에 참여하고 있다. 결과적으로 전 국민이 새로운 삶을 시작한 것이다. 공업, 무역, 과학, 문학, 교육, 사회, 체제 정비 등 모든 부문에서 뻬쩨르부르그는 아주 중요한 역할을 담당하고 있다. 생각하기를 싫어하는 사람들도 이미 새로운 삶에 대해 듣고 느끼게 되면서 이를 위해 노력하고 있다. 그리고 어떤 측면에서 자신들이 살아온 현대만을 존경하고 과거는 무의식중에 잊어버린다고 해서, 도대체 누가 그런 민족을 비난할 수 있겠는가. 아니다, 우리는 현대를 향한 노력 속에서 민족성의 말살을 보는 것이 아니라, 그 반대로 찬란한 결실을 보게 되는데, 민족성이란 많은 사람들이 생각하듯 유럽의 영향으로 쉽게 소멸되는 것이 아니다. 자신들이 살아가는 현재를 긍정적으로 사랑하는 민족이야말로 온전하고 건강한 민족이며, 바로 그런 민족이야말로 현재를 진실로 올바르게 이해할 수 있다고 우리는 생각한다. 그런 민족이야말로 삶을 지속시킬 수 있으며, 생명력과 원칙 또한 그들과 영원히 함께할 것이다.

현대의 흐름과 현대의 사상 등에 대해 최근처럼 이렇게 많은 이야기를 나눈 적도 없었다. 뻬쩨르부르그의 활동적인 겨울철, 어느 때보다도 생산력이 왕성한 이 시기는 겨우 지금, 즉 5월 말에야 끝나게 된다. 이 즈음에는 책의 출판이 마무리되고, 각 학교의 한 학기도 끝나 가고, 시험 기간이 시작되며, 지방에서 새로운 이주자들이 몰려오고, 모든 사람들은 갖가지 형태의 다양한 방법으로 다가올 겨울과 자신의 미래에 대해 궁리를 하게 된다. 최근의 뻬쩨르부르그를 주의 깊게 살펴보면, 현재에 대한 사회적 관심이 그 어느 때보다도 높았다는 사실을 확인할 수 있을 것이다. 물론 현대의 생활이 회오리바람이나 폭풍처럼 급속도로 지나가고, 한숨 돌릴 여유조차 없이 모두가 바쁘다고는 할 수 없다. 그보다는 긴 여행을 준비하는 사람처럼, 예비 물품을 구입하고 짐을 꾸리는 것과 같다고 할 수 있다. 현대식 사고란 한눈 팔지 않고 질주하는 것이기보다는, 오히려 너무 빠른 속력을 경계하기조차 한다. 현대식 사고는 적절히 중간에 멈춰 서고 자기에게 가능한 수준까지만 가는 것이고, 자신의 주위를 둘러보고 확인하고 스스로를 느끼는 것이다. 대다수의 사람들이 세상과 상대방, 그리고 자신을 연구하고 분석한다. 모든 사람이 흥미로운 시선으로 상대방을 유심히 관찰하고, 서로를 잣대로 재어 본다. 그 다음 자기를 완전히 고백하게 된다. 사람들은 보통 아픔과 고통 속에서 모든 것을 허심탄회하게 털어놓고 세상 앞에 자기 자신을 낱낱이 보여 준다. 어떤 일에 자신만의 견해를 가지고 있다는 사실에 한 번도 의구심을 품지 않던 사람들에게 수천 가지의 새로운 견해가 모습을 드러낸다. 어떤 사람은 비난이 어떤 숨겨진 증오나 미움의 결과이며, 부도덕적이고 비정상적인 사람 혹은 무뢰한이나 하는 행동이라고 생각한다. 공격은 단지 사회의 유명한 계층에서만 나타난다고 생각하지만, 지금은 이런 오해 역시 무너져 버렸다. 그들이 화를 내는 일은 줄어들었고, 분석이란 분석하는 사람 역시 피해 가지 않는다는 사실을 깨달았고, 마침내는 가장 온순한 사람들로서 남을 절대로 불쾌하게 만들지 않는 작가 양반들에게 짜증을 내기보다는 자기 스스로를 아는 편이 보다 현명한 것임을 깨닫게 된다. 그러나 가장 유감스럽게 생각한 사람들은 아무도 관심을 보이지 않던 사람들로서, 그들은 어떤 이유에서인지 남들이 자기들 신경을 건드리고, 또 기분 나쁜 스캔들에 자기와 일반 대중을 끌어들인다고 상상하게 된다. 대체적으로 여기에는 완전히 감춰져 있고 여태껏 해명되지 않은 재미있는 일들이 많이 있는데, 정말 걸핏하면 화를 내는 이 신사들의 목록을 작성해 보는 것도 상당히 재미있을 것이다. 이들은 아주 특이하고 흥미로운 사람들이다. 그들 중 어떤 이들은 아무리 자기와는 상관이 없는데도 어떤 원칙을 내세워 출판 문제에 간섭을 하면서 사회 전체가 도덕성을 상실했다는 둥, 예절을 망각했다는 둥 소리를 지르며 다닌다. 어떤 이들은 말하기를, 누구나 다 아는 것처럼 선행이라는 것이 이 세상에 존재하는데, 그 존재 여부에 대해서는 이미 수많은 도덕책, 교훈서, 특히 어린이들을 위한 책에서 자세하게 설명이 되어 있고, 또 확실하게 증명이 되었는데, 도대체 뭐하러 그런 것에 대해 걱정하고 쓸데없이 들먹이냐고 한다. 물론 그런 사람에게는 작년의 떡갈나무 열매가 필요하듯이 바로 그 선행이 필요하다(게다가 어째서 그는 문제가 바로 선행에 있다고 생각했는지 도무지 이해할 수가 없다). 하지만 그는 걱정에 싸여 화를 내고 고함을 지르면서 왔다 갔다 하고, 도덕성 상실을 주장하기 시작했다. 그를 쳐다보던 또 다른 신사 역시 아주 존경스러운 외모의 소유자로서 그때까지 조용히 평화롭게 살던 사람인데, 갑자기 이유도 없이 자리에서 벌떡 일어나 역시 화를 버럭 내면서 만나는 사람마다 붙잡아 세우고 자기는 정직한 사람이자, 존경받는 사람으로, 그 누구도 자기에게 불쾌감을 일으키도록 내버려 두지는 않겠다고 떠들어 대기 시작했다. 이와 같은 사람들 중 몇 명은 자신들이 정직하며 점잖은 사람들이라는 말을 너무나 자주 반복해, 마침내는 자신들이 만들어 낸 말을 정말로 진지하게 믿게 되어 혹시라도 누군가가 자신들의 이름을 정중하게 부르지 않으면 이내 격분하게 되었다. 결국에는 선량하며 이성적이기조차 한 세 번째 중년 신사의 귀에 대고는 그가 지금까지 가장 고귀한 선행이요, 도덕적인 것이라고 여겼던 모든 것이 갑자기 선행도, 도덕도 아닌 다른 것, 좋지 않은 그 무엇이 되어 버렸다고 속삭이면서, 그렇게 만든 사람들은 누구누구라고 떠들어 대기 시작했다. 한마디로 말해서 많은 사람들, 정말 많은 사람들이 기분이 엄청나게 나빠졌다. 소란을 일으키고, 벌떡 일어나서 떠들어 대기 시작하고, 수선을 떨면서 고함을 지르더니, 끝내는 자신들이 생각해도 고함을 쳐대고 한 것이 부끄럽게 여겨지게 되었다. 지금은 이런 일이 드물지만······.

최근 만들어진 몇몇 자선 단체와 학술 단체의 등장, 문학

계와 학술계의 정열적인 활동, 문학계와 학술계에서 뛰어난 몇몇 신인들의 등장, 그리고 새로운 서적과 잡지의 등장 등은 일반 대중의 관심을 불러일으켰고, 이런 관심은 계속 이어지고 있으며, 커다란 공감을 얻고 있다. 지난날 우리 문학계가 아무런 결실도 얻지 못했고, 또 아무런 활동도 한 게 없다고 비난한다면, 그건 정말 불공평한 것이다. 여러 정기 간행물에 발표된 몇몇의 새로운 중편과 장편 소설은 커다란 성공을 거두었다. 학술지에도 훌륭한 몇몇 논문들이 등장했는데, 무엇보다도 학술·문학 비평과 러시아 역사, 그리고 통계에 관한 것이 두드러졌고, 또 역사와 통계 분야 서적이 단행본이나 팸플릿 형태로 출판되었다. 스미르진의 러시아 고전 서적이 출판되어 아주 놀라운 성공을 거두었고, 그 성공은 지금까지도 계속되고 있다. 끄릴로프의 전집도 출간되었다. 잡지와 신문, 그리고 전문 서적에 대한 정기 구독자의 수도 엄청나게 늘어났으며, 독서 열기는 이미 모든 계층으로 확산되고 있다. 미술가들의 연필과 재단기 역시 한가하게 놀고 있지만은 않았다. 베르나르드스끼와 아긴의 멋진 계획인 『죽은 혼』의 삽화도 거의 마무리 단계에 있는데, 이 두 미술가의 양심에 대해서는 아무리 칭찬을 해도 지나치지 않을 정도이다. 몇 편의 그림은 너무도 훌륭해 더 나은 것을 기대할 수도 없다. M. 네바호비치는 현재 우리들 중 유일한 만화가인데, 피로도 잊은 채 쉼 없이 자신의 『예랄라쉬』를 계속 완성해 가고 있다. 만화는 지금까지 없었던 것이기 때문에 처음부터 사람들의 강한 호기심을 불러일으켰다. 정말로 만화 〈예술가〉의 등장에 있어 지금보다 더 좋은 시기를 상상하기란 어려울 것이다. 아이디어는 무궁무진한데, 우리 사회가 지금까지 겪고 체험한 것이 바로 그것이다. 따로 소재를 찾으려고 머리를 싸맬 필요가 없다. 도대체 무엇에 대해 써야 하고 또 무엇을 그려야 하지, 라는 고민을 우리는 자주 들었다. 그러나 예술가에게 재능이 있으면 있을수록, 그는 여러 가지 수단으로 자신의 생각을 더욱 풍부하게 사회에 보여 줄 수 있다. 그에게는 어떤 장애물이나 어려움도 없으며, 창작의 소재는 정말 엄청나게 사방에 깔려 있다. 우리 시대에 예술가는 원하는 모든 양식을 찾을 수 있고, 원하는 모든 것에 대해 이야기할 수 있다. 게다가 많은 사람들이 어떤 형태로든지 자기의 생각을 표현하려고 하고, 자기가 말한 것을 공개하고 싶어한다……. 네바호비치 씨의 만화에 관해서는 다음 기회에 더 자세하게 말하기로 하자……. 언뜻 보기보다는 훨씬 더 중요한 문제이기 때문이다.

6월 15일

유월이다. 날씨는 덥고, 도시는 텅 비어 있다. 모든 사람들이 자신들의 별장에서 감흥에 젖어 자연을 만끽하고 있다. 뻬쩨르부르그의 자연이 갑작스럽게 자신의 모든 힘, 모든 능력을 드러내고, 녹음으로 단장하며, 온갖 잎사귀로 뒤덮이고, 곱게 단장을 하며, 갖가지 꽃으로 알록달록해질 때면, 그 속에서 우리는 알 수 없는 순진한 것, 아니면 가슴이 저려 오는 그 무엇을 느낄 수 있다. 이럴 때면 왠지 모르겠지만 나는 한 소녀를 머리에 떠올린다. 그녀는 약하고 병색이 짙어서, 그녀를 바라보노라면, 어떤 때는 연민을, 어떤 때는 동정 어린 사랑을 느끼고, 또 어떤 때는 그저 지나치는 경우도 있다.

그런데 어느 날 갑자기 그녀는 너무 멋지고 아름답게 변해, 도대체 어떤 힘이 항상 슬픈 듯 생각에 잠겨 있던 저 눈동자를 활활 타오르게 만들고, 도대체 무엇이 창백한 저 뺨을 발갛게 물들이고, 도대체 무엇이 부드러운 저 얼굴을 정열과 갈망으로 가득 차게 하고, 도대체 무엇이 저 가슴을 활짝 펴게 만들고, 도대체 무엇이 저토록 갑작스럽게 저 여인의 얼굴에 힘과 생명, 그리고 아름다움을 불러일으키고, 놀라운 미소로 빛나게 하고, 찬란한 웃음으로 살아 숨쉬게 만든 걸까, 하고 당신은 스스로에게 질문을 던질 것이다. 당신은 주변을 둘러보고, 뭔가를 찾다가는 곧 깨닫게 될 것이다……. 그러나 한순간이 지나고, 아마도 내일이 되면 벌써 당신은 다시 예전의 슬픈 생각에 잠긴 채 얼이 빠진 듯한 시선과 창백한 얼굴, 행동에서 느껴지는 변함없는 순종과 수줍음, 피로, 무력감, 깊은 비애, 그리고 지나가 버린 즐거움에 대한 어떤 허무하고 사라진 짜증의 흔적도 발견할 수 있을 것이다. 그러나 무엇 때문에 이런 비교를 하는가! 게다가 지금 누가 그런 걸 원하겠는가? 우리는 뭔가 쓸데없고 자질구레한 일상의 문제나 고민은 겨우내 지내던 집에 남겨 두고, 단순히 관조적으로, 골치 아픈 생각은 지워 버리고 그저 편안히 지내며, 맘껏 자연도 즐기고, 쉬면서 게으름을 피우기 위해 이곳 별장으로 옮겨 온 것이다. 하긴 친구가 한 명 있는데, 그가 얼마 전에 나에게 말하길, 우리는 게으름을 제대로 피울 줄 모른다는 것이다. 우리는 게으름을 피우면서도 불만과 걱정에 싸여 있고, 우리들의 휴식은 뭔가 조급하고 불안하며, 찡그리고, 불만스러운 동시에 우리는 분석, 비교하며 회의적으로 사물을 바라보고, 속으로는 다른 생각을 하고 있으며, 우리에게는 늘 끊임없이 계속되는 일상의 자질구레한 문젯거리들이 있다는 것이다. 우리는 휴식을 취하려고 할 때, 마치 뭔가 중대한 일을 준비하는 듯한데, 예를 들어, 일주일 전부터 달력에다가 몇 일, 몇 시에 우리는 자연을 즐길 것이라고 표시해 둔다. 이는 마치 베를린을 떠나면서 메모장에다가 아주 담담히 〈뉘른베르크 시를 지나는 길에 결혼하는 것을 잊지 말 것〉이라고 적어 두는 꼼꼼한 독일인을 연상시킨다. 물론 독일인의 머릿속에는 어떤 시스템이 자리 잡고 있기 때문에, 그들은 이 시스템으로 인해 이것이 비정상적이라는 사실을 깨닫지 못한다. 하지만 우리들의 행동이 계획적으로 이루어지는 경우는 극히 드물며, 혹시 그렇게 된다 해도, 그것은 예정된 행동 양식으로 이뤄진다. 어떤 부분에서는 친구의 말이 옳다. 우리는 자질구레한 노동과 의무감으로 삶의 굴레를 점점 졸라매고 있는 듯하며, 그러면서도 우리에게 더 이상 힘도 없고, 우리는 지칠 대로 지쳤다는 사실을 인정하기를 두려워한다. 우리는 정말로 쉬면서 자연을 즐기기 위해 별장으로 옮겨 간 것일까? 우선 우리가 집을 나서면서 무엇을 가지고 나왔는지를 한번 살펴보자. 지난 겨울의 일과 해묵은 것을 잊어버리지 못할 망정, 새롭고 생생한 추억이 첨가되고 해묵은 험담과 해묵은 일상의 문제가 새로운 것의 뒤를 늘 따라다니는 것이다. 이런 것이 없으면 지루하고, 이런 것이 없으면 종달새 노랫소리나 들으며 노천에서 어떤 카드 놀이를 할까 걱정해야 한다. 게다가 우리는 자연을 즐기는 것에 익숙해져 있지 못하고, 게다가 우리의 자연도 마치 우리의 천성을 아는 듯 멋지게 치장하는 것을 잊어버렸다. 예를 들어 어째서 우리에게는 한 가지 정말 기분 나쁜 관습이 강하게 남아 있는 것일까(물론 그것이 우리 경제 전체에 뭔가 도움이 될지도 모른다는 점에는 동의한다)? 대개는 별 필요도 없이 습관적으로 항상 자신의 인상(印象)을 점검하고 아주 정확하게 측정하려 들고, 종종 아직 실현되지도 않은 다가올 미래의 즐거움을 미리 예측하고, 그것을 높게 평가해 미리 상상하면서 만족한다. 즉 공상 하나만으로 만족하고, 또 자연스럽게 다가올 현재 일에 있어서는 적당하지 않게 되는 것 말이다. 우리는 항상 꽃의 향기를 더욱 진하게 맡기 위해 꽃을 짓뭉개고 갈가리 찢어 버리지만 향기 대신 탄내만 남게 되면 투덜거리기 시작한다. 그렇지만 1년 중 이 며칠이라도 없었다면, 몸소 자연과 더불어 사는 생활에 대한 우리의 영원히 마르지 않는 갈증을 자연의 다양한 현상으로 해소하지 못했다면, 어떻게 되었을지 알 수 없는 일이다. 마치 좋지 않은 시에 억지로 운율을 맞추려는 것처럼, 기억에만 매달리고, 외적이고 직접적인 활동에 대한 욕구로 괴로워하고, 또 일상적이고 무미건조한 시들어 버린 삶의 공허를 채우기 위해 요즈음 이용되는 여러 가지 보조적 수단들과 자신의 염원, 자신의 환상 그리고 자신의 신기루라는 병에 시달리면서 어떻게 지치지 않고, 어떻게 무력감에 빠지지 않을 수 있겠는가!

그런데 활동에 대한 우리들의 욕구는 마치 열병에 걸린 듯 참기 어려울 정도로 강하다. 모든 사람들이 의미 있는 일을 원하고, 선을 행하고 남에게 도움을 주기를 원한다. 그리고 행복이란 것이 팔장을 끼고 앉아 있다가 무슨 일이 생기면 그제서야 한번씩 나서는 것이 아니라, 끊임없는 활동과 자신의 재능과 능력을 실전 속에서 계속 발전시키는 데 있음을 사람들은 조금씩 이해하기 시작하고 있다. 예를 들어, 우리 주위에는 흔히 말하는 것처럼 사랑으로con amore, 흥미를 느끼면서 일을 하는 사람이 얼마나 있을지 의문이다. 흔히 말하기를, 우리 러시아 인들은 태어날 때부터 게으르고, 일하기를 싫어하여 만약 일을 억지로 떠맡기기라도 하면, 일을 엉망으로 만들어 버린다고 한다. 자, 정말 그런가? 도대체 어떻게 해서 우리의 이와 같은 창피한 민족성이 사실이 되고 있는 것일까? 얼마 전부터 우리 사회에서는 곳곳에 만연되어 있는 게으름과 태만에 대한 비판의 목소리가 높아지고 있다. 하지만 유익한 활동을 좀 하라고 서로서로를 떠밀 뿐, 인정해야 할 것은 그저 남의 등을 떠밀기만 할 뿐이라는 것이다. 그런 식으로 우리는 아무 이유도 없이 자신의 동료를 비난만 하고 있는데, 이것은 고골이 언젠가 말한 것처럼, 동료가 너무 관대하기 때문인지도 모른다. 그보다 여러분 스스로가 〈의미 있고 남에게 도움이 되는 활동〉을 먼저 실천하고, 이것을 우리에게 어떤 형태로든 보여 줘보라. 우리에게 바로 〈그 일〉이라는 것을 보여 주고, 보다 중요한 것은 우리로 하여금 그 일에 〈흥미를 느끼도록 만들고〉, 또 우리에게 그것을 〈우리 것〉으로 만들도록 해주고, 우리 자신의 개인적 창의력이 발전할 수 있도록 해주기를 바란다. 남을 독촉만 할 줄 아는 여러분, 당신 자신은 과연 이런 일을 할 수 있을까? 그렇게 남을 비난해서는 안 된다. 괜히 당신의 입만 아플 테니까! 우리는 항상 알아서 찾아오는 일이 왠지 남처럼 느껴져, 특별한 공감을 느끼지 못하며, 이때 바로 러시아 인 본연의 모습이 나타난다. 과도하게 일하는 것은 바보 같은 짓이며, 비양심적이라고까지 생각하며, 그래서 흔히 말하는 것처럼 결국에는 완전히 늘어져 버린다. 우리의 민족성을 정확히 예증하는 이런 러시아 인의 속성은 우리 사회의 단순한 사례에서도 쉽게 확인된다. 예를 들어, 고관 대작처럼 커다란 집에서 살거나 점잖은 사람처럼, 즉 〈다른 사람들처럼〉(즉 아주 소수의 사람들처럼) 옷을 입고 다닐 재력이 없는 사람의 집은 외양간에 비유되고, 그들이 입고 다니는 옷은 비상식적인 냉소의 대상이 되어 버리는 것이다. 만일 사람이 불만에 가득 차 자신만의 남다른 어떤 것을 이야기한다거나, 이를 발휘할 수 있는 출구를 찾지 못하면(자기애 때문이 아니라, 현실 속에서 〈자기〉 자신을 인식하고 실현하고 조건화시키려는 인간의 가장 자연스러운 욕구에 의해), 그는 곧 도저히 상상하기 어려운 사건 속으로 빠져 버린다. 만약 이런 표현이 가능할지 모르지만, 그는 술주정뱅이가 되거나, 난봉짓을 해대거나, 싸움질을 해대거나, 마음속으로는 자존심을 멸시하고, 자존심 같은 하찮은 것 때문에 괴로워해야 된다는 사실로 인해 더욱 괴로워하면서 마침내는 〈자존심〉으로 인해 미쳐 버릴지도 모른다. 다시 말하자면 불공정하고, 심지어 불쾌하기까지 한, 그러나 〈아주 개연성이 있어 보이는〉 결론, 즉 우리에게는 자신의 품위에 대한 인식이 부족하고, 꼭 필요한 이기심도 부족하고, 그래서 결국 우리가 어떤 포상을 바라지 않고 선행을 하는 데 익숙하지 않다는 그런 결론에까지 다다른다. 예를 들어, 꼼꼼히 분석적으로 일을 처리하는 독일인에게 어떤 일을 맡기면서, 이 일이 그와 그의 가족에게 길을 터주고 먹여 살리고, 사회에 진출시킬 것이며, 원하는 목표를 성취할 수 있게 해준다고 설명해 보라. 독일인은 바로 그 순간 그 일에 착수해, 완벽하게 일을 끝내고, 게다가 그 속에 어떤 특이하고 새로운 시스템을 도입하기조차 할 것이다. 하지만 이

것이 과연 올바른 것일까? 부분적으로는 그렇지 않다. 왜냐하면 사람들은 이런 경우 종종 인간을 완전히 제외하고, 그의 자리에 시스템이나 의무, 공식 혹은 현대에는 맞지도 않는 조상의 관습에 대한 무조건적인 숭배 등 또 다른 끔찍한 극단적인 행동이나 고리타분한 보수적인 행동에까지 다다를 것이기 때문이다. 고대 러시아에 자유를 불어넣은 뾰뜨르 대제의 개혁은 러시아 국민들이 순진 무구한, 때론 너무나 우스꽝스러운 형식도 흔쾌히 수용할 수 있는 그런 성격이 아니었던들 불가능했을 것이다. 우리는 독일 남자가 오십이 다 되도록 노총각으로 지내며, 러시아 지주의 아이들을 가르치며 조금씩 돈을 모아서는, 결국 오랜 처녀 생활로 이제는 늙어 버린, 그러나 위대할 정도로 정숙한 애인 뮌헨과 합법적인 결혼을 올리는 것을 보았다. 러시아 인 같으면 참지 못했을 것이다. 그는 그사이 사랑이 식어 버리거나 〈손을 털어 버리거나〉 아마도 다르게 생각했을 것이다. 여기에서 우리는 〈독일인에게는 멋진 것이지만, 러시아 인에게는 죽음이다〉라는 유명한 속담을 뒤집어 이야기할 수 있을 것이다. 그런데 러시아 사람 가운데 애정을 가지고 자기 일을 할 수 있는 여건이 되어 있는 사람이 얼마나 되는가? 왜냐하면 모든 일은 애착을 필요로 하며, 일하는 사람의 사랑을 요구하고, 그 사람의 전부를 요구하기 때문이다. 많은 사람들이 결국 자신의 일을 발견했을까? 그런데 어떤 일은 이를 위한 예비 수단과 작업이 필요하고, 또 어떤 일에는 본인 스스로가 별로 흥미를 느끼지 못해 그냥 손을 들어 버리는 등 일이 잘 이루어지지 않는다. 그렇게 되면 활동을 갈망하고, 실천적인 삶을 갈망하고, 현실을 갈망하는, 그러나 약하고 여성스럽고 부드러운 그런 성격에서는 우리가 공상적이라고 부르는 것이 움트게 되고, 이런 사람은 결국 사람이 아닌 뭔가 중성적이고 이상한 주체, 즉 〈몽상가〉가 되어 버린다. 그런데, 여러분은 몽상가가 뭔지 아는가? 그것은 뻬쩨르부르그의 악몽이요, 구체화된 죄악으로서, 모든 끔찍한 비극과 모든 참사, 대단원, 그리고 발단과 결말을 가진 말 없고 비밀스러우며, 음산하고, 야만적인 비극인데, 이것은 절대로 농담이 아니다. 당신은 이따금 초점을 잃은 눈빛에 창백하고 피로가 누적된 표정의 주의가 산만한 사람, 항상 마치 무언가 끔찍하게 고통스럽고 뭔가 머리가 깨질 것 같은 일에 빠져 있으며, 이따금은 고통 속에 찌든 데다가 마치 힘든 노동으로 피로에 지쳐 있는 듯하지만, 실제로는 아무 일도 하지 않는 그런 사람을 만나게 되는데, 바로 이런 사람이 몽상가의 겉모습이다. 몽상가는 대하기가 힘든데, 이는 그가 극단적으로 불균형 상태에 있기 때문이다. 지나치게 명랑하기도 하고, 지나치게 침통하기도 하며, 한없이 거칠다가도 갑자기 주의 깊고 부드럽기도 하며, 이기주의적이었다가도 아주 숭고한 감정을 나타내기도 한다. 직장에서 이런 사람들은 정말 쓸모가 없으며, 비록 일을 한다고 해도, 제대로 할 줄 아는 게 없으며, 그저 기본적으로 일을 안 하는 것만도 못하게 자기 일을 그냥 〈질질 끌고 간다.〉 그들은 자신들 스스로가 최초의 형식주의자임에도 불구하고 모든 형식적인 것에 대해 깊은 혐오감을 느낀다. 그러나 실제로는 온순한 자신들을 누가 건드리지나 않을까 두려워하기 때문이다. 그러나 집에서 그들은 아주 딴 사람들이 된다. 그들 대부분은 보통 벽촌이나 오지에서 사람과 세상을 등지고 살고 있는 듯, 이들을 처음 보면 어떤 멜로드라마적인 것이 느껴진다. 그들은 늘 우울하게 있으며, 집안 사람들과도 별로 대화를 나누지 않고, 자기 만의 세계로 자꾸 빠져들지만, 게으른 것, 가벼운 것, 관조적인 것, 그리고 감정에 부드럽게 작용하거나 느낌을 불러일으키는 것은 좋아한다. 그들은 책 읽는 걸 좋아하는데, 무슨 책이든 그건 상관없다. 심각한 책이든, 전공 서적이든 간에. 하지만 보통 두 번째나 세 번째 페이지를 읽고 나면 책을 덮어 버리는데, 왜냐하면 이미 충분한 만족감을 얻었기 때문이다. 활발하고 날아다니는 듯한 그들의 공상은 이미 절정에 다다라 있고, 인상도 충분히 받았고, 기쁨과 슬픔, 지옥과 천국, 매력적인 여인과 영웅적인 행동, 고귀한 활동과 위대한 투쟁, 그리고 죄악과 모든 끔찍함이 어우러진 완전한 공상의 세계로 갑자기 몽상가의 존재 전체가 빠져 들어간다. 방도, 공간도 사라지고, 시간은 멈춰 버리거나 혹은 너무 빨리 날아가 버려 한 시간이 1분처럼 느껴진다. 이따금 하룻밤 정도는 표현할 수 없는 기쁨 속에서 그냥 지나가 버린다. 몇 시간에 걸쳐 사랑의 천국이나 거대하고 엄청난, 일찍이 들어 본 적도 없는, 마치 꿈처럼 멋지고 아름다운 하나의 완전한 인생을 경험하게 되는 것이다. 어떤 알 수 없는 운명의 힘에 의해 맥박은 빨라지고, 눈물이 쏟아지며 창백하고 촉촉히 젖은 듯한 뺨은 정열적인 불로 활활 타오르고, 새벽 노을이 몽상가의 창문으로 불그스름한 빛줄기를 비출 때면, 그는 얼굴이 창백해지고 아프고 괴롭지만 행복을 느낀다. 그는 거의 의식을 잃은 채 침대로 가 잠이 들지만, 한참 동안 가슴의 아련함을 느낀다……. 그러나 정신을 차리는 순간은 끔찍하다. 불쌍한 그는 이 순간을 견디지 못하고, 즉시 새롭고도 더 많은 양의 독약을 먹게 된다. 다시금 책, 음악, 어느 현실에 대한 오래된 낡은 기억, 아주 하잘 것없는 수천 가지 중 한 가지 이유, 그리고 독약이 준비되고, 고요하고 신비스러운 상상의 화려한 화폭을 따라 다시금 공상은 선명하고 멋지게 펼쳐진다. 거리에서 그는 고개를 푹 숙인 채 걸어다니고 주위에는 거의 관심을 기울이지 않다가도 이따금 현실을 완전히 잊어버리곤 하는데, 만일 뭔가를 알아채면, 가장 하찮고 평범한 일상의 것, 가장 무의미하고 평범한 일이 즉시 그에게는 환상의 색채를 띠게 된다. 이미 그의 시선은 모든 것 속에서 환상적인 것을 보도록 만들어져 있다. 백주 대낮에 굳게 닫힌 창문, 볼품없이 쭈글쭈글한 노파나 생각에 잠겨 혼자 중얼거리며 양손을 흔들고 마주 걸어오는 신사 등 우리가 흔히 볼 수 있는 그런 사람들, 나무로 만든 불쌍한 초가집의 창문으로 보이는 집 안 풍경, 이 모든 것들이 그에게는 그저 평범한 것이 아니다.

상상은 언제라도 발동할 준비가 되어 있어, 순간적으로 한 편의 이야기, 중장편 소설이 탄생한다. 몽상가의 마음에 현실은 늘 무겁고 적대적인 인상만 남기기 때문에, 그는 먼지가 그득하고 정리가 안 되어 있고 지저분한, 그러나 그에게는 소중한 자신의 둥지 속으로 서둘러 몸을 숨긴다. 이렇게 우리의 공상꾸러기는 사람들과 공동의 관심사로부터 조금씩 멀어지게 되고, 그의 현실 생활 속의 재능도 점차 무뎌지기 시작한다. 자연적으로 그는 이제 자신만의 공상이 가져다 주는 만족이 실제 삶보다 완전하고 화려하며 사랑스럽게 느껴진다. 결국 그는 이런 오해 속에서 사람이 현실의 아름다움을 평가할 수 있게 하는 도덕적 직감을 완전히 상실하게 되고, 길을 잃고, 방황하고, 현실의 행복한 순간을 놓쳐 버리고,

둔감해진 상태에서 귀찮은 듯 팔짱을 끼고는, 인간의 삶이란 자연과 현실 속에서 끊임없이 자신을 관조하는 것이라는 사실을 외면한다. 어떤 공상을 매년 다시 기념하는 습관을 가진 몽상가들도 있다. 그들은 특히 행복했던 날이나 자기 공상이 가장 만족스럽게 이루어졌던 날을 표시해 둔다. 그리고 또한 어떤 길을 거닐었거나, 어떤 책을 읽었거나 혹은 어떤 여인을 만났던 것을, 즉, 이제는 이미 낡고 아련해진 행복했던 순간들의 아주 사소한 상황들까지도 이 기억의 자축일에 되새기고 반복하는 것이다. 이런 삶은 비극이 아니고 또 무엇이겠는가! 이는 죄악이요, 고통이 아닌가! 희화(戱畵)가 아니고 또 무엇인가! 우리 모두가 정도의 차이는 있을 망정 몽상가는 아닐까……! 별장 생활, 자연, 움직임, 태양, 녹음, 그리고 여름이면 더욱 아름답고 착해지는 여인들, 이것들의 젊음은 쉽게 사라져 버리고, 희망은 쉽게 시들어 버리고, 건강은 쉽게 잃게 되고, 사람은 쉽게 바뀌어 버리는, 병약하고 불가사의하고 침울한 뻬쩨르부르그에게는 엄청나게 유익한 것이다. 뻬쩨르부르그에서 태양은 정말 드물게 찾아오는 손님이며, 녹음은 너무도 소중하다. 겨우내 움츠려 있는 우리에게 새로운 소식이나, 장소나 삶의 변화는 실로 지대한 영향을 끼친다. 도시는 얼마나 풍성하며, 또 한편으론 텅 비어 있는가! 비록 어떤 기인에겐 사계절 가운데 여름의 도시가 더 마음에 들지도 모르지만. 게다가 우리의 여름은 너무도 짧아 아쉽다. 눈 깜짝할 사이에 나뭇잎은 노랗게 변하고, 마지막 꽃잎들이 시들어 버리고, 습기와 안개가 다시 잦아지면, 건강에 주의해야 할 가을이 도래하고, 삶은 이전처럼 방황하기 시작할 것이다……. 기분 나쁜 미래이다. 최소한 지금은.

여주인

제1부

1

오르디노프는 결국 이사를 하기로 결정했다. 그가 세들어 살던 집의 여주인은 아주 가난했고, 나이가 지긋한 여자로 생전에 관리를 지냈던 남편을 여읜 미망인이었다. 그녀는 뜻밖의 사정이 생겨, 방을 세준 기한이 아직 끝나기도 전에, 뻬쩨르부르그를 떠나 친척이 살고 있다는 어느 먼 시골로 내려가 버렸다. 그 집에 방을 세내어 살고 있던 젊은이는 정해진 기한이 끝날 때까지 그 집에서 머무르긴 했지만, 오랫동안 정이 든 자신의 보금자리를 떠나야 한다는 생각에 마음이 착잡했고, 익숙해진 자신의 거처를 떠나야 한다고 생각하니 괜히 화가 나기도 했다. 그도 그럴 것이 그는 가난한 데다, 집을 새로 구하려면 돈이 많이 들기 때문이었다. 여주인이 떠난 다음날 아침, 그는 모자를 들고 집을 나가, 뻬쩨르부르그의 골목길을 여기저기 돌아다녔다. 그는 이 건물, 저 건물을 찾아 돌아다니며, 건물 입구에 붙여진 셋방 광고 쪽지들을 샅샅이 살펴보고 있었다. 그는 되도록이면, 지저분하고 사람들이 북적대는 큰 건물을 고르고 있었는데, 자신에게 거처를 내줄 만한 가난한 주민들을 그런 건물에서 더 쉽게 찾을 수 있을 거라는 생각에서였다.

그는 이미 오랜 시간 동안 집을 구하느라 열심히 돌아다녔다. 그러다가 한순간, 그는 갑자기 자기 자신도 알 수 없는 이상한 감정에 빠져 들었다. 처음에 그는 얼빠진 사람처럼, 멍한 상태에 빠져 주춤하다가, 조금 후에야 간신히 정신을 가다듬고, 강렬한 호기심을 나타내며, 자기 주변에서 벌어지는 일들을 주의 깊게 살펴보기 시작했다. 북적대며 거리를 오가는 사람들, 거리에서 벌어지고 있는 잡다한 인간의 생활상, 소음, 사람의 물결, 새로 발견하게 된 사물들, 새로워 보이는 주변 환경 등, 모든 것이 그에게 신기하게 느껴졌다. 이런 잡다한 모습들은 노동과 땀으로 얻은 수입이거나, 혹은 다른 여러 가지 방법을 통해 얻은 수입인데, 어딘가 따뜻한 둥지를 구해서, 안락한 삶을 살기 위해, 오랫동안 바쁘고 복잡하게 살아온 뻬쩨르부르그 사람들에게는 이미 사소하고 시시한 것이 되어 버린 지 오래였고, 이미 싫증이 날 대로 난 허망한 것들에 지나지 않는 것이었다. 그런데 이런 일상의 권태와 울적함이 그의 마음속에서는 반대로 아주 신기하게 느껴졌으며, 어떤 신선한 감흥을 불러일으키기까지 했다. 어느새 그의 창백했던 뺨이 가벼운 홍조를 띠기 시작했고, 그의 눈동자는 새로운 희망이라도 발견한 사람의 눈처럼 반짝이기 시작했다. 그는 갑자기 차갑고 신선한 공기를 느끼게 되었고, 심호흡을 하기 시작했다.

그는 지금까지 아주 조용하고 고독한 삶을 살아왔다. 3년 전 그는 학위를 받게 되었고, 좀 더 자유롭게 살아갈 수 있게 되었다. 그러던 어느 날, 그는 지금까지 말로만 들어 왔던 한 노인을 찾아가게 되었다. 제복을 입은 시종이 다시 한번 여쭤 보겠다고 이야기할 때까지, 그는 오랜 시간을 기다렸다. 그런 후에야 그는 여전히 존재하는 몇몇 유서 깊은 가문의 집들에서나 볼 수 있는, 천장이 높고, 어둠침침하고, 텅 비어 있는 아주 단조로운 거실로 안내를 받아 들어갔다. 그 방에는 가슴에 훈장을 가득 달고, 모피로 장식한 옷을 입은 한 노인이 서 있었다. 노인은 그의 부친의 친구였고, 동료이기도 했으며, 자신의 후견인이기도 했다. 노인이 그에게 돈 꾸러미를 건네주었다. 액수는 얼마 되지 않았다. 이것은 오랫동안 그의 조상 대대로 물려받은 유산을 경매에 붙여 빚을 청산하고 남은 돈이었다. 오르디노프는 무감각하게 그것을 받아 들고, 자신의 후견인에게 영원한 작별 인사를 한 다음 거리로 나왔다. 춥고 안개 낀 가을 저녁이었다. 젊은이는 깊은 사색에 빠져 들었다. 원인을 알 수 없는 슬픔이 그의 가슴에 밀려들었다. 그러다가 한순간 그의 눈에서 불길이 타오르기도 했다. 그는 흥분에 휩싸이는가 하면, 오싹한 한기를 느끼기도 했고, 어느 땐 열에 확 달아오르는 것 같은 기분이 들기도 했다. 그는 자신이 받은 이 유산이 앞으로 2년이나 3년 정도는, 게다가 허리띠를 더 졸라맨다면, 4년까지도 살 수 있는 액수라는 생각이 들었다. 날이 어두워지고 빗방울이 내리기 시작했다. 그는 처음 본 집에 거처를 정하고, 한 시간이 채 못 되어 그곳으로 이사를 했다. 그는 그곳에서 마치 수도원에 갇힌 사람처럼, 아니면, 빛으로부터 완전히 차단당한 사람처럼 살아갔다. 그렇게 2년을 살고 나자, 그는 완전히 혼자 남게 되었다.

그는 다른 삶, 그러니까, 시끄럽고 소란스러우며 항상 홍분되고, 계속 변해 가며, 누군가를 항상 초대하고 방문하며 살아가는 그런 삶, 빠르든 늦든, 언젠가는 기어이 닥치게 될, 그런 삶이 있다는 것을 알지 못하고 한동안 완전히 홀로 남겨졌다. 사실, 그러한 사회적 삶에 대해 전혀 모르고 지낼 수는 없었지만, 그는 그런 삶에 일부러 등을 돌렸고, 단 한 번도 그런 삶을 원하지 않았다. 그는 아주 어린 시절부터 다른 사람들과는 다르게 살아왔다. 그런데 이런 남다름이 결국에는 그의 삶에 있어서 결정적인 역할을 하게 되었다. 가장 깊고 강렬하며 인간의 전 생애를 소비하게 만드는 어떤 열망, 즉 실질적이고 현실적인 삶의 공간에서는 단 한 치의 자기 자리도 찾지 못하는, 오르디노프 같은 그런 사람들에게서 흔히 나타나게 마련인 어떤 강렬한 열망이 그를 집어삼켜 버린 것이었다. 그것은 바로 학문에 대한 열망이었다. 학문은 그의 젊음을 집어삼켰고, 천천히, 그리고 아주 달콤한 독으로, 그에게서 잠을 빼앗아 갔으며, 좋은 음식을, 그리고 그의 골방에서는 한 번도 느껴 보지 못했던 신선한 공기마저 모두 빼앗아 가버렸다. 그럼에도 불구하고, 오르디노프는 자신의 열망에 푹 빠져, 아예 그런 신선한 공기 따위는 원하지도 않았다. 그는 젊었고 그 이상 아무것도 원하는 것이 없었다. 열망은 외적인 삶에 있어서 그를 완전히 어린애로 만들어 버린 것은 물론, 다른 선한 사람들 사이에서조차 자신의 자리를 찾아 어떤 경계를 지을 필요가 있을 때가 오더라도, 자신의 무능함 때문에, 그 사람들을 피해 도망가 버리고 말았다. 다른 간사한 사람들에게 있어서 학문이 손안에 든 자본이었다면, 오르디노프에게 있어서 학문에 대한 열망은 자기 자신에게 총구를 겨눈 무기가 되어 버렸다.

지금까지 그의 내면 속에 잠재되어 있던 학문에 대한 열망이란 것은, 아주 사소한 것이라 할지라도 배우고 싶어하며, 알고 싶어하는, 어떤 논리적인 분명한 원인들 때문이었다기보다는, 무의식적인 집착으로 인한 것이었다. 아직 어렸을 때부터 그는 괴짜로 알려졌을 뿐만 아니라, 주변의 친구들과 비슷한 점이라고는 아무것도 없었다. 그는 어려서부터 부모들을 모르고 자랐고, 자신의 이상하고 비사교적인 성격으로 인해, 친구들로부터 비인간적인 대우를 받았을 뿐만 아니라, 심지어는 그들의 경멸을 감수해야 했다. 이 때문에 그는 점점 사람들 사이에서 외톨이가 되어 갔다. 그래서인지 그의 고독한 학업에는 지금까지, 그리고 심지어는 바로 지금 이 순간까지도, 규칙이라든가 하는 일정한 체계가 존재해 본 적이 없었다. 지금은 완전히 외톨이가 되어, 혼자서 예술가의 최초의 환희, 최초의 열정, 최초의 흥분을 체험하는 중이었다. 그는 자신만의 체계를 세운 것이다. 이 체계라는 것은 그의 존재 내부에서 해를 거듭하며 살아왔다. 처음에는 어슴푸레하고 분명치 않았던 체계가, 이제 그의 영혼 속에서 점차적으로 새롭고 획기적인 변화를 통해, 완전한 형식으로 승화된, 놀랍고 경이로운 사상의 윤곽을 드러내기 시작했다. 그러한 사상의 형성은 자신의 영혼의 고통을 통해서, 그의 영혼의 내부로부터 요구된 것이었다. 그는 아직 서투르긴 했지만, 영혼의 고유함이라든가, 진실함이라든가, 자유로움 등을 감지하고 있었던 것이다. 이미 오래전부터 그에게는 창조적인 능력이 있다는 것이 사실로 받아들여지고 있었는데, 이제 그 능력이 실제적으로 드러나기 시작했고, 확실해진 것이다. 그러나 창조물과 그 능력의 승화는 아직 멀게 느껴졌고, 지금으로서는 아주 멀리 존재하는 것인지도 모를 일이었으며, 아니, 어쩌면 아주 불가능한 것인지도 몰랐다!

그는 지금, 마치 사람을 피해 다니는 사람이나, 혹은 자신이 살고 있던 무언의 광야에서, 갑자기 시끄럽고 소란한 도시로 내던져진 은자처럼 거리를 방황하고 있는 것이다. 모든 것이 그에게는 새롭고 이상하게 여겨졌다. 그러나 이런 이상한 느낌에 놀라고 있을 겨를이 없을 만큼, 그의 주변에서 떠들어 대고, 펄펄 끓고 있는 세계가 그에겐 아주 낯설게 느껴졌다. 그는 자신이 미개하다는 것을 아직 깨닫지 못한 사람처럼 보였다. 그러나 반대로, 그의 내부에서는 즐거운 생각이, 그러니까, 오랜 재계 기간 후에 드디어 먹을 것과 마실 것을 얻은 사람에게서 종종 나타나기 쉬운 취기와 비슷한 희열이 꿈틀거리고 있었다. 물론, 아무리 오르디노프 같은 사람이라 할지라도, 뻬쩨르부르그의 시민으로서 집을 옮기는 것과 같은 사소한 사건으로 인해 흥분하고, 정신 산란해 하는 일은 아주 이상한 일로 보이는 것이 사실이었다. 하지만, 무슨 볼일이 있어 밖에 나가는 일이 한 번도 없었던 오르디노프에게는 이 사건은 아주 이상한 경험이었다.

그는 거리를 쏘다니는 일에 점점 더 흥미를 느끼기 시작했다. 그의 그런 모습은 거의 건달처럼 보일 정도였다. 그러나 여전히 예전과 똑같은 기분에 사로잡혀 있는 그는 책 속의 행간에서 느꼈던 것과 마찬가지로, 지금 자신 앞에 선명하게 펼쳐진 모든 세계의 그림을 이해할 수 있었다. 모든 것이 그를 놀라게 했다. 그는 단 하나의 느낌도 놓치지 않으려 애썼고, 골똘히 생각에 잠긴 시선으로 지나가는 사람들의 얼굴을 쳐다보았다. 그는 주변에 있는 모든 사람들의 용모를 자세히 관찰하는가 하면, 고독한 밤의 정적 속에서 생겨난 자신의 결론을 모두 확인이라도 하려는 사람처럼, 주변 사람들의 이야기를 자세히 들어 보기도 했다. 거의 매번, 심지어 아주 사소한 것들까지도 그를 놀라게 했으며, 어떤 거창한 사상으로까지 그려 보게끔 했다. 이제서야, 그는 처음으로 자신의 승방에 자신을 산 채로 매장했다는 것을 깨닫게 되었고, 그런 사실에 화가 나기도 했다. 이곳에서는 모든 것이 빨리 진행되고 있었다. 그의 맥박도 힘차고 빠르게 뛰기 시작했다. 고독감에 사로잡혀 있던 머리도 긴장하게 되었고, 활기찬 활동으로 연마되고 고양되어, 빠르고 유쾌하게 일하기 시작했다. 지금까지 무의식적으로만 알고 있었던, 더 정확히 말하자면, 예술가의 본능만으로 단순하게 예감했던 현실의 삶 속으로, 자신에게는 이상하게 느껴졌던 그러한 삶 속으로 어떻게든 자신을 가깝게 접근시켜 보려고 애를 써보기도 했다. 그의 심장은 사랑과 동정의 아픔으로 마구 뛰고 있었다. 그는 조금 더 주의를 기울여, 자기 옆을 지나가는 사람들을 살펴보았다. 사람들은 모두 낯설게 보였고, 근심에 싸여 있는 것처럼 보였으며, 무슨 생각엔가 골똘해 있는 모습이었다……. 그러다가 오르디노프는 점차 그 모든 것에 무관심해지기 시작했다. 이제 그러한 현실이 그를 짓누르기 시작했고, 그의 마음속에는 이 새로운 경이에 대한 이름 모를 공포가 생겨났다. 그것은 마치, 최초로 자신의 병상에서 환희에 벅차 일어났다가, 빛과 섬광과 삶의 소란스러움, 그리고 소음과 그의 주변을 날아오르는 모든 사물들의 현란함에 기운이 쭉 빠지고, 몽롱해지며 머리가 빙빙 도는 것을 경험한 환자처럼, 그는 지금까지 자신이 보지 못한 것들에 대한 새로운 감동의 폭발로부터 이제는 지치기 시작했다. 그는 울적한 감정에 사로잡히게 되었고, 슬픔에 빠져 들었다. 그는 자신의 전 생애에 대해서, 지금까지 자신의 모든 활동에 대해서, 심지어는 자신의 앞으로의 미래에 대해 두려워하기 시작했다. 느닷없이 새로운 생각이 그의 평온을 여지없이 뒤흔들어 놓은 것이다. 자신이 지금까지 홀로 고독하게 살아왔다는 것과 이 세상에서 그 누구도 자신을 사랑하지 않으며 그 역시, 지금까지 누군가를 사랑할 기회가 없었다는 생각이 그의 마음속에 문득 떠올랐던 것이다. 처음에 거리를 싸돌아다니며 우연히 마주쳤던 지나가는 사람들 중, 몇몇 사람들은 그를 이상하게 쳐다보고 무례하게 빤히 쳐다보기까지 했다. 그는 이 자신을 정신나간 사람으로 취급하거나, 아주 별난 괴짜로 간주했을 뿐만 아니라, 그 사실을 전혀 의심조차 하지 않고 있다는 것을 알게 되었다. 그는 지금까지 자신이 사람들 옆에 있을 때면, 모두들 부담스러워했다는 사실을, 또한 어린 시절부터 생각에 골몰해 있고, 고집스러운 그의 성격 때문에 모두 그를 피했다는 사실을 기억해 냈다. 또한, 그의 동정심이 그 자신의 내부에 항상 존재하고는 있었지만, 고통스럽게 억눌려 있어, 정신적인 유대감이 없었기 때문에 다른 사람들에게는 잘 드러나 보이지 않았고, 그가 아직 어린아이였을 때부터, 다른 아이들, 즉 동갑내기들과 한번도 어울려 지내지 못했던 그때부터, 자신이 아주 힘들게 살아왔다는 것을 기억해 냈다. 이제서야, 그는 지금껏 모든 사람들이 자신을 피해 다니고, 자신을 멀리했다는 사실을 깨달았다.

그는 도시 중심에서 멀리 떨어진, 뻬쩨르부르그의 어느 변두리에 위치한 한 건물 안으로 들어갔다. 그곳에 있는 한적한 선술집에서 점심을 먹는 둥, 마는 둥 하고 다시 거리로 나와 여기저기 돌아다니기 시작했다. 그는 다시 수많은 거리와 광장들을 지나왔다. 그가 지나온 길 뒤로는 노란색과 회색빛의 기다란 담장들이 쭉 늘어서 있었다. 부유한 가옥들 대신, 허름하고 낡아 빠진 농가들을 지나자, 그 뒤로 공장들이 나타나기 시작했고, 그 아래로는 긴 관들이 달린 기형적이고, 거무죽죽한 색깔을 띤, 커다란 건물들이 나타나기 시작했다. 거리는 사람이 뜸했고 한적했다. 그곳은 왠지 음울하게 느껴졌고, 적의에 가득 차 있는 것처럼 보였다. 최소한 오르디노프에게는 그렇게 느껴졌다. 벌써 어둠이 내리고 있었다. 그는 기다란 골목길을 빠져나와, 교구의 교회가 있는 광장으로 나왔다.

그는 얼빠진 모습으로 교회 안으로 들어섰다. 예배가 막 끝난 후였다. 교회 안은 텅 비어 있었고, 늙은이 두 사람만이 아직 교회 입구 근처에서 무릎을 꿇고 앉아 있었다. 백발을 한 교회지기가 촛불을 끄고 있었다. 교회의 둥근 지붕에 나 있는 좁은 창문을 통해서 저물어 가는 햇살이 긴 선을 그리며 위로부터 쏟아져 들어왔고, 부제단(副祭壇)들 중 하나를 눈부신 빛의 바다처럼 환하게 비추었다. 그러나 이 빛들도 점점 더 약해지기 시작했다. 교회의 천장 밑으로 어둠이 짙어 갈수록, 등불과 촛불이 전율하며 만들어 내는 붉은 빛을 받은 황금 옷의 성상들이 여기저기서 밝게 타오르며 환하게 빛나고 있었다. 오르디노프는 마음을 뒤흔드는 형언할 수 없는 이상한 아픔과 복받쳐 오르는 어떤 감정에 휩싸여, 어두운 벽 쪽으로 다가가서 한순간 정신을 잃은 듯, 망연자실한 채로 앉아 있었다. 그때, 교회 안으로 들어오는 두 사람의 울동적이고 메아리치는 발소리가 교회의 천장 아래로 울려 퍼졌다. 그는 갑자기 정신을 차렸다. 그는 고개를 들어 올려, 방금 들어온 두 사람에 대해 이상한 호기심을 가지고 그들을 바라보았다. 한 늙은 노인과 젊은 여인이었다. 노인은 키가 크고 아직 허리도 곧고 건장해 보였지만, 여위었고 창백해 보였다. 그의 외모로는 어딘가 먼 곳에서 온, 이곳에 잠깐 들른 상인처럼 보였다. 그는 연회용으로 보이는 길고 검은 모피가 달린 까프딴[1]을 입고 있었는데, 단추를 잠그지 않은 채 그냥 걸치고 있었고, 그 밑으로는 아래서부터 위까지 모두 단추를 채운 러시아풍의 긴 옷이 길게 비어져 나와 마루까지 닿았다. 그의 드러난 목에는 화사한 붉은색 머플러가 아무렇게나 둘러져 있었고, 손에는 털모자가 들려 있었다. 길고 가느다란 반백의 수염은 가슴까지 길게 늘어져 있었고, 희미하게 나 있는 눈썹 밑으로는 옆으로 길게 찢어진 눈이 오만하게 보였으며, 맹렬한 불길처럼 타오르고 있었다. 여인은 스무 살 남짓해 보였고, 경이로울 만큼 아름다웠다. 그녀는 밍크로 만든 탐스럽고 곱슬곱슬한 외투를 입고 있었고, 하얀 공단으로 만든 스카프를 머리에 두르고 있었는데, 그 스카프는 얼굴을 거의 다 가린 채, 턱 아래 묶여져 있었다. 그녀는 눈을 아래로 내리깔고 조용하게 앉아 있었다. 그녀의 얼굴에 어려 있는 심각한 표정은 가련하고 애달퍼 보였으며, 어린애 같은 천진난만하고 순박한 얼굴과 묘한 대비를 이루고 있었다. 이 사람들에겐 분명히 뭔가 이상한 점이 있었다.

노인은 교회의 중앙에 멈춰 서더니, 교회 안이 완전히 텅

---

[1] 옷자락이 긴 농민들이 즐겨 입는 외투.

비어 있었음에도 불구하고 사방을 향해 머리를 숙여 보였고, 그와 동행한 여인 역시 똑같은 행동을 반복했다. 그런 다음, 그는 그녀의 손을 잡고 교회 안에 안치된 커다란 성모상 앞으로 다가갔다. 교회는 이 성모의 이름을 따서 지어진 것이었다. 성모상의 가사에 붙은 황금과 보석에 불빛이 반사되어 성모상은 눈부신 불꽃처럼 아름답게 빛나고 있었다. 교회에 마지막으로 남아 있던 교회지기가 노인을 향해 정중하게 고개를 숙이자, 노인도 그에게 머리를 숙여 보였다. 여인은 성모상 앞에 무릎을 꿇고 엎드렸다. 노인은 성모상 발 아래 걸려 있던 베일의 끝을 잡아당겨 그녀의 머리를 덮어 주었다. 교회 안에 희미한 울음소리가 울려 퍼졌다.

오르디노프는 이 모든 장면을 목격하고 큰 충격을 받았다. 그는 이 모든 것이 빨리 끝나기를 초조하게 기다리고 있었다. 2분 정도 지나, 그 여인이 머리를 들자, 등불의 환한 불빛이 그녀의 얼굴을 비췄다. 오르디노프는 몸을 부르르 떨고는, 앞으로 걸음을 한 발짝 옮겼다. 그녀가 일어나 노인과 팔짱을 꼈고, 뒤 이어 그들이 교회 밖으로 나갔다. 하얀 얼굴 위로 길게 드리워져 깜빡거리는 속눈썹 아래 가려진 그녀의 검푸른 눈에서는 눈물이 솟구쳐 올라, 창백한 뺨 위로 흘러내렸고, 그녀의 입가에는 가벼운 미소가 스쳐 지나갔다. 그러나 그녀의 얼굴에는 어쩐지, 어린애 같은 두려움과 은밀한 공포의 흔적이 역력했다. 그녀는 겁먹은 모습으로 노인에게 살짝 기댔다. 그녀는 긴장하고 있었고, 떨고 있는 것이 분명했다.

이해할 수 없는 달콤하고 매혹적인 감정에 사로잡힌 오르디노프는 그들의 뒤를 따라 빠르게 걸어 나갔다. 교회의 입구에 이르러 그는 그들을 앞질러 걸었다. 노인이 적의 어린 시선으로 그를 힐끔 쳐다보았다. 그 여인 역시 오르디노프를 쳐다보긴 했지만, 마치 어딘가 먼 곳에 있는 일에 골몰해 있는 듯 무관심하게 쳐다보았다. 오르디노프는 자기 자신도 의식하지 못한 채, 그들의 뒤를 따라갔다. 밖은 완전히 어두워져 있었다. 그는 그들과 조금 떨어져 걸었다. 노인과 젊은 여인은 더럽고 지저분하며 각종 직업에 종사하는 사람들로 몹시 붐비고 있는, 밀가루 상점과 건물들이 빽빽히 들어서 있는 크고 넓은 길로 들어섰다. 그들은 성문으로 곧장 뻗어 있는 길을 따라 걷다가, 작은 골목길로 돌아섰다. 그 골목길 양쪽으로는 검은색의 거대한 4층짜리 건물을 지탱하고 있는 긴 담장이 나란히 서 있었다. 이 건물의 문을 지나 반대편으로 나가면, 사람들이 붐비는 다른 큰길로 나갈 수도 있었다. 갑자기 노인이 뒤돌아서서 오르디노프를 초조하게 노려보았다. 젊은이는 못 박힌 듯, 그 자리에 멈춰 섰다. 그도 자신의 이런 행동을 이해하기 힘들었다. 노인은 자신의 위협이 효과가 있었는지 확인이라도 하듯, 다시 한번 오르디노프를 쏘아보고는, 젊은 여인과 함께 좁은 문을 통해 건물의 뜰로 들어갔다. 그러자 오르디노프는 발길을 돌려 오던 길을 되돌아갔다.

　오르디노프는 기분이 몹시 상했다. 그도 그럴 것이 하루를 그냥 헛되이 보냈고, 해놓은 일도 하나 없이 몸만 피곤한 상태인 데다가, 전혀 의미 없는 사소한 일을 굉장한 일이라도 되는 양 중요한 의미를 부여하고 행동한 자신의 바보스러운 짓이며, 그런 일로 하루를 다 보낸 사실을 상기하고는, 자기 자신에게 잔뜩 화가 났다.

　이른 아침, 오르디노프는 자신의 대인 기피증에 대해, 자기 자신에게 화를 내긴 했지만, 그의 본능 속에서는 내적인 이유라기보다는, 외적인 이유, 즉 자신의 예술 속에서 자신을 유혹하고, 자신을 온통 휩싸며, 영혼을 뒤흔들던 그 모든 것으로부터 도망치려 하고 있었다. 그는 그 순간, 우울한 기분에 사로잡혔고, 새로운 감회에 싸여 자신의 평화스러웠던 옛 보금자리에 대한 생각에 빠져 들었다. 그러고는 아직 미해결된 상태로 남아 있는 자신의 현재의 상황에 대한, 그리고 앞으로 해야 할 성가신 일에 대한 근심과 울적함에 휩싸였다. 동시에, 그런 사소한 일이 자신을 성가시게 하고 있다는 사실에 몹시 화가 났다. 이러한 두 가지 생각을 연결시키기에 지친 그는 결국, 아주 늦게서야 집에 도착했다. 게다가, 하마터면, 자신이 살고 있는 집을 모르고 그냥 지나쳐 버릴 뻔했다는 사실에 깜짝 놀랐다. 그는 아연실색해서는 자신의 부주의한 행동에 고개를 설레설레 흔들며 계단을 올라갔다. 그는 이 모든 일은 단지 피곤해서 생긴 것일 뿐이라고 결론을 내리며, 자신이 살고 있는 다락방으로 들어갔다. 그가 방 안의 촛불을 켜자, 그의 머릿속에는 순식간에 교회에서 울고 있던 여인의 모습이 떠올랐다. 그는 온몸에 있는 모든 기관이 갑자기 불에 데이기라도 한 것처럼 뜨겁고 아주 강렬하게 이상한 감정에 휩싸이는 걸 느꼈다. 어느새 그의 마음은 은밀한 어떤 감동과 두려움으로 덜덜 떨려 오기 시작했다. 어린아이가 후회할 때라든가, 아니면, 아주 감격했을 때에 보통 흘리게 마련인, 그런 눈물로 온통 얼룩져 있던 여인의 온순하고 고요한 얼굴이 아련하게 떠오르자, 그의 눈동자는 몽롱해졌다. 그러나 그러한 환영은 오래가지 않았다. 그러한 감동을 경험한 다음, 그는 다시 생각에 잠기게 되었다. 조금 더 시간이 지나자, 왠지 화가 치밀어 올랐다가, 그 다음에는 대상도 없는 막연한 적대감에 휩싸이기도 했다. 그는 옷도 벗지 않은 채, 이불을 뒤집어쓰고, 딱딱한 침대 위로 몸을 던졌다······.

오르디노프는 아침 늦게, 온통 흥분에 싸인 채, 정신적으로 아주 긴장한 상태에서 잠을 깼다. 그는 얼른 일어나서 침대를 정리하고, 간신히 정신을 차린 다음, 지금 자신에게 부과되어 있는 미해결된 문제들에 대해 이리저리 궁리하고는, 집을 나와 어제 돌아다녔던 그 반대쪽으로 길을 나섰다. 한참을 돌아다닌 끝에 그는 드디어 찐헨이라고 불리는 딸과 함께 살고 있는 쉬뻬스라는 가난한 독일인한테서 괜찮은 방을 얻었다. 쉬뻬스는 계약금을 받아 들고, 곧바로 건물 입구에 붙여 놓았던 셋방 광고를 떼어 내고, 학문에 대한 사랑이 깊다는 이유를 들어 오르디노프를 한껏 칭찬하고 나서는, 자신도 앞으로 오르디노프와 함께 열심히 공부하겠다는 약속까지 했다. 오르디노프는 저녁에 이사를 오겠다고 약속하고 돌아왔다. 그는 곧바로 집으로 돌아와야 했지만, 생각을 바꾸고는 다른 방향으로 걸어갔다. 갑자기 그는 생기를 되찾았고, 자신이 갖게 된 이상한 호기심에 의미심장한 미소까지 지었다. 길은 아주 멀게 느껴졌다. 그는 어제 저녁에 갔던 교회 안으로 들어갔다. 점심 미사를 드리는 중이었다. 그는 기도를 드리는 모든 사람들을 잘 관찰할 수 있는 장소를 골라 자리를 잡았다. 그러나 그가 찾고 있는 사람은 보이지 않았다. 그는 오랫동안 기다리다가 얼굴이 약간 상기된 채 교회를 나왔다. 그는 어색한 감정에 휩싸여, 자신의 생각을 바꾸어 보려고 무진 애를 썼다. 그는 일상적이고 평상적인 일에 대해 생각을 해보려고 애를 쓰다가, 드디어, 배가 고프다는 아주 일상적인 사실을 깨닫고서야 점심을 먹기로 결정했다. 그는 어제 점심을 먹은 싸구려 음식점으로 들어갔다. 그는 자신이 그곳에서 어떻게 점심을 먹고, 또 어떻게 그곳을 나왔는지, 전혀 기억하지 못했다. 그는 오랫동안 무의식적으로 사람이 붐비는 길이든, 한적한 골목길이든 무작정 싸돌아다니다가, 결국엔 도시에서 한참이나 떨어진, 누런 들판이 펼쳐진 곳까지 걸어갔다. 쥐 죽은 듯이 고요한 그곳의 정적이, 오랫동안 느끼지 못했던 어떤 새로운 감정을 그에게 불러일으켰고, 그는 깜짝 놀라 정신을 차렸다. 10월의 뻬쩨르부르그에서는 보기 드문 건조하고 냉랭한 날씨였다. 그리 멀지 않은 곳에 농가가 있었다. 농가 옆에는 두 개의 낟가리가 서 있었다. 늑골이 곧은 작은 말이 입이 축 늘어져서 고개를 숙이고, 마구도 매지 않은 채, 이륜 마차 근처에서 뭔가 생각에 잠긴 듯 서 있었다. 마당을 지키는 개가 으르렁거리며 부서진 바퀴 근처에서 뼈다귀를 물어뜯고 있었으며, 그 옆에는 세 살 먹은 어린애가 윗도리만 입은 채 곱슬머리를 긁적거리며, 혼자 들어서는 도시에서 온 사람을 놀란 눈으로 쳐다보고 있었다. 농가 뒤로는 들과 채소 밭이 멀리 펼쳐져 있었다. 저 멀리 푸른 하늘 가장자리에 놓인 숲이 점점 짙게 변해 가고 있었고, 그 반대 방향으로는 하늘을 가르며 줄을 지어 말없이 날아가는 새 떼들을 몰아가고 있는 듯한, 하얀 구름들이 떠다니고 있었다. 모든 것은 정적 속에 잠겨 있었고, 어떤 장중하고도 애처로운 감정을 자아내게 했으며, 숨 죽이며 감추어진 어떤 기다림으로 충만해 있는 듯이 보였다. 오르디노프는 앞으로 계속 걸어갔다. 멀리 펼쳐진 벌판이 그를 자꾸

만 잡아당기고 있는 것 같았다. 그때, 갑자기 도시 쪽에서 저녁 예배를 알리는 종소리가 들려오기 시작했다. 그러자, 오르디노프는 그쪽을 향해 몸을 돌리고는 빠른 속도로 걸어가기 시작했다. 드디어 그는 어제 자신이 들른 교회까지 걸어왔고, 그 안으로 들어갔다.

그가 고대하던 미지의 여인이 이미 그곳에 있었다.

그녀는 문 바로 옆에서 기도를 드리는 사람들 틈에 끼여 무릎을 꿇고 앉아 있었다. 오르디노프는 교회의 문 근처에서 구걸하는 거지들과 머리를 풀어헤친 노인들과 병자들, 그리고 불구자들 사이를 어렵사리 빠져나가, 미지의 여인이 앉아 있는 바로 옆자리에 무릎을 꿇고 앉았다. 그의 옷이 그녀의 옷을 스쳤다. 그는 열렬하게 기도문을 외우는 그녀의 입술에서 흘러 나오는 간헐적인 숨소리를 들었다. 그녀의 얼굴은 아주 경건한 심정으로 충만해 있는 감격한 모습 자체였다. 그녀는 그 순간, 또다시 눈물을 흘리기 시작했다. 그 눈물은 어떤 흉악한 죄를 씻어 내기라도 하듯, 그녀의 뜨거운 뺨 위로 흘러내려 말라 버렸다. 그들 둘이 앉아 있는 자리는 온통 어둠에 싸여 있었다. 활짝 열린 좁은 창문을 통해 들어오는 바람에 흔들리고 있는 등불에 비친 그녀의 모습은 젊은이의 기억 속에 아로새겨졌고, 그의 마음을 혼란스럽게 했으며, 견딜 수 없는 아픔으로 그의 심장을 도려내는 것 같았다. 이러한 아픔 속에는 극도로 감격한 어떤 환희가 담겨져 있었다. 그는 더 이상 견딜 수 없는 지경에 다다랐다. 그의 가슴은 온통 덜덜 떨려 오고, 알 수 없는 달콤한 열정 속으로 한순간 빠져 드는 듯했다. 결국, 그는 울음을 터뜨렸다. 그는 격한 감정에 사로잡힌 자신의 머리를 차가운 교회의 마룻바닥으로 떨구었다. 그는 달콤한 고통의 감정에 사로잡힌 자신의 가슴이 몹시 아프다는 사실을 제외하고는, 아무것도 느끼지 못하고, 듣지도 못할 지경이었다.

이처럼 자신의 감정을 극도로 분출시키고, 억제할 줄 모르며, 무방비 상태로 몰아가는 것은 지금까지의 고독감에서 오는 것이었을까? 아니면, 알 수 없는 갈망과 견딜 수 없는 영혼의 동요 속에서 보내던 오랜 불면의 밤에 느꼈던, 질식할 것 같고, 익사해 버릴 것 같은, 출구 없는 침묵 속에서 드디어 빠져나와, 분출할 통로를 막 찾으려는 감정의 폭발이 드디어 시작되려는 것이었을까? 이러한 감정의 폭발은 어쩌면, 이런 감정과 비슷한 것이었는지도 모른다. 긴 겨울이 지나고, 마침내 뜨거운 태양이 최초의 빛을 뿌리기 시작할 때, 연약한 꽃잎들이 생생하게 되살아나며, 태양을 만나려는 갈망으로 일어나고, 자신의 새로운 삶의 탄생을 기뻐하고 즐거워하며, 승전고를 울리며, 자신의 화려하고 달콤한 향기를 하늘까지 피어 올리게 하기 위해서, 어느 숨 막히고 무더운 여름날 갑자기 하늘 전체가 검어지기 시작하면서, 뇌우가 굶주린 땅 위로 비와 번개를 쏟아 붓기 시작하고, 에메랄드빛 나뭇가지 사이로 장대 같은 빗줄기가 쏟아져 내리며, 풀과 초원을 짓뭉개려고 하는 것과 같은 것이었는지도 모르는 일이었다. 그러나 지금 오르디노프는 무엇을 해야 할지 몰랐고, 제대로 정신을 가누기가 힘들었다…….

그는 예배가 어떻게 끝났는지도 의식하지 못한 채, 출구 앞으로 몰려가는 사람들 사이를 헤집고, 이 미지의 여인의 뒤를 따라가며, 정신을 가다듬어 보려고 애썼다. 그는 그녀의 놀라는 밝은 눈빛과 몇 번이나 마주쳤다. 끊임없이 밖으로 몰려나가는 사람들에 떠밀려 나가면서, 그녀는 몇 번씩이나 그를 뒤돌아보았다. 그녀는 점점 더 놀라는 것 같았고, 갑자기 홍당무처럼 얼굴을 빨갛게 물들이기도 했다. 그때, 사람들 사이에서 어제 보았던 그 노인이 갑자기 나타나, 그녀의 손을 잡아 끌었다. 오르디노프는 노인의 신경질적이고 비웃는 듯한 시선과 다시 마주쳤고, 그는 가슴속에서 어떤 적의가 끓어오르는 것을 느꼈다. 그는 결국, 어둠 속에서 그들의 행방을 놓쳐 버리고 말았다. 그는 혼신의 힘을 다해 사람들을 밀치고 교회 밖으로 빠져나왔다. 선선한 저녁 공기조차 그에게 생기를 불러일으켜 주지는 못했다. 호흡이 가빠 오고, 가슴은 답답했으며, 그의 심장은 구멍이 뚫리기라도 하는 듯, 천천히, 그러나 세차게 뛰기 시작했다. 그러다가 그는 정말로 이 미지의 사람들을 놓쳐 버렸다는 사실을 깨달았다. 큰길이나 골목길 그 어디에도 그들의 모습은 보이지 않았다. 그러나 오르디노프의 머릿속에서는 결정적이고 확고한 아주 기묘한 계획이 하나 떠올랐다. 물론, 이러한 계획은 대부분 정신 나간 것으로 여겨질지도 모르지만, 어쩌면 그 때문에 도리어, 언제나 성공하게 되는 경우에 흔히 나타나는 기발한 계획이었다. 다음날 아침 여덟 시에, 그는 그들이 살고 있는 집 건물이 있는 골목길로 향했다. 그는 집에서 쓰는 구정물 구덩이 같은 것이 여기저기 패여 있고, 좁아 터진 데다가 더럽기 짝이 없고, 불결하기 그지없는, 어느 건물 뜰로 들어갔다. 그곳에서 무슨 일엔가 열중하고 있던 문지기가 하던 일을 멈추고 들고 있던 삽의 손잡이에 턱을 괴고는 머리에서 발끝까지 오르디노프를 살펴본 다음, 무슨 일로 왔는지 물었다.

문지기는 스물다섯 살 먹은 아주 젊은 녀석이었는데, 겉늙어 보이는 데다 주름살이 잔뜩 있는 작은 체구의 따따르 계 사람이었다.

「집을 찾고 있소.」 오르디노프가 초조하게 대답했다.

「어떤 집을 말이오?」 문지기가 비웃는 듯 물었다. 그는 마치 오르디노프의 모든 일을 벌써 다 알고 있는 듯한 눈길로 쳐다보았다.

「여기에 사는 사람들 중에서 누군가 세를 놓을 사람이 없을까 해서……?」 오르디노프가 대답했다.

「저 건물에는 없어요.」 문지기가 아리송하게 대답했다.

「그럼, 여기에는?」

「여기에도 없어요.」 문지기가 다시 삽을 집어 들었다.

「어쩌면, 방을 세놓을 사람이 있을지도 모르잖소?」 오르디노프가 문지기에게 10꼬뻬이까를 살며시 건네주며 말했다.

따따르 인은 오르디노프를 힐끗 쳐다보며 돈을 받아 들더니, 다시 삽을 들어 올리고 한동안 말없이 있다가 말했다. 「없어요, 없어!」 그러나 젊은이는 그의 대답이 채 끝나기도 전에 웅덩이에 놓여 있는 낡고 삐그덕거리는 널판지를 밟으며, 이 곁 채에서 건물 안으로 들어가는 유일한 통로인 시커멓고 지저분한 웅덩이들이 넘실대는 더러운 출구 쪽으로 걸어갔다. 아래층에는 가난한 장의사가 살고 있었다. 그의 기이한 작업장을 지나, 오르디노프는 절반은 부서지고 매우 미끄러운 데다, 나선형으로 만들어진 계단을 따라 위층으로 올라갔다. 그러고는 어두워서 아무것도 보이지 않는 복도에서, 누더기 멍석으로 덮어씌운 두껍고 둔중한 문을 더듬어 손잡이를 찾아 문을 열었다. 그는 바로 찾아왔다. 문 앞에는 안면

이 있는 노인이 깜짝 놀란 얼굴로 오르디노프를 뚫어져라 응시하고 있었다.

「무슨 일이오?」 그는 거의 들리지 않은 목소리로 띄엄띄엄 말했다.

「방을…… 구할 수 있을까요?」 오르디노프는 생각해 두었던 말을 모두 잊어버리고는 갑자기 엉뚱한 질문을 했다. 그는 노인의 등 뒤로 자신이 찾고 있던 여인이 서 있는 것을 발견했다.

노인은 아무 말도 없이 오르디노프를 문 밖으로 밀어내고는, 문을 닫으려고 했다.

「방이 있어요.」 그때, 갑자기 젊은 여인의 상냥한 목소리가 들려왔다.

그러자 노인이 다시 문을 열었다.

「거처할 곳을 찾고 있어요.」 오르디노프는 얼른 집 안으로 들어서며, 그 미인을 향해서 말했다. 그러나 그는 자신의 미래의 주인들을 바라보자 자신도 놀라서, 얼어붙은 듯 꼼짝 않고 서 있었다. 그의 눈에는 충격적인 장면이 들어왔다. 노인은 모든 감각이 마비된 시체처럼 하얗게 변해 있었다. 그는 하얗게 질린 눈으로 뚫어져라 여인을 응시했다. 그녀 역시 처음에는 얼굴색이 하얗게 변했지만, 금세 얼굴 전체에 홍조가 돌기 시작했고, 그녀의 눈동자는 비밀스럽게 반짝이기 시작했다. 그녀는 오르디노프를 조그만 골방으로 데리고 갔다.

집의 구조는 커다란 방 하나를 두 개의 널판지로 막아 세 부분으로 나누어 놓은 것이었다. 3등분된 방들은 현관에서 곧장, 좁고 어두운 문간방으로 나 있었다. 문간방 뒤쪽에 바로 문이 하나 있었는데, 주인의 침실 문인 것이 분명했다. 문간방을 지나 왼쪽으로 나 있는 방이 세를 놓을 방이었다. 그 방은 작고 비좁아 보였으며, 창문 쪽으로 두 개의 칸막이를 해놓아, 납작해 보이는 방이었다. 방은 살아가는 데 필요한 살림 도구로 채워져 있었다. 누추하고 좁기는 했지만, 최대한 깨끗이 정리된 방이었다. 가구라고는 하얀 책상과 간단한 의자들, 양쪽 벽으로 궤짝이 놓인 것이 전부였다. 한쪽 구석에 있는 선반에는 금관을 씌운 낡은 성상이 놓여 있었고, 그 앞에는 등잔이 타오르고 있었다. 세준 방의 문간방 쪽으로 향하는 한쪽 귀퉁이에는 커다랗고 꼴사나운 러시아 식 뻬치까가 자리를 차지하고 있었다. 어쨌든 분명한 것은 이 집에서 세 사람이 살기에는 비좁다는 것이었다.

그들은 두서없이 서로가 하는 말을 이해하지도 못한 채, 흥정을 하기 시작했다. 오르디노프는 그녀와 두어 발짝 떨어진 곳에 서서, 그녀의 심장이 뛰는 소리를 듣고 있었다. 또한, 그는 공포에 떨고 있는 사람처럼 그녀가 떠는 모습도 보았다. 결국, 그들은 결론을 내렸다. 젊은이는 지금 바로 이사를 오겠다며 주인을 바라보았다. 노인은 아직 창백한 얼굴로 문 옆에 서 있었다. 조용했지만 뭔가 골똘히 생각에 잠긴 듯한 미소가 그의 입술 위로 살짝 떠올랐다. 오르디노프의 시선과 마주친 노인은 다시 눈썹을 찌푸렸다.

「그런데, 신분증은 있소?」 노인이 문을 열어 주며, 갑자기 큰 소리로 띄엄띄엄 물었다.

「있어요!」 오르디노프는 약간 어리둥절한 채 대답했다.

「그래, 댁은 도대체 누구요?」

「나는 바실리 오르디노프라고 하며, 귀족 출신이고, 특별히 근무하는 곳은 없습니다. 개인적인 일을 하고 있지요.」그는 노인의 목소리를 흉내 내며 대답했다.

「나도 마찬가지요. 나는 일리야 무린이라고 하며 평민입니다. 이젠 됐소? 그럼, 돌아가 주시오…….」노인이 대답했다.

갑자기 나타난 셋방 사람이 자신들을 속였다고 펄펄 뛰며, 유순한 딸 찐헨과 함께 이미 의심을 하기 시작한 독일인은 물론, 그 자신도 깜짝 놀랄 정도로, 오르디노프는 한 시간이 지나 이미 새집으로 이사를 했다. 오르디노프 자신도 이 모든 일이 어떻게 일어났는지 이해하지 못했고, 이해하고 싶지도 않았다.

2

그의 심장은 눈이 다 파래질 정도로 세차게 뛰고, 머리는 온통 빙빙 돌았다. 그는 새로 이사 온 방에서, 기계적으로 자신의 허름한 짐을 정리하기도 하고, 이런저런 짐들을 묶어 놓은 끈을 풀기도 했다. 책들이 들어 있는 궤짝을 열고, 그 안에 들어 있던 책들을 책상 위에 올려 놓기도 했다. 그러나 이 모든 일이 금방 싫증이 났다. 그의 눈앞에는 여인의 모습이 계속 어른거렸다. 이 여인과의 만남은 그를 말할 수 없이 가슴 두근거리는 어떤 환희로 가득 차게 했고 — 사고가 흐려지고, 영혼이 고통과 당혹감에 사로잡힐 만큼, 한순간에 행복이 그의 조용한 삶에 밀려든 것이다 — 그의 전 존재를 흥분의 도가니에 몰아넣고 뒤흔들어 놓았다. 그는 그녀를 볼 수 있으리라는 희망을 품은 채 신분증을 들고 주인에게 갔다. 그러나 무린은 문만 빠끔히 연 후, 오르디노프가 내미는 신분증을 잠깐 들여다보고는 되돌려주며 말했다. 「좋습니다. 어쨌든 잘 지내도록 합시다.」 이렇게 말하고는 다시 방문을 닫고 들어가 버렸다. 오르디노프는 기분이 몹시 상했다. 그는 이 노인을 마주보기가 왜 그토록 힘든지 자신도 알 수 없었다. 그 노인의 시선은 의심에 차 있고 적의를 가득 품고 있었다. 그러나 이런 기분 나쁜 느낌은 금방 사라졌다. 예전의 오르디노프의 조용한 삶과는 정반대인 회오리 속에서 3일이 지났다. 그러나 그는 그것이 무슨 까닭인지 알 수 없었고, 심지어는 겁이 날 정도였다. 모든 것이 그의 존재 안에서 뒤죽박죽으로 변했고, 얽히고설켰다. 그는 자신의 모든 삶이 절반으로 분리된 느낌을 받았다. 한편에선 하나의 갈망과 기대가 그를 사로잡은 반면에, 다른 한편에선 다른 생각이 그를 당혹스럽게 했다.

그는 잔뜩 당황한 채, 자신의 방으로 돌아왔다. 뻬치까 옆에서는 허리가 굽고 지저분한 데다, 체구가 아주 작은 노파가 보기에도 흉할 정도로 낡은 옷을 걸치고 요리를 하느라 분주히 움직이고 있었다. 그녀는 어쩐지 선량한 사람처럼 보이지 않았고, 이따금 혼잣말로 입술을 달싹거리며, 뭔가 불평을 늘어놓고 있었다. 오르디노프는 그녀에게 말을 걸어 보려 했지만, 그럴 때마다 그녀는 심술 난 사람처럼 입을 다물어 버렸다. 드디어 점심때가 되자, 노파가 뻬치까에서 야채국과 고기가 든 빵, 그리고 쇠고기 요리를 꺼내 주인에게 가져갔다. 그리고 그와 똑같은 것을 오르디노프에게도 가져왔다. 점심 후에 집 안에는 쥐 죽은 듯한 고요가 엄습해 왔다.

오르디노프는 책을 손에 들고, 벌써 몇 번씩이나, 반복해서 읽던 곳의 의미를 찾아보려 애쓰며 책장을 넘기고 있었다. 그는 결국, 참을 수 없어 책을 내던져 버리고는 자신의 가재 도구를 정리하려 했다. 그러다가 그것도 싫증이 나서 결국 외투를 걸치고, 모자를 든 채 거리로 나섰다. 어딘지도 모른 채, 발길 닿는 대로 걸어가면서, 가능한 한 정신을 한곳에 집중시키고, 산만해진 자신의 머릿속을 정리하고, 조금이라도 자신의 현재 상황을 판단해 보려고 애를 썼다. 그러나 애를 쓰면 쓸수록, 그는 자신을 고통과 압박 속에 빠뜨리게 되었다. 발열과 오한이 교대로 그를 사로잡았고, 그의 심장은 벽에 기대야 할 만큼, 쿵쿵 울리며 뛰기 시작했다. 〈그래, 죽는 게 더 나아.〉 그는 생각했다. 그러다가 그는 자신이 내뱉은 말을 생각해 보고는, 감정이 격해져서 떨리는 입술로 중얼거렸다. 「그래, 죽는 게 나을 거야.」 그는 오랫동안 걸어다녔다. 어느새 뼈 속까지 비에 젖은 것을 알고 난 후에야, 그는 비가 장대처럼 쏟아지고 있다는 것을 의식하고, 집으로 돌아왔다. 집에서 멀리 떨어지지 않은 곳에서 자신이 살고 있는 집 건물의 문지기를 발견했다. 따따르 인은 얼마 동안 오르디노프를 흥미롭다는 듯 주시하다가 오르디노프가 그를 보고 있다는 것을 알고는, 가던 길로 계속 걸어갔다.

「안녕하시오. 이름이 뭐요?」 오르디노프가 그를 따라잡으며 말했다.

「문지기라고 부르죠.」 이를 쓱 드러내며, 그가 대답했다.

「오랫동안 문지기로 일했소?」

「오랫동안 일했지요.」

「그런데, 우리 집 주인이 평민 출신이라는 것이 맞소?」

「평민 출신이라고 말하더군요.」

「그런데, 그는 무슨 일을 합니까?」
「아픈가 봐요. 그냥 그렇게 살아가는 사람이에요. 교회에 나가 기도도 하고, 뭐, 그렇게 살아가는 것 같아요.」
「그런데, 그 여자는 그 사람 아내요?」
「아니, 아내라니요?」
「그 사람과 살고 있는 여자 말이오?」
「말하자면 아내지요. 자, 그럼 나리, 안녕히 가십시오.」
따따르 인은 모자를 한번 들썩해 보이고는 자신의 오두막으로 들어가 버렸다.

오르디노프도 집으로 돌아왔다. 노파가 뭔가를 웅얼거리고 혼자 투덜대며, 문을 열어 주었다. 그리고 그가 들어오자, 다시 빗장을 닫고는 평생을 지내 온 자신의 자리인 뻬치까 위로 기어 올라갔다. 이미 날은 저물어 있었다. 오르디노프는 불을 가지러 가다가 주인의 방문이 열쇠로 잠긴 것을 발견했다. 오르디노프가 노파를 소리쳐 불렀다. 노파는 오르디노프가 주인에게 무슨 볼일이라도 있어서 문 앞에서 서성대는 걸로 짐작하고 뻬치까 위에서 팔을 괴고 그를 뚫어져라 쳐다보고 있었다. 그녀는 아무 말없이 성냥갑을 그에게 휙 던졌다. 그는 자기 방으로 돌아와서 자기 물건과 책들을 다시 정리하기 시작했다. 그러나 그는 무슨 일을 해야 할지 모르는 사람처럼, 점점 더 우왕좌왕하다가 의자에 털썩 주저앉아 버렸다. 그는 자신이 깜박 잠이 들었다고 느꼈다. 그는 때때로 자기 자신이 잠이 들었는지, 아니면, 어떤 고통스럽고 병적인 환각 상태에 빠진 것인지를 알아내려고 몇 번씩이나 애를 썼다. 그는 문이 열리는 소리를 듣고 주인이 저녁 예배에서 돌아왔다는 것을 알아차렸다. 그러고는 무슨 볼일을 보러 그들에게 가봐야 할 것 같다는 생각이 들었다. 그는 간신히 일어났고, 그들을 향해 가고 있다고 생각하는 순간, 그만 발을 헛디뎌 노파가 방 한가운데 아무렇게나 던져 놓은 땔감들 위로 벌렁 넘어지고 말았다. 그는 오랜 시간이 지난 후에야 겨우 눈을 뜨고, 자기가 완전히 망각 상태에 빠져 있었다는 것을 깨달았다. 그는 옷을 입은 채로 의자 위에 누워 있었다. 그는 자신을 굽어보며 다정하게 자신을 보살피고 있는 여인의 얼굴을 발견하고는 깜짝 놀라 깨어났다. 그는 누군가가 자신의 머리 밑에 베개를 가져다 받쳐 주고, 또 따뜻한 이불로 자신을 덮어 주며, 누군가의 부드러운 손이 자신의 이마를 짚어 보며 열이 있는지를 살펴보고 있다는 것을 모두 의식하고 있었다. 그는 감사의 표시를 하고 싶었다. 그녀의 손을 잡아당겨, 자신의 바싹 탄 입술로 가져와서 입 맞추고, 눈물로 그 손을 적시고 싶다는, 그리고 언제까지라도 입 맞추고 싶다는 생각을 했다. 그는 뭔가 많은 이야기를 하고 싶었지만, 그 자신도 무슨 말을 해야 할지를 몰랐다. 그는 이 순간에, 바로 이 순간에 영원히 잠들고 싶다는 생각에 사로잡혔다. 그러나 그의 이런 소망은 납덩이같이 무거운 몸을 꼼짝할 수 없어 이루어질 수 없었다. 그는 마치 벙어리가 된 것 같았고, 자신이 침대 위로 둥둥 떠오르기라도 하는 듯, 자신의 피가 온몸의 핏줄을 통해 퍼져 가는 소리만을 겨우 들을 수 있을 뿐이었다. 누군가가 그에게 물을 가져다 주는 것을 의식하는 순간, 그는 그만 다시 정신을 잃고 말았다.

그는 아침 여덟 시에 잠에서 깨어났다. 파랗게 곰팡이 핀 그의 방의 창문을 통해 햇빛이 한 다발의 빛을 뿌려 주고 있었다. 뭔가 위안을 받은 듯한 느낌이 환자의 온몸의 기관으로 퍼져 나가는 것 같았다. 평온하고 조용했으며, 끝없이 행복한 감정이 그를 사로잡았다. 그는 자신의 머리맡에 누군가가 있다는 생각이 들었다. 그는 자신의 주변에 있기는 하지만, 보이지 않는 어떤 존재를 찾으려 애쓰며 잠에서 깨어났다. 그는 자신의 친구를 껴안고, 평생 처음으로 이렇게 말하고 싶어졌다. 「잘 지냈는가? 내 벗이여!」

「어쩌면, 그렇게 오랫동안 잠을 자죠!」 부드러운 목소리의 여자가 말했다. 오르디노프는 한없이 다정하고, 태양처럼 환한 미소를 짓고 있는 여주인의 아름다운 얼굴이 자신을 내려다보고 있는 것을 발견했다.

그녀가 말했다. 「당신은 아주 오랫동안 앓았어요. 이젠 충분해요. 자, 일어나세요. 자유는 빵보다 더 달콤하고, 태양보다 아름다운 것이죠.」

오르디노프는 그녀의 손을 잡아당겨 꼭 쥐었다. 그는 아직 꿈을 꾸고 있는 듯했다.

「좀 기다려요. 차를 준비했어요. 차 드시겠어요? 마셔야 해요. 훨씬 나아질 거예요. 나도 앓은 적이 있어서 잘 알고 있어요.」

「그래요. 마시죠.」 오르디노프는 힘없는 목소리로 이렇게 말하고, 간신히 일어났다. 그는 아직 허약한 상태였다. 그의 등줄기를 타고 오싹한 한기가 느껴졌고, 그의 온몸이 부서질 듯이 아파 왔다. 그러나 그의 마음은 아주 즐거웠고, 생생한 기쁨으로 타오르고, 따뜻한 태양 빛이 그를 감싸 주는 것만 같았다. 그는 이제까지 맛보지 못한 새로운 인생이 자신의 내부에서 시작되고 있다는 느낌을 받았다. 약간 현기증이 일었다.

그녀가 물었다. 「당신의 이름이 바실리라고 했던가요? 내가 듣기로는 그런 것 같았는데……, 어제 우리 집 주인이 당신을 그렇게 부르는 것 같던데요.」

「그래요. 맞아요. 바실리예요. 그런데, 당신의 이름은 뭐죠?」 그는 간신히 몸을 일으켜 세우며, 그녀에게 가까이 기대고 말했다. 그는 다시 현기증을 느꼈다. 그녀는 그의 팔을 붙잡아 주며 웃기 시작했다.

「나는 까쩨리나라고 해요.」 그녀가 크고 영롱한 푸른 눈동자로 그를 바라보며 말했다. 두 사람은 서로 팔을 잡고 한참 동안 그렇게 서 있었다.

「나에게 무슨 할 말이 있나요?」 그녀가 결국 말을 꺼냈다.

「모르겠어요.」 오르디노프가 대답했다. 그는 갑자기 눈앞이 흐릿해지는 느낌이 들었다.

「그것 봐요. 이젠, 충분해요. 너무 무리하지 말고, 힘들여 애쓰지 말아요. 여기 해가 비치는 쪽으로 와서 의자에 앉으세요. 얌전히 앉아 있어요. 그리고 내 뒤를 따라오려고 하지 말아요.」 그가 그녀를 붙잡기 위해 움직이는 것을 보고는 그녀가 덧붙였다.

「지금, 바로 다시 오겠어요. 그때, 나를 충분히 보실 수 있을 거예요.」 잠시 후에 그녀는 차를 가져와서 책상 위에 올려놓고, 그의 맞은편에 앉았다.

그녀가 말했다. 「자, 마셔요. 머리가 아파요?」

그가 말했다. 「아니요, 지금은 아프지 않아요. 잘 모르겠어요. 아픈 것 같기도 하고, 그렇지 않은 것 같기도 해요. 그러나 분명한 사실은 아프고 싶지 않다는 거예요. 이것으로 충분하니까요. 나는 무슨 일이 일어나고 있는지, 도무지 모르겠어요.」 드디어, 그는 그녀의 손을 잡고 크게 한숨을 쉬며 말했다. 「여기 앉아 있어 줘요. 내 곁을 떠나지 말아요. 당신의 손을 다시 잡게 해줘요. 다시 눈앞이 캄캄해지는 것 같아요. 당신을 바라보고 있으려니, 마치 태양을 바라보고 있는 것처럼 눈앞이 캄캄해져요.」 그는 마치 심장에서 한 마디 한 마디를 떼어 내기라도 하듯, 환희에 가득 차서 말했다. 그는 갑자기 울음이 복받쳐 오는 것을 느꼈다.

「오오, 가련한 사람 같으니! 당신은 지금까지 한 번도 좋은 사람과 함께 살아 본 적이 없는 사람 같군요. 당신은 고독한 사람 중에서도 가장 고독한 사람인 것 같아요. 그렇죠? 당신은 친지가 전혀 없나요?」

「아무도 없어요. 완전히 혼자예요. 나에겐 아무것도 없어요. 완전히 텅 비었어요. 하지만 지금은 더 나아졌어요……그래요, 지금은 아주 좋아요.」 오르디노프는 잠꼬대를 하는 듯 말했다. 온 방 안이 그의 주변을 빙빙 도는 것 같았다.

「저 역시, 오랫동안 아무하고도 만나지 못했어요. 그런데, 왜 그렇게 나를 쳐다보죠……? 무슨 일이죠?」 그녀는 한동안 말없이 있다가 이렇게 물었다. 「마치, 내 눈이 당신을 따뜻하게 감싸 주기라도 하는 것 같아요. 누군가를 사랑하게 되면…… 나는 당신이 첫마디 말을 했을 때부터, 나의 가슴에 당신을 받아들였어요. 만약, 병이 나면 당신을 다시 돌봐 드리겠어요. 하지만, 아프면 안 돼요. 이제 몸이 다 나으면 오누이처럼 살아요. 그렇게 할 거죠? 신이 돌보지 않았다면, 어떻게 누이를 얻을 수 있겠어요.」

「그런데, 당신은 어떤 사람이죠? 어디서 왔죠?」 오르디노프가 힘없는 목소리로 말했다.

「나는 이 고장 사람이 아니에요. 그런데, 그게 당신과 무슨 상관이죠? 그 이야기 아세요? 열두 형제가 깊은 숲속에서 어떻게 살았는가 하는 이야기 말이에요. 어느 날 그 숲에서 어여쁜 아가씨가 길을 잃었다는 이야기 말이에요. 그녀는 그 형제들이 살고 있는 집으로 가서, 집을 정돈하고 자신의 사랑을 나눠 주었죠. 형제들이 돌아와서는 아가씨가 하루 동안 그들의 집에 다니러 왔다는 것을 알게 되었죠. 그들이 그녀를 큰 소리로 부르기 시작하자, 그녀가 나타났어요. 모두들 그녀를 누이라고 부르며 그녀에게 함께 살 자유를 주었고, 그녀는 모두를 똑같이 대해 주었어요. 이런 옛날 이야기 아세요?」

「알아요, 들었어요.」 오르디노프가 대답했다.

「산다는 것은 좋은 일이에요. 당신은 이 세상에 사는 것이 좋은 가요?」

「그래요. 오랫동안 영원히 살고 싶어요.」 오르디노프가 대답했다.

「난 모르겠어요.」 그녀가 생각에 잠긴 채, 말했다. 「나는 죽고 싶었어요. 삶을 사랑하고 선한 사람들을 사랑하는 것은 좋은 일이에요. 그래요……. 그런데, 이것 봐요, 당신 얼굴이 백지장처럼 다시 하얗게 변했어요!」

「머리가 빙빙 돌아요…….」

「잠깐만요. 내 이불과 다른 베개를 가져오겠어요. 여기에 누울 자리를 만들어 드릴게요. 여기서 잠이 들면 내 꿈을 꿀 거예요. 그리고 금방 병이 나을 거예요. 우리 집 노파도 지금 앓아 누워 있어요…….」

그녀는 잠자리를 준비하기 시작했고, 미소를 지으며, 이따금 어깨 너머로 오르디노프를 바라보며 계속 이야기를 했다.

「책이 아주 많군요.」 궤짝을 밀치며 그녀가 말했다.

그녀는 그에게 다가오더니, 그의 오른팔을 붙잡고 침대로 데려가서 눕힌 다음, 이불을 덮어 주었다.

「사람들이 그러는데, 책이 사람을 버린다고 해요.」 머리를 흔들며 그녀가 말했다. 「책읽기를 좋아하세요?」

「좋아해요.」 오르디노프는 꿈인지 아닌지도 의식하지 못한 채, 현실이라는 것을 확인이라도 하듯, 까쩨리나의 팔을 세게 움켜쥐며 대답했다.

「우리 집 주인에게도 책이 많아요. 얼마나 많은지 보세요! 그가 모두 신에 관한 것이라고 말했어요. 그는 자주 나에게 그것들을 읽어 줘요. 나중에 당신에게 보여 주겠어요. 당신도 나중에 당신이 읽은 것들을 나에게 이야기해 주세요.」

「이야기해 드리죠.」 오르디노프는 그녀를 뚫어져라 응시하며 중얼거렸다.

「기도하기 좋아하세요?」 잠시 침묵한 후에 그녀가 물었다. 「나는 점점 겁이 나요……..」

그녀는 무슨 생각인가 골똘히 하면서 말끝을 흐렸다. 오르디노프는 마침내, 그녀의 손을 자신의 입술로 가져갔다. 그녀의 뺨이 약간 붉어졌다.

「왜, 내 손에 입 맞추죠? 좋아요, 자, 입 맞춰요!」 그녀는 두 손을 그에게 내밀고 웃으면서 계속 말을 이었다. 나중엔 한 손을 빼서 그의 뜨거운 이마를 짚어 보고는, 그의 머리카락을 가지런히 매만져 주고 다정하게 쓰다듬기 시작했다. 그녀의 얼굴은 더욱더 빨갛게 물들었다. 그러다가 그녀는 그의 침대가 놓인 마룻바닥에 주저앉아, 자신의 뺨을 그의 뺨에 갖다 댔다. 그녀의 따뜻하고 훈훈한 숨결이 그의 얼굴로 전해져 왔다. 갑자기 오르디노프는 납이 녹아 흘러내리는 것 같은 그녀의 뜨거운 눈물이 자신의 뺨 위로 흘러내리는 것을 느꼈다. 그때, 문이 덜거덕거리는 소리가 나더니, 빗장 열리는 소리가 들렸다. 오르디노프는 주인인 노인이 현관으로 들어오는 소리를 들었다. 그는 까쩨리나가 당황하는 기색 없이 천천히 일어나 자신의 책을 집어 드는 소리를 들었고, 나가면서 그에게 성호를 긋고 있다는 것도 느꼈다. 그는 눈을 감았다. 그때, 그의 바짝 마른 입술에 그녀의 뜨겁고 긴 입맞춤이 쏟아졌고, 그는 자신의 심장을 도려내는 것 같은 아픔에 휩싸였다. 그는 힘없이 신음소리를 내고는 그대로 정신을 잃었다

그 이후로 그에게는 어떤 이상한 삶이 시작되었다.

가끔 의식이 희미한 순간이면, 그의 머릿속에는 자신이 이상하고 공연한 불안 속에서, 또 전쟁과 고통으로 가득 찬 어떤 길고 끝없는 꿈속에서 살아가도록 운명 지워진 것인지도 모른다는 생각이 스쳐 가곤 했다. 그는 공포에 질려 자신을 괴롭히는 비운의 운명과 싸워 이기려고 애썼지만 계속 압박감에 시달리며, 결정적인 전투가 벌어지는 순간이면 어떤 알 수 없는 강력한 힘이 여지없이 그를 덮쳐 오고, 그때마다 그는 또다시 의식을 잃게 되고, 자신이 도저히 극복할 수 없는, 끝없는 나락으로 고통과 절망의 절규를 외치며 한없이 떨어져 내리는 소리를 들었다. 그는 분명히 그것을 느낄 수 있었다. 때때로 왕성한 생명력이 신체의 모든 구성 요소들 속에서 점점 더 강해지고 과거의 기억들이 점점 선명해지며, 현실의 찬란한 순간이 즐거운 환희의 외침으로 들려오고 실제

로 보이지 않던 미래를 꿈꾸는 순간에, 이루 말할 수 없는 희망이 생생한 이슬 방울처럼 영혼을 적실 때, 환희에 가득 차 소리를 지르고 싶을 때, 모든 삶의 존재의 실을 끊는 감동 속에서 육체가 힘이 없음을 느낄 때, 이와 더불어 자신의 삶의 부활과 갱생을 축하해 주고 싶은 그런 때, 모든 행복을 여지없이 파괴하는 어떤 극복할 수 없는 순간들이 닥쳐오기도 했다. 때때로 그는 다시 꿈속으로 빠져 들었고, 그때마다 최근에 그에게 생긴 모든 현상들이 다시 반복되어 그의 머릿속에는 그 모든 것들이 희미하고 금세 폭발할 것 같은 어떤 덩어리가 되어 다시 나타나곤 했다. 그러나 이러한 환영은 그에게 이상하고 신비스러운 모습으로 나타났다. 때때로 이 병자는 자신에게 무슨 일이 일어났는지를 잊어버렸을 뿐만 아니라 자신이 지금 옛 주인이 아니라 새로운 주인과 함께 살고 있으며, 옛날 자신이 살던 집이 아니라, 새로운 집에 살고 있다는 사실에 깜짝 놀라곤 했다. 그는 왜 늙은 옛 여주인이 항상 하던 버릇대로 황혼 무렵에 그에게 오지 않는지, 그리고 희미하고 아물거리는 노을이 그의 어두운 방의 모서리를 가득 채우면, 꺼져 가는 뻬치까 옆에서 여느때처럼 이 옛 주인이 불이 완전히 꺼질 때까지 자신의 앙상하고 떨리는 손을 꺼져 가는 불 앞에서 녹이지 않는지, 그리고 그때마다 혼잣말로 무슨 말인가를 중얼거리며 책상 앞에 너무 오래 앉아 있다가 머리가 돈 것으로 단정한, 이 세들어 사는 젊은이를 이따금 한참이나 쳐다보던 그녀가 오늘은 왜 오지 않는가 하고 의아해 하기도 했다. 때때로 그는 정신이 들어 자신이 다른 곳으로 이사 왔다는 것을 깨닫긴 했지만, 그런 일이 왜 일어났는지, 어떻게 이사를 왔는지는 기억하지 못했다. 그러나 어디로, 무엇이 그를 불러들였고, 고통을 주는지, 누가 그의 숨통을 조이고, 그의 모든 피를 말리는 참을 수 없는 고통의 불길을 그에게 던졌는지, 그는 알 수 없었고 기억하지도 못했다. 그는 때때로 어떤 그림자를 붙잡으려 애쓰기도 하고, 때로는 그의 침대 근처에서 가볍게 스쳐 가는 발걸음 소리가 들려오는 것을 듣는가 하면, 음악처럼 달콤한 누군가의 부드럽고 상냥한 말소리가 들려오는 것을 들었다. 이따금 누군가의 축축하고 간헐적인 호흡이 그의 얼굴을 따라 미끄러져 가고, 그의 온 존재를 사랑의 감정으로 뒤흔들어 놓기도 하는 것을 느꼈다. 또, 누군가의 뜨거운 눈물이 그의 달궈진 뺨을 태우는 것을 느끼기도 하고, 돌연히 누군가의 부드러운 입맞춤이 길게 이어지며, 그의 입술에서 떨어질 줄 모르고 계속되는 것을 느끼기도 했다. 그럴 때면, 그의 삶은 사그라지지 않는 비탄에 잠기게 되고, 모든 우주와 전 존재가 멈춰 버린 듯했으며, 그의 주변의 모든 것이 영원한 죽음에 빠져 들고, 모든 것 위로 오랜 영겁의 밤이 내려앉는 것 같았다…….

때로는 찬란한 기쁨에 대한 기억이, 사라질 줄 모르던 행복에 대한 기억이, 삶에 대한 최초의 달콤한 경이감에 부풀어 올랐던 기억이, 그리고 어린 시절 그가 꺾었던 꽃에서 향기가 날아오르고, 아카시아로 둘러싸인 작은 집들 앞에 펼쳐진 무성한 푸른 초원 위에서 꽃들과 놀던 기억이, 어느 땐, 하루 종일 앉아서 물보라 치는 소리를 듣던 끝없이 투명하게 펼쳐진 호수가 그에게 미소 짓던 기억이, 길고 고요한 밤이면 어머니가 그가 누워 있는 요람 곁에서 그를 내려다보며 나직하게 자장가를 불러 주고, 십자가를 그어 주며, 입맞춰 주면, 무지갯빛으로 빛나는 꿈을 꾸며 잠이 들고, 그러면 그의 작은 요람을 빙 둘러 날개로 감싸던 요정들의 무리들에 대한 지나가 버린 어린 시절의 회상들이 그에게 달콤하게 다시 되돌아오는 것 같았다. 그러나, 문득, 하나의 존재, 즉 그를 어떤 지독한 공포에 떨게 하고, 그의 삶의 유리잔에 최초로 눈물과 슬픔이라고 불리는 독을, 천천히 죽음을 몰아오는 독을 따르는 어떤 대상이 나타나곤 했다. 그는 희미해서 얼굴을 분간할 수 없는 어떤 노인이 모든 자신의 미래를 한 손에 쥐고 뒤흔들고 있는데도, 두려워서 그에게서 헤어나지 못하고 있는 것을 느꼈다. 악한 노인은 그의 뒤를 항상 뒤쫓고 있었다. 그는 숲속의 모든 나무들 사이에 숨어 있다가, 그에게 거짓으로 머리를 끄덕해 보이거나, 몰래 슬쩍 쳐다보고 있다가 그를 깜짝 놀라게 하고, 때로는 비웃기도 하고, 어느 때 화가 잔뜩 나서, 잔악하고 추악한 모습으로 변한 얼굴을 찡그리고 깔깔거리며 그의 손 위의 꼬마 인형들로 모습을 바꾸곤 했다. 또, 노인은 품성이 나쁜 학교 친구들을 모두 선동해서 그와 싸움을 부추기거나, 학교 걸상에 걸터앉아, 얼굴을 찡그리고 그의 문법 철자들 속에 숨어 있다가 때때로 얼굴을 불쑥 내보이기도 했다. 그러다가 그가 잠이 들면, 그 악한 노인은 그의 머리맡에 앉아 있곤 했다. 그는 황금빛, 사파이어빛의 날개로 그의 요람을 빙 둘러 감싸 주던 요정들을 모두 쫓아 버렸고, 또한 그의 가련한 어머니마저 쫓아 버린 채, 밤새 내내 그의 곁에서 어린아이로서는 도저히 알 수 없는, 그러나 분명한 것은 그를 공포에 떨게 하고, 어린아이에게는 너무 가혹하고 고통스러운 슬픔에 빠지게 하고, 애타게 하는 긴 이야기들을 들려주는 것이었다. 악한 노인은 어린아이의 울음과 간청을 들은 척도 않고, 그가 정신을 잃고 완전히 혼수 상태에 빠질 때까지 계속 이야기를 했다. 그런 후에, 이 꼬마는 갑자기 성인으로 성장했고, 잠에서 깨어났다. 그러나 여전히 아무것도 듣지 못하고 보지 못한 채, 많은 해가 지나갔다. 그러다가 갑자기 그는 자신의 상황을 의식하기 시작했고, 자신이 혼자라는 것과 자신은 이 세계에 낯선 존재이며, 비밀스럽고 의심스러운 사람들 사이에서, 그리고 그의 어두운 방구석에 모여 앉아 소곤거리는가 하면, 불 곁에 웅크리고 앉아 앙상하고 험한 손을 녹이며, 그 손으로 자신을 가리키는 노파에게 고개를 끄덕여 대는 적들 사이에서, 자신이 완전히 혼자라는 것을 깨달았다. 그는 공포와 불안에 떨었다. 그는 그들이 도대체 누구이며, 왜 그들이 여기에 있고, 그 자신은 또 무슨 이유로 이 방 안에 있는지 알아내려고 애를 썼다. 그러다가 그는 결국 자신은 어떤 어둡고 음침한 은신처에 잡혀 와 있으며, 누가 그곳에 살고 있고, 또 누가 주인인지 알지도 못한 채, 어떤 강력하고 보이지 않는 힘에 붙들려 있는 중이라고 짐작했다. 그는 궁금증에 사로잡히기 시작했다. 갑자기 한밤중에 다시 소곤거리는 긴 이야기가 시작되었는데, 그 이야기는 처음에 아주 조용하다가 점점 더 명료하게 들리기 시작했다. 어떤 노인이 꺼져 가는 불 앞에서 백발의 머리를 끄덕이며, 자기 자신에 대하여 구슬픈 목소리로 뭐라고 중얼거리는 소리였다. 그러다가 다시, 어떤 공포감에 그는 사로잡혔다. 이야기의 내용이 현실이 되어, 바로 그의 눈앞에서 얼굴을 들이밀고 모습을 나타냈다. 어린 시절의 희미한 환상에서 시작하여, 그의 모든 희망과 상념들과 그가 이제껏 살아온 모든 삶이, 그리고 그가 예전에 읽었던 모든 책 속의 이야기들이, 이미 오래전에 잊어버린 모든 것들이

다시 살아나고, 재구성되었으며, 형체를 띠고 나타나, 그의 눈앞에서 대대적인 모습으로 형체를 드러냈고, 떼를 지어 그의 주변을 맴도는 것 같았다. 그는 자신 앞에 화려한 요술 정원들이 얼마나 아름답게 펼쳐져 있는지, 그의 눈앞에서 모든 도시가 어떻게 만들어지고, 또 어떻게 허물어지는지, 모든 무덤들이 그에게 어떻게 죽은 이들을 다시 내보내고, 또 이 죽은 이들이 다시 살아나서, 어떻게 돌아다니는지, 모든 종족과 민족들이 어떻게 그의 눈앞에서 생겨나고, 탄생하고 소멸해 가는지, 그리고 마침내, 지금, 병들어 있는 자신의 침상이 어떻게 이루어졌는지를, 또한 모든 그의 사상과 형체 없는 몽상들이 어떻게 모두 한꺼번에 구현되는지를, 끝내는 어떻게 자신이 단순히 헛된 생각이 아니라 완전한 세계를, 완전한 창조를 머릿속에 그려 내게 되는지를, 그리고 끝없고 괴이한, 옴짝달싹할 수 없는 세계를 자신이 어떻게 먼지처럼 날아다녔는지를, 그리고 어떻게 이 모든 삶이 격렬한 자신의 자유로 그를 억압하고 짓누르며 끝없이 영원한 아이러니로 변해 그의 뒤를 쫓고 있는지를 보았고, 그는 또 어떻게 그가 죽어 가고, 부활도 없이 영원히 유골로 변해 가는지를 들었다. 그는 도망치려 했지만, 우주의 어느 한구석에도 그가 숨을 자리는 없었다. 그는 완전히 절망한 상태에서 혼신의 힘을 다해 비명을 지르다가 깨어났다.

　그는 차갑고 얼음덩이 같은 땀에 흠뻑 젖은 채, 잠에서 깨어났다. 죽음 같은 정적이 그의 주변을 감싸고 있었다. 깊은 밤이었다. 그러나 그의 의식 속에서는 아직도 어디선가 그 길고 이상한 이야기가 계속 들려오는 것 같았고, 누군가가 목쉰 소리로 언젠가 그가 들은 적이 있는 듯한 긴 이야기를 실제로 하고 있는 것 같았다. 그는 어두운 숲속의 이야기며, 어떤 잔혹한 악당들의 이야기며, 또 스쩬까 라진에 대한 이야기와 거의 비슷한 어떤 용감한 젊은이에 대한 이야기며, 아주 흥에 겨운 술주정뱅이 어부들에 대한 이야기, 한 아름다운 아가씨에 대한 이야기, 어머니 볼가 강에 대한 이야기가 들려오는 것 같았다. 꿈속에서 들은 것일까? 아니면 정말로 들은 것인가? 그는 한 시간 동안이나 눈을 뜬 채, 고통스럽고 망연자실한 상태에서 옴짝달싹 못하고, 그대로 한동안 누워 있었다. 마침내 그는 조심스럽게 엉거주춤 일어났다. 심한 병을 앓아 쇠약해졌음에도 불구하고 아직 힘이 있다는 사실에 그는 마음이 유쾌해졌다. 잠꼬대는 이제 깨끗이 사라졌고, 현실이 시작되었다. 그는 아직 자신이 예전에 까쩨리나와 이야기할 때 입고 있었던 옷을 그대로 입고 있으며, 그녀가 그와 이야기를 나누다가 나간 그 아침 이후로 생각보다 그리 많은 시간이 흘러간 것은 아니라는 것을 알아냈다. 그의 온 근육을 타고 어떤 결단의 불길이 퍼져 갔다. 그는 기계적으로 손을 들어 그의 침대 곁에 놓인 칸막이 위에, 뭔가를 걸어 두려고 박아 놓은 큰 못을 더듬어 찾아, 그것에 의지해서 온 힘을 다해 일어났다. 그러고는 벌어진 틈새로 빛이 들어오는 창문이 있는 곳까지 간신히 다가갔다. 그는 흥분 때문에 거의 숨도 못 쉬고, 벌어진 창문 틈을 들여다보기 시작했다.

주인이 살고 있는 침실의 한구석에는 침대가 놓여 있었고, 침대 정면에는 탁상보에 덮인 탁자가 놓여 있었다. 그리고 그 위에는 마치 무슨 마법에 관한 책을 연상케 하는 큰 옛날풍의 책들이 너절하게 널려 있었다. 그리고 방 한쪽 구석에는 자신의 방에 놓인 것과 비슷한 오래된 성상이 놓여 있고, 성상 앞에는 등불이 타고 있었다. 침대 위에는 노인 무린이 병을 앓아, 고통으로 몸이 쇠약해질 대로 쇠약해지고, 백지장처럼 창백한 얼굴로 털이불에 싸인 채 누워 있었다. 그의 무릎 위에는 책이 펼쳐진 채로 놓여 있었다. 노인이 누워 있는 침대 옆에 놓인 긴 의자에는 까쩨리나가 누워 있었다. 그녀는 한 손을 노인의 가슴 위에 올려 놓고, 노인의 어깨 위에 머리를 기대고 있었다. 그녀는 어린애처럼 깜짝 놀란 듯한 눈으로 주의 깊게 노인을 바라보고 있었으며, 꺼질 줄 모르는 어떤 호기심으로 초조하게 무린의 이야기를 듣고 있었다. 이따금 노인의 목소리가 높이 올라가기도 했고, 그의 창백한 얼굴에 원기가 되살아나기도 했다. 그때마다 노인은 눈썹을 약간 찌푸렸고, 그의 눈은 빛나기 시작했으며, 까쩨리나가 깔깔거리며 웃기도 했다. 때로는 그녀의 뺨 위로 눈물이 흘러내리기도 했다. 그럴 때마다 노인은 어린애를 달래듯 다정하게 그녀의 머리를 쓰다듬어 주었고, 그러면 그녀는 눈처럼 하얗게 반짝이는 자신의 드러난 팔로 그를 안으며, 더욱 사랑스럽게 그의 품속으로 파고들었다.

때때로 오르디노프는 이 모든 것이 아직 꿈속에서 일어나고 있다고 느꼈고, 심지어 그 사실을 확신하기도 했다. 그러나 피가 그의 머리 위로 솟구쳐 오르고, 통증을 동반한 힘줄들이 뻣뻣해지면서 그의 관자놀이 부근을 심하게 때렸다. 그가 못에서 손을 떼고 침상 아래로 내려서자, 몸이 휘청거려 넘어질 뻔했다. 그는 자신의 피가 그토록 활활 달아오르도록 불을 지른 것이 무엇이었는지 의식하지 못한 채, 몽유병 환자처럼 비틀거리며, 주인의 방 앞까지 다가가 문을 활짝 열어젖혔다. 그러자 녹슨 빗장 문이 일시에 우당탕하고 넘어졌고, 요란한 소리와 함께 그는 불시에 주인의 방 한가운데로 들어서게 되었다. 그는 까쩨리나가 깜짝 놀라 벌떡 일어나서 덜덜 떨고 있는 것이며, 잔뜩 찌푸린 눈썹 밑에서 적의에 불타고 있는 노인의 눈이며, 그의 얼굴이 별안간 분노에 휩싸여 자신을 노려보는 것을 모두 보았다. 그리고 노인이 그를 뚫어져라 응시하며, 재빨리 손을 더듬거리며 벽에 걸려 있는 소총을 찾는 것을 보았고, 또 흥분하여 덜덜 떨리는 손으로 제대로 겨냥하지도 못한 채, 자신의 가슴을 향해 총구를 겨누는 것을 보았다……. 총성이 울려 퍼지고, 이어서 인간의 것이라고는 상상하기 어려운 그의 짐승 같은 비명소리가 울려 퍼졌다. 연기가 흩어지고 나자, 소름 끼치는 광경이 오르디노프 앞에 펼쳐지고 있었다. 오르디노프는 온몸을 덜덜 떨며 노인에게 다가가 허리를 굽혔다. 무린은 마루에 누워 있었다. 무린은 온몸을 부들부들 떨고 있었고, 얼굴은 고통으로 일그러져 있었으며, 그의 비뚤어진 입에서는 거품이 흘러내렸다. 오르디노프는 이 불행한 노인이 심한 간질병의 발작을 일으켰다는 것을 짐작했다. 그는 까쩨리나와 함께 무린을 일으키려고 서둘러 달려갔다…….

3

온 밤이 불안 속에서 지나갔다. 다음날, 오르디노프는 아직 열이 좀 있고, 몸이 허약한 상태임에도 불구하고, 아침 일찍 집을 나섰다. 그는 다시 건물 앞 뜰에서 문지기를 만났다.

이번에는 따따르 인이 먼저, 멀리서 모자를 잠깐 들어 올려 보이고는 호기심에 찬 시선으로 그를 쳐다보았다. 그런 후에 갑자기 정신을 차리고는 천천히 자기 곁으로 다가오는 오르디노프를 곁눈질하면서 빗자루를 잡아 들었다.

「자네, 어젯밤 아무 소리도 듣지 못했나?」 오르디노프가 물었다.

「들었어요.」

「도대체, 그는 어떤 사람인가?」

「당신이 빌린 방이니, 당신 스스로 알아보세요. 나하고는 관계 없는 일이니까요.」

「도대체 자네는 언제쯤 입을 열건가!」 오르디노프는 일종의 병적인 초조감에 사로잡혀 자신도 모르게 소리를 질렀다.

「제가 뭘 잘못했다고 그러세요. 잘못한 건 바로 당신이에요. 당신이 다른 사람들을 놀라게 한 거예요. 아래층에는 장의사가 살고 있지만, 그는 귀머거리예요. 하지만 모든 것을 다 들었고, 그의 부인 역시 귀머거리이기는 하지만 다 들었다고 하더군요. 좀 떨어져 있지만, 저쪽 건물에 사는 사람들도 역시 다 들었다는 거예요. 나는 감독관에게나 가봐야겠어요.」

「나도 그쪽으로 가봐야겠네.」 오르디노프는 이렇게 대답하고 입구 쪽을 향해 걸어갔다.

「마음대로 하세요. 당신이 방을 얻었으니…… 나리, 잠깐만요.」

오르디노프가 뒤돌아보았다. 문지기가 존경심을 표시하듯 모자를 슬쩍 들어 올렸다.

「그래, 뭔가!」

「당신이 감독관에게 가겠다면, 나는 주인한테 가겠어요.」

「그래서, 어쨌다는 건가?」

「다른 데로 이사를 가는 것이 더 나을 거예요.」

「이런 멍청한 사람 같으니!」 오르디노프는 이렇게 말하고 다시 그 자리를 뜨려고 했다.

「나리, 나리, 잠깐만요.」 문지기는 다시 모자를 슬쩍 들어 보이고는, 이를 드러냈다.

「내 말 좀 들어 봐요. 나리, 마음을 따뜻하게 가지세요. 왜 불쌍한 사람을 괴롭히는 거예요. 불쌍한 사람을 괴롭히는 것은 죄예요. 신께서 그렇게 말씀하셨죠. 무슨 말인지 아시겠어요?」

「자네나 내 말을 좀 들어 보게. 그리고 이걸 가지게. 도대체 그 노인은 뭣 하는 사람인가?」

「뭣 하는 사람이냐고요?」

「그래.」

「나는 돈을 받지 않고도 이야기를 해줄 수 있어요.」

이 문지기는 빗자루를 잡아 들고, 한두 번 휘두르더니 멈춰 서서 주의 깊게 오르디노프를 바라보았다.

「당신은 좋은 사람이에요. 좋은 사람들과 같이 살고 싶지 않으세요? 어쨌든 당신이 원하는 대로 해요. 내가 할 수 있는 말은 이것뿐이에요.」

따따르 인은 의미심장한 얼굴로 오르디노프를 쳐다보고는 별안간 화가 난 얼굴로 빗자루를 다시 집어 들었다. 그러다가 결국 그는 무슨 한 가지 일이라도 끝마친 사람처럼, 아주 의미심장한 몸짓을 해보이며 오르디노프에게 다가와 말했다.

「실은, 바로 이렇게 된 거예요.」

「무엇이 어떻게 됐다는 말인가?」

「정신이 나간 거지요.」
「뭐라고?」
「정신이 나갔어요. 정신이 나간 거라고요.」 그는 더욱 수상쩍은 목소리로 재차 말했다. 「그 사람은 몸이 아파요. 그는 예전에 커다란 수송선을 갖고 있었죠. 하나가 아니고 셋씩이나요. 그 배들은 볼가 강을 따라 운행을 했어요. 나도 볼가 강 지역 출신이거든요. 그리고 공장도 갖고 있었죠. 그런데 화재가 났어요. 그래서, 미쳐 버린 거죠.」
「미쳤다고?」
「아니에요. 아니에요!」 따따르 인이 말을 중간중간 끊으면서 말했다. 「그는 미친 게 아니에요. 그는 영리한 사람이에요. 모든 것을 알고 있죠. 그는 책을 많이 읽었죠. 모든 것을 읽고, 다른 사람들에게 진실을 말해 줬어요. 책상 위에 사람들이 돈을 놓고 갔죠. 돈을 받지 않고는 말해 주지 않았거든요.」
따따르 인은 필요 이상으로 무린의 이해 관계까지 들먹이면서 재미있다는 듯 웃음까지 지어 보였다.
「그러니까 그가 마술을 부렸다는 건가? 다른 사람들에게 점을 쳐주었다는 얘긴가?」
문지기는 재빨리 머리를 숙이고 말했다. 「음……. 그는 진실을 말해 줬죠. 그는 신에게 기도를 한답니다. 기도를 아주 많이 하죠. 그러면 그에게 신이 내린다고 하더군요.」
따따르 인은 다시 한번 의미심장한 동작을 반복했다.
이때, 누군가가 다른 건물에서 문지기를 큰 소리로 불렀다. 이어서 체구가 작고 등이 굽은 백발의 노인이 나타났다. 그는 모피 옷을 입고 있었다. 그는 불평을 늘어놓으며, 넘어질 듯 휘청거리며 다가왔다. 그는 땅을 내려다보고 있었고,

혼잣말로 뭔가 중얼거리고 있었다. 나이가 많이 들어 의식이 희미해진 것처럼 보였다.

「주인이에요, 주인!」 문지기는 황급히 속삭이고는 재빨리 오르디노프에게 머리를 끄덕여 보였다. 그러고는 모자를 벗어 들고 노인에게로 달려갔다. 그 노인은 오르디노프가 어디서 본 것 같은 낯익은 노인이었다. 최근에 어디선가 그를 본 것 같았다. 그러나 그것이 이상할 것까지는 없다고 생각하면서 그는 건물을 빠져나왔다. 문지기는 협잡꾼처럼 보였고, 아주 치사하고 불손한 사람이라는 생각이 들었다. 〈이 불량배 같은 녀석이 분명히 나와 흥정을 할 생각이었군.〉 그는 이렇게 생각했다. 「무슨 일이 일어나고 있는지, 도무지 모르겠군.」

그는 이미 거리로 나오며 이렇게 내뱉었다.

점점 그는 다른 생각에 사로잡히기 시작했다. 그다지 기분 좋은 느낌은 아니었다. 흐릿하고 추운 날이었고 눈발이 흩날렸다. 젊은이는 또다시 한기가 덮쳐 오는 것을 느껴졌다. 그는 자신의 발 밑에서 땅이 흔들리는 것처럼 느꼈다. 그때 갑자기 기분 나쁠 정도로 다정하고 귀에 익은 낭랑한 목소리가 그에게 아침 인사를 건넸다.

「야로슬라프 일리치!」 오르디노프가 말했다. 그 앞에는 얼른 보아 삼십이 됨직하고, 중키에 기름기가 번들거리는 잿빛 눈동자를 가진 원기 왕성하고 뺨이 붉은 사람이 서 있었다. 밝은 미소를 지으며 항상 입고 다니던 옷을 차려입은 야로슬라프 일리치가 기뻐하며 그에게 손을 내밀었다. 오르디노프는 야로슬라프 일리치와 정확히 1년 전에 우연히 길에서 만나 알게 되었다. 이들이 가벼운 만남치곤 드물게 가까워진 것은, 야로슬라프 일리치가 선하고 가문 좋은 사람들, 무엇보다도 높은 교육을 받고, 최소한의 재능과 미를 겸비하고, 충분히 상류 사회에 속할 만한 사람들을 아주 공경하는 자세를 가졌기 때문이었다. 비록 야로슬라프 일리치가 아주 달콤한 테너의 목소리를 가지긴 했지만, 가장 가까운 친구와의 대화에서도 그의 목소리는 뭔가 범상치 않게 빛이 나고 힘이 넘쳐 나며, 강압적인 그리고 그 어떤 일각의 여유도 허용하지 않는 듯한 목소리로 말하곤 했는데, 이것이 그의 습관으로 보였다.

「이게 어떻게 된 일인가?」 야로슬라프 일리치는 정말 반가워서 어쩔 줄을 모르며 소리쳤다.

「나는 여기서 살고 있네.」

「오래됐나?」 야로슬라프 일리치가 톤을 점점 높이며 계속 말했다. 「금시초문일세. 그러면 나는 자네하고 이웃인 셈이군. 나는 지금 이 지역에 소속된 사람일세. 나는 랴잔 현에서 돌아온 지 벌써 한 달이나 되었지. 좋은 옛 친구를 만나게 되었군.」 야로슬라프 일리치가 호인답게 웃기 시작했다.

「세르게예프!」 그는 흥분한 채, 같이 오던 사람을 돌아보며 소리를 질렀다. 「따라소프 집에서 나를 기다려 주게나. 내가 없는 동안 자루를 풀지 말고! 그리고 올수피예프 문지기들을 독촉해서, 즉시 사무실로 오도록 말해 주게. 나는 한 시간 후에 가겠네.」

누군가에게 이런 명령을 내리고, 야로슬라프 일리치는 아주 신사적으로 오르디노프의 손을 잡고 가까운 선술집으로 갔다.

「이렇게, 오랫동안 만나지 못했는데, 단둘이 몇 마디 이야기도 나누지 않고 어떻게 그냥 갈 수 있겠나. 그런데, 자네는 지금 무슨 일을 하고 있나?」 그는 거의 경건하고 비밀스럽게 목소리를 낮추며 덧붙였다. 「지금도 여전히 공부를 하고 있나?」

「그래, 여전하지.」 한줄기 기분좋은 생각에 잠기며 오르디노프는 말했다.

「고상한 일일세, 바실리 미하일로비치. 고상한 일이야.」 야로슬라프 일리치가 다시 오르디노프의 손을 꽉 잡았다. 「자네는 우리 사회의 자랑이 될 거네. 신이 자네가 활동하는 방면에 평탄한 길을 열어 주시기를 기원하겠네……. 정말 자네를 만나 얼마나 기쁜지 모르겠네. 수없이 자네를 회상하고, 또 수없이 자네 이야기를 했네. 우리의 선하고 위대하고 지혜로운 바실리 미하일로비치는 지금 어디에 있는가 하고 말일세.」

그들은 특실을 잡았다. 야로슬라프 일리치는 안주거리를 주문하고 보드카를 시키며, 여전히 감격해 하며 오르디노프를 바라보았다.

그는 소심하고 약간 간드러진 목소리로 말했다. 「나는 자네가 없는 동안 책을 많이 읽었다네. 나는 뿌쉬낀의 책을 전부 읽었지.」

오르디노프는 멍하니 그를 쳐다보았다.

「인간의 열망에 대한 아주 놀라운 표현력으로 씌어진 책들이었어. 그러나 무엇보다도 먼저, 자네에게 감사를 하도록 허락해 주게나. 자네는 올바른 훈계로 진실한 사상을 이해하도록 도와주었네…….」

「그만 하게나.」

「아닐세, 나는 항상 올바르게 보답하는 것을 좋아하네. 나는 최소한 이러한 감정이 나의 마음속에 아직 남아 있다는 것에 대해서 자랑스럽게 생각하니까 말일세.」

「됐네. 자네는 자기 자신에 대해서 굉장히 엄격하군, 진실을 말하자면…….」

야로슬라프 일리치는 얼굴을 붉히며 말했다. 「아닐세. 내 생각이 맞네. 자네와 나를 비교해 볼 때, 나는 아무것도 아닐세, 그렇지 않은가?」

「오! 이런 사람을 봤나.」

「사실이네…….」

그러고는 한동안 침묵이 흘렀다.

「나는 자네의 충고에 따라, 쓸데없는 교제를 끊고, 잘못된 습관들을 많이 고쳤네.」

야로슬라프 일리치는 또다시 약간 소심한 목소리로 말을 시작했다.

「근무를 마친 자유로운 시간에는 오랫동안 집에 앉아서 저녁마다 좋은 책들을 읽고는 한다네. 그리고…… 한 가지 소망이 있다면, 그것은 말일세, 바실리 미하일로비치, 조국을 위해서 뭔가 좋은 일을 하고 싶다는 거라네.」

「나는 항상 자네를 훌륭한 사람으로 생각하고 있었네. 야로슬라프 일리치!」

「자네는 언제나 좋은 말만 해주는군. 자네는 정말 고결하고 순수한 사람일세…….」

야로슬라프 일리치는 오르디노프의 손을 뜨겁게 잡았다.

「그런데, 자네는 통 술을 마시지 않는군?」 그는 약간 흥분을 가라앉히고는 말했다. 「몸이 아파서 마실 수가 없네.」

「몸이 아프다고? 그게 정말인가? 오래됐나? 어떻게 지금까지 몸이 아프도록 내버려 뒀단 말인가? 자네가 허락한다면, 자네에게 한마디 하겠네. 아니, 그런데 어떤 의사가 자네를 치료하고 있나? 괜찮다면, 지금 당장 내 주치의에게 말을 하겠네. 아니, 바로 내가 직접 의사에게 달려가겠네. 아주 용한 의사지.」

야로슬라프 일리치는 벌써 모자를 집어 들었다.

「고맙기는 하지만, 나는 치료를 받지는 않네. 어쩐지 의사가 싫어서……」

「무슨 말인가? 어떻게 그럴 수가 있나. 이 의사는 아주 용하고 훌륭한 사람일세.」

야로슬라프 일리치는 애원하며 계속 말을 이었다. 「최근에 말인데, 꼭 이 말을 하도록 허락해 주게. 바실리 미하일로비치, 최근에 한 가난한 철공이 와서 말하기를 〈내 손이 연장에 찔렸는데 저를 치료해 주세요〉라고 말했다네. 세몬 빠프누찌치는 이 가련한 사람이 탈저증의 위협을 받고 있다는 것을 발견하고 번진 부분을 잘라 냈다네. 그는 바로 내가 보는 앞에서 수술을 했지. 아주 뛰어난 솜씨였어. 아주 감탄할 정도였지. 만약, 고통 받는 인간에 대한 동정심이 없었더라면, 그저 단순한 호기심에서는 아주 보기 즐거운 일이었을 거야. 그런데 어디서 어떻게 병을 얻게 되었나?」

「집을 옮기는 중이었는데…… 나는 이제서야 자리에서 일어났다네.」

「아직 많이 아프면 이렇게 거리를 나돌아다니는 것이 해로울 텐데. 그럼, 지금 자네는 예전에 살던 곳에서 살고 있지 않단 말인가? 그런데 무슨 일로 그렇게 됐나?」

「우리 집 여주인이 뻬쩨르부르그를 떠났다네.」

「돔나 사비쉬나가 말인가? 그게 정말인가? 선량하고 정말 좋은 노파였지. 그렇지 않은가? 나는 그녀에게 마치 아들과 같은 존경심을 가지고 있었지. 그녀는 무엇인가 조상 대대로 전해져 내려오는 고귀함을 전 생애를 통해서 우리에게 보여 주었지. 그녀를 보고 있노라면, 우리 시대에 구현된 위대한 백발의 구시대의 모습을 보는 것 같았다네……. 말하자면, 어떤 시적인 것이……!」 야로슬라프 일리치는 완전히 도취되어 귀까지 빨개지면서 이야기를 마쳤다.

「그래. 그녀는 아주 착한 여자였지.」

「그런데, 지금은 어디서 살고 있는지, 물어봐도 되겠나?」

「여기서, 멀지 않은 꼬쉬마로프의 집에서 살고 있네.」

「나도 그 사람을 알고 있네. 아주 훌륭한 노인이지. 감히 말하지만, 나는 그 사람과 아주 친한 친구 사이지. 뭐랄까, 그는 아주 유복한 노후를 보내고 있지.」

야로슬라프 일리치의 입술은 감동 어린 기쁨으로 거의 떨리고 있었다. 그는 보드까 한 잔과 담배를 주문하고는 물었다.

「직접, 집을 빌린 건가?」

「아니, 그 집에서 살고 있는 사람한테서 빌렸네.」

「누군데? 혹시, 내가 알고 있는 사람 아닌가?」

「평민 출신인데 무린이라는 사람한테서 얻었지. 키가 큰 노인인데…….」

「무린이라, 무린이라, 그러니까, 혹시 장의사가 살고 있는 건물 위층을 말하는 것 아닌가?」

「맞아. 바로 그 건물일세.」

「음…… 그래, 살기는 괜찮은가?」

「나는 이사 온 지 얼마 되지 않았네.」

「음…… 내가 말하고 싶은 것은, 그러니까, 그 사람한테서 뭐 이상한 것을 느낀 것은 없나 하는 거야.」

「사실…….」

「이를테면, 내 말은 자네가 평민으로 살기를 바란다면 그 집에서 사는 것이 좋을 거라고 확신하네……. 그러니까, 내가 말하고 싶은 것은 그게 아니고 자네에게 미리 얘기를 해주고 싶은 것이 있어서일세. 그러나 자네의 성격을 고려한다면, 글쎄…… 이 평민 출신의 노인이 자네에겐 어떻게 보이던가?」

「내가 보기엔, 완전히 병자 같던데.」

「그래, 그는 엄청난 시련을 당한 사람이지. 그런데 자네는 그에게서 뭔가 이상한 것을 눈치 채지 못했나? 그 사람과 이야기는 나눠 봤나?」

「아주 조금. 그는 사람을 싫어하고 신경질적이야…….」

야로슬라프 일리치는 생각에 잠겼다.

「음……. 불행한 사람이지.」 이렇게 말하고는 입을 다물었다.

「그 사람이 말인가?」

「그래. 그 사람은 불행한 사람이지. 게다가 아주 이상한 사람이고 흥미 있는 사람일세. 그런데, 만약, 그가 자네에게 폐를 끼치지 않는다면…… 그런 사람에게 신경을 쓴 것을 미안하게 생각하네. 나는 그저 호기심이 생겨서.」

「사실일세. 나도 흥미를 갖게 되었지. 나는 그 사람이 어떤 사람인지 매우 알고 싶었지. 그래서 지금 그와 살고 있는지도 몰라…….」

「사람들 얘기로는, 그 사람은 예전에 매우 부자였다고 하더군. 그는, 자네가 들었는지 모르지만, 장사를 했다네. 그런데 몇 번의 선박 사고로 파산했지. 배들이 폭풍에 짐을 싣고 가다가 침몰했다네. 그의 가까운 친척들이 운영하던 공장에 참여하기도 했는데, 불행히도 화재로 타버렸고, 그 화재 때 가까운 친척이 불에 타 죽었다네. 그 얼마나 가혹한 불행인가. 그때부터 무린은 우울증에 빠지게 되었다고 말하더군. 사람들이 그가 분별력을 잃을까 봐 걱정하게 되었지. 실제로 볼가 강을 운행하는 선박을 갖고 있는 다른 상인과 싸움을 벌인 끝에, 갑자기 이상하고 놀라운 일을 저질렀다는 거야. 아마 어쩌면, 이 때문에 심한 정신 이상 증세를 갖게 되었을지도 모른다고 하는데, 나도 이 말을 믿네. 나는 그의 몇 가지 이상한 행동에 대해서 자세하게 들었다네. 결국, 말하자면 운명의 신에 의한 벌이라고밖에는 달리 설명할 길이 없는 엄청난 비운의 상황을 맞게 되었지.」

「어떻게 말인가?」 오르디노프가 물었다.

「사람들 말로는 그가 정신 착란증에 빠져, 예전에 아주 사랑했던 한 젊은 상인을 죽이려 들었다는 거야. 나중에 정신을 차려서 그것을 알고는 자살을 기도하기도 했다는 거야. 어쨌든 그렇게들 이야기하더군. 잘 모르지만, 이런 일이 있고 난 후에, 몇 년 동안 회한의 세월을 보냈다는 것은 분명해. 그런데, 바실리 미하일로비치, 무슨 일이 생겼나? 이런 쓸데없는 이야기로 자네를 너무 피곤하게 하지는 않았나?」

「아닐세, 괜찮아. 그가 회한의 세월을 보냈다고는 하지만, 그는 혼자가 아닌 것 같던데.」

「잘 모르지, 혼자라고 그러던데. 그러나 어쨌든 아무도 이 일에 관련되어 있는 것 같지는 않아. 그리고 나중에 어떻게 됐는지는 듣지 못했네. 내가 알고 있는 것은 단지……」

「뭔데 그러나?」

「내가 알고 있기로는, 그러니까, 전혀 살을 덧붙여서 말하는 것은 없네…… 단지, 상식에 어긋난, 어떤 이상한 일이 그에게 일어났다면, 그것은 모두 그가 너무 가혹한 상실과 계속해서 불행한 일을 당했기 때문이야.」

「그래, 그는 아주 신실한 믿음을 가진 사람처럼 보였어.」

「바실리 미하일로비치, 나는 그렇게 생각하진 않네. 그는 그만큼 고통을 당했으니까, 그저 순수하게 마음에서 우러나오는 대로 할 뿐이라는 생각이 들어.」

「그러나 지금은 정신이 말짱한 것 같던데, 아주 건강해 보이더군.」

「그래, 맞아. 그 문제라면, 내가 장담할 수도 있어. 그는 완전한 지적 능력을 갖추고 있어. 그는 단지, 좀 전에 자네가 지적했던 대로, 유별난 사람이라는 것뿐이고, 믿음이 강하다는 것이야. 아주 이성적인 사람이라고 할 수 있지. 활달한 말투뿐만 아니라, 매우 용기 있고, 게다가 영리하지. 그의 얼굴에는 아직도 예전의 풍파의 흔적이 남아 있다네. 흥미 있는 사람인 데다가 아주 박학다식한 사람이기도 하지.」

「내 생각엔 그 사람이 무슨 마술 책을 읽는 것 같던데?」

「그래, 그는 신비주의자야.」

「뭐라고?」

「신비주의자란 말일세. 하지만, 이 이야기는 비밀일세. 한 가지 비밀을 더 이야기하자면, 그는 한동안 엄격한 감시를 받기도 했다네. 이 사람은 그에게 몰려드는 사람들에게 아주 큰 영향력을 갖고 있었지.」

「어떻게 말인가?」

「아마 믿기 어려울 걸세. 그러니까, 그가 아직 이 지역에서 살고 있지 않던 때인데, 사회적으로 존경도 받고, 지위도 꽤 높은 알렉산드르 이그나찌치라는 사람이 어떤 육군 중위와 함께 호기심을 가지고 그 노인에게 다녀간 적이 있었다네. 그들이 그 노인에게 오자, 그들을 맞이했지. 이 이상한 사람은 그들의 얼굴을 찬찬히 살펴봤다는 거야. 그는 찾아온 사람이 만약 좋은 사람이라고 생각되면, 그저 평범하게 살펴보기만 하고, 그 반대의 경우에는 찾아온 사람에게 매우 불쾌한 언사까지 하면서 되돌려 보내기 일쑤였다는 거야. 그는 찾아온 사람에게 이렇게 물었다네. 〈그래, 무슨 일을 도와드릴까요〉라고 말이야. 알렉산드르 이그나찌치가 〈이런저런 일로 찾아왔습니다〉라고 대답하자 그는, 〈당신이 가진 재능이라면, 우리 힘이 없어도 스스로 잘 알 텐데요〉라고 하더라는 거야. 그러고는 그에게 필요하다 싶은 한 사람을 지적해서는, 〈다른 방으로 가시지요〉라고 했다더군. 알렉산드르 이그나찌치는 그런 후에 무슨 일이 일어났는지, 한 마디도 하지 않고 방을 나왔는데, 그때 보니 그는 아주 창백하게 변해 나오더라는 거야. 또 한번은 상류 계층에 속하는 유명한 한 부인이 똑같은 일을 당했는데, 그녀 역시 그 노인의 예언과 웅변에 온통 눈물로 젖어, 부들부들 떨며, 얼굴이 새하얗게 변해서 나왔다는 거야.」

「이상한 일이군, 그런데 왜, 지금은 그 일을 그만두었지?」

「엄하게 금지됐어. 이상한 사건들이 있었지. 한번은 상류 사회의 희망이고 꽃이라고 할 수 있는 젊은 기병 소위가 그 노인을 보고 웃었다는 거야. 그러자 이 노인이 화를 내며 〈무슨 일로 웃는 거요?〉 하고 물으면서 〈사흘 후에 당신은 이렇게 될 거요!〉라고 말하고는, 글쎄, 죽은 시체에게나 하는 성호를 그에게 그었다는 거야.」

「그래서, 어떻게 됐나?」

「믿기 어려운 일이지만, 사람들 이야기로는 예언이 적중했다는 걸세. 바실리 미하일로비치, 그는 정말로 어떤 재능을 가진 사람인 것 같아……. 자네는 내 말을 웃어넘기는군. 물론, 자네가 나를 아주 많이 교육시켰다는 것은 알지만, 나는 그 노인을 믿네. 그는 사기꾼이 아니야. 뿌쉬낀 자신도 어떤 작품에서 그런 비슷한 이야기를 한 적이 있어.」

「음…… 자네의 말에 반대를 할 생각은 없네. 그런데, 그는 혼자 사는 것은 아니라고 하지 않았나?」

「잘은 모르지만, 아마 그의 딸인지 모르지.」

「딸이라고?」

「그렇다네, 아니면 그 노인의 아내인가? 그 노인이 어떤 여자와 살고 있다는 것은 알지만, 잠깐 멀리서 본 적이 있을 뿐이고 별로 관심을 갖지는 않았네.」

「음…… 아주 이상하군…….」

젊은이는 뭔가 생각에 빠져 들었고, 야로슬라프 일리치는 잠깐 명상에 잠겼다. 그는 옛 친구를 만났다는 감동과 아주 재미있는 이야기를 기꺼이 나눴다는 사실에 감동을 받은 것 같았다. 그는 담배 연기를 빨아들이며, 바실리 미하일로비치에게서 눈을 떼지 않고 앉아 있었다. 그러다가는 갑자기 일어서더니 허둥댔다.

「벌써, 한 시간이 지났군. 그런데도 나는 깜박 잊고 있었지 뭔가, 존경하는 바실리 미하일로비치, 다시 한번 자네를 만나게 된 것에 감사하고, 또 이렇게 같이 시간을 보낼 수 있게 된 것에 대해 감사하게 생각하네. 하지만, 이젠 가봐야 할 것 같군. 허락한다면, 자네 같은 학자들이 모이는 곳에 초대해 줬으면 하네.」

「그렇게 하도록 하겠네. 시간이 나면 자네에게 직접 들르겠어.」

「그 기쁜 소식을 믿어도 되겠나? 말할 수 없이 기쁘군, 자네를 만나게 되어 얼마나 기뻤는지 믿기 어려울 거야.」

그들은 선술집에서 나왔다. 세르게예프가 재빨리 달려와서 야로슬라프 일리치에게 빌림 예밀리야노비치가 지나간다는 것을 서둘러 보고했다. 실제로, 맞은편에서 2인승 무게 사륜 마차에 묶인 날쌘 적갈색 말 한 쌍이 나타났다. 특히, 부마는 아주 훌륭한 말이었다. 야로슬라프 일리치는 압착기에 손을 끼우기라도 하는 듯, 절친한 친구의 손을 꼭 쥔 다음, 모자를 눌러 쓰고, 사륜 마차가 있는 곳으로 빠르게 달려갔다. 그는 길을 달려가면서 두어 번 뒤돌아보고 오르디노프에게 작별 인사를 하듯 고개를 숙였다.

오르디노프는 지칠 대로 지쳤다. 그는 발을 질질 끌며 갈 정도로 녹초가 되었다. 그는 간신히 집에 도착했다. 건물 입구에서 다시 예의 그 문지기와 마주쳤다. 그는 벌써 멀리서 오르디노프가 야로슬라프 일리치와 헤어지는 것을 계속 관찰하며, 오르디노프를 부르는 시늉을 했다. 그러나 젊은이는 그냥 지나쳐 버렸다. 눈을 멍하게 내리깔고 무린의 집에서 나오는 작은 체구의 인물과 집 문 앞에서 부딪쳤다.

탄력성 있게 한쪽으로 비켜서며 그 사람이 중얼거렸다. 「이런, 맙소사. 내 부주의를 용서하세요. 다치지는 않았나요?」

「아니에요, 염려를 해줘서 고마워요. 이런, 이런……」

이 조용한 사람은 끙끙거리고, 한숨을 쉬기도 하며 무슨 말인가 투덜거리며, 계단을 걸어 내려갔다. 그 사람은 바로 문지기가 그처럼 두려워하던 이 건물의 주인이었다. 바로 이제서야 오르디노프는 이사를 오던 날 무린의 집에서 처음으로 그를 본 기억이 났다.

그는 초조한 모습이었고, 쇼크를 받은 것 같았다. 그는 자신의 상상력과 감수성이 극도로 긴장하고 있다는 것을 의식하고는 이제는 자신을 믿을 수 없다는 결론을 내렸다. 그는 점점 더 어떤 마비 상태에 빠져 들었다. 무겁게 압박해 오는 뭔가가 그의 가슴을 짓누르고 있는 듯했다. 그의 심장은 마치, 상처투성이가 되어 조여 드는 것 같았고, 그의 영혼은 공허하고, 그칠 줄 모르는 눈물로 범벅이 되어 있었다.

그는 그녀가 깔아 준 침대의 이불 위로 다시 쓰러졌다. 그는 다시 귀를 기울이기 시작했다. 그는 두 사람의 숨소리를 들었다. 하나는 힘들고 병색이 짙고 간간이 끊어지는 것이었으며, 다른 하나는 조용하긴 했지만 규칙적이지 않고, 역시 어떤 갈망과 고통으로 심장을 때리는, 아주 흥분한 숨소리였다. 그는 때때로 그녀의 옷이 가볍게 스치는 소리를, 그녀의 가볍고 조용한 발소리를 들었다. 이 발소리는 공허하고 달콤하고 고통스러운 아픔으로 그의 가슴으로 다가오곤 했다. 드디어 그는 어떤 흐느낌 같은 거친 한숨 소리를 듣고, 또 그녀의 기도 소리를 들었다. 그는 지금 그녀가 성상 앞에 무릎을 꿇고 극도의 절망감으로 팔을 축 늘어뜨리고 기도를 하고 있다는 것을 알았다. 그녀는 도대체 누구인가? 그녀는 누구를 위해 기도를 하는 걸까? 그녀의 가슴은 어떤 절망적인 고통에 싸여 있는 것인가? 무엇 때문에 그녀는 저토록 고통당하고, 저토록 절망적이며, 뜨거운 눈물을 흘리며 기도를 하고 있는 걸까……?

그는 그녀의 말을 상기하기 시작했다. 그녀가 그에게 들려준 모든 이야기는 아직도 그의 귓가에서 마치 음악처럼 맴돌았고, 그의 가슴은 그런 회상을 할 때마다, 다정한 그녀의 말한 마디 한 마디를 상기할 때마다, 공허하고 힘겨운 타격을 받는 듯했다. 바로 이 순간에 고통으로 일그러진 그의 머릿속에는 꿈속에서 보았던 모든 것이 퍼뜩 스쳐 갔다. 그러나 그녀의 뜨거운 호흡과 그녀가 들려준 이야기와 입맞춤이 그의 상상속에서 다시 되살아나는 순간에는 그 모든 것이 그를 극도의 고통 속으로 밀어 넣었다. 그는 눈을 감았고 완전히 의식을 잃었다. 어디선가 시간을 알리는 종소리가 들려왔다. 시간이 점점 흘러가고 있었으며, 어두워지기 시작했다.

그는 갑자기 그녀가 다시 그에게 머리를 숙이고, 경이롭고 맑은 눈으로, 그리고 뜨거운 한낮에 끝없이 푸른 터키색의 동그란 하늘의 천정처럼 고요하고 해맑은 눈으로, 평온하고 밝은 기쁨으로 반짝이는 눈물에 젖어 촉촉한 눈으로 자신의 눈을 들여다보고 있는 듯했다. 그녀의 얼굴은 엄숙한 평화로움으로 빛났고, 그녀의 미소는 무한한 행복이라도 약속하듯 따뜻했다. 또한 동정 어린 어린애 같은 놀란 눈을 하고 그녀는 머리를 그의 어깨에 기대고 있었다. 이 때문에, 그의 힘없던 가슴에서는 기쁜 탄성 소리가 터져 나왔다. 그녀는 그에게 무슨 말인가 하려는 듯했고, 다정하게 그에게 뭔가 고백이라도 하려는 것 같았다. 그의 심장을 관통하는 것 같은 어떤 음악이 그의 귀에 들려왔다. 그는 목이 타는 듯한 갈증을 느끼며, 가까이서 느껴지는 그녀의 호흡으로 전기가 오는 듯한 따뜻한 공기를 들이마셨다. 그는 고통으로 몸부림치며, 팔을 펼쳐 들고 눈을 감았다. 그녀는 자기 얼굴을 그에게 가까이 대고, 창백하고, 온통 눈물에 젖은 채, 온몸을 덜덜 떨며 서 있었다. 그녀는 절반쯤 드러난 팔을 오므렸다 폈다 하면서, 그에게 무슨 말인가를 하는가 하면 그를 위해 기도를 하기도 했다. 그는 그녀를 껴안았다. 그녀가 그의 품안에서 온몸을 부르르 떨었다…….

제2부

1

「무슨 일이오? 무슨 일이 있었소?」 오르디노프는 있는 힘을 다해 그녀를 뜨겁게 포옹하면서, 의식을 되찾고 말했다. 「까쩨리나, 무슨 일이오? 무슨 까닭이오? 오, 내 사랑하는 여인이여!」 그녀는 눈을 내리뜨고는 발갛게 달아오른 얼굴을 그의 품속에 묻고 울기 시작했다. 그녀는 오랫동안 말을 잇지 못하고, 무엇에 놀란 사람처럼 온몸을 부들부들 떨었다.

「모르겠어요, 모르겠어요.」 그녀는 울먹이며 들릴 듯 말 듯한 목소리로 간신히 말을 이었다. 「어떻게 당신에게 왔는지 모르겠어요…….」 이렇게 말하고 그녀는 더욱더 힘껏 그의 품으로 달려들며, 더 이상 견딜 수 없어 폭발이라도 할 것처럼, 그의 어깨와 팔과 가슴에 입 맞추었다. 결국, 그녀는 절망감에 휩싸인 듯, 얼굴을 손으로 가리고 무릎을 꿇고 그의 발 아래 머리를 떨구었다. 견딜 수 없는 고통에 휩싸인 오르디노프는 얼른 그녀를 일으켜 세워 의자에 앉혔다. 그때, 그녀의 얼굴은 부끄러움으로 인해 더욱 빨갛게 달아올랐고, 그녀의 눈에서는 용서를 구하는 눈물이 흘러내렸으며, 억지로 눈물을 참는 듯한 그녀의 미소가 입술에 비치는 듯했으나, 다시 새로운 감정이 북받치는 눈물을 흘렸다. 그녀는 다시 새로운 뭔가에 놀란 것처럼 그의 손을 뿌리치고 그를 쳐다보았다. 그녀는 그의 채근하듯 물어 오는 질문에 얼굴을 숙이고, 나직한 목소리로 겁먹은 듯 대답했다.

오르디노프가 물었다.「무서운 꿈을 꾼 건 아니오? 아니면, 주인이 당신을 놀라게 했소……? 어쩌면, 잠꼬대를 했는지도 모르고, 정신이 없어서 그런지도…… 아니면, 그 사람이 당신에게 못할 말이라도 했소? 분명히 무슨 말을 들은 것 아니오? 그렇죠?」

까쩨리나가 간신히 흥분을 가라앉히며 대답했다.「아니에요. 나는 잠을 잔 것이 아니에요. 꿈을 꾼 것도 아니고, 또 그 사람이 무슨 말을 한 것도 아니에요. 그는 단 한 마디 말도 하지 않았고, 딱 한 번 내 이름을 부른 적밖에 없어요. 나는 그에게 가서, 그를 부르고, 그에게 말을 걸어 보기도 했어요. 나는 두려웠어요. 그는 깨어나지 않고, 내 말을 듣지도 못했어요. 그는 혼수 상태에 빠져 있는 것 같아요. 오, 하느님 그를 지켜 주세요! 그때 나는 가슴이 무너지는 것 같은 통증을 느꼈어요. 가슴이 찢어질 것 같은 통증 말이에요. 나는 기도하고 또 기도했어요. 바로 그렇게 된 거예요.」

「이젠 됐어요. 그만해요. 까쩨리나, 아마도 어제 아주 많이 놀란 모양이군요…….」

「그게 아니에요. 어제 나는 놀라지 않았어요…….」

「이런 일이 가끔 있나요?」

「그래요.」 그녀는 다시 온몸을 부들부들 떨기 시작했고, 깜짝 놀란 꼬마처럼 그에게 달려들어 품속에 안겼다. 그녀는 간신히 울음을 그치며 말했다. 「그것 봐요. 당신에게 괜히 온 건 아니었어요. 혼자서는 너무 무서웠어요.」 그녀는 다시 말했다. 그녀는 감사의 표시라도 하듯 그의 손을 잡아당기고 계속 말했다. 「이것으로 충분해요. 다른 사람의 고통을 대신해서 이토록 슬퍼하다니! 눈물일랑은 언젠가 혼자 남겨졌을 때를 위해서, 아무도 없을 때를 위해서, 가장 암울한 날, 그리고 가장 고통스러운 때를 위해서 남겨 둬요…… 그래, 당신에겐 사랑하는 사람이 있었나요?」

「아뇨…… 당신을 만나기까지 아무도 없었소…….」

「나를 만나기까지라니요…… 지금 당신은 나를 사랑하는 사람이라고 부르고 있나요?」

그녀는 갑자기 놀란 사람처럼 그를 바라보고 뭔가 말하려다가 그만두고는 조용히 눈을 내리떴다. 그녀의 얼굴은 점점 더 불타는 듯 빨개졌고, 속눈썹에 눈물을 달고 있던 눈이 더욱 선명하게 반짝이며, 입술은 무엇인가 질문을 하려는 사람처럼 달싹였다. 그녀는 부끄러운 듯 얼굴을 붉히며 그를 힐끗 쳐다보고는 갑자기 고개를 다시 떨구었다.

그녀가 말했다. 「아니에요. 내가 당신의 첫사랑일 리가 없어요. 아니에요, 아니에요.」 그녀는 고개를 흔들며, 뭔가 생각에 골몰하면서, 이렇게 반복했다. 그러다가 그녀의 얼굴에 조용한 미소가 떠올랐다. 「아니에요.」 이렇게 다시 반복하고는 웃어 댔다. 그러고는 다시 말했다. 「나는 당신의 애인이 될 수 없어요.」

이렇게 말하고 그녀는 그를 바라보았다. 그녀의 얼굴은 말할 수 없는 슬픔과 아픔으로 어두워졌고, 얼굴 전체가 일시에 충격을 받은 듯했으며, 가슴 깊은 곳으로부터 절망이 새어 나오는 것 같았다. 이 때문에 오르디노프는 가련한 그녀에 대한 동정심으로 숨이 막힐 것 같았다. 그는 이루 말할 수 없는 고통에 휩싸인 채, 그녀를 바라보았다.

「내가 하는 말을 잘 들어요.」 그녀는 그의 손을 꼭 잡고 울음을 참으려 애쓰면서, 심장을 찌르는 듯한 목소리로 말했다. 「내 말을 잘 들어요. 나에게 기쁨을 주는 사람이여, 마음을 굳게 먹어요. 지금껏 나를 사랑한 것처럼 나를 사랑해선 안 돼요. 그러면, 훨씬 나아질 거예요. 마음도 더 편해지고, 즐거워지고, 흉악한 자신의 적으로부터 자신을 지킬 수 있을 거예요. 사랑하는 여동생이 생기는 거예요. 당신에게 자주 들르겠어요. 그리고 당신이 원하신다면, 또 당신을 돌봐 드리고, 당신이 나를 만나게 된 것을 후회하지 않게 할 거예요. 당신이 앓고 있을 때, 이틀씩이나 당신 곁에 있었잖아요. 여동생이라고 할 만하잖아요. 우리가 의형제를 맺은 건, 괜히 그런 것이 아니에요. 당신을 위해 성모에게 눈물로 기도를 한 것도 괜한 일이 아니에요. 당신은 저 같은 사람을 만나지 못할 거예요. 온 세상을 다 돌아다녀 봐도 당신은 나 같은 여동생을 만날 수 없다는 것을 알게 될 거예요. 설사, 당신이 원한다고 하더라도 말이에요. 당신을 열렬히 사랑해요. 그리고 지금처럼, 당신을 영원히 사랑하겠어요. 당신의 영혼이 깨끗하고, 빛나며, 순수하게 보이니까요. 그리고, 당신을 처음 만난 순간부터 당신은 우리 집의 귀중한 손님이었어요. 아무 이유 없이 우리 집에 온 것이 아니라는 것을 알았기 때문이죠. 그리고, 또 당신을 보고 있노라면, 당신의 눈에는 애정이 담겨 있으며, 당신의 마음은 사랑을 말하고 있다는 것을 알 수 있기 때문이에요. 그리고 당신이 무슨 생각이라도 하면,

나는 바로 그것을 읽을 수 있기 때문이기도 해요. 그래서 당신의 사랑과 자유를 위해서라면, 나의 모든 인생을 바칠 준비가 되어 있고, 그런 사람을 위해서라면 그의 노예가 된다 해도 달콤할 거예요. 하지만 나의 인생은 타인의 것이고, 나의 자유도 속박되어 있으니! 나를 그저 누이라고만 생각해 주세요. 그리고 나에게 오라비가 되어 주세요. 그리고 언젠가 내가 또다시 험악한 암흑의 고통 속에 빠지게 되면, 나를 위로해 주세요. 내가 부끄러워하지 않고, 지금처럼 당신에게 올 수도 있고, 밤새 당신 곁에 이렇게 같이 앉아 있을 수도 있게 말이에요. 그렇게 해주실 거죠? 나에게 당신의 마음을 열어 주실 거죠? 내 말이 무슨 뜻인지 이해하셨나요……?」 그녀는 무슨 말인가 더 하려는 듯 그를 쳐다보며 그의 어깨 위에 자신의 손을 얹었지만, 결국에는 힘없이 그의 가슴에 기대고 말았다. 그녀의 목소리는 격렬한 울음으로 인해, 더 이상 들리지 않았다. 그녀의 가슴이 마구 뛰기 시작했으며, 그녀의 얼굴은 저녁 노을처럼 빨갛게 달아올랐다.

「오, 당신은 나의 삶이오!」 오르디노프는 눈앞이 깜깜해지고, 자신의 영혼이 한없이 벅차 오르는 듯한 감정에 휩싸이며 속삭였다.

「오, 당신은 나의 기쁨이오!」 그는 자신이 무슨 말을 하고 있는지, 그 말뜻이 무엇인지도 모르고, 자신을 의식하지도 못한 채, 다만 이 모든 황홀한 순간이 한순간에 날아가 버리지나 않을까, 모든 것이 순식간에 허물어지지나 않을까 하는 두려움 때문에 간신히 자신을 억제하고 있었다. 그는 이 모든 것이 현실에서 일어나는 일이라기보다는 환상 속에서 일어나고 있다고 느꼈고, 갑자기 눈앞이 몽롱해져 왔다. 「나는 잘 모르겠어요. 당신이 무슨 말을 하는지 모르겠어요. 지금 당신이 무슨 말을 했는지 기억할 수도 없어요. 머리가 멍해지고, 가슴이 답답할 뿐이오. 아아, 당신은 나의 여왕이오……」

그의 목소리는 다시 격해져서 끊어졌다. 그녀는 더욱 세게, 더욱 뜨겁게 그의 품으로 달려들었다. 그는 간신히 일어서려다가 더 이상 자신을 억제하지 못한 채, 흥분으로 어쩔 줄 모르고 있다가, 어느 순간 힘이 쭉 빠지는가 싶더니, 바닥으로 그대로 넘어졌다. 그의 가슴은 마구 뛰고 있었고, 그의 목소리는 환희와 기쁨으로 현악기의 현처럼 떨고 있었다.

그는 자신의 감정을 억누르며 말했다. 「당신은 누구요? 도대체 당신은 누구죠? 어디서 왔소? 오, 나의 비둘기여! 어느 하늘에서 나의 하늘로 날아온 것이오? 분명히 내가 꿈속에서 헤매는 모양이군요. 당신이 존재한다는 걸 믿을 수 없어요. 나를 비난하지 말아요…… 이야기하게 해줘요. 모든 것을 이야기할 기회를 줘요…… 오랫동안 이 이야기를 하려고 마음먹고 있었어요…… 당신은 도대체 누구죠? 어떤 사람이오? 오오, 나의 기쁨이여!, 어떻게 나의 마음을 이렇게 사로잡을 수 있단 말이오? 말해 주오, 그래, 당신은 오래전부터 나의 누이였나요……? 나에게 당신에 대한 모든 것을 이야기해 줘요. 지금까지 어디에 있었죠? 당신이 살았던 곳은 어디였나요? 당신은 처음부터 그곳을 사랑했나요? 즐거웠던 일은 어떤 일이 있었고, 또 어떤 일로 마음을 애태웠나요? 그곳의 대기는 따뜻했고, 또 하늘은 맑은 곳이었나요? 당신에겐 어떤 다정한 벗들이 있었고, 또, 나 이전에 누군가 당신을 사랑한 사람이 있었나요? 당신의 첫사랑은 누구를 향한 것이었나요? 당신에겐 어머니가 있었나요? 당신의 어머니가 당신의 어린 시절을 돌봐 주었던가요? 아니면, 나처럼 완전히 고아였나요? 말해 줘요, 지금껏 당신은 지금 이 모습 그대로였나요? 당신은 어떤 꿈을 꾸고 살았으며, 동경하던 것들은 어떤 것이 이루어졌고, 어떤 것이 이루어지지 않았나요? 모든 것을 이야기해 줘요…… 당신의 소녀적 순정은 어떤 사람으로 인해 슬픔을 당했나요? 무슨 이유로 당신은 그를 사모하게 되었나요? 당신의 사랑을 얻기 위해 나는 어떻게 해야 하는지, 말해 줘요. 어떻게 해야 하는지를 말이에요……. 말해 줘요. 오오, 사랑하는 이여, 오오, 나의 빛이여, 나의 누이여, 말해 줘요. 어떻게 당신의 마음속에 들어갈 수 있는지 말이에요…….」

그는 또다시 말을 잇지 못하고 고개를 떨구었다. 그러나 그가 눈을 들었을 때, 알 수 없는 공포가 그를 순식간에 얼어붙게 했고, 머리카락들을 쭈뼛쭈뼛 서게 만들었다.

까쩨리나는 백지장처럼 하얗게 변해 있었다. 그녀는 꼼짝도 못하고, 허공을 바라보고 있었다. 그녀의 입술은 죽은 사람처럼 새파랗게 변했고, 눈은 형언할 수 없는 고통으로 흐릿해져 있었다. 그녀는 천천히 일어나, 두어 발짝 내딛고는 가슴을 뒤흔드는 울음을 터뜨리며, 성상 앞으로 고꾸라졌다……. 그녀는 말을 제대로 잇지도 못하고, 울음이 복받쳐 덜덜 떨고 있었다. 그러다가 그녀는 순간, 정신을 잃고 쓰러졌다. 오르디노프는 공포에 떨며, 그녀를 일으켜 세우고, 자신의 침대로 부축해 데려갔다. 그는 거의 의식하지 못하고 그녀를 내려다보고 있었다. 잠시 후에, 그녀는 눈을 뜨고 침대에서 일어나, 주변을 한번 빙 둘러보고는 그의 손을 잡아당겨 꼭 잡았다. 그녀는 그를 자기 쪽으로 가까이 끌어당기고, 하얗게 질린 입술로 그에게 뭔가 말하려 안간힘을 썼지만, 그녀의 목소리는 들리지 않았다. 그러다가 그녀는 굵은 눈물을 줄줄 흘렸다. 뜨거운 눈물이 오르디노프의 차가운 손등 위로 떨어졌다.

「지금 나는 너무 고통스러워요. 아마 이게 마지막인가 봐요!」 그녀는 견딜 수 없는 고통에 휩싸여 말했다.

그녀는 아직 무언가 할 말이 남았는지 안간힘을 쓰며, 말을 계속하려 했지만 굳어 버린 그녀의 혀는 단 한 마디 말도 잇지 못했다. 그녀는 영문을 모르고, 어리둥절해 있는 오르디노프를 바라보며, 절망감에 사로잡혔다. 그는 그녀에게 귀를 가까이 대고 무슨 말을 하는지 들으려 애썼다. 그는 그녀가 하는 말을 간신히 알아들었다.

「나는 타락한 여자예요. 사람들이 나를 망쳐 놓았어요. 나를 죽였어요!」

오르디노프는 고개를 들고, 깜짝 놀라 그녀를 바라보았다. 그의 머릿속에는 어떤 이상한 생각이 스쳐 갔다. 까쩨리나는 그의 얼굴이 경련으로 일그러지는 것을 보고 있었다.

「그래요, 나를 망쳐 버렸어요.」 그녀가 계속해서 말했다. 「악한 인간이 나를 망쳐 놓았어요. 그 사람이에요. 그는 나의 영혼을 짓밟은 사람이란 말이에요……! 나는 그에게 내 영혼을 팔았어요. 뭣 때문에, 도대체 뭣 때문에 당신은 어머니에 대한 이야기를 꺼냈나요? 뭣 때문에 나를 고통스럽게 하냔 말이에요? 하느님이, 하느님이 당신에게 벌을 내릴 거예요…….」

잠시 후에 그녀는 조용히 흐느끼기 시작했다. 오르디노프의 마음은 찢어질 것 같은 통증으로 괴로웠다.

「그 사람이 말하기를 …….」 그녀가 나직하고 조용한 목소리로 말하기 시작했다. 「내가 죽으면, 나의 더러운 영혼을 데리러 올 거라고 말했어요…… 나는 그에게 내 영혼을 팔았어요. 그는 나를 괴롭히고 나에게 이상한 책을 읽어 주곤 해요…… 자 봐요, 이것들이 그의 책들이에요. 봐요! 그 사람은 내가 아주 무서운 죄를 지었다고 말하곤 해요…… 보세요, 보세요…….」

그녀가 책을 보여 주었다. 오르디노프는 그녀가 어디서 그것을 가져왔는지 이해가 되지 않았다. 그는 언젠가 예전에 한번 본 적이 있는, 고대 분리파 신자들의 책처럼 보이는 책을 기계적으로 받아 들었다. 그러나 지금 그는 그것을 읽을 힘도 없었고, 관심을 가질 만큼의 여유도 없었다. 그의 손에서 책이 힘없이 떨어졌다. 그는 그녀가 정신을 차릴 수 있도록 애를 쓰면서 조용히 그녀를 안았다.

그가 말했다. 「이젠 됐어요, 이젠 그만 해요! 당신은 놀란 거예요. 이젠, 괜찮아요. 내 곁에서 조용히 휴식을 취해요. 오오, 나의 혈육이여, 나의 사랑이여, 나의 빛이여!」

그녀가 그의 손을 힘껏 잡으며 말했다. 「당신은 아무것도 몰라요. 아무것도 모른다고요! 나는 항상, 그런 여자였어요…… 나는 모든 것이 두려워요…… 이젠, 그만 나를 괴롭혀요. 이젠 충분해요…….」

그녀는 잠시 후에 정신을 가다듬고 말했다. 「이젠, 그에게 가봐야겠어요. 그 사람은 어느 때는 말로 설득하기도 하고, 어느 땐, 가장 큰 책을 가져와서 읽어 주기도 하죠. 그는 아주 가혹하고, 몹시 두려운 내용을 읽어 주고는 하지요. 나는 아무것도 모르고, 그가 하는 모든 말을 이해하지도 못해요. 그럴 때면 나는 공포에 떨게 돼요. 그의 말을 듣고 있으면, 그의 목소리가 아니라, 다른 누군가가, 그러니까, 그 어떤 것으로도 그의 마음을 녹일 수 없고, 아무리 기도를 해도 전혀 소용이 없을 것 같은, 어떤 아주 악한 사람이 말하는 것처럼 들리는 거예요. 그러면, 나의 심장은 점점 더 답답해지고, 불에 데인 것 같은 고통에 휩싸이게 되요……. 고통이 처음 시작됐을 때보다 더 심해져요.」

「그 사람에게 가지 말아요! 뭣 때문에 그에게 가는 거예요?」 자신의 말을 거의 의식하지도 못한 채, 오르디노프가 말했다.

「그런 질문은 마치, 뭣 때문에 당신에게 왔는지를 물어보는 것과 똑같아요. 당신에게 왜 왔죠? 그는 항상 나에게 기도를 해야 해, 기도를 하란 말이야 하고 이야기하죠. 어느 때, 나는 한밤중에 일어나서 오랫동안 기도를 드리죠. 그러다가 자주 잠이 들게 돼요. 그러나 공포가 나를 잠에서 깨어나게 하죠. 그땐, 온통 내 주변에 위험이 도사리고 있는 것 같고, 나에게 무슨 나쁜 일이 일어날 것만 같고, 악한들이 나를 갈기갈기 찢는 것 같고, 나를 몹시 괴롭히는 것 같아요. 성자에게 기도를 할 수도 없고, 성자들이 나를 그러한 고통 속에서 구해 주지도 못할 거라는 생각이 들고는 하지요. 나의 영혼이 갈기갈기 찢기고, 나의 온몸이 눈물로 온통 얼룩질 것만 같아요. 그러면 나는 다시 기도를 시작하는데 성모 마리아가 다정하게 나를 바라볼 때까지 계속 기도를 한답니다. 그리고 나면 나는 일어나서 죽은 사람처럼 꿈속에 빠져 들곤 해요. 어느 때는 성상 앞에 무릎을 꿇은 채, 마루 위에 앉아서 잠이 들기도 한답니다. 그러면 그 사람이 잠에서 깨어나 나를 쓰다듬어 주고, 위로해 준답니다. 그러면 나는 좀 마음이 편해지고 어떤 불행이 닥치더라도 그 사람과 함께라면 겁나지 않을 것 같은 힘이 생긴답니다. 그는 아주 강한 사람이지요. 그의 말은 아주 위대해요.」

「불행이라니, 당신에게 무슨 불행이 닥친다는 거예요?」 오르디노프는 완전히 절망에 싸인 채, 양손을 힘없이 늘어뜨리고 말했다.

까쩨리나는 두려움에 떨었으며 얼굴이 하얗게 변했다. 그녀는 사형 선고를 받아 구제할 길 없는 사람의 얼굴을 하고 그를 쳐다보았다.

「무슨 불행이냐고요……? 나는 저주받은 딸이에요. 나는 살인자예요. 내 어머니가 나에게 저주를 내렸어요. 나는 친어머니를 죽인 여자라고요…….」

오르디노프는 아무 말 없이 그녀를 껴안았다. 그녀는 온몸을 부들부들 떨며 그에게 몸을 기대었다. 그는 그녀의 온몸이 경련하듯 떨고 있는 것을 느꼈고, 그녀의 영혼이 육체를 떠나 버린 것 같은 느낌을 받았다.

「나는 그녀를 습한 땅에 묻었어요.」 그녀는 자신의 불안한 회상 속에서, 돌이킬 수 없는 과거의 환상 속에서 온몸을 떨며 말했다. 「나는 오래전부터 이 이야기를 하고 싶었어요. 그러나 그 사람은 항상 엄한 질책으로 나를 힐책하고 입을 열지 못하게 했어요. 때로는 그 자신이 직접 그 사실을 들먹이며 마치 철천지 원수를 대하 듯 나를 괴롭히기도 했어요. 오늘 밤 같은 날이면 지나간 모든 일이 선명하게 떠올라요……. 내 말을 들어 봐요. 이 모든 것은 이미 오래전에, 아주 오래전에 있었던 일이에요. 나는 언제였는지도 기억하지 못하지만, 모든 것이 어제 일어난 일 같고, 어제 저녁 꿈속에서 본 것 같아요. 고통이 이중 삼중으로 길게 느껴지기도 해요. 내 곁에 앉으세요. 내 모든 아픔을 당신에게 이야기해 주겠어요. 나를, 어머니의 저주를 받은 나를 그냥 내버려 둬요. 나는 내 생명을 당신에게 드리겠어요.」

오르디노프는 그녀를 만류하려 했지만, 그녀는 막무가내로 자신을 사랑한다면, 자신의 이야기를 더 들어 달라고 애원하면서, 다시 온몸을 떨며 말하기 시작했다. 그녀의 이야기는 두서가 없었고 영혼의 고통이 깃들어 있는 듯했다. 그러나 오르디노프는 왜, 그녀의 삶이 자신의 삶으로 변했고, 그녀의 고통이 왜 자신의 고통으로 변했는지 이해할 수 있었다. 또한, 그는 왜, 그의 적이 자신 앞에 나타났는지, 그리고 그의 적이 그녀의 한 마디 한 마디 말 속에서 점점 자라나, 조금 후에는 엄청난 힘으로 그의 가슴을 짓누르고, 자신이 원한을 품고 있다는 것에 조소를 보내고 있는지, 이해할 수 있었다. 그는 자신의 내부 속에서 피가 끓어올라, 모든 심장을 뒤덮고, 정신을 혼란하게 만드는 것을 느꼈다. 그가 꿈속에서 본 악한 노인이(오르디노프는 이것을 정말 믿었다) 실제로 그 눈앞에 나타났던 것이다.

까쩨리나가 말하기 시작했다. 「바로, 오늘 같은 밤이었어요. 단지, 조금 더 음산했고, 우리 집 근처의 숲에서는 내가 이제껏 한 번도 들어 본 적이 없는 스산한 바람이 불고 있었어요. 어쩌면, 이미, 이날 밤에 나의 파멸이 시작되고 있었는지도 몰라요. 우리 집 창밖에 서 있던 참나무가 쓰러졌어요. 그리고, 늙고 머리가 하얀 거지 노인이 우리 집에 왔어요. 그는 자기가 아주 어렸을 때부터, 바람에 쓰러진 지금과 똑같은 모습을 하고 있는 참나무를 보아 왔다고 말했어요. 이날 밤, 지금도 똑똑히 기억해요. 이날 밤 아버지의 배가 강에서 침몰했고, 아버지는 이 때문에 몸져 누웠어요. 그러나 그는 어부들이 우리 집으로 달려왔을 때, 그들과 함께 현장으로 달려갔어요. 어머니와 함께 우리 둘만 집에 남아 있었어요. 나는 잠이 들었지만, 어머니는 뭔가 슬픔에 젖어 서럽게 울었지요. 나는 그것이 뭔지 알고 있었어요. 그녀는 얼마 전에 병을 앓다가 일어난 참이었고 몹시 창백했어요. 심지어 나에게 자기 수의를 준비하라고 말할 정도였어요……. 그때 갑자기 한밤중에 문을 두드리는 소리가 났어요. 나는 깜짝 놀라 일어났어요. 얼마나 무서웠는지, 온몸이 오그라드는 것 같았어요. 어머니는 비명을 질렀죠. 나는 어머니 쪽을 바라보지도 않고 등불을 들고 문을 열러 나갔어요……. 바로 그 사람이 와 있었어요. 나는 그때 공포에 질렸어요. 그 후로, 나는 항상 그가 오는 날이면 공포에 떨게 되었어요. 마치, 태어나면서부터 그런 기억을 갖고 태어난 것처럼, 가장 어린 시절부터 그랬던 것을 기억해요. 그때, 그는 아직 흰 머리가 없었어요. 그의 수염은 칠흑처럼 까만색이었고 눈은 석탄처럼 타올랐어요. 한번도 나를 다정한 눈길로 바라본 적이 없었어요. 그가 나에게 이렇게 물었어요. 〈집에 어머니 계시냐?〉 나는 쪽문을 열고 〈아버지는 집에 없어요〉라고 대답했죠. 그가 말했어요. 〈알고 있어.〉 그러고는 나를 쳐다보았어요. 처음으로 그는 나를 그런 눈으로 쳐다봤어요. 그는 내 뒤를 따라오지 않고 서 있었어요. 〈왜 따라오지 않죠?〉라고 묻자 그는 〈생각을 좀 하는 중이야〉라고 말했어요. 우리는 이층 방으로 올라갔죠. 〈너는 왜 어머니가 집에 계시냐고 물었을 때, 아버지가 집에 없다고 대답했지?〉 나는 아무런 대답도 않고, 입을 다물고 있었어요. 어머니는 겁에 질려 그 사람 곁으로 달려갔어요. 그러자 그는 나를 슬쩍 쳐다보았어요. 나는 모든 것을 다 보았죠. 그는 온통 비에 젖어 있었고, 몸을 떨고 있었어요. 20베르스따[2]나 폭풍 속을 달려왔다고 했어요. 그가 어디에서 왔는지, 어디에서 지냈는지, 나도 어머니도 알지 못했어요. 우리는 9주 동안이나 그를 보지 못했거든요. 그는 모자를 벗어 던지고 장갑을 잡아 빼고는, 성상에 기도도 올리지 않은 채, 그리고 주인에게 인사도 하지 않은 채, 불 곁에 앉았어요.」

까쩨리나는 무엇인가가 그녀를 압박하고 누르기라도 하는 것처럼 손으로 얼굴을 감쌌다. 그녀는 조금 후에 다시 머리를 들고 말을 이었다.

「그는 어머니와 함께 따따르 어로 이야기를 하기 시작했어요. 어머니는 따따르 어를 알았지만, 나는 단 한 마디도 몰랐어요. 언젠가 한번은 그가 집에 오더니, 나에게 밖에 나가 있으라고 했어요. 그러나 어머니는 자신의 친자식에게 그런 말을 할 수 없었어요. 악마가 내 영혼을 샀어요. 나는 거만하게 어머니를 쳐다보았죠. 나를 바라보고 있다는 것을, 그리고 나에 대해서 이야기를 나누고 있다는 것을 알 수 있었어요. 어머니가 갑자기 울기 시작했어요. 그러자 그가 갑자기 칼을 집어 드는 것을 보았어요. 벌써, 얼마 전부터 그는 내가 보는 앞에서 여러 번 칼을 집어 들곤 했어요. 나는 일어나서 그의 허리를 낚아챘어요. 나는 그에게 매달려 그 더러운 칼을 빼앗으려고 했어요. 그는 이를 뿌드득 갈면서 소리를 지르고,

---

[2] 러시아의 거리 표기 단위로 1베르스따는 1.067킬로미터.

나를 밀쳐 내려 했어요. 그는 내 가슴을 쳤지만 밀쳐 내지는 못했죠. 나는 그때 이렇게 죽는구나 하고 생각했어요. 눈이 하얗게 뒤집히고 그대로 고꾸라졌어요. 한 마디 소리도 지르지 못했죠. 나의 흐려진 눈에는 그가 허리띠를 풀고, 나를 때린 팔을 걷어 올리며, 나에게 칼을 내미는 것이 보였어요. 〈자, 이 칼로 나를 베는 것이 더 간단할 거야. 그러면 기분이 풀릴 거야. 얼마나 너에 대해 화가 났는지 아니? 나는 거만한 사람이지만, 네가 그렇게 해준다면 머리가 땅에 닿도록 절을 하겠어〉 하고 말했어요. 그러나 나는 칼을 내려놓고 말았어요. 피가 끓어올라 숨이 막힐 지경이었고, 그를 쳐다보기조차 힘들 지경이었어요. 나는 입을 다물고 히죽 웃었던 것을 기억해요. 그러고는 똑바로 어머니의 슬픈 눈을 위압적으로 쳐다보았죠. 나는 계속해서 웃고 있었어요. 어머니는 죽은 사람처럼 하얗게 질린 채 앉아 있었어요.」 오르디노프는 신경을 잔뜩 곤두세우고, 까쩨리나의 두서없는 이야기를 듣고 있었다. 그녀는 점차 진정되어 가는 것 같았다. 그녀의 말은 점점 안정을 찾았고, 이 가련한 여인의 지난날의 추억은 이제 자신의 고통을 털어 내고, 그 모든 기억을 머나먼 바다로 던져 버리려는 것 같았다.

「그는 인사도 하지 않고 모자를 들었어요. 몸이 아파 꼼짝 못하고 앉아 있으면서도, 그를 바래다 주려고 하는 어머니 대신 내가 등불을 들고 그를 바래다 주었어요. 우리는 문이 있는 곳까지 걸어갔어요. 나는 말없이 빗장을 열고, 손님을 보고 짖어 대는 개들을 쫓아 버렸죠. 그가 모자를 벗고 나에게 머리를 숙이는 것을 보았어요. 그는 나에게 다가오더니 품속에서 염소 가죽으로 된 빨간 상자를 꺼냈어요. 그러고는 상자의 끈을 풀었어요. 그 속에는 커다란 진주 알들이 들어 있었어요. 그가 그것을 나에게 내밀었어요. 〈나는 교외에 살고 있는 한 굉장한 미인을 알고 있지. 그 여인에게 주려고 가져왔는데, 너에게 주고 싶어. 자, 어여쁜 아가씨, 자신의 아름다움을 소중하게 생각해야 해. 나중에 발로 짓밟아도 좋으니, 내 성의를 생각해서 받아 줘요〉 하고 말했어요. 나는 그것을 받아 들었어요. 발로 짓밟고 싶은 생각은 없었어요. 물론, 나는 자신의 명예를 더럽히고 싶지는 않았지만, 결국 그것을 받아 들고 한 마디 말도 하지 않았어요. 나는 어머니에게 돌아와서 그녀 앞에 있는 탁자 위에 그것을 놓았어요. 이렇게 하기 위해 나는 그것을 받아 들었던 거예요. 어머니는 한동안 창백한 얼굴로 앉아 있었고 나와 이야기하는 것을 두려워하는 것 같았어요. 〈이게 뭐니? 까쨔야?〉

내가 대답했죠. 〈어머니, 어머니께 그 상인이 가져왔어요. 나는 잘 몰라요.〉 그러자 그녀의 눈에서는 눈물이 흐르기 시작했고, 그녀가 몹시 고통스러워하고 있다는 것을 내 눈으로 보았어요. 〈까쨔야, 이건 나에게 가져온 게 아니야. 너는 정말 심술궂은 아이구나.〉 어머니가 몹시 괴로워하며, 이렇게 말했던 것을 기억해요. 나는 넋 나간 사람처럼 울었어요. 나는 고개를 들어 그녀를 보았고, 또 그녀의 발에 엎드리고 싶었어요. 그런데 어떤 저주받을 영혼이 내 속에서 어머니에게 이렇게 말했어요. 〈그래요, 당신에게가 아니라면 아마 아버지에게 드리려고 가져온 모양이군요. 그러면, 아버지에게 전해 드리겠어요. 아버지가 돌아오시면 상인들이 와서 물건을 잊어버리고 갔다고 말하겠어요.〉 그러자 그녀는 울컥 울음을 터뜨렸어요. 〈내가 직접 말하겠어. 왜 상인들이 왔고, 왜 물건을 가져왔는지 말이야. 내가 그에게 말해 주겠어. 네가 누구의 딸인지도 말이야. 너는 지금부터 내 딸이 아니라 교활한 뱀이야. 너는 저주받은 자식이야.〉 나는 눈물도 흘리지 않고 입을 다물었어요. 오오! 모든 것이 이제 내 안에서 끝장이 난 것 같았어요. 나는 내 방으로 돌아와 밤새 폭풍우소리를 들으며 생각을 가다듬으려고 노력했어요.

그럭저럭 닷새가 지났어요. 바로 닷새째 되던 날, 아버지가 돌아오셨어요. 침울하고 무서운 얼굴을 하고 있었고, 여로에 지친 모습이었어요. 한쪽 팔에 붕대가 감겨 있었어요. 나는 아버지가 오는 도중에 적의 공격을 받았다는 것을 눈치챘어요. 이 적이 아버지를 괴롭혔고, 아버지에게 고통을 주었다는 것을 알았어요. 나는 누가 아버지의 적인지를 알고 있었고, 또 다른 모든 것도 알고 있었어요. 아버지는 어머니와 단 한 마디도 이야기를 나누지 않았고, 나에 대해 물어보지도 않았어요. 아버지는 사람들을 불러 모아 공장을 일단 중단하고, 악한으로부터 집을 지키라고 명령하셨어요. 나는 집 안에 무슨 나쁜 일이 일어났다는 것을 눈치 챘어요. 그러던 어느 날 밤이었어요. 그날도 폭풍이 불고 눈보라가 치는 밤이었어요. 나는 두려움에 떨고 있었죠. 그때, 나는 창문을 열었어요. 얼굴이 달아오르고 눈물이 앞을 가렸으며, 가슴은 점점 불타오르고 있었어요. 마치 불 속에 앉아 있는 것 같았죠. 나는 그때 그 방을 뛰쳐나가, 세상 끝 저 멀리, 폭풍이나 번개가 시작되는 곳으로 달려가고 싶었어요. 소녀 같은 나의 마음은 늪 지대를 걷는 것 같았어요. 밤이 늦었는데, 꿈속에서였는지, 아니면 정신이 멍한 상태였는지, 아리송한 상태였는데, 갑자기 문 두드리는 소리를 들었어요. 〈문 열어!〉 나는 어떤 사람이 줄을 타고 창문으로 기어오르는 것을 보았어요. 나는 이 사람이 누구인지, 바로 알았죠. 나는 창문을 열어 주며 그때, 혼자 있던 내 방으로 그를 들어오게 했어요. 그 사람이었어요. 모자도 벗지 않고 그는 의자에 앉아 숨을 헐떡였어요. 마치, 쫓기는 사람처럼 숨을 몰아 쉬고 있었어요. 나는 구석에서 떨고 있었죠. 하얗게 질려 떨고 있는 내 자신을 느낄 수 있었지요. 〈아버지는 집에 계시냐?〉 하고 그가 물었어요. 〈계세요〉 하고 내가 대답했죠. 그러자 그는 〈그럼, 어머니는?〉 하고 물었어요. 나는 다시 〈어머니도 집에 계세요〉라고 대답했어요. 그러자 그는 〈그럼, 이제 입을 다물어. 밖에서 무슨 소리가 들리지 않니?〉라고 물었어요. 〈들려요〉 하고 나는 대답했죠. 그는 다시 〈무슨 소리지?〉 하고 물었어요. 〈창문 아래에서 휘파람소리가 들려요〉 하고 내가 말했죠. 〈자, 그럼, 우리 어여쁜 아가씨, 원수의 목을 벨 것인지, 아니면 아버지를 소리쳐 불러 나를 죽일 것인지, 네가 원하는 대로 나는 하겠어. 자, 여기 끈이 있어. 만약, 네가 원한을 품고 있다면, 나를 이 끈으로 묶어〉라고 그가 말했어요. 나는 아무 말도 없이 가만히 있었어요. 〈그래, 어떻게 할 거야? 말 좀 해봐〉 하고 그가 말했죠. 〈당신이 원하는 게 뭐예요?〉 하고 내가 물었죠. 〈나는 적을 무찌르고 나면, 예전에 사랑했던 여자와 일단 헤어져서, 젊고 예쁜 너처럼 아름다운 아가씨에게 내 영혼을 바치고 싶은데……〉 하고 말했어요. 그러자 나는 웃고 말았어요. 어떻게 그의 부정한 말이 내 마음을 움직였는지, 나도 알 수 없었어요.

〈자, 어여쁜 우리 아가씨, 이제 나를 보내 줘요. 아래로 내려가서 서성거릴 수 있도록. 내 마음을 알리고 주인에게 인사를 드리고 싶거든……〉 하고 그가 말했어요. 나는 온몸이 부들부들 떨리고, 이가 덜덜 떨리는 것을 느꼈지만, 왠지 심장만은 불에 달구어진 철판처럼 뜨거웠어요. 나는 그에게 문을 열어 주었고, 그를 집 안으로 들어오게 했어요. 그러고는 문턱 근처에서야 겨우 말했죠. 〈자, 여기, 당신의 진주 알을 도로 가져가요. 그리고 다시는 그런 걸 선물하지 말아요.〉 그러고 나서 나는 그의 뒤로 상자를 던졌어요.」

까쩨리나는 다시 정신을 가다듬었다. 그녀는 나뭇잎처럼 몸을 떨고 있었고, 얼굴은 창백했다. 피가 그녀의 머리 끝까지 솟구쳐 오르는 것 같았다. 그녀가 말을 멈췄을 때, 그녀의 뺨은 뜨거운 불길처럼 타오르고 있었고, 그녀의 눈은 눈물에 젖어 반짝이고 있었다. 그녀의 힘겹고 끊어질 듯한 호흡이 그녀의 가슴을 마구 헤집는 것 같았다. 그녀는 다시 한순간 창백해지는가 했는데, 두려움에 떨고 있는 그녀의 목소리가 다시 애절하게 들려왔다.

「그때, 나는 혼자 남아 있었어요. 폭풍이 나를 휘몰아치는 것 같았어요. 그때, 갑자기 비명소리가 나는 것을 들었어요. 또, 사람들이 뜰을 지나 공장으로 달려가는 소리도 들었어요. 그리고 〈공장에 불이 났다!〉 하는 소리도 들었어요. 사람들이 모두 집 밖으로 뛰쳐나갔고, 나는 어머니와 함께 집 안에 남아 있었어요. 나는 어머니가 이제 돌아가시려 한다는 것을 알았어요. 어머니는 사흘 동안이나 죽은 듯 누워 있었어요. 나는 모두 알고 있었죠. 죄 많은 딸이죠……. 그러다가, 갑자기 내 방 아래서 비명소리가 들렸어요. 마치 꿈속에서 뭔가에 놀란 어린아이가 내는 것 같은 약한 소리였는데, 잠시 후에 다시, 모든 것이 조용해졌죠. 나는 촛불을 껐어요. 온몸이 얼어붙는 것 같았어요. 양손으로 얼굴을 가렸어요. 쳐다보기가 두려웠어요. 갑자기 근처에서 비명소리가 들리고, 공장 쪽에서 사람들이 달려왔어요. 나는 창문을 통해 밖을 내다봤어요. 숨진 아버지를 사람들이 운반해 왔어요. 〈발을 헛디뎌 계단에서, 끓는 솥 위로 떨어졌어. 악마가 그를 밀어 넣은 거야!〉라고 사람들이 말하는 소리를 들었어요. 나는 침대 위로 털썩 넘어지고 말았어요. 나는 완전히 시체처럼 엎드려 뭔지 모를 어떤 것을 기다리고 있었어요. 고통뿐이었어요. 그렇게 얼마를 기다렸는지, 기억할 수도 없었어요. 단지, 기억할 수 있는 것은 온몸이 요동을 치고 머리가 무거웠고, 연기 때문에 눈이 매웠다는 것뿐이에요. 나는 죽음이 가까이 왔다는 것을 알고 오히려 기뻤어요. 그때, 누군가가 내 어깨를 잡아 일으켜 세웠어요. 겨우 눈을 떠서 바라보니, 그 사람이었어요. 그는 연기에 온통 그을려 있었고, 옷은 불에 타서 연기가 나고 뜨거웠어요.

〈널 데리러 왔어. 우리 어여쁜 아가씨. 예전에 네가 나를 불행으로 몰아넣었듯이, 이젠 불행에서 나를 건져 줘. 나는 너 때문에 나의 영혼을 파멸시켰어. 이젠 아무리 기도해도 저주받은 오늘 밤의 일을 용서받진 못할 거야. 이젠, 우리 둘이서 기도를 올리는 길밖엔 없어〉 하고 말했어요. 그는 웃고 있었지만 얼마나 흉악한 모습이었는지! 〈사람들이 안 보는 곳으로, 어떻게 빠져나갈 수 있는지, 가르쳐 줘.〉 나는 그의 팔을 잡고 그를 데려갔어요. 우리는 복도를 지났어요. 나는 열쇠를 가지고 있었어요. 창고 문을 열고, 그에게 창문을 가르쳐 주었어요. 창문은 뜰로 나 있었죠. 그는 나를 힘센 팔로 꼭 붙잡고, 나를 안은 채 창문에서 뛰어내렸어요. 우리는 손을 잡고 오랫동안 달렸지요. 깊고 어두운 숲이 보였어요. 그는 멈춰서서 귀를 기울였어요. 〈까쨔. 우리 뒤를 쫓고 있어. 이 예쁜 아가씨야. 우리 뒤를 쫓고 있다고. 그러나, 여기서 우리의 목숨을 버릴 순 없잖아. 자, 이 어여쁜 아가씨, 나에게 입 맞춰 줘. 우리가 영원히 사랑하고 행복해지도록 말이야〉 하고 그가 말했어요. 그러자 내가 말했죠. 〈그런데, 당신 손엔 왜 피가 묻었죠?〉 〈손에 피가 묻었다고? 이것은 내가 너의 집 개들을 죽였기 때문이야. 그 개들이 밤손님에게 지나치게 짖어 댔기 때문이지. 자, 가자.〉 우리는 다시 달리기 시작했어요. 그때, 오솔길에서 고삐를 끊고 마구간에서 도망쳐 나온 아버지의 말을 봤어요. 아마 그 말도 불에 타고 싶지 않았나 봐요. 〈자, 까쨔야, 타자. 하느님이 우리를 도와주려고 보내신 거야.〉 나는 입을 다물고 있었어요. 〈그래, 싫다는 거냐. 난 이교도도 아니고, 악마도 아니야. 믿지 못하겠다면 십자가를 그어 보일 수도 있어.〉 그는 이렇게 말하고 십자가를 그었어요. 나는 그에게 매달려 말 위에 앉고는 꿈꾸듯, 그의 가슴속에서 모든 것을 다 잊어버렸어요. 그리고 정신을 차렸을 때, 우리들은 아주 큰 강 앞에 서 있었어요. 그는 말에서 나를 내려 주었고, 우리는 갈대 숲을 지나갔어요. 그곳에 그는 나룻배를 숨겨 놨나 봐요. 우리는 그 배에 탔죠. 〈착한 말아, 잘 가거라. 새로운 주인을 찾아서 가거라. 예전에 네가 알던 모든 사람들이 너를 떠났단다!〉 나는 아버지의 말에게 달려가 말을 붙들고 이별의 인사를 나눴어요. 그리고 우리는 배에 앉았어요. 그는 노를 젓기 시작했어요. 순식간에 우리는 강기슭에서 멀어졌어요. 그 기슭이 보이지 않게 되자, 그는 노를 내려놓고 사면에 펼쳐진 넓은 강의 수면을 바라보았어요.

〈잘 있었나?〉 그 사람이 강을 향해 말했어요. 〈소란스러운 어머니 강이여, 사람들에게 먹을 것을 주고, 나를 키워 준 강이시여, 내가 없는 동안 나의 재산을 지켜 주었소, 내 물건들은 건재한지 말해 주오.〉 나는 눈을 떨구고 말없이 잠자코 앉아 있었어요. 얼굴은 부끄러움이라도 타는 듯 빨갛게 달아올랐어요. 그런데 그는 또 이렇게 말하는 것이었어요. 〈모든 것은 다 가져가도 좋소, 소란하고 탐욕스러운 강이여, 그러나 나에게 나의 가장 소중한 이 진주만은 꼭 지켜 주고, 사랑해 주겠다고 맹세해 주오. 어서, 한마디 말이라도 해주오, 이 어여쁜 아가씨야, 태양으로 폭풍우를 쫓고, 빛으로 어두운 밤을 몰아내 주오!〉 그는 웃으면서 그렇게 말했어요. 나로 인해 그의 심장이 타고 있는 것 같았고, 또 그가 웃고 있는 모습을 보면 나는 부끄러워 견딜 수 없었어요. 한 마디 말이라도 하고 싶었지만, 겁이 나서 잠자코 있었어요. 그는 〈음, 그렇다면 어쩔 수 없지〉 하고 말하며 생각에 잠겨 있는 나의 침묵에 대답했어요. 아주 고통스러운 얼굴로 말했어요. 〈억지로는 아무것도 얻을 수 없는 법이야. 오만한 나의 예쁜 아가씨, 아마 나를 몹시 증오하는 모양이군. 아니면, 네 아름다운 눈에는 내가 그다지 좋은 사람으로 보이지 않는 모양이지.〉 나는 그 말을 듣고 기분이 나빠졌어요. 애증의 복잡한 감정에 사로잡혔던 거죠. 나는 마음을 굳게 먹고 말했어요. 〈내 마음에 들건 안 들건 나와는 상관없이 벌어진 일이에요. 내가 아니라, 다른 아가씨가, 부끄러움도 모르는 어떤 무분별한 아가씨가 어두운 밤에 자신의 순결한 방을 더럽히고, 무분별한 남자 때문에 자신의 마음을 억제하지 못하고, 죽어 마땅한 죄를 지었고, 자신의 영혼을 팔았던 거예요. 그런 사실은 뜨거운 눈물을 흘리는 나에게나 보이는 것이고, 또 한 사람이 있다면, 남몰래 타인의 불행을 기뻐하고, 아가씨의 마음을 비웃는 사람에게나 보이겠죠.〉 나는 이렇게 말하고는, 결국 더 이상 참을 수 없어 울음을 터뜨렸어요……. 그는 말없이 나를 바라보고 있었어요. 나는 가랑잎처럼 덜덜 떨고 있었지요. 〈내 말 좀 들어 봐〉 하고 그가 말하기 시작했어요. 〈우리 예쁜 아가씨〉 하고 말하는 그의 눈은 이상하게 빛나고 있었어요. 〈너에게 꼭 해줄 말이 있어. 네게 아주 중요한 말을 들려줄게. 네가 나에게 행복을 주는 만큼, 나는 너에게 좋은 주인이 될 거야. 만약, 네가 날 사랑하지 않는다면, 아무 말도 하지 마. 단 한 마디도 안 해도 돼. 겁내지 말아. 그리고 단지, 너의 까만 눈썹만 살짝 움직여 줘. 까만 눈으로만 슬쩍 신호를 보낸다든지, 아니면, 새끼손가락 하나만 까닥하면 돼. 그러면, 너에게 너의 사랑과 소중한 자유를 되돌려 주겠어. 하지만, 나의 오만한 아름다운 아가씨, 그렇게 되면 나는 더 이상 견디지 못하고, 나는 그것으로 끝장이야!〉 그래서 나는 웃음을 지었어요.」

까쩨리나는 극도로 흥분해서 하던 이야기를 중단했다. 그녀는 숨을 돌리고, 자신의 새로운 상념에 빙그레 미소를 짓더니, 다시 이야기를 계속하려고 했다. 그때 그녀는 환하게 빛나며 타오르는 듯한 눈길로 자신을 주시하고 있는 오르디노프의 시선과 마주쳤다. 그녀는 깜짝 놀라 뭔가 말하려 했지만, 온몸의 피가 그녀의 얼굴로 솟구쳐 오르는지 말문을 열지 못했다. 그녀는 정신을 잃은 듯, 손으로 얼굴을 감싸고, 베개에 얼굴을 묻었다. 오르디노프는 온몸이 떨려 왔다. 그는 어떤 견딜 수 없는, 가슴 깊숙한 곳에서 터져 나오는 괴로움으로 가슴이 답답했다. 이 괴로움은 강한 독처럼 그의 온몸의 혈관을 타고, 까쩨리나의 말 한 마디 한 마디에 점점 더 번져 갔다. 견딜 수 없는 갈망과 견딜 수 없는 목마름의 열정이 그의 머릿속에 꽉 차 오르고, 그의 마음을 뒤흔들었다. 이와 동시에 그의 마음속에는 견디기 힘든 끝없는 슬픔이 자리를 잡았고, 점점 더 그를 압박해 왔다. 그는 순간 순간 까쩨리나에게 더 이상 듣고 싶지 않다고 말하고 싶었고, 그녀의 발 아래 꿇어앉아, 이전의 사랑의 아픔을 되돌려 달라고 호소하고 싶었으며, 희미하긴 하지만 예전의 순수한 갈망을 눈물로 호소하고 싶었다. 그러나 그는 이미 오래전에 말라 버린 눈물을 아쉬워할 뿐, 아무것도 할 수 없었다. 그의 마음은 무겁게 죄어 들었고, 피는 힘없이 흘렀으며, 그의 상처받은 영혼에는 이미 눈물이 말라 버렸다. 그는 까쩨리나가 무슨 말을 하는지 이해하지 못했고, 그의 사랑이 두려움에 떨고 있는 이 가련한 여인의 마음을 놀라게 했다는 것도 알지 못했다. 그는 이 순간에 자신의 마음속에서 자신을 괴롭히는 갈망을 저주했다. 그는 그녀가 자신을 목 조르고, 녹초가 되게 만들었고, 혈관 속에 흐르는 것은 자신의 피가 아니라, 불에 녹은 납이라고 느꼈다.

까쩨리나가 갑자기 고개를 들며 말했다. 「오, 그러나 나의 고통이 이것 때문에 시작된 것은 아니에요. 내가 지금 얘기한 것 때문에 고통스러워하는 것은 아니에요.」 그녀가 구리 그릇이 구르는 듯한 목소리로 계속해서 말했다. 그러다가 그녀는 갑작스러운 어떤 감정에 사로잡히게 되었고, 그녀 안에 감춰져 있는, 도저히 출구를 찾을 길 없는 눈물이 그녀의 영혼을 갈가리 찢는 것 같았다. 「나의 고통, 나의 슬픔은 그 때문이 아니에요. 어머니가 다 뭐예요. 이 세상에 단 한 사람의 어머니가 존재했다고는 하지만, 그것이 다 나와 무슨 상관이에요. 그녀가 고통스러워했고, 죽음의 순간에 나를 저주했다는 것이 모두 나와 무슨 상관이 있겠어요. 예전의 나의 행복했던 시간들, 예전의 포근하고 따뜻했던 나의 방, 소녀 시절의 자유로움, 그런 것들이 다 무슨 상관이에요. 내가 자신의 영혼을 악마 같은 살인자에게 팔았든 말았든, 한순간의 행복을 위해 영원히 씻을 수 없는 죄를 지었다는 것이 다 무슨 상관이 있겠어요. 이 때문에 내가 파멸했다고 해도, 이 모든 것이 지금 나의 고통의 이유는 아니에요. 내가 고통스러워하고 애통해 하는 것은, 지금 내가 굴욕스러운 그의 노예라는 것 때문이고, 이런 나의 굴욕과 수치심을 부끄러워할 줄 모르고, 오히려 내가 그것을 은근히 즐기고 있다는 것 때문이에요. 나의 탐욕스러운 마음속에는 왠지 그런 아픔이 기쁨으로, 또 행복으로 여겨진다는 것, 바로 여기에, 그러니까 자신의 치욕에 대해 분노할 줄 모르고, 그것에 대항할 힘도 없다는 것이 지금, 내가 당하는 고통이에요……」

이 가련한 여인은 가슴이 답답해 오는지, 갑자기 경련을 일으키고, 발작적인 히스테리를 일으키며 말을 중단했다. 간헐적으로 끊어질 듯한 그녀의 호흡은 그녀의 두 입술 사이에서 뜨겁게 내뿜어졌고, 그녀의 가슴은 흥분으로 들썩거렸으며, 눈동자는 알 수 없는 분노로 빛을 발했다. 그러나, 이 순간 그녀의 얼굴은 한없이 매혹적인 황금빛으로 빛나고 있었고, 격렬한 감정의 파도가 일어, 비할 데 없이 아름다운 모습이 되었다. 그녀의 얼굴선 하나 하나, 모든 힘줄 하나하나가 환하게 빛나자, 단번에 오르디노프의 마음은 모든 어두운 생각에서 벗어났고, 아릿한 슬픔만이 잔잔히 전해져 왔다. 그의 심장은 그녀의 심장 가까이서 파열할 듯이 뛰고 있었고, 광적인 흥분에 휩싸인 그는 그녀의 가슴속에서 모든 것을 잊고 싶다는 생각뿐이었다. 그녀의 폭풍 같은 맥박에 장단을 맞춰 그녀와 함께, 폭발할 것 같은 격렬한 감정을 같이 느끼며 함께 죽는다 해도 두렵지 않다는 생각을 했다. 까쩨리나는 오르디노프의 흐릿한 눈동자와 마주치자 미소를 지었다. 그러자 오르디노프의 가슴은 두 배 세 배 더욱더 정열의 불길에 휩싸이는 것만 같았다. 그는 거의 정신을 잃고 있었다.

「나를 가련하게 생각해 줘요. 나를 불쌍히 여겨 줘요.」그는 그녀의 눈을 열정적으로 바라보며, 둘의 숨소리가 하나가 될 정도로 그녀의 어깨를 꼭 붙들어 자기 쪽으로 가까이 끌어당기며, 떨리는 목소리로 간신히 속삭였다. 「당신은 지금, 나를 죽음으로 몰아가고 있어요. 당신의 고통을 나는 알 수 없지만, 나의 영혼은 완전히 혼란에 빠졌어요……. 당신의 마음이 무엇 때문에 눈물에 젖어 있는지, 생각할 여유가 지금 나에겐 없어요. 당신이 원하는 것이 뭔지 말해 줘요……. 내가 할 수 있는 일이라면, 무엇이든 해주겠소. 나와 함께 도망가요. 나와 함께 가줘요. 이렇게 나를 고통 속에 죽어 가도록 내버려 두지 말아요. 나를 죽이려 하지 말아요!」까쩨리나는 꼼짝도 하지 않고, 그를 쳐다보았다. 그녀의 뜨거운 뺨 위에서 눈물이 말라 가고 있었다. 그녀는 그의 말을 중단시키려 했고, 그의 손을 잡으며 뭔가 말을 하려는 듯했지만, 무슨 말을 해야 할지 얼른 생각이 나지 않는 것 같았다. 그녀의 얼굴엔 어떤 비웃음 같은 것이 스쳐 지나갔다. 「내가 하고 싶은 말은 아직 끝나지 않았어요.」그녀가 드디어 또박또박한 목소리로 말을 꺼냈다. 「할 말이 조금 더 남아 있어요. 꼭 들어 줘요, 제발 들어 줘요, 네? 누이의 말을 들어 줘요. 누이의 가혹한 고통을 당신은 아직 모두 알지 못해요. 내가 어떻게 그 사람과 1년을 살아왔는지…… 그리고 앞으로도 그렇겠지만…… 그와 같이 지낸 지, 1년이 지났어요. 그런 어느 날, 그는 동료들과 함께 배를 타고 떠났어요. 나는 그의 어머니라는 노파와 함께 매일 선창가에서 그를 기다리며 살아가고 있었지요. 그를 기다렸어요. 한 달, 두 달…… 그러다가 어느 날, 교외에서 젊은 상인을 만나게 되었어요. 그를 보자 지나간 행복했던 어린 시절이 떠올랐어요. 〈사랑하는 이여, 내 누이여!〉라고 나를 부르며, 그는 나와 한두 마디를 나누고는 〈나는 알료샤예요. 어른들이 우리의 혼약을 약속했던, 미래의 운명의 약혼자예요. 나를 잊어버렸군요. 기억해 봐요, 나는 당신이 살고 있던……〉 하고 말하는 것이었어요. 〈그런데, 지금 그곳에서는 나에 대해 무슨 말들을 하던가요?〉 하고 내가 물었죠. 〈소문에 듣기로는, 당신이 부정한 일을 저질렀다는 거예요. 처녀의 부끄러움도 모르고, 건달을 따라서, 영혼을 파괴한 사람을 따라서 함께 도망갔다고 말하더군요.〉 알료샤가 웃으면서 이렇게 말했어요. 〈그래서 당신은 어떻게 말했죠?〉 하고 내가 물었죠. 그는 당혹해 하며 말했어요. 〈나는 여기로 와서, 많은 이야기를 하고 싶었어요. 정말 많은 얘기를 하고 싶었는데, 이렇게 당신을 보자 내 영혼은 그만 마비되어 버렸어요. 당신이 날 파멸시킨 거요!〉 그리고 그는 이렇게 말했어요. 〈나를 사줘요, 나의 영혼을 가져가요. 나의 사랑을 비웃어도, 나의 마음을 비웃어도 좋아요. 오오, 나의 아름다운 소녀여, 나는 지금 천애의 고아가 된 기분이에요. 나는 나의 주인이고, 나의 영혼도 나의 것이에요. 자신의 기억을 소멸시키는 다른 사람들과 달리 나는 누구에게도 내 마음을 판 적이 없었어요. 마음은 팔 수 있는 것이 아니오. 난 그냥 당신께 내 마음을 주겠어요. 그래요, 마음은 이렇게 쉽게 손에 넣을 수 있는 거예요!〉 나는 웃음을 터뜨렸어요. 그는 이 말을 한두 번 반복한 것이 아니었어요. 한 달 내내, 시골의 대저택에서 살면서 자기가 팔려던 물건들도 다 버리고, 자기 동료들도 다 돌려보내고, 완전히 혼자 남았어요. 홀로 된 그의 눈물이 가련하게 느껴졌어요. 한번은 아침에 그를 만나 그에게 이렇게 말했어요. 〈알료샤, 어둠이 깔리기 시작하면, 선창가 밑에서 나를 기다려요. 당신과 함께 당신이 사는 곳으로 가겠어요. 이런 고통스러운 삶이 이젠 지겨워졌어요!〉 저녁이 되자, 나는 짐을 꾸렸어요. 내 마음은 두근두근 뛰고 있었고 울고 있었어요. 그런데, 이때 느닷없이 소식이 끊겼던 그 사람이 돌아왔어요. 그는 나를 보고 이렇게 말했어요. 〈잘 있었나. 자, 가자고. 강에 파도가 드세지는 것 같아. 그렇다고 시간이 우릴 기다려 주지는 않으니까, 가야지.〉 나는 아무 말도 못하고, 그의 뒤를 따라갔어요. 강이 있는 곳까지 왔어요. 그의 동료들이 있는 곳까지 오랜 시간 동안 배를 타고 가야 한다고 했어요. 그런데, 그때 누군가를 기다리고 있는 모습으로 어떤 사람이 배에 앉아 노를 젓고 있었어요. 낯익은 사람이 보였어요. 그러자 주인이 그에게 말했죠. 〈여어, 잘 지냈나? 알료샤, 하느님의 가호가 있길! 어때? 선창가에 늦게 도착해서 자기 배로 서둘러 돌아가려는 참인가 보지? 그럼, 마음씨 착한 이 사람아, 나하고 우리 집사람을 우리가 가는 데까지 데려다 주지 않겠나? 내 배를 놓쳐 버렸지 뭔가? 헤엄쳐 갈 수도 없으니, 어떡하겠나?〉 하고 말하자, 알료샤가 말했어요. 〈앉으세요.〉 이렇게 말하는 그의 목소리를 듣자, 내 가슴은 완전히 오므라드는 것 같았어요. 〈앉으세요, 여주인 마님과 함께 말이에요. 바람이 좀 불긴 하지만, 당신들을 위한 자리는 있어요.〉 우리는 그 배를 탔어요. 밤은 칠흑처럼 어두웠고, 별들도 자취를 감췄어요. 그때 바람이 일기 시작했고, 파도가 치기 시작했어요. 우리가 강기슭에서 1베르스따쯤 떨어진 곳까지 왔을 때였어요. 우리 세 사람은 말없이 앉아 있었지요.

〈폭풍우다!〉 그 사람이 말했어요. 〈이 폭풍우는 별로 좋은 징조가 아니야. 나는 이 세상에 태어나서 지금껏 강에서 이런 폭풍우가 치는 것은 처음 봤어. 우리 배로는 힘들겠는걸, 세 사람을 감당하기는 힘들 것 같아〉 하고 주인이 말했어요. 〈그렇겠군요〉 하고 알료샤가 말했어요. 〈우리 세 사람 중에서 한 사람이 빠져야겠어요.〉 그렇게 말하는 알료샤의 목소리는 마치 현악기의 현처럼 떨리고 있었어요. 〈그러면, 알료샤, 어떻게 하겠나? 나는 자네를 어렸을 때부터 잘 알고 있었지. 그리고 자네 아버지와는 의형제처럼 지냈고, 빵과 소금까지 함께 나눠 먹은 사이야. 자 어때? 배에서 내려 강까지 헤엄쳐 갈 수 있겠나? 아니면, 자신의 영혼을 파멸시킬 참인가?〉 하고 우리 주인이 말했어요. 〈난 도저히 그곳까지 헤엄쳐서 갈 수 없어요. 당신이야말로 선한 사람이지요. 상황에 따라선 무슨 위험한 일이 일어날지 몰라요. 당신은 이따금 물을 먹어야만 할 때가 있잖아요. 당신이 강까지 헤엄쳐 가는 것이 어떻겠어요? 네?〉 하고 알료샤가 말했어요. 〈아마 강까지 못 가서 나는 죽을 거예요. 험한 강을 헤엄쳐 갈 수 없을 거예요. 까쩨리나, 이번엔 당신이 얘기 좀 해봐요, 그 무엇으로도 바꿀 수 없는 소중한 그대여, 당신은 언젠가 오늘 같은 밤을 기억하고 있겠죠? 그날은 물결이 잔잔했고, 별이 빛났고, 달도 고요히 빛나고 있었죠……. 나는 그저, 당신이 기억하고 있는지, 물어보고 싶었을 뿐이에요……〉 하고 알료샤가 말했어요. 〈기억하고 있어요〉라고 내가 말했죠. 〈그러면 그때 한 약속도 기억하고 있겠죠. 한 젊은이가 한 아름다운 여인에게 했던 이야기 말이에요. 싫어하는 남자를 버리고, 자신의 자유를 되찾는 방법을 가르쳐 준 것도 잊지 않았겠죠?〉 하고 계속해서 말했어요. 〈그래요. 잊어버리지 않았어요.〉 나는 이렇게 말하고 있었지만, 나는 내가 죽었는지, 살아 있는지, 분간할 수 없는 지경이었지요. 〈잊어버리지 않았다고요? 그러면, 지금 이 배는 우리 세 사람을 감당하기엔 힘들어요. 이제 시간이 되었어요. 말해 봐요. 오오, 내 사랑하는 여인이여, 나의 비둘기여, 말해 줘요. 비둘기 같은 다정한 목소리로 우리에게 속삭여 줘요……〉 하고 그가 말했어요.」

「전, 그때 한 마디도 할 수 없었어요.」 까쩨리나가 속삭였다. 하얗게 질려서 까쩨리나는 말을 마치지도 못했다.

「까쩨리나!」 그때, 공허하고 목쉰 소리가 들려왔다.

오르디노프는 부르르 몸을 떨었다. 문 앞에 무린이 서 있었다. 그는 모피 이불을 간신히 두르고 죽은 사람처럼 창백한 얼굴로 그들을 멍하니 쳐다보고 있었다. 까쩨리나는 점점 더 새파랗게 얼굴색이 변했고, 옴짝달싹도 못한 채, 마술에 걸린 사람처럼 그를 쳐다보았다. 「이리 와, 까쩨리나.」 노인이 들릴락 말락한 목소리로 속삭이고는 방에서 나갔다. 까쩨리나는 아직 노인이 자기 앞에 서 있기라도 한 듯, 옴짝달싹도 못한 채 허공을 바라보았다. 그러다 갑자기 그녀의 창백한 얼굴로 피가 솟구쳐 오르는 듯하더니, 천천히 침대에서 일어났다. 그때, 오르디노프의 머릿속에는 그녀를 처음 만났던 때가 떠올랐다.

이상하게 미소를 지으며 그녀가 말했다. 「그럼 내일 봐요. 가련한 사람! 내일 봐요. 내가 어디까지 얘기했는지, 기억해 둬요. 〈두 사람 중에서 누구를 사랑하는지 선택해요. 아름다운 여인이여!〉 이 부분을 기억하세요. 내일 밤까지 기다릴 수 있겠어요?」 이렇게 말하고 그녀는 그의 어깨에 팔을 얹고 부드럽게 그를 바라보며 재차 말했다.

「까쩨리나! 가지 말아요. 자신을 파멸시키지 말아요. 그 사람은 미친 사람이에요.」 오르디노프가 속삭이며 그녀에게 말했다.

「까쩨리나!」 그의 목소리가 현관 뒤에서 다시 울려 퍼졌다.

「왜 그러세요? 베어 죽이기라도 할까 봐 그러세요? 겁내지 말아요.」 그녀가 웃으면서 말했다. 「좋은 밤 되세요. 나의 사랑스러운 사람! 내 뜨거운 비둘기여! 나의 오라비여.」 그녀는 그의 머리를 자신의 가슴에 품으며 부드럽게 말했다. 그때, 갑자기 그녀의 눈에 눈물이 어른거렸다. 「이것이 마지막 눈물이에요. 아픔일랑 잊어버려요. 나의 사랑하는 사람, 내일 아침엔 즐거워질 거예요.」 그녀는 그에게 열렬히 입을 맞추었다.

「까쩨리나, 까쩨리나!」 오르디노프는 그녀의 팔 아래 몸을 던지고, 그녀를 붙잡으려 애쓰면서 속삭였다. 「까쩨리나!」

그녀는 그에게 머리를 한번 끄덕해 보이고는 웃으며 돌아서서 방을 나갔다. 오르디노프는 그녀가 무린의 방으로 들어가는 소리를 들었다. 그는 숨을 죽이고 귀를 기울이기 시작했다. 그러나 아무 소리도 들리지 않았다. 노인이 입을 다물고 있는 것인지, 아니면 다시 정신을 잃은 것인지 알 수 없었다. 그는 그녀가 있는 그곳으로 가려 했지만, 발에 힘을 잃고 그대로 넘어졌다. 그는 온몸의 힘을 잃고 침대 위로 털썩 주저앉았다······.

2

정신을 차렸을 때, 그는 한참 동안이나 시간을 짐작할 수 없었다. 새벽녘인지 저녁 무렵인지 알 수 없었다. 방 안은 아직 캄캄했다. 그는 몇 시간을 잤는지 알 수 없었지만, 몸이 아픈 상태에서 계속 자고 있었다는 것을 느꼈다. 그는 정신을 가다듬고, 꿈을 쓸어 내기라도 하듯, 아니면 밤에 보았던 환상을 쓸어 내리기라도 하듯, 손으로 얼굴을 쓸어 내렸다. 그러나 그가 바닥에 내려서려고 했을 때, 그는 자신의 온몸이 완전히 지쳐 있고, 모든 기관이 그의 의지대로 움직여 주지 않는다는 것을 알았다. 머리가 아프고 현기증이 일었다. 온몸이 덜덜 떨려 오고 열에 들뜬 것 같았다. 이렇게 의식이 들자 지난밤의 기억이 되살아났고, 지난밤에 있었던 모든 일을 기억해 낸 순간, 그는 심장이 뭉클해져 오는 것을 느꼈다. 어제 일을 생각하면 할수록 그의 심장은 더 세게 뛰기 시작했다. 또한 까쩨리나가 방을 나간 지는 하루가 지난 것이 아니고, 그다지 오랜 시간이 지난 것도 아니며, 단지 일 분밖에 지나지 않은 것처럼, 모든 것이 생생하고 신선하게 느껴졌다. 그는 자신의 눈이 아직 눈물에 젖어 있는 것처럼 느낄 정도였다. 아니면 새로운 눈물이 뜨거운 그의 영혼으로부터 솟아올라, 이렇게 흘러내리는 것이었을까. 이상한 일이었다. 그는 자신의 고통이 달콤하게 느껴졌다. 그는 심혈을 기울여 그것이 무엇 때문인지 알아내려 했지만 소용없었다. 그는 죽음이 가까이 있다는 것을 느꼈다. 언젠가 그는 반가운 손님이라도 맞이하듯 죽음을 기다리던 때도 있었다. 극도로 긴장한 지금의 현실로 인해, 금방 그의 삶이 중지되고 완전히 파괴되어 한순간에 사라져 버릴 것 같았고, 영원히 꺼져 버릴 것 같았다. 그토록 그의 감정은 긴장되어 있었고, 그러면 그럴수록 그의 열정은 새롭게 끓어올라 그의 영혼을 다시 환희의 감격으로 가득 채우는 것이었다. 이런 순간마다 그의 고통과 떨리는 심장에 응답이라도 하듯, 귀에 익은 목소리가 들려왔다. 이것은 가슴속에서 울려 오는 음악 같았고, 어떤 인간이든 자신의 삶에 대해 기뻐하고 고요한 행복의 순간이면 알 수 있는 내밀하고 은방울 같은 소리였다. 그것은 바로 까쩨리나의 목소리였다. 마치 그의 머리맡에서 울려 오는 것처럼 가까운 곳에서 노랫소리가 들려오기 시작했다. 처음에는 나직하고 구슬프게 들려왔다. 그 소리는 높이 올라갔다가 다시 나직하게 내려오곤 했다. 그 소리는 어떤 채울 길 없는 억압된 소망과 견딜 수 없는 고통스러운 마음을 따뜻하게 녹여 주는 소리처럼 들렸고, 불길 같은 자신의 고통을 다정하게 위로하며 안으로 스며드는 듯한 소리였다. 그러다가 다시 꾀꼬리처럼 떨리는 소리가 들려왔다. 그 소리는 참을 수 없는 열정으로 전율하고 불타오르면서 환희의 바다로, 강열한 바다로, 첫눈에 사랑에 사로잡힌 끝없는 소리의 바다로 퍼져갔다. 오르디노프는 노랫말을 알아들을 수 있었다. 그 노랫

말은 솔직하고 평온하며 순수하고 밝은 감정을 노래한 것으로, 단순하고 아주 오래전에 만들어진, 가슴을 잔잔하게 적시는 그런 내용이었다. 그러나 그는 그것을 잊어버렸고, 단지 하나의 소리만 들을 수 있게 되었다. 그 소리는 단순하고 소박한 노랫말의 보물 창고를 지나서 그에게는 새로운 다른 노래가 되어 들려왔다. 그 노래는 그의 가슴을 꽉 채운 갈망이 되어 울려 퍼지고, 그녀의 존재에 대한 그의 인식을 생생하게 들려주고, 그의 열렬한 갈망의 비밀스럽고 소중한 계곡으로 퍼져 가는, 그의 마음의 반향을 들려주는 것이었다. 그러다가 어느 순간 빠져나갈 길 없이 서성이다가, 자신의 심장의 열정 속으로 깊이 빠져 들어가는 듯한 마지막 신음소리가 들려오는가 싶더니, 드디어 사슬을 끊고, 빛나고 자유로운 몸이 되어 거칠 것 없는 끝없는 사랑의 바다를 향해 날아가는 듯한 영혼의 기쁨의 소리가 들려오는 것 같았다. 또, 어느 땐 자신의 얼굴 위에 나타난 홍조를 부끄러워하며, 번개와 눈물과 비밀스럽고 겁먹은 듯한 소곤거림으로 자신의 최초의 사랑의 맹세를 언약하는 듯한 사랑에 빠진 여인의 목소리가 들려오는 것 같았다. 그런가 하면, 수치도 모르고 감출 줄도 모른 채, 술에 취한 눈으로 자신의 주변을 둘러보며, 깔깔대는 웃음을 던지며 자신만만하게 자신의 힘을 뻐기는 음탕한 여자의 욕망 같은 소리가…….

오르디노프는 그 노래가 끝나기까지 참지 못하고, 침대에서 일어났다. 그때 노랫소리가 멈췄다.

까쩨리나의 목소리가 들려왔다. 「아침도 낮도 벌써 다 지나갔어요. 나의 사랑하는 이여! 벌써 저녁이에요. 이제 그만 일어나세요. 우리에게 와서 함께 즐거운 시간을 보내도록 해요. 나와 주인이 당신을 기다리고 있어요. 사람들은 모두 선량하고 당신이 원하는 대로 순종하는 사람들이죠. 만약, 아직도 당신의 마음에 미움이 남아 있다면 사랑으로 증오를 물리치세요. 다정한 말을 해주세요.」

오르디노프는 자신이 주인의 방으로 들어가고 있다는 것도 의식하지 못한 채, 처음 그녀의 목소리가 들려왔을 때, 이미 방을 나오고 있었다. 그는 문을 열어 주는 까쩨리나의 낯선 얼굴과 마주쳤다. 그녀의 얼굴엔 그가 이제껏 한 번도 본 적이 없는, 태양처럼 환하게 빛나는 황금빛 미소가 어려 있었다. 이 순간 그는 그녀 외에는 아무것도 볼 수 없었고, 아무것도 들을 수 없었다. 그의 온 삶이, 그의 모든 기쁨이 그의 가슴속에서 하나의 덩어리가 되어 녹아 드는가 싶더니, 순간적으로 까쩨리나의 빛나는 형상과 하나가 되어 흘렀다.

그녀가 그에게 손을 내밀며 말했다. 「벌써 저녁 노을이 두 번이나 졌어요. 우리가 헤어진 지, 벌써 이틀 밤이나 지났어요. 창밖을 보세요. 저녁 노을이 마치 아름다운 소녀의 영혼 같지 않아요?」 그녀가 웃으면서 말했다. 「첫날밤의 노을은 외로운 아가씨의 가슴속에 최초로 사랑이 싹터 부끄러움으로 얼굴이 빨개지는 듯한 색깔이었고, 다음날의 노을은 아름다운 여인이 자신의 소녀 때의 부끄러움을 잊고 사랑의 불길에 맹렬하게 타오르는 듯한 노을이었어요. 들어와요. 들어와요. 착한 사람! 왜, 그렇게 문턱에 서 있어요. 이렇게 당신이 들어오기를 간청하고 있잖아요.」

음악처럼 낭랑한 웃음을 지으며, 그녀는 오르디노프의 손을 잡아 방 안으로 이끌었다. 그는 겁이 났다. 한순간 타오르던 불길이 모두 타고 난 후처럼 그의 가슴은 온통 불처럼 타올랐다가 사그라지는 듯했다. 그는 당황하여 눈을 아래로 깔고 그녀를 바라보지 못하고 있었다. 그녀는 경이로울 만큼 아름다웠고, 그녀의 시선이 얼마나 뜨겁게 타오르는지, 도저히 그녀를 바라볼 수 없을 정도였다. 그는 아직까지 한 번도 그런 그녀의 모습을 본 적이 없었다. 최초로 그녀의 얼굴에서 웃음과 즐거움이 만발했고, 그녀의 검은 눈썹 아래로 흐르던 눈물은 완전히 사라졌다. 그녀의 손 안에서 그의 손이 전율했다. 그가 만약 눈을 들어 그녀를 보았다면, 당황하고 고통으로 일그러진 자신의 얼굴을 빛나는 눈과 환한 미소로 그녀가 바라보고 있다는 것을 발견했을 것이다.

그녀도 이제야 정신을 차린 듯 이렇게 말했다.「영감님, 일어나시죠. 손님에게 환영의 말을 해줘요. 나의 친오빠가 손님으로 왔잖아요. 일어나요. 이런 불손한 영감님 같으니라고, 일어나요. 그리고 인사를 해요. 손님의 흰 손을 잡고 의자로 안내해요.」

오르디노프는 이제야 정신이 들어 눈을 들었다. 그는 그제서야 무린에 대해 생각했다. 노인은 죽음 앞에서 고통으로 일그러져 가는 듯한 눈으로 오르디노프를 뚫어져라 쳐다보고 있었다. 그는 고통과 분노로 일그러진 검은 눈썹 밑에서 빛나던 이 노인의 마지막 시선을 기억해 내고는 고통스러움을 느꼈다. 현기증이 일었다. 그는 주변을 빙 둘러보고, 그제서야 모든 것을 분명하고 똑똑히 깨닫게 되었다. 무린은 아직 침대 위에 누워 있었고, 아침 내내 입고 돌아다닌 것 같은 옷을 그대로 입고 있었다. 목에는 예전과 같이 붉은 스카프를 매고, 구두를 신고 있었다. 이제는 병이 다 나은 것처럼 보였지만 다만 아직 얼굴이 창백하고 누르스름한 빛을 띠고 있을 뿐이었다. 까쩨리나는 침대 옆에 있는 책상 위에 손을 짚고 서서 주의 깊게 그 두 사람을 바라보고 있었다. 그러나 반가운 미소는 그녀의 얼굴에 남아 있었다. 모든 것이 그녀의 손짓 하나로 이루어지는 것 같았다.

침대에서 일어나 앉으며 무린이 말했다. 「그래, 당신이군요? 셋방에 사는 사람이군요. 당신에게 용서를 구하고 싶소. 나 자신도 모르는 사이에 당신에게 죄를 짓고, 큰 잘못을 저질렀소. 얼마 전에 총을 들고 미친 짓을 하지 않았었소? 누가 알겠소. 당신에게도 간질병이 생길지 말이오. 나는 자주 그런 일을 당한답니다.」 그는 눈썹을 찡그리고, 오르디노프에게서 시선을 거두며 허약하고 병든 목소리로 덧붙였다. 「불행이란 문을 두드리는 법 없이, 도둑처럼 스며들어 오지요. 나는 칼로 그녀의 가슴을 찌를 뻔하지 않았겠소.」 까쩨리나 쪽으로 고개를 돌리며 말했다. 「나는 병자예요. 발작이 일어나곤 해요. 자, 이제 됐어요. 앉으시오. 우리 손님이 되어 주시오.」

오르디노프는 아직 그를 바라보고 있었다.

「앉아요. 앉아.」 노인이 그를 재촉하며 소리를 질렀다. 「그녀가 원한다면 앉아요. 당신들은 의남매를 맺지 않았소. 마치 애인들처럼 사랑하게 되지 않았느냔 말이오.」

오르디노프가 자리에 앉았다.

「자, 당신의 여동생이 얼마나 대단한지 보세요.」 노인은 가지런하고 온전한 자신의 하얀 이를 드러내어 웃으면서 계속해서 말했다. 「사이좋게 지내도록 하세요. 당신의 여동생이 마음에 드나요? 대답해요! 그녀의 뺨이 활활 타오르는 것을 좀 보세요. 온 세상에 이 미인을 자랑할 만하지 않겠소? 그녀로 인해 당신의 마음이 고통받고 있다는 것을 보여 주시오.」

오르디노프는 눈썹을 찡그리며 노인을 노려보았다. 노인은 그의 시선에 몸을 한번 부르르 떨었다. 오르디노프의 가슴속에서 광기가 치밀었다. 그는 어떤 동물적인 본능으로 자신 곁에 가까이 있는 이 적의 죽음을 감지했다. 그 자신도 자신에게 무슨 일이 일어나고 있는지 의식하지 못했고 분별력을 잃었다.

그의 등 뒤에서 소리가 들렸다. 오르디노프가 뒤돌아보았다.「쳐다보지 말아요! 쳐다보지 말아요, 쳐다보지 말라고 했잖아요. 비록 악마가 교사한다 하더라도 자신이 사랑하는 여인을 가련하게 생각해야 해요.」까쩨리나가 갑자기 그의 뒤에 서서 그의 얼굴을 손으로 가리고 웃으며 말했다. 그러고는 손을 떼고, 이번에는 자기 얼굴을 손으로 감쌌다. 그러나 손가락 사이로 그녀의 빨간 얼굴이 보였다. 그녀는 빨갛게 달아오른 얼굴에서 손을 떼고, 그들의 웃음과 호기심 어린 시선을 명랑하게 아무렇지도 않다는 듯 바라보려고 애를 썼다. 그러나 그들은 모두 입을 다물고 그녀를 쳐다보았다. 오르디노프는 사랑의 흥분으로 인해, 이토록 아름다운 여인을 생전 처음으로 보는 듯 바라보고 있었고, 노인은 냉정하고 주의 깊게 바라보고 있었다. 노인의 얼굴엔 아무런 표정도 없었고, 입술만이 파랗게 떨리고 있을 뿐이었다.

까쩨리나는 탁자가 있는 곳으로 다가갔다. 이미 웃음을 거두고, 책이며, 종이며, 잉크병이며, 탁자 위에 놓여 있던 모든 것을 창틀로 옮겼다. 그녀는 다급히 숨을 쉬고 있었고, 중간중간 가슴이 답답한 듯 숨을 크게 쉬곤 했다. 그녀의 터질 것 같은 가슴은 해변의 파도처럼, 무겁게 오르내리고 있었다.

그녀는 눈을 내리뜨고 있었고, 날카로운 바늘 모양의 검은 눈썹만이 그녀의 얼굴 위에서 반짝이고 있었다.

「나의 여왕이시여!」 노인이 말했다.

「나의 군주여!」 온몸을 떨며 이번엔 오르디노프가 속삭였다. 그는 노인이 자신을 바라보고 있는 것을 느꼈다. 그 순간, 노인의 시선은 차갑게 경멸하는 눈빛이었고, 탐욕스럽고 악의에 가득 차 번개처럼 번쩍이고 있었다. 오르디노프는 자리에서 일어나려 했지만 어떤 보이지 않는 힘이 그의 발을 붙잡고 있는 것 같았다. 그는 다시 주저앉았다. 그는 때때로 이것이 현실에서 일어나고 있는 일인지를 확인하기 위해서 손을 꼭 쥐어 보곤 했다. 그는 악몽이 그를 목 조르고, 자신이 아직 중병 상태에서 꿈을 꾸며 누워 있는 듯한 느낌이 들었다. 그러나 이상한 일이었다. 그는 이 꿈에서 깨어나고 싶지 않았…….

까쩨리나는 낡은 탁상보를 치우고, 장농에서 화려한 비단과 황금실로 수를 놓은 아주 값비싼 탁상보를 꺼내어, 그것을 탁자 위에 새로 깔았다. 그리고 나서 그녀는 찬장에서 조상 대대로 물려받은 아주 오래된 순은으로 만들어진 탁상용 찬장을 꺼내, 탁자 중앙에 내려놓고, 은 술잔 세 개를 꺼낸 다음에 하나는 주인에게, 그리고 다른 하나는 오르디노프에게, 나머지 하나는 자신 앞에 놓았다. 그러고는 아주 의미심장하고 생각에 잠긴 듯한 시선으로 주인과 오르디노프를 바라보았다.

그녀가 말했다. 「우리들 중에서 누가 누구의 마음에 들고 안 들고 하는 거죠? 누가 누구의 마음에 들지 않는다면, 그는 내 마음에 드는 사람이에요. 그 사람과 함께 내 잔을 들어 술을 마시기로 하겠어요. 그런데, 나는 두 분 모두 사랑하니까 두 분과의 사랑과 우정을 위해서 마시기로 하겠어요!」

「그럽시다. 모든 나쁜 생각을 술로써 깨끗이 잊기로 합시다! 까쩨리나, 술을 따르도록 해요.」 노인이 의외의 목소리로 말했다.

「따를까요?」 까쩨리나가 오르디노프를 바라보며 물었다.

오르디노프는 묵묵히 자신의 잔을 내밀었다.

노인이 자신의 술잔을 높이 들며 말했다. 「잠깐만! 우리들 중, 각자에게 어떤 비밀이 있을 테고, 또 마음속에 생각하는 바가 있을 테니, 자, 자신이 생각하고 있는 소망이 이루어지기를 빌면서!」 그녀가 자기 주인을 향해서 말했다. 「그래요, 그럼, 이제 당신을 위해 술을 마시기로 하겠어요! 나를 향한 당신의 따뜻한 애정을 위해 마시기로 해요. 지나간 행복했던 시간을 위해 건배해요! 지나간 세월에 대하여, 그리고 행복과 사랑을 위해 진심으로 감사를 드리기로 해요. 만약 당신이 나에 대한 뜨거운 애정을 갖고 있다면 나의 술잔에 술을 따라 주세요!」

노인은 자신의 술잔에 새로 술을 따르고, 웃으면서 말했다. 「네 술은 독한 것이야, 오오, 내 비둘기여! 그대는 입술만 적시도록 하지!」

「그래요, 나는 한 모금만 마실게요. 당신은 잔을 다 비우도록 해요! 이봐요 영감님, 뭣 때문에 사람이 살겠어요. 그저 힘든 생각일랑 모두 잊어버려요. 힘들다는 생각 때문에 마음이 노여워지는 법이고, 생각은 슬픔에서 생겨나는 법이며, 생각은 고통을 부르는 법이죠. 행복하게 살려면 생각일랑 모두 잊어버려야 해요. 마셔요, 영감님, 자신의 생각일랑 모두 잊어버려요.」

「그렇게 말하는 걸 보니 아마도 너에겐 슬픔이 많았던 모양이구나. 만약 단번에 슬픔을 끝내고 싶다면, 오오 나의 하얀 비둘기야, 너와 함께 술을 마시기로 하자, 까쨔! 그런데, 나리, 당신에게도 슬픔이 있는지, 물어봐도 되겠소?」

「있었다면 있었죠.」 오르디노프는 까쩨리나에게서 눈을 떼지 않고 말했다.

「들었어요, 영감님? 나도 오랫동안 내 자신에 대해서 알지 못했어요. 하지만, 시간이 지나자 모든 것을 알게 되었죠. 지나간 모든 것은 목마른 영혼으로 되살아나게 되었죠.」

노인이 생각에 잠긴 듯 말했다. 「맞아, 만약 지나간 일에 집착하면, 마음이 괴로워지는 법이야. 지나간 모든 것은 마셔 버린 술과 같은 것이야. 지나간 행복이 무슨 소용이야, 떨어진 옷은 미련 없이 던져 버리는 거야.」

「새것이 필요한 법이죠.」 긴장된 목소리로 웃으면서 까쩨리나가 말을 이었다. 그때 깜박거리는 그녀의 눈썹 위로 금강석 같은 눈물이 고였다. 「말하자면 한순간으로 모든 삶을 살 수는 없는 법이죠. 소녀적 마음이 아직 가슴속에 생생히 살아 있다 해도 따라갈 수는 없죠. 내 말 알아들었어요, 영감님? 내가 당신의 술잔에 내 눈물을 담아 주었다는 것을 알고 있나요?」

「얼마나 커다란 행복이길래, 당신은 자신의 고통과 그것을 바꾸었죠?」 오르디노프가 말했다. 그의 목소리는 긴장하여 떨고 있었다.

「그렇다면 자네는 팔 수 있는 행복을 많이 가지고 있었다는 말이군! 청하지도 않았는데 그런 말을 하는 걸 보면 말이야.」 노인이 대답했다. 그러고는 악의에 가득 찬 시선으로 소리도 내지 않고 깔깔거리며 무례하게 오르디노프를 쳐다보았다. 그녀가 불만스럽고 심술 난 목소리로 말했다. 「팔 수 있는 만큼은 팔았다는 거죠. 한 사람에게는 많은 것처럼 느껴지고, 또 다른 사람한테는 적은 것처럼 느껴지는 법이죠. 한 사람은 항상 주고 싶어하고 받으려 하지 않는 반면, 다른 사람은 아무것도 약속하지 않는데도 그 사람에게 순종하고 싶을 때가 있는 법이죠. 그러니 사람을 비난하지 말아요.」 그녀는 오르디노프를 슬픈 듯이 바라보며 말했다. 「한 사람은 그런 사람이고, 다른 한 사람은 그런 사람이 아니에요. 무슨 이유로 어떤 사람이 마음에 끌리는지 아는 것 같군요, 영감님. 자신의 술잔에 술을 따르세요! 처음 당신과 만났을 때부터 그랬던 것처럼, 당신의 사랑하는 딸을 위해, 조용하고 순종하는 나의 행복을 위해 마셔요!」

「그렇게 하자! 네 잔에도 술을 따라라.」 노인이 포도주를 들며 말했다.

「잠깐만요, 영감님. 마시기 전에 한마디 하게 기다려요!」

까쩨리나는 팔꿈치를 탁자에 괴고 활활 타오르는 듯한 눈으로 노인을 바라보며 말했다. 어떤 이상한 결의가 그녀의 눈에 어리는 듯했다. 그러나 그녀의 모든 행동은 두서가 없었고, 그녀의 몸짓은 발작적이고 단속적인 것이었으며 빠르게 움직였다. 그녀는 불길 속에 휩싸인 듯 보였고, 모든 것이 이상하게 보였다. 그러나 그녀의 아름다움은 흥분과 활기와 함께 점점 더해 가는 것 같았다. 그녀는 두 줄의 하얗고 고른 치아를 보여 주며, 입술을 반쯤 열고 미소를 지어 보였고, 코를 높이 쳐들고 숨을 단속적으로 쉬고 있었다. 가슴이 두근

두근 뛰기 시작했다. 뒤통수로 세 번 땋아 늘인 머리가 왼쪽 귀 뒤로 자연스럽게 살짝 흘러내려, 뜨겁게 달아오른 그녀의 뺨을 감추고 있었다. 그녀의 관자놀이 부근에는 작은 땀방울들이 맺혀 있었다.

「영감님, 점을 봐줘요, 점을 봐줘요. 오오, 나의 가장 가까운 이여, 아직 정신이 멀쩡할 때, 점을 쳐줘요. 자, 여기, 내 하얀 손이 있어요. 우리들이 이유 없이 당신을 점쟁이라고 부른 건 아니었잖아요? 당신은 책을 읽고 요술에 대해선 모두 알고 있지 않던가요? 자, 점을 봐줘요, 사랑하는 영감님. 그리고 나의 미래를 다 이야기해 줘요. 하지만 거짓말을 해서는 안 돼요! 당신의 딸이 행복하게 살 것인지, 아니면 딸의 미래를 저주해서 딸의 길에 험한 행로를 불러들일 것인지, 다 말해 줘요. 내가 살 곳은 따스한 보금자리인가요? 아니면, 철새처럼 영원히 이곳저곳을 날아다니고 선한 사람들 사이를 오가며 잠자리를 청할 것인지 말해 줘요. 누가 나를 사랑하게 되고, 누가 나의 적이며, 누가 나의 불행을 원하는지, 말해 줘요. 이렇게 뜨겁고 젊디젊은 마음이 외로움에 영원히 고통당할 것인지, 아니면 내가 적당한 사람을 찾아 같이 장단을 맞추며 기쁨으로 살아갈 것인지, 말이에요, 새로운 슬픔이 닥칠 때까지 말이에요. 한번에 모든 것을 다 점쳐 줘요. 나를 사랑하는 용감한 매가 어느 하늘, 어느 바다, 어느 수풀에서 살아가고 있는지, 자기의 짝은 잘 지켜보고 있는지, 나를 찾을 때까지 잘 기다리고 있을 것인지, 그리고 나를 아주 열렬히 사랑할 것인지, 아니면 금세 나를 싫증 낼 것인지, 나에게 거짓말을 할 것인지, 아니면 거짓말을 안 할 것인지, 한 가지씩 모두 말해 줘요. 모든 것이 한꺼번에 일어날 것인지 아닌지, 마지막으로 나에게 점을 쳐줘요, 영감님. 우리들이 앞으로 오랫동안 함께 살아갈 것인지, 방구석에 마른 빵처럼 앉아 좋지 않은 책이나 읽고 있을 것인지, 언제 우리가 서로에게 공손히 인사하고 좋은 이별을 하게 될 것인지, 빵과 소금을 먹이고 먹여 주고 옛날 이야기를 들려준 것에 대해 감사할 것인지? 잘 보고 모든 것을 남김없이 거짓 없이 이야기해 줘요. 이젠 스스로 자신을 방어해야 할 날이 왔는지!」

그녀는 점점 더 생기를 되찾으며 마지막 말을 할 때까지 열에 들떠 말하다가 갑자기 무슨 폭풍우가 그녀의 심장을 파고든 듯, 흠칫 놀라 말을 중단했다. 그녀의 두 눈이 번뜩이고 윗입술이 살짝 떨리고 있었다. 그녀의 말 한 마디 한 마디에 악의에 찬 조롱이 어려 있고 숨어 있는 듯이 들렸지만, 울음 소리가 그녀의 낭랑한 웃음 속에 울리는 듯했다. 그녀는 탁자 너머에 있는 노인을 향해 머리를 숙였고, 온 신경을 곤두세워 집요하게 노인의 당황한 눈을 바라보았다. 오르디노프는 그녀가 말을 마쳤을 때 그녀의 가슴이 쿵쿵 뛰는 소리를 들었다. 그는 그녀를 바라보며 환희에 벅차 올라 비명을 지를 뻔했고, 의자에서 일어나려 했다. 그러나, 노인의 거칠고 재빠른 시선에 붙박인 듯 그 자리에 서 있었다. 그의 눈은 이상한 의혹을 품고 있는 듯 반짝이고 있었다. 그의 이런 시선은 오르디노프를 항상 소름 끼치게 했고 그의 신경을 곤두서게 하고 분노를 불러일으켰으며 무력한 증오심을 불러일으키곤 했다.

노인은 생각에 잠긴 듯한 얼굴로 이상하고 우울한 호기심을 나타내며 까쩨리나를 바라보았다. 그의 마음은 상처를 입은 듯했다. 그러나 까쩨리나의 말은 이미 엎질러진 물이었다. 그는 눈썹도 움직이지 않고, 그녀가 말을 끝마쳤을 때 그냥 웃을 뿐이었다.

「한꺼번에 많은 것을 알려고도 하는구나! 오오, 나의 작은 새도 날개가 다 자랐다고 날개를 퍼덕이는구나! 어서 나의 이 깊은 잔에 술을 채워라! 이별을 위하여 소중한 자유를 위하여 술을 마시자. 누군가의 검은 눈이, 아주 악한 눈이 나의 소망을 아주 망쳐 버리려고 하는구나, 악마가 더 강한 법이지. 죄를 짓는 게 이제 멀지 않았어!」

그는 자신의 잔을 들어 마셨다. 포도주를 마실수록 그는 더욱더 창백해졌다. 그의 눈은 불타는 석탄처럼 빨개졌다. 맹렬하게 타오르는 눈의 반짝임과 급사라도 당한 듯한 얼굴에 나타난 푸르죽죽함은 그가 금세라도 병으로 넘어질 것처럼 보였다. 포도주가 아주 독했는지, 한잔 한잔 마실 때마다 술기운이 돌아 금방이라도 쓰러질 것 같았다. 그녀는 그를 가슴 뭉클하게 하고 고통스럽게 했으며 이성을 혼란시켰다. 불안감을 느끼면 느낄수록 자신이 무엇을 어떻게 해야 할지 난감해졌다. 피가 점점 더 그의 핏줄을 따라 세차게 흐르는 듯했고, 이 이상한 주인들 사이에서 일어나는 일에 주의를 기울여 긴장하면 할수록 그는 꿈을 꾸기라도 하는 듯 멍해졌다.

노인이 은색 잔을 탁자에 쟁 하고 부딪쳤다.

그가 소리를 질렀다. 「까쩨리나! 부어라! 더 부어, 이런 악독한 딸년 같으니라고! 쓰러질 때까지 부어라! 늙은이를 편안하게 해주어야지……. 자, 더 부어, 어서, 오오, 아름다운 여인이여! 자, 같이 마셔 줘요. 그런데, 왜 안 마시지? 아니면, 내가 보지 못한 건가……?」

까쩨리나는 그에게 뭔가 이야기했지만, 그는 무슨 말인지 알아듣지 못했다. 노인은 그녀의 말이 채 끝나기도 전에 그녀의 손을 잡았다. 그의 심장은 답답해서 더 이상 견딜 수 없었다. 그의 얼굴이 창백해지고 눈이 흐릿해지더니 불길에 휩싸이는 것 같았다. 하얗게 질린 입술이 덜덜 떨렸다. 그는 환희에 떨고 있는 것처럼 잔뜩 흥분하고 격노한 이상한 목소리로 그녀에게 말했다.

「손을 이리 내봐, 오오, 아름다운 여인이여! 점을 쳐주지, 진실을 얘기해 주겠어. 나는 바로 마법사가 아니던가. 까쩨리나, 너는 잘 알고 있는 거야, 너의 황금 심장이 진실을 말했다는 것을 알고 있지. 그러나 한 가지 네가 모르는 것이 있어. 마법사인 내가 너에게 지혜와 이성을 가르칠 수는 없어. 소녀에게 있어서 이성은 무용지물이야. 모든 진실을 다 알고 있으면서도 전혀 몰랐던 것처럼, 마치 처음 듣는 것처럼 듣고 있구나! 가슴은 눈물로 흥건하다 해도, 그 머리에는 교활한 뱀이 들어앉아 있지! 내가 말해 주지 않아도 스스로 길을 찾아내고 말 거야. 불행 사이를 뱀처럼 살짝 기어 나갈 거야. 자신의 자유를 교활하게 얻어내고 말 거야. 지혜로 이해하는 곳에서나, 지혜로 이해하지 못하는 곳에서나, 아름다움으로 지혜를 흐리게 하고 검은 눈으로는 모든 이의 지혜를 술 취하게 하며 그 아름다움이 인간의 지혜를 파괴할 거야. 강철 같은 심장도 반쪽을 내고 말 거야! 비애를 담은 슬픔이 너에게 닥칠 거냐고? 인간의 슬픔이야, 고통스러운 법이지! 그러나 약한 심장에는 불행이 생기지 않는 법이야! 불행이란 강한 심장을 가진 사람에게나 생기는 법이야. 그들은 묵묵히 피를 끓이며 눈물을 흘릴 뿐, 선량한 사람들에게 달콤한 치욕으로 매달리지는 않는 법이야. 이 아가씨야, 너의 고통은 마치 모래 위에 남긴 흔적처럼 사라질 것이며, 비로 씻기듯 씻겨질 것이며, 태양 빛에 마르듯 마를 것이며, 폭풍 같은 바람이 가져가 버릴 거야. 모두 흔적 없이 쓸어 갈 거야. 더 이야기해 주지, 점을 쳐주겠어. 누군가가 너를 사랑하게 되면 너는 그의 노예가 될 거야. 자신이 자기의 자유를 묶고 저당물이 될 것이며, 다시는 자유롭게 될 수 없을 거야. 때가 되어도 싫증 내지 못하지. 네가 낟알을 심으면, 너의 그 살인자는 이삭까지 통째로 가져가게 될 거야. 나의 상냥한 아이, 나의 비둘기야, 나의 잔에 너의 진주 같은 눈물을 흘렸지. 그래, 눈물을 참지 못하고 수없이 흘렸지. 자신의 아름다운 말조차 잃었지. 그래, 고통의 비둘기처럼 자신의 눈물을 자랑하는구나. 그렇지, 눈물로 너의 그 천상의 이슬 방울로 우는 일이 이젠 없을 것이며 고통받지 않게 될 거야. 너의 진주 같은 눈물은 긴긴 밤, 폭풍우가 치는 밤에 흉악한 악마가 너를 위협하고, 무서운 생각에 네가 떨고 있을 때, 이중의 고통으로 너의 뜨거운 심장에, 다른 이가 피 어린 눈물을, 차가운 눈물을, 달궈진 납 같은 눈물을 흘리게 될 거야. 그리하여 그 피는 고통스러운 희뿌연 아침이 될 때까지, 너의 가슴을 활활 태우고 말 거야. 그리고, 음산한 낮이 되면, 너의 침대에서 괴로워하며 뒹굴고 피가 바삭바삭 말라 가면서, 다음날 아침이면 새로운 상처가 되어 너를 괴롭힐 거야! 까쩨리나, 자, 술을 더 부어라, 술을 부어, 오오, 나의 비둘기여. 네게 해준 현명한 충고에 보답하는 술을 따라라! 더 이상 무슨 할 말이 있겠느냐……」

그의 목소리가 점점 약해지며, 떨고 있었다.

그의 가슴은 금세 터져 버릴 것만 같았다……. 그는 포도주를 따라, 허겁지겁 비우고는 다시 술을 따랐다. 그러고는 또다시 잔으로 탁자를 툭 쳤다. 그의 흐릿하던 눈빛이 다시 맹렬하게 타올랐다.

그가 소리를 질렀다. 「오, 살아지는 대로 살게 내버려 두렴! 이미 지나간 것은 모두 사라지리라! 다시 술을 부어라, 술을 부어. 가득 찬 술잔을 가져와! 이 괴로운 머리가 어깨에서 잘려지도록, 모든 영혼이 목이 잘려 죽어 넘어지도록 술을 따라라. 이젠 아침을 보지 못하고 긴긴 밤 속으로 빠져 버리고 모든 기억이 다 사라지도록 말이야. 마셔 버린 술은 살아 버린 옛날과 같은 게지! 상인의 물건이 오래되어 못쓰게 되면, 공짜로 넘겨주게 되는 법이야! 그 상인이 자기가 원하는 대로 그 물건을 제 가격보다 싸게 팔지는 않는 법이야. 악마의 피가 흘렀고, 순결한 피도 흘렀을 것이며, 그 상인은 자신의 죽은 영혼을 덤으로 얹어 주었을지도 모르지! 자, 나에게 한 잔 더 따라라, 까쩨리나……!」

그러나 잔을 든 그의 손은 마비된 듯 움직이지 않았다. 그는 고통스럽게 숨을 몰아 쉬었고, 머리는 힘없이 축 늘어져 버렸다. 그는 마지막으로 흐릿한 눈길을 오르디노프에게 던졌으나, 그 눈길은 잠시 후 완전히 꺼져 버린 불빛처럼 변했고, 그의 눈꺼풀은 납처럼 무겁게 내려앉았다. 그의 얼굴은 시체처럼 창백하게 변했다. 그는 얼마 동안 무슨 말을 하려는 듯 입술을 달싹거리며 움직였다. 그러다가 갑자기 뜨겁고 굵은 눈물이 그의 눈썹에 매달리는가 싶더니, 그의 창백한 뺨을 따라 천천히 흘러내렸다. 오르디노프는 더 이상 자신을 억제할 수 없었다. 그는 간신히 일어나 약간 주춤거리며, 까쩨리나에게 다가가 그녀의 손을 잡았다. 그러나 그녀는 그를 전혀 의식하지 못하는 듯했고, 그를 전혀 기억하지 못하는 듯 그에게 눈길도 주지 않았다……

그녀는 거의 의식을 잃은 사람처럼 보였고, 어떤 하나의 생각에, 하나의 움직일 수 없는 상념에 완전히 사로잡힌 것 같았다. 그녀는 잠들어 있는 노인의 가슴 위로 쓰러져 하얀 팔로 그의 목을 얼싸안았다. 그녀는 그 노인에게 묶인 사람처럼, 그를 꼭 붙잡고 불같이 타오르는 눈으로 그를 바라보았다. 그녀는 오르디노프가 그녀의 팔을 잡는 것도 알지 못하는 것 같았다. 드디어, 그녀는 얼굴을 돌려 그를 바라보고 그제서야 겨우 그를 의식하게 되었으며, 고통에 일그러진 무겁고 놀란 듯한 웃음이 그녀의 입술 위에 떠올랐다.

그녀가 소곤거렸다. 「돌아가세요. 돌아가 주세요. 그것이 가장 간단한 일이에요. 당신은 술에 취했어요. 그리고 아주 나쁜 사람이에요! 당신은 우리 손님이 아니에요……!」 그런 다음 그녀는 다시 노인에게 돌아서서 그를 애달프게 바라보았다.

그녀는 그의 모든 호흡을 지켜 주기라도 하려는 듯, 그를 지켜보며 자신의 눈으로 그의 꿈을 위로해 주기라도 하려는 것 같았다. 그녀는 그의 가슴을 움켜잡고 울먹이며 질식하기라도 할까 봐 겁에 질려 있었다. 노인을 바라보는 그녀의 눈길엔 얼마나 애잔한 애정이 담겨 있었는지, 그 순간 오르디노프의 영혼은 견딜 수 없는 절망과 억누를 수 없는 광기, 그리고 불타는 증오심에 휩싸였다.

「까쩨리나! 까쩨리나!」 그는 그녀의 손을 꽉 잡으며 소리쳐 불렀다.

그녀의 얼굴엔 고통스러운 표정이 나타났다. 그녀는 다시 고개를 들었다. 그러고는 오르디노프가 몸을 지탱하기도 힘들 만큼, 경멸하는 듯한 비웃음을 머금고 그를 바라보았다. 그러고는 잠자는 노인을 향해 손짓을 해보였다. 그때, 그녀의 얼굴에는 세상의 모든 적의와 모든 비웃음이 담겨 있는 것 같았다. 그녀는 고통스럽고 차가운 시선으로 그를 다시 쳐다보았다.

「그래, 죽을까 봐 겁나나?」 오르디노프는 거의 정신을 잃고 중얼거렸다.

악마가 그의 귀에 대고 그렇게 속삭여 주기라도 한 것처럼, 그는 그녀의 마음을 알고 있었다……. 그의 마음은 까쩨리나의 그런 움직이지 않는 생각을 비웃고 있었다…….

「오오, 아름다운 이여, 당신을 사겠어. 만약, 당신이 나의 영혼을 원한다면, 상인에게서 당신을 사겠다는 말이오. 그가 죽을까 봐 겁내지 마오!」

까쩨리나의 얼굴에선 비웃음이 사라지지 않았다. 그녀의 비웃음은 오르디노프의 전 존재를 파괴시킬 것만 같았다. 그리고 그녀의 계속되는 비웃음은 오르디노프의 가슴을 반쪽으로 두 동강낼 것만 같았다. 그는 거의 정신을 잃고, 벽을 더듬어 못에 걸려 있는 노인의 값 비싸고 오래된 칼을 집어 들었다. 까쩨리나는 경악을 금치 못했다. 그녀의 눈에는 증오와 적의가 가득 차고 경멸의 빛이 역력히 어려 있었다. 오르디노프는 그녀를 바라보며 당황했다. 그는 누군가가 힘을 잃은 자신의 팔을 붙잡아 들어 올리는 것만 같았다. 그가 칼집에서 칼을 뺐다. 까쩨리나는 숨을 멈춘 듯 꼼짝 않고 그의 행동을 주시하고 있었다.

그는 노인을 쳐다보았다.

이 순간, 노인이 한쪽 눈을 천천히 뜨고, 오르디노프를 바라보며 비웃는 것만 같았다. 오르디노프는 잠시 동안 꼼짝 않고 그의 눈을 주시하고 있었다. 갑자기 노인의 얼굴에 웃음이 번지는 듯했고, 악마가 내는 듯한 살기등등한 깔깔거림이 온 방 안에 울려 퍼질 것만 같았다. 뱀 같은, 어떤 형체를 알 수 없는 악한 생각이 그의 머릿속에 떠올랐다. 그는 몸을 부르르 떨었다. 그의 손에서 칼이 떨어지며 소리를 내고 방 바닥으로 굴렀다. 이때, 까쩨리나는 오랜 망각과 긴 악몽에서, 두렵고 공포에 떨던 환영에서 막 깨어난 사람처럼 비명을 질렀다. 노인이 천천히 침대에서 일어나 증오가 담긴 표정을 짓고, 한쪽 발로 칼을 방구석으로 밀어 버렸다. 까쩨리나는 하얗게 질린 채, 꼼짝도 않고 죽은 듯이 서 있었다. 그녀는 눈을 감았다. 공허하고 견딜 수 없는 아픔이 순간적으로 그녀의 얼굴에 나타났다. 그녀는 영혼을 뒤흔드는 비명소리를 내며 손으로 얼굴을 감싸고, 숨이 다 끊어진 사람처럼 노인의 발 아래 쓰러졌다……

「알료샤, 알료샤!」 짓눌려 있던 그녀의 가슴에서 말이 터져 나왔다……

 노인은 힘센 팔로 그녀를 붙잡고, 자신의 가슴에 꼭 끌어안았다. 그녀가 노인의 가슴에 얼굴을 파묻었을 때, 노인의 얼굴 선 하나하나에는 너무나 노골적이고 파렴치한 웃음이 번져 갔고, 이 웃음에 오르디노프의 온몸은 공포에 사로잡혔다. 이 가련하고 갈기갈기 찢긴 심장을 엄습하는 기만과 타산, 그리고 냉정하고 질투심 어린 학대와 공포 — 바로 이러한 것들을 오르디노프는 더 이상 감추려고 하지 않는 파렴치한 노인의 웃음 속에서 깨달은 것이었다……

3

 어제 일어난 사건의 충격에서 아직 정신을 차리지도 못한 채, 창백한 얼굴로 불안에 떨고 있던 오르디노프가 야로슬라프 일리치를 방문한 것은, 다음날 아침 여덟 시경이었다. 그는 자기 자신도 왜 야로슬라프 일리치에게 왔는지 이해하지 못한 채, 그를 방문한 것이다. 안으로 들어서던 오르디노프는 그곳에 무린이 서 있는 것을 보고는, 어리둥절해서 문지방에 못 박힌 사람처럼 그대로 서 있었다. 노인의 얼굴은 오르디노프의 얼굴보다 더 창백했고, 오랜 병으로 인해 두 발은 간신히 몸을 지탱하고 있었다. 그러나 야로슬라프 일리치의 권유에도 불구하고 그는 앉으려 하지 않았다. 야로슬라프 일리치 역시 오르디노프를 보고 거의 비명을 지를 뻔했으나, 그 순간 모든 기쁨이 갑자기 사라지기라도 한 듯 황급히 책상에서 일어나, 그 근처에 있는 의자로 걸어가며 완전히 혼란에 휩싸여 버리고 말았다. 그는 무슨 말을 해야 할지, 무슨 일을 해야 할지 모른 채, 재수없게도 아주 곤란한 사건에 휘말리게 되었다는 생각에 불쾌했다. 그는 이런 긴박한 순간에 손님을 그대로 방치해 둔 채, 파이프에 담배를 피우고 있다는 사실이 예의에 벗어난다고 생각하긴 했지만, 어쩔 수 없이 자신의 긴 담뱃대를 찾아 들고(그 정도로 그는 아주 당황했다) 아주 힘겹게 몇 번이나 숨을 들이쉬며 담배 연기를 빨아들였다. 그때 오르디노프가 방 안으로 들어왔다. 그는 재빨리 무린을 향해 눈을 돌렸다. 오르디노프를 덜덜 떨게 하고 끝없이 분노를 일으키게 했던, 어제와 같은 악의에 가득 찬 미소가 노인의 얼굴 위에 스쳐 지나갔다. 또한 그는 그 순간 모든 적대적인 감정을 갑자기 감추고 부드러워졌으며, 그의 얼굴 표정에는 오만하고 꺼림칙한 표정이 나타났다. 그는 허리를 숙여, 자신의 집에 세 들어 사는 이 젊은이에게 인사를 했다. 이 장면을 보고 오르디노프는 갑자기 정신이 번쩍 들었다. 그는 일이 어떻게 된 것인지 살펴볼 생각으로 야로슬라프 일리치를 주의 깊게 바라보았다. 야로슬라프 일리치가 몸을 기우뚱거리며, 얼굴을 찌푸리자 얼굴에 주름살이 졌다.

그가 말을 꺼냈다. 「들어오게, 들어와. 들어오게. 존경하는 바실리 미하일로비치, 자네의 방문은 이 모든 일상적인 대상들에게 흔적을 남기는 것일세……」 방 한쪽을 가리키며 이렇게 말한 그는, 자신의 고상한 미사여구가 아무런 감흥도 자아내지 못하고, 시큰둥한 것에 잔뜩 당황해 하며 겹장미처럼 얼굴을 빨갛게 물들이고는 의자를 덜거덕거리며 방 한가운데로 옮겨 놓았다.

「내가 자네를 방해한 것 같군. 야로슬라프 일리치…… 나는 단지 잠깐만…….」

「천만에. 자네가 나를 방해하다니…… 바실리 미하일로비치, 그러나…… 허락해 준다면, 오오, 이런, 내 정신 좀 보게…… 내 생각으로는 차 한잔 정도는 괜찮으리라고 생각하는데…….」

무린은 거절하지 않는다는 의미로 머리를 까닥였다.

야로슬라프 일리치는 들어오는 시종을 향해 소리를 꽥 지르고, 가장 엄한 얼굴 표정을 지어 보이며, 차를 세 잔 더 가져오도록 주문했다. 그러고는 오르디노프 곁에 가서 앉았다. 그는 석고 인형 같은 머리를 무린에게 돌렸다가 다시 오르디노프에게 돌리고, 오르디노프에게 돌렸다가 다시 무린에게 돌리며, 몇 번씩이나 왼쪽 오른쪽으로 교대로 머리를 돌리고 있었다. 그는 그다지 기분좋은 입장은 아니었다. 그는 무슨 이야기를 하고 싶어하는 듯했지만, 최소한 신중을 기하려고 애쓰는 것 같았다. 그러나 이런 모든 노력에도 불구하고, 그는 무슨 말을 해야 할지 아직 결정을 내리지 못하고 있었다. 오르디노프 역시 어떻게 해야 할지, 전혀 감을 못 잡고 있었다. 그러다가 갑자기 둘 다 한꺼번에 말문을 열려고 하기도 했다. 무린은 입을 다문 채 호기심을 갖고 이 두 사람을 관찰하다가, 입을 일자로 열어 자신의 이를 전부 드러내 보였다.

「나는 어떤 일에 대해 설명을 하려고 자네에게 왔네.」 오르디노프가 갑자기 말을 꺼냈다.

「설명을 해보게나, 무슨 일인가?」

「아주 상스럽지 못한 일로 해서, 지금 있던 집에서 나오려고 하네. 그리고……」

야로슬라프 일리치가 오르디노프의 말을 갑자기 중단시켰다. 「고백하겠는데, 나는 오늘 아침, 존경하는 이 노인이 자네의 그러한 결정을 나에게 알려 주려고 왔을 때, 아주 깜짝 놀랐다네. 그런데……」

「이 사람이 자네에게 알려 줬다고?」 오르디노프가 무린을 바라보며 깜짝 놀라 물었다.

무린은 자기 수염을 한번 만지고는 살짝 웃었다.

「그렇다네.」 야로슬라프 일리치가 오르디노프의 말꼬리를 잡아챘다. 「게다가 내가 실수를 하는지도 모르지만, 자네를 위해 말을 하자면 정말이지, 나의 명예를 걸고 단언하는데, 이 노인은 단 한치의 오해도 하지 않고 있다는 것일세……」

이렇게 야로슬라프 일리치는 얼굴을 붉히며 간신히 흥분

을 가라앉히고 말했다. 무린은 주인과 이 손님이 당혹스러워 하는 것을 곱절로 즐기기라도 하는 듯 활짝 웃으며 한 발짝 앞으로 다가섰다.

그는 오르디노프에게 정중히 고개를 숙이고 말을 시작했다. 「내 말인즉슨, 이렇습니다. 존경하는 나리! 당신의 선량한 성품을 믿고 감히 한 말씀 드리고자 합니다. 그러니까 나리……. 잘 아시다시피, 나와 집사람은 말하자면, 온몸과 마음으로 당신이 우리 집에 온 것을 기뻐했습니다. 단지, 그 말씀을 드리지 못하고 있었을 뿐이지요……. 그러나 우리가 사는 살림살이가 어떤지는 스스로 잘 아실 겁니다. 신의 은덕으로 겨우 연명하고 있는 형편이지요. 그래서 우리가 기도를 드리는 것 아닙니까. 그런데, 보시다시피, 나에게 절망적인 고통이 닥쳐왔습니다.」 이렇게 말하고 나서 무린은 다시 소매로 자신의 수염을 쓱 문질렀다.

오르디노프는 어리둥절했다.

「그래요, 그렇다니까요. 내가 직접 그 사람에 대해서 말하지 않았던가요. 그녀는 병자예요……. 그러니까……. 프랑스 어로 말뢰르malheur³라는 말로서, 아이고, 죄송합니다. 프랑스 어로 말을 해보려고 했는데, 죄송합니다. 저는 프랑스 어를 제대로 알지 못합니다. 그러니까…….」

「그래서요…….」

「그래요, 그러니까…….」

오르디노프와 야로슬라프 일리치는 앉아 있는 의자에서 몸을 옆으로 살짝 돌리며, 터져 나오려는 웃음을 간신히 참

---

3 불행한 일이라는 뜻.

고, 서로 마주보며 머리를 약간 숙여 보였다. 이때 활달한 야로슬라프 일리치가 즉각 몸을 바로잡으며 말했다.

「그런데, 나는 말일세. 이 정직한 사람을 몇 번이고 자세히 조사를 했다네.」 그가 말을 시작했다. 「그러니까 이 사람의 말로는 그 여자의 병이……」

그러고는 야로슬라프 일리치가 얼굴에 나타나는 의혹을 감추고 신중을 기하려고 애쓰면서, 재빨리 질문을 던지는 눈빛으로 무린을 향해 서둘러 말했다.

「그러니까, 여주인이……」

세심한 야로슬라프 일리치는 자신의 말을 고집하지 않았다.

「여주인이, 그러니까, 자네의 옛 여주인이 보다시피, 환자로서…… 이 사람 말로는 그녀가 자네를 방해한다더군…… 자네의 일을 방해…… 그리고, 이 사람도 말일세…… 그런데, 바실리 미하일로비치, 자네는 한 가지 중요한 사실을 나에게 감췄더군!」

「어떤 것인데?」

「그러니까, 총에 관한 것인데……」 야로슬라프 일리치가 아주 관용적인 목소리로, 그러나 백만 분의 일 정도는 비난조가 담긴 부드럽게 울리는 우정 어린 테너의 목소리로 속삭이듯 말했다. 「그러니까……」 그가 덧붙여 말했다. 「나는 모든 것을 알고 있네. 저 사람이 모두 이야기를 해주었어. 자네에게 무례한 일을 한 저 사람을 용서하고, 아주 지혜롭게 일을 해결했다고 하더군. 나는 정말로 그의 눈에 후회 어린 눈물이 맺힌 것을 본 걸 맹세하네!」

야로슬라프 일리치는 다시 얼굴을 붉혔고, 그의 눈은 빛나기 시작했다. 그는 다시 제자리로 돌아갔다.

「나는, 그러니까……. 우리 집사람과 함께……. 말하자면, 나와 집사람은 나리를 위해 열심히 기도를 드린답니다.」 야로슬라프 일리치가 흥분을 애써 가라앉히며 주의 깊게 그를 바라보았고, 무린은 다시금 오르디노프를 향해 말하기 시작했다. 「아시다시피, 그 여자는 병들고 허약한 여자입니다. 또한 나도 간신히 걸어다니는 형편이다 보니…….」

오르디노프가 참지 못하겠다는 듯이 말했다. 「그래요, 나는 준비가 되어 있습니다. 이젠 됐습니다. 나는 지금, 당장이라도…….」

「그런 게 아닙니다, 나리. 말하자면…… 우리들은 당신의 온정에 감사하고 있습니다(이때, 무린은 머리를 깊이 숙여 경의를 표했다). 우리가 그런 말을 하려는 것은 아닙니다. 저는 단지 나의 입장을 몇 마디 설명하려고 했을 뿐입니다. 바로, 그 여자는 나에게는 거의 먼 친척이나 진배없습니다. 나의 먼 친척이란 말씀이에요. 내 말에 혐오감을 갖지는 말아 주십시오, 나리. 우리는 천한 사람들입니다. 그리고 그 여자는 어렸을 때부터 그 모양이었습니다. 저 가련한 아이는 병자이고 신경질적이랍니다. 시골에서 자란 데다 머슴처럼 살았답니다. 그리고 뱃사람들과 공장 직공들 사이에서 자라났습니다. 그러다가 집에 불이 났지요, 나리. 그녀의 친어머니는 불에 타 죽었어요. 그녀의 아버지마저 화재로 인해 목숨을 잃었어요. 잠깐만요, 그녀가 당신에게 무슨 말을 했든…… 나로선 별로 참견할 생각은 없지만, 모스끄바에 있는 외과 의사의 진단에 의하면, 나리, 그 여자는 머리가 완전히 이상해졌다는 거예요. 그 여자에겐, 나 말고는 아무도 없어요. 그래서 나와 함께 살고 있지요. 나와 함께 살면서 신앙심을 갖고 전능하신 하느님께 복을 빌면서 살아가고 있습니다. 나는 그 여자가 원하는 것이라면 뭐든지 들어준답니다⋯⋯.」

오르디노프는 안색이 싹 변했다. 야로슬라프 일리치는 이 사람 저 사람을 번갈아 가며 쳐다보았다.

「내 말은 그런 것이 아닙니다. 나리. 아니에요!」무린이 의미심장하게 고개를 흔들면서 정정했다. 「그 여자는 말하자면, 바람 같은 여자예요. 그러니까, 회오리 같지요. 그녀의 머리는 온통 애욕으로 가득 차고, 아주 사나운 여자로서, 모든 선량한 남자들이면⋯⋯ 이렇게 말씀드리는 것이 죄송합니다만, 그녀를 사랑하게 된답니다. 그런 일에 광기가 들린 여자지요. 나는 벌써, 이런저런 바른 말로 그녀를 잘 인도하고자 했습니다. 내가 알고 있는 바에 의하면, 그 여자는⋯⋯. 이렇게 말하는 걸 용서하십시오, 저의 어리석은 말을요.」무린은 소매로 수염을 한번 문지르고, 고개를 숙여 경의를 표하고는 계속해서 말했다. 「말하자면, 나리와 그 여자가 가까워진 것을 알았습니다. 나리, 그 여자에게 사랑을 애원하셨지요⋯⋯.」

야로슬라프 일리치는 발끈해서 힐책하는 듯 무린을 노려보았다. 오르디노프는 몸을 간신히 지탱하고 의자에 앉아 있었다.

「아닙니다⋯⋯ 그러니까, 음⋯⋯ 내 말인즉슨, 그게 아니라⋯⋯ 나리, 나는 아주 평범한 사람입니다. 나는 천한 사람일 뿐입니다. 무엇이든 나리의 마음먹기에 달린 것입니다. 우리는 당신들의 노예들입지요.」그는 고개를 깊숙이 숙이고는 다시 말했다. 「아내와 나는 단지 당신이 선의를 베풀어 주시기를 하느님께 기도할 뿐이지요. 우리들에게 더 이상 필요한 것이 뭐 있겠습니까, 우리는 그저 배부르고 건강하기만

하면 만족할 뿐이지요. 그런데 나리 나는 어떡하면 좋겠습니까? 파멸의 구렁텅이로 빠져 들란 말입니까? 나리, 잘 아시다시피, 이런 일이야 부지기수로 있는 일입니다. 우리를 불쌍히 여겨 주십시오. 그런데, 나리, 이게 어찌 된 일입니까? 어떻게 정부(情夫)와 같이 살 수 있겠습니까? 나는 하느님의 불쌍한 백성에 불과합니다. 이런 무례한 말을 용서하십시오. 나는 무식한 사람이고, 나리, 당신은 높은 신분이지 않습니까? 당신은 젊고 당당하고 가슴이 뜨거운 남자입니다. 그런데 그 여자는, 아시다시피 아직 어린애이고 지혜롭지도 못합니다. 죄를 밥 먹듯이 지을 애지요. 그 여자야 아직 싱싱하고 혈기 왕성하고 사랑스러운 여자지만, 나는 곧 죽을 몸이에요. 그런데, 당신의 선량한 마음을 악마가 훼방 놓은 것입니다. 나는 그저 이런저런 이야기를 들려주어 그녀를 위로할 뿐입니다. 그리고 우리들은 당신의 행복을 위해 기도를 하고 있습니다. 얼마나 열심히 기도를 하는지 모르실 거예요. 그런데 그것이 다 무슨 소용이겠습니까? 그 여자가 아무리 예쁘다고 하지만, 천한 여자에 불과해요. 얼굴도 잘 씻지 않는 바보 같은 촌 여자예요. 나리 같은 분이 그런 아이와 사귄다는 것은 어울리지 않습니다. 나와 집사람은 당신이 우리에게 선의를 베풀어 주기를 신에게 기도할 작정입니다. 열심히 기도나 할 뿐이지요.」

무린은 이렇게 말하며 허리를 더 낮게 굽히고 오랫동안 허리를 펴지 않았다. 그는 소매로 턱수염을 계속해서 문질러 댔다. 야로슬라프 일리치는 어찌해야 할지 몰랐다.

그는 잔뜩 당황해서 말했다.「그래, 이 사람은 아주 착한 사람이지. 이 사람은 당신들 사이에 있었던 어떤 불유쾌한 사건에 대해서 말하는 것 같군. 바실리 미하일로비치, 난 그것을 믿고 싶진 않지만 자네는 아직 병중이라고 들었는데.」
그는 흥분으로 인해 완전히 뒤죽박죽되어, 고개를 떨구고 오르디노프를 바라보며 빠르게 말했다.

「그런데 내가 당신에게 얼마를 드리면 되겠습니까?」 오르디노프가 무린에게 재빨리 물었다.

「무슨 말씀입니까? 나리, 그만두세요! 우리가 무슨 예수를 판 사람들이라도 되는 줄 아십니까? 그런 말씀하지 마세요. 그렇게 말씀하시면 섭섭합니다. 부끄러울 뿐입니다. 나와 내 집사람이 나리에게 무슨 섭섭한 일이라도 했단 말씀입니까? 천만의 말씀이십니다.」

「그러나 이건 좀 이상하지 않나요? 이보세요, 그렇지만, 이 사람은 당신들에게 방을 빌리고 있지 않습니까? 그걸 거절한다는 것은 이 사람을 모욕하는 것입니다.」 야로슬라프 일리치는 그런 행동이 이상한 것이라는 것을 알려 주는 것이 자신의 도리라고 생각하고 이렇게 말했다.

「원 천만에요, 나리 무슨 그런 말씀을, 우리가 무슨 나리의 명예에 해를 끼쳤다고 그러십니까? 나는 그저 최선을 다 했을 뿐인데, 정말 포복절도할 노릇입니다. 그런 말씀하지 마세요. 이젠, 충분합니다. 나리, 예수께서 당신을 보호하시기를, 우리는 진정으로 신을 믿는 사람들이랍니다. 우리들이 사는 곳에서 주무시고, 우리 집에서 우리들이 먹는 것을 같이 드시고 건강하게 지내셨으면 좋았을 것을, 저희들이 거처하는 곳에서 그냥 아무런 문제 없이 지내셨더라면, 아무 말도 하지 않고 계셨더라면 좋았을 것을…… 그런데 악마가 방해를 했기 때문인지…… 나는 병중이고, 내 아내 역시 병을 앓고 있습니다. 그러니 어쩔 도리가 없지요. 물론, 시중들 사람은 없었지만, 우리는 나리를 모신 것을 아주 기쁘게 생각하고 있던 터였지요. 그런데 이젠 집사람과 함께, 신에게 당신의 행복을 위해 기도나 드릴 생각입니다. 열심히 기도할 작정입니다.」

무린은 허리를 굽혀 경의를 표했다. 노인의 말에 감동한 야로슬라프 일리치의 눈에서는 금방이라도 눈물이 흘러내릴 것만 같았다. 그러고는 감격에 차서 오르디노프를 바라보았다.

「이 얼마나 아름다운 마음입니까! 얼마나 선하고, 얼마나 존경받을 만한 러시아 인의 마음입니까!」

오르디노프는 야로슬라프 일리치를 사납게 바라보았다. 그는 소름이 오싹 끼쳐서 야로슬라프를 머리에서 발끝까지 쳐다보았다.

「사실입니다. 우리는 손님을 잘 대접하는 심성을 존경하고 있습니다, 나리!」 자신의 소매로 턱수염을 덮으며 무린이 말을 이었다. 「옳습니다. 이제야 머리가 제대로 돌아가는 것 같습니다. 우리 집에 계셨더라면 좋았을 것을…… 그래요, 나리, 손님으로만 오셨더라면…….」 그는 오르디노프에게 다가서며 말했다. 「그래요, 우리는 돈 같은 것은 받지 않습니다. 그저, 아무 일이 없었더라면, 그런데 죄를 지었지 뭡니까. 집사람이 제정신이 아닌 탓입니다. 오, 만약 집사람만 아니었다면, 그러니까, 예를 들어 나 혼자 살고 있었더라면, 참으로 당신을 존경하고 잘 대접해 모셨을 것을! 우리들이 나리를 존경하지 않으면 그 누구를 존경하겠습니까? 그랬다면, 나는 나리의 병을 고쳐 주었을 겁니다. 당신의 병을 고쳐 주었을 겁니다. 나는 처방을 알고 있기 때문이지요. 만약, 나리가 단지 손님으로만 계셨더라면, 손님으로만 계셨더라면…….」

「정말, 무슨 처방전이 있나요?」 야로슬라프 일리치가 이 점을 지적하긴 했지만 말을 끝맺지는 못했다.

오르디노프는 깜짝 놀라서 야로슬라프 일리치의 머리에서 발끝까지 잠깐 훑어보는 실수를 저지르게 되었다. 야로슬라프 일리치는 물론 정직하고 착한 사람이었지만, 이제야 모든 것을 깨닫게 된 것 같았다. 그리고 그의 입장이 아주 난처하게 되었다는 것을 알게 되었다. 그는 포복절도라도 하고 싶은 심정이었다. 만약, 그가 오르디노프하고만 있었더라면 ― 두 사람은 그렇게 친한 사이라고 생각했다 ― 그는 참지 못하고 깔깔거리며 웃었을 것이다. 어쨌든, 그는 그런 다음에 오르디노프의 손을 잡았을 것이다. 그러고는 자신은 오르디노프에게 경의를 품고 있으며, 그 어떤 일을 저질렀다 해도 그를 용서할 것이며, 그가 젊기 때문에 생긴 일에 대해 전혀 신경 쓰지 않을 것이라는 점을, 그리고 진실로 그를 믿는다는 점을 분명히 했을 것이다. 그러나 지금, 그는 자신의 세심함이 손상당할 것을 걱정하여 이러지도 저러지도 못하고, 아주 난처한 입장에 놓여 있었으며, 어디로 도망가야 할지 모르는 상황이었다.

「처방전이라면, 민간 약재가 있지요.」 야로슬라프 일리치의 재치 없는 감탄에 얼굴을 약간 실룩거리며 노인이 말을 받아넘겼다. 「나리, 내 어리석은 생각으로는 이런 말씀을 드리는 것이 어떨까 하고 생각합니다만.」 그는 한 발짝 앞으로 다가서며 말했다. 「나리, 나리는 지나치게 독서를 하신 것 같습니다. 지나치게 많은 것을 알게 된 것입니다. 우리 러시아 사람들 말로 지혜가 지나치면, 분별을 잃게 된다는 말과 같은 경우입니다.」

「그만 됐네!」 야로슬라프 일리치가 엄격히 말했다.

「나는 가겠네. 야로슬라프 일리치, 자네에게 감사하고 싶네. 반드시 자네에게 들르도록 하겠네.」 오르디노프가 말했다. 더 이상 오르디노프를 잡아 둘 수 없게 된 것을 깨닫고 있는 야로슬라프 일리치에게 그는 주인의 친절함에 감사하며 말했다. 「그럼, 안녕히, 잘 있게나.」

「안녕히 가십시오, 나리, 우리를 잊지 말아 주십시오, 죄 많은 우리들을……. 잊지 말고 연락해 주십시오.」

오르디노프는 더 이상 아무 말도 듣지 않았다. 그는 반쯤 정신이 나간 사람처럼 거리를 나섰다.

그는 더 이상 자신을 가눌 수 없었다. 그의 몸은 시체처럼 변했고, 의식은 완전히 굳어 버린 것 같았다. 그는 중병이 자신을 목조르는 것을 희미하게나마 느꼈다. 그의 영혼은 차가운 절망감에 휩싸였다. 아릿한 아픔이 그를 힘없이 허물어뜨리고, 그 속에서 질식하게 만들었으며, 완전히 녹초가 되게 했고, 그를 고통스럽게 하고 있다는 것을 알았다. 그는 이 순간 죽고 싶었다. 그는 발이 뒤틀리는 것을 느꼈다. 그는 더 이상 지나가는 사람들에게 신경 쓸 겨를이 없었고, 그의 주변으로 몰려드는 군중들을 의식하지 못했으며, 그들의 호기심 어린 이야기에도 귀를 기울일 힘이 없어 울타리 근처에 주저앉았다. 그러다가 그는 이 무리들의 소리 가운데서, 노인의 목소리가 울리는 것을 들었다. 오르디노프는 고개를 들었다. 정말로 노인이 오르디노프의 머리 위에서 그를 바라보고 있었다. 그의 얼굴은 창백했고 뭔가 생각에 잠긴 듯했다. 그 모습은 완전히 다른 사람이었다. 야로슬라프 일리치와 함께 있었을 때, 그를 심하게 조롱하던 그 사람이 아니었다. 무린이 그의 손을 붙잡아 일으켜 주었다. 그들은 사람들 사이를 빠져나왔다.

「짐을 가지러 한번 더 들러야 하지 않겠소?」 그는 오르디노프를 뻐딱하게 쳐다보며 말했다. 「슬퍼하지 말아요, 나리! 아직 젊은데, 뭘 그리 슬퍼하오?」 무린이 소리치며 말했다.

오르디노프는 대답하지 않았다.

「화가 나셨소, 나리? 화가 몹시 나신 모양이군······. 괜찮아요. 누구나 자기 것을 지키고 자기의 물건을 소중히 여기는 법이니까요.」

오르디노프가 말했다. 「나는 당신이 누군지 모르겠어. 나는 당신의 비밀을 알고 싶지 않아. 그러나 그녀는! 그녀는······!」 그는 이렇게 말을 내뱉었다. 굵은 눈물이 그의 뺨을 타고 세 줄기로 흘러내렸다. 바람이 그의 눈물을 아래로 차례차례 떨어뜨렸다. 오르디노프는 자신의 손으로 눈물을 훔쳤다. 그의 몸짓, 시선, 파랗게 떨고 있는 입술의 달싹거리는 모습 등은 모두 그의 발광을 예고해 주고 있었다.

무린이 눈썹을 찌푸리며 말했다. 「난 이미 당신에게 모두 설명한 것 같은데······. 그 여자는 정신이 반쯤 나간 여자요. 무엇 때문에 그렇게 되었는지······ 당신이 알 필요는 없지 않소? 그러나 나에게만은 소중한 여자야! 나는 그 여자를 생명보다 더 사랑하고 있어. 아무에게도 줄 수 없어. 이젠 알았소!」

오르디노프의 눈에서 순간적으로 불길이 번득였다.

「그런데, 나는 왜 무엇 때문에 지금 이렇게 마치 죽은 사람 같을까? 마음이 왜 이렇게 아픈 것일까? 왜 나는 까쩨리나를 알게 되었을까?」

「왜냐고?」 무린은 한번 히죽 웃더니 생각에 잠겼다. 「왜 그런지는, 나도 잘 모르지, 무엇 때문에……」 그가 말했다. 「여자의 성격이란 바다의 심연과는 달라. 재고 싶으면, 잴 수도 있지.」 이렇게 중얼거렸다. 「그런데 여자의 성격은 강하고 교활하지. 영원히 변하지 않아. 좋든 나쁘든 무엇이든 손에 넣으려고 한단 말이야. 그런데 정말 그 여자는 당신과 멀리 도망이라도 칠 결심이었던 모양이야.」 그는 생각에 잠겨 말했다.

「늙은이가 싫증이 났겠지. 지겨워진 거야. 처음에, 당신이 마음에 들었던 모양인데……. 어쩌면, 당신이든 다른 사람이든 같이 도망치고 싶었을 거야. 나는 그녀가 원하는 것이라면, 그 어떤 것도 반대하지 않았어. 새 젖을 원한다면, 새 젖이라도 구해다 주었을 거야. 만약, 젖이 나오는 새가 없다면, 이 손으로 만들어 주기라도 했을 거란 말이오. 그녀는 허영심이 강한 여자라 자유롭고 싶어하지만, 결국에는 자신이 무엇을 원하는지도 몰라. 어쨌든 예전 그대로 있는 것이 나을 거라고 결정을 내린 거요. 나리, 그러나 당신은 젊어요. 사나이한테 버림받고 소매로 눈물을 훔치는 여자만큼이나 가슴이 뜨겁단 말입니다. 기억해 둬요. 나리 양반, 약한 인간은 혼자 지탱할 수 없는 법이오. 약한 인간은 모든 것을 준다고 해도 다시 돌아와 받은 것을 돌려주는 법이란 말이오. 그 약한 인간에게 지구의 반쪽이라도 줘보라고, 시험 삼아 그렇게 해보란 말이오. 어떻게 될 것 같소? 당장, 당신 신발 속에 감춰 버릴 거란 말이오. 그렇게 작아지고 말아. 그런 자에게 자유라도 줘봐, 그러면, 그 약한 인간은 그 자유를 스스로 묶어 제자리에 갖다 놓는단 말이오. 그런 바보 같은 인간에게 자유가 다 무슨 소용이겠소. 그런 성격으론 도저히 살아갈 수 없지. 내가 이런 이야기를 하는 것은 당신이 아직 너무 철이 없기 때문이오. 당신이란 존재가 도대체 나에게 무슨 의미가 있소? 내 집에 잠깐 유숙하다가, 이젠 나가는 사람에 불과해. 그렇지 않은가요? 당신이건, 그 누구건 아무 차이도 없어. 누구든 같은 결과가 되리라고 나는 처음부터 알고 있었지. 그렇다고 반대할 생각은 없었소. 자신의 행복을 지키려면 한마디라도 반대하고 나설 필요가 없었던 거야. 이런 이야기요, 나리 양반.」 그는 철학적인 설교를 늘어놓았다. 「세상에는 별일이 다 일어난다고 말들하지 않던가요. 화가 난다고 칼을 휘두르는 사람이 있는가 하면, 당신같이 순한 양처럼 아무 무기도 없이 맨손으로 적의 목에 매달려, 이빨로 물어뜯으려 하질 않나, 그런가 하면, 칼을 쥐어 주며 원수가 가슴을 들이밀어도 칼을 버리고 도망치는 사람이 있는 법이지.」

그들은 뜰로 들어섰다. 따따르 인이 멀리서 무린을 보고 모자를 벗어 인사를 하며 오르디노프를 뚫어져라 쳐다보고 있었다.

「어떤가, 어머니는 집에 있나?」 무린이 소리를 쳤다.

「집에 있어요.」

「짐을 옮기는 것을 도와 달라고 하게. 그리고 자네도 어서 가서 도와줘.」

그들은 복도로 들어섰다. 무린의 집에서 일을 돕던 노파가 이 문지기의 어머니인 것이 밝혀졌다. 노파는 여전히 뭔가를 중얼거리면서 어제까지 이 집에서 살던 사람의 짐을 큼직한 보따리로 꾸렸다.

「잠깐만, 기다리시오. 당신에게 갖다 줄 것이 있소. 잠깐만...... 저 방에 있거든......」 무린은 자기 방으로 들어갔다. 잠시 후에, 그가 돌아와서 비단 실과 털실로 수를 놓은 푹신푹신한 베개를 오르디노프에게 주었다. 그것은 오르디노프가 앓고 있을 때, 까쩨리나가 그의 머리에 베어 준 것이었다.

무린이 말했다. 「이것은 그 여자가 전해 주라는 거요. 자, 이것으로 사이좋게 헤어지는 거요. 이 근처에 얼씬거리지 말고 떠나시오.」 그는 타이르듯 낮은 목소리로 이렇게 말하고 덧붙였다. 「안 그러면, 좋지 않을 거요.」

그는 자기 집에 살던 사람에게 섭섭하게 할 의도는 없는 것 같았다. 그러나, 마지막으로 그가 오르디노프에게 시선을 던졌을 때는 활활 타오르는 증오의 감정이 얼굴에 어려 있었다. 그는 오르디노프가 나가자 증오 어린 감정으로 문을 닫았다.

두 시간이 지난 후에, 오르디노프는 딸 찐헨과 같이 살고 있는 독일인 쉬뻬스 집으로 이사를 했다. 찐헨과 그는 오르디노프의 얼굴을 보자 거의 비명을 지를 뻔했다. 그녀는 그의 건강 상태를 묻고, 모든 상황을 곧 알아차린 후 곧바로 치료를 하기 시작했다. 늙은 독일인은 오르디노프가 주고 간 계약금이 오늘로써, 계약 기일을 계산하면 1꼬뻬이까도 남지 않았으므로, 셋방 광고를 오늘 붙이려던 참이었다고 말하고 광고 쪽지를 보여 주며, 독일인의 정확성과 성실성에 대해 자랑했다. 그날로 오르디노프는 깊은 병이 들어 꼬박 3개월이 지나서야 자리에서 일어나게 되었다.

그는 점점 건강을 회복하여 드디어 외출할 수 있게 되었다. 독일인 집에서의 생활은 단 한 가지로 아주 단조롭고 평화로운 것이었다. 독일인은 특별히 이렇다 할 성격을 가진 사람도 아니었고, 귀여운 얼굴을 가진 쩐헨은 품행이 단정하고 모든 점에서 아주 무난한 여자였다. 그러나 오르디노프에게 있어서 인생의 빛은 사라져 버렸다. 그는 무슨 생각엔가 골몰해 하고 초조해 했다. 그의 얼굴은 환자 같았고, 자신도 알지 못하는 사이에 냉담한 우울증에 빠져 들었다. 어느 때는 몇 주일이 지나도 책을 펴보는 일이 없었다. 그에게 있어 미래는 문이 닫혔다. 돈은 점점 떨어지고, 이젠 어떻게 할 도리가 없었다. 그는 장래의 일도 전혀 생각하지 않았다. 어쩌다가 가끔, 이전의 학문에 대한 정열, 그리고 예전에 자신이 가지고 있었던, 어떤 창조적 환상이 눈앞에 나타나기도 했지만, 그때마다 그것들은 그의 생기를 빼앗고 그를 더욱더 숨막히게 할 뿐이었다. 생각이 실천으로 옮겨지지 않았다. 창조력은 정지했다. 그 모든 환상들은 단지 그의 무력함을 비웃기 위한 것뿐이었다. 그는 기분이 침체될 때마다, 빗자루에게 물을 떠오도록 하는 주문을 스승에게서 몰래 훔쳐 냈지만 〈그만 됐다〉라는 주문을 미처 알지 못해, 많은 물에 빠져 죽었다는 어느 마법사의 건방진 제자와 자신을 비교하기도 했다. 아니면, 그의 내부에선 어떤 완전하고 독특한 이상이 존재하게 된지도 모를 일이었다. 그것도 아니면, 그는 학자들의 세계에서 예술가로 운명 지워진지도 몰랐다. 어쨌든 그는 예전에는 그것을 믿었다. 진실한 신념은 미래의 보장인 것이다. 그러나 지금, 그는 자신의 눈먼 확신을 비웃고 있긴 하지만, 앞으로 전진하지는 못하고 있었다.

지금으로부터 약 반 년 전에, 그는 자기 머리로 구상한 자신의 멋진 창작 초안을 종이에 옮겨 놓은 일이 있었다. 여기에서 그는 가장 비창조적인 순간에 가장 실제적인 희망을 구체화하기도 했다. 그것은 교회 역사에 대한 것으로, 이 저술의 기조는 아주 따뜻하고 열렬한 신념에 기인하고 있었다. 그는 지금 그것을 읽고 고쳤으며, 그것에 대해 생각하고 문헌을 뒤적거려 보기도 했지만, 그 사상 위에 건설되는 것은 아무것도 없었고, 또다시 자신의 사상을 완전히 부정해 버리고 말았다. 그러나 어떤 신비주의적이고 숙명론적이며 비밀스러운 그 무엇이 그의 영혼 속에 스며들기 시작했다. 이 불행한 청년은 그것을 후회하고 용서해 달라고 신에게 빌었다. 독일인 집에 식모로 있는 신앙심 깊은 러시아 인 노파는 그 집에 세 들어 사는 온순한 젊은이가 몇 시간씩이나 숨조차 쉬지 않고, 교회 돌바닥 위에 엎드려 어떻게 기도하는지를 사람들에게 기꺼이 이야기하곤 했다.

그는 그 누구에게도 자기 내부 안에 무슨 일이 일어나고 있는지 말하지 않았다. 그러나 때때로 특히, 어둠이 짙게 깔리는 시간이면, 교회의 종소리가 들려오기 시작하면, 지금까지 경험해 보지 못한 어떤 감정으로 가슴이 두근거렸고, 고통스러웠던 최초의 그 순간을, 신의 성전 안에서 그녀와 나란히 앉아 모든 것을 잊고 그녀의 심장이 뛰는 소리만을 듣고 있었던 그 순간을, 환희와 기쁨의 눈물을 흘리며 자신의 고독했던 삶에서 벗어나 새롭고 빛나는 희망에 벅차 오르던 그 순간을, 영원한 상처로 고통받던 그의 영혼 속으로 폭풍이 불어왔던 그 순간을 회상하곤 했다. 그러면 그의 마음은 떨려오고 사랑과 고통이 뒤범벅이 되어, 또다시 불길이 되어 그의 가슴을 맹렬히 불태우곤 했다. 그럴 때면 그의 가슴은 온통 우울해지고 지독히 아파 오기 시작했으며, 사랑이 고통과 함께 또다시 그에게 되돌아오는 것만 같았다. 종종 그는 몇 시간씩이나 자신과 모든 현실을 완전히 망각하고, 세상의 모든 일을 잊은 채, 침울한 얼굴로 쓸쓸히 한곳에 그대로 앉아 머리를 흔들고 눈물을 흘리며 이렇게 혼자 중얼거리곤 했다.「오오, 까쩨리나! 오오, 사랑스러운 비둘기! 나의 고독한 누이여!」형체를 알 수 없는 어떤 생각이 점점 더 그를 고통스럽게 했다. 그런 생각은 점점 더 강하게 그의 내부에서 자라났고, 날이 갈수록 커져 갔으며 가능한 현실로 구체화되었다. 그는 까쩨리나의 이성은 조금도 손상되지 않았고, 또 까쩨리나가 약한 심장을 가졌다고 무린이 판단한 것은 옳았다는 생각이 들었다. 처음에 그런 생각을 하다가 나중에는 그것을 사실로 믿어 의심치 않게 되었다. 그 어떤 비밀이 까쩨리나와 노인을 연결시키고 있었는데, 그것을 그녀는 죄악으로 인식하지 못했고, 비둘기처럼 순종적으로 노인에게 지배를 당하게 된 것이 틀림없다고 생각했다. 그들은 도대체 누구인가? 그는 그것을 알 수 없었다. 그러나 이 가련한 무방비 상태의 여인에게 가해지는 가혹하고, 피할 길 없는 포악한 행위가 그의 꿈속에 계속 나타났다. 그럴 때면, 그의 마음은 갈가리 찢기고 무기력한 분노로 전율했다. 사건은 그렇게 된 것이 분명했다. 즉, 그 노인은 그녀의 놀란 눈동자 앞에 교활하게 그녀의 타락상을 그려 보이면서, 가련하고 여린 마음에 고통을 주고, 진실을 왜곡하여 설교를 하는가 하면, 어느 땐, 그녀의 무지를 고의로 이용하기도 하고, 성급하고 혼란스러운 그녀의 순진한 마음을 교활한 언사로 현혹시키고 있다는 생각이 들었다. 그리하여 조금씩조금씩 그녀의 자유로운 영혼의 날개를 잘라 내고, 어떤 반항도 못 하게 하며, 참된 인생을 향한 열망을 앗아가 버리고 있다는 생각이 들었다.

오르디노프는 전보다 더 사람을 기피하게 되었다. 이 점에서는 그의 행동을 올바로 평가해야만 한다. 두 독일인 주인은 그를 전혀 방해하지 않았다. 그는 가끔 발길 닿는 대로 오랫동안 거리를 돌아다니곤 했다. 그는 저녁 노을이 짙어질 때면 산책을 하곤 했다. 그가 주로 산책하던 곳은 도심지에서 멀리 떨어져 인적이 드문 쓸쓸한 곳이었다. 봄비가 한없이 내리는 어느 날, 그는 한적한 거리에서 야로슬라프 일리치를 우연히 만났다.

야로슬라프 일리치는 눈에 띄게 초췌해져 있었다. 그 선량하던 눈길도 흐릿해졌고, 어쩐지 환멸감에 사로잡힌 듯한 모습이었다. 그는 어디론가 볼일이 있어 황급히 뛰어가던 중이었는데, 비에 흠뻑 젖어 있었고 흙탕물에 뒤범벅이 되어 있었다. 품위가 있긴 하지만, 지금은 시퍼렇게 변한 그의 코끝에 빗물이 환상적으로 매달려 떨어지지 않고 있었다. 게다가 그는 구레나룻까지 기르고 있었다. 그의 구레나룻과 옛 친구를 피하려는 듯 힐끗 쳐다보는 야로슬라프 일리치의 태도는 오르디노프를 당황하게 했다. 이상한 일이었다……. 지금까지 그 누구의 동정도 원하지 않았던 오르디노프의 마음은 왠지 상처받고 모욕을 당한 기분이었다. 단순하고 선량하며 소박했던, 좀 심하게 말하자면 머리는 약간 나쁜 편이었지만 실망한다든가 영리해지려고 하지 않았던 예전의 그가 오르디노프의 마음에 더 들었을 뿐 아니라, 우리가 보통 경험하듯, 예전에 머리가 나쁘다는 이유로 사랑받고 있던 어떤 사람이 갑자기 영리해지는 것을 보면 기분이 나빠지는 법이 아닌가! 게다가, 예전에 오르디노프를 바라볼 때 나타냈던 그 경이로움마저도 사라지고 없었다. 그러나 그의 모든 환멸에도 불구하고, 일반적으로 사람이 죽을 때까지 갖고 있는 습성은 그에게도 여전히 남아 있어서, 오르디노프의 영혼 속에 달콤한 기분을 불러오기도 했다. 그는 무엇보다도 먼저 할 일이 아주 많다는 것과, 또 오랫동안 그들이 만나지 못했었다는 점을 상기했다. 그러다가 갑자기 그들의 이야기는 한 가지 이상한 방향으로 전개되었다. 야로슬라프 일리치는 일반적인 인간의 허위에 대해서, 그리고 이 세상에 나쁜 일이란 오래 지속되는 법이 없으며 모든 것이 허무하다는 이야기를 했고, 감격스러운 목소리로 뿌쉬긴 이야기를 덧붙였으며, 자신과 사이가 좋은 친구들을 비꼬아 이야기하기도 하고, 이 세상에 친구라고 불리는 사람들도 알고 보면, 거짓투성이고 간사하다는 사실을 이야기한 다음, 이 세상에는 원래 참된 우정이란 존재한 적이 없었다는 말까지 덧붙였다. 한마디로 말하면, 야로슬라프 일리치는 조금 영리해진 것이다. 오르디노프는 반박할 생각은 없었지만, 마음속에서는 형언할 수 없는 아픔이 밀려왔다. 마치 자신의 가장 절친했던 친구를 장사 지낸 것처럼!

「오, 이런, 깜빡 잊어버릴 뻔했군.」 갑자기 야로슬라프 일리치가 아주 흥미로운 일을 생각해 낸 듯 갑자기 말했다. 「새로운 소식이 있네. 이건 자네한테만 이야기하는 비밀이야. 예전에 자네가 살던 집 기억 나나?」

오르디노프는 갑자기 몸을 부르르 떨었고, 얼굴색이 금세 창백하게 변했다.

「얼마 전에, 그 집에서 도적 일당들이 일망타진 되었다네. 말하자면, 그곳은 완전히 도둑들의 소굴이었다는 거야. 밀수업자니, 사기꾼이니, 모두 그곳에서 살았다는 걸세. 그런데,

그 전모를 알 수 없단 말이야. 몇 사람 잡히긴 했지만, 몇몇은 아직 도망다니고 있는 모양이야. 엄중한 체포령이 내려져 있네. 그런데, 놀라지 말게나. 그 집주인 말일세, 신앙심 강하고 존경할 만한 훌륭한 그 노인 말이야…….」

「그래서?」

「이런 일을 보면, 인간의 그 속을 알 수가 없단 말이야. 그 남자가 도둑 일당의 두목이었다는 거야. 아주 우스운 일 아닌가?」

야로슬라프 일리치는 잔뜩 흥분해서 이렇게 말하며, 한 사람 때문에 전 인류를 비난하는 것이었다. 야로슬라프 일리치로서는 다른 방법이 없었던 것이다. 그는 그러한 성격의 소유자였다.

「그러면, 그 사람들은? 그 무린이란 사람은?」 오르디노프가 소리를 낮추며 물었다.

「아, 그래, 무린! 무린! 그래, 그 사람은 존경할 만하고 고귀한 인물이지. 아, 미안하네. 그러나 자네는 사건의 진상을 밝히는 데 도움이 될 거야…….」

「왜 그런가? 그 사람도 한패였나?」

오르디노프의 심장은 초조감으로 금방 폭발하게 될 것만 같았다.

「어떻게, 그런 말을 하나?」 야로슬라프 일리치가 생기 없는 눈길로 빤히 오르디노프를 바라보더니, 이해가 간다는 표정을 지으며 덧붙였다.

「무린은 그 사람들과 한패가 될 수 없지. 그는 정확히 3주일 전에 아내와 함께 자기 고향으로 떠났어……. 문지기한테 들었네……. 그 따따르 녀석 기억 나나?」

역자 해설
초기 단편 3편과 「뻬쩨르부르그 연대기」

    도스또예프스끼는 『가난한 사람들』을 발표한 이후 곧 이어 『분신』(1846년 2월)을 발표했고, 공상적 사회주의자들과 연루되었다는 명목으로 1849년 4월에 검거되기까지 단편 「쁘로하르친 씨」를 1846년 『조국 수기』지 10월호에, 「아홉 통의 편지로 된 소설」을 1847년 『동시대인』지 1월호에, 중편 「여주인」을 1847년 『조국 수기』 10월호와 11월호에 발표했다.

    『가난한 사람들』과 『분신』의 대대적인 성공에 이어 이 시기에 발표된 일련의 중단편들은 일반적으로 아주 모호하고 작가의 의도가 불분명하며 일정한 사상과 작품 구도가 짜임새가 없으며, 많은 부분에서 다른 선배들의 작품을 모방했다는 점에서, 당시 벨린스끼를 비롯한 여러 비평가들과 독자들로부터 가혹한 비난을 받았다. 실제로 이때 발표된 이 중단편들은 『가난한 사람들』이나 이후의 장편과는 대조적으로 도스또예프스끼가 단편 작가로서의 재능을 발휘하지 못했다는 것을 보여 준다. 그러나 이 작품들은 작품들이 가지는 개별적인 작품성보다는 도스또예프스끼의 전체적인 작품의 이해와 분석에 많은 도움이 된다는 점에서, 그리고 그의 기본적인 휴머니즘 정신의 발단이 보이고, 그의 이후 작품의 주인공들의 형상에 많은 영향을 끼치게 되며, 인류의 구원과 사회주의 유토피아 건설이라는 그의 철학이 싹트고 있다는 점에서 중요한 가치를 지닌다고 할 수 있다.

「쁘로하르친 씨」는 『분신』이 발표된 뒤 두 달 후부터 구상에 들어간 것으로 보여지는데, 이 작품은 초기에 개별 작품으로 구상했던 두 가지 모티프, 즉 〈주정뱅이 거지〉 지모베이낀에 관한 이야기와 〈관청이 없어져 일자리를 잃게 될지도 모른다고 겁에 질린 한 가난뱅이 관리〉의 이야기가 하나의 작품으로 이루어져 있다. 도스또예프스끼는 이 작품을 쓰면서 매우 고심했고, 여름 내내 이 작품에 매달려 있었다고 형에게 보낸 편지에 쓰고 있다. 그러나 고심한 보람도 없이 이 작품은 검열에 걸려 많은 부분이 삭제되었고, 심지어는 관리라는 명칭까지도 모두 삭제될 정도였다. 도스또예프스끼는 〈이 검열로 인해, 아무런 이유도 없이 삭제된 부분이 많았고, 생생하게 묘사된 부분은 거의 남김없이 삭제되었으며, 남아 있는 것이라고는 해골뿐이며, 이 작품에서 나는 완전히 손을 떼버렸다〉고 자기 형에게 보낸 편지에서 밝히고 있다. 그러나 검열 후에 잡지에 발표된 판본과 원본과의 차이점은 밝혀지지 않았고, 1865년에 재판본에서도 도스또예프스끼는 자신이 말한 삭제 부분을 복구시키지 않고 발표했을 뿐이다.

작품의 중요한 제재로 등장하고 있는 가난한 주인공의 금전에 대한 병적인 집착과 〈다 해진 요에 자신의 돈을 감춰 두는〉 모티프는, 그 당시 뻬쩨르부르그의 바실리예프스끼 섬에서 근무하던 10등 문관 브로브낀이라는 사람이 물과 빵으로만 겨우 연명하면서 엄청난 돈을 숨겨 놓았다가 그가 죽은 후에 경찰이 그 돈을 발견해 냈던 실제 사건에서 따온 것으로 보이며, 이후 여러 신문들과 잡지에 실렸던 이와 비슷한 다른 여러 사건들에서 줄거리를 차용한 것으로 보여진다.

도스또예프스끼는 신문 기사의 냄새가 배어 있는 이 가난한 구두쇠 관리의 형상을 다른 러시아와 세계의 고전들에 등장하는 이와 유사한 인물들의 형상과(예를 들면 뿌쉬낀의 인색한 기사의 형상이나 발자크의 고리오 영감의 형상 등) 연결시키고, 도스또예프스끼적인 심리 분석을 깊게 가미하여 묘사하고 있다. 또한 이 작품에서 도스또예프스끼는 〈작은 인간〉이 혹시 일자리를 잃을까 봐 전전긍긍하면서 살아가는 비극적인 모습과, 그것을 두려워하여 지나치게 인색할 정도로 돈을 아끼며 살아가고 있는 한 개인의 삶의 상태를 쁘로하르친이라는 인물을 통해서 보여 줌으로써, 『가난한 사람들』과 『분신』에서 보여 준 도스또예프스끼의 사회 심리적인 문제들을(상당한 부분에서 작가의 유토피아적 사회주의와 관계를 지니고 있는) 계속해서 확장·심화시키고 있다.

「아홉 통의 편지로 된 소설」은 1845년 네끄라소프에 의해 계획되어, 네끄라소프와 그리고리예비치와 도스또예프스끼의 편집으로 발간될 예정이었다가 검열 때문에 무산된 『냉소자』라는 잡지에 실을 목적으로 씌어진 작품으로, 그 후 1847년 『동시대인』지 1월호에 발표된 작품이다. 이 작품은 1845년 11월 중순, 하룻밤 만에 씌어진 작품으로 알려져 있다. 「아홉 통의 편지로 된 소설」은 『가난한 사람들』의 대대적인 성공 이후 곧바로 씌어졌으며, 당시 출판계와 잡지에서 그리고 네끄라소프의 주변 인물들에게서 많은 논쟁을 불러일으켰던 작품이다. 이 작품이 네끄라소프와 그 주변 사람들에게 처음으로 읽혀졌을 때, 그곳에 참석한 사람들은 이 작품에 완전히 실망했고 도스또예프스끼를 맹렬히 비난했다.

「아홉 통의 편지로 된 소설」은 도스또예프스끼가 이전의 작품과 극단적으로 대립적인 예술 스타일의 다양한 가능성을 보여 줄 목적으로 쓴 것이었다. 한편 이 작품에는 1840년대 도스또예프스끼 작품의 특징이라고 할 수 있는 뻬쩨르부르그의 사회·심리 상태에 대한 테마가 독특한 형태로 나타나 있다. 또한 당시에 지배적으로 나타났던 〈자연파〉가 일반적으로 추구하던 창작 스타일과 직간접으로 연관되어 있다. 편지의 마지막에 등장하는 따찌야나 뻬뜨로브나의 편지를 보면, 이 여자에 의해 기만당한 비극적 인물은 비극적 어조를 지닌 해학적 문체로 그려진 인물로 도스또예프스끼의 다른 소설과 단편들에서 나타나는 비극적 에피소드들과 맞물려 있다.

「여주인」은 「쁘로하르친 씨」가 실패했다는 것이 알려지자 그 이전의 모든 작품들을 부정하고 전혀 새로운 테마와 예술 수법으로 도스또예프스끼가 새롭게 구상한 작품이다. 도스또예프스끼 자신도 이전의 모든 작품들에 대하여 〈이전의 모든 작품들은 옛날에 이미 존재했던 것의 반복에 지나지 않으며, 이미 이전에 내가 말했던 것일 뿐이다〉라고 언급하고, 〈지금은 전혀 새로운, 아주 독특하고 신선하고 살아 있는 생각을 종이에 옮기고 있다……. 나는 지금 완전히 새로운 중편을 쓰고 있는데, 예전에 『가난한 사람들』을 쓸 때와 마찬가지로 아주 신선하고 경쾌하게 잘 씌어지고 있는 중이다〉라고 「여주인」의 작품 구상과 집필에 대해 설명하고 있다. 도스또예프스끼는 이 작품을 쓰면서, 신성한 예술을 위한 순수한 작업을 하고 있고, 지금까지 한번도 지금처럼 이렇게 가슴이 떨리고 흥분한 적이 없었으며, 지금 아주 새로운 형상들이 자신의 마음속에서 구성되고 있다고 밝히고 있다.

이 작품에서는 가난한 관리 대신에 전혀 다른 인물이 작품의 중심에 놓여지는데, 심리적으로 새롭고 훨씬 더 복잡한 젊은 공상가가 등장한다. 이 공상가의 형상은 1840년대 말 러시아의 사회 상황을 대변하는 하나의 전형이다. 여기에서 도스또예프스끼는 자신의 신문 칼럼인 「뻬쩨르부르그 연대기」의 기본이 되는 당대의 역사 철학적이고 사회 심리적인 상황을 잘 보여 주면서, 이후의 일련의 작품들, 특히 「백야」와 『네또츠까 네즈바노바』 등에 나오는 공상가의 형상을 미리 보여 주고 있다.

「여주인」의 주인공 오르디노프는 사회로부터 격리되어 고독하게, 자신의 독특한 체계라고 불리는 〈진리〉와 〈본질〉을 파헤치려는 어떤 확실치 않은 작업을 하고 있다. 그러나 당시의 사회 운동의 관점에서 보면 〈체계〉라는 용어는 〈유토피아적 사회주의〉를 연상시킨다. 작품 끝에서 작가가 언급한 〈교회의 역사〉에 관한 그의 논문 작업은 이 유토피아적 사회주의 사상과 기독교적 신앙을 형식주의적으로 연결시킨, 그 당시 공상적 사회주의자들인 포이에르 바하와 슈트라우스 등의 작업들과 내적으로 관련되는 상징적 의미를 지니고 있다. 도스또예프스끼는 이 오르디노프의 형상을 통해, 당시의 유토피아적 사회주의와 사회 도덕적 본질의 탐구에 노력했던 자기 자신의 모습을 보여 주고 있다. 또한 작품의 중심 테마를 이루고 있는, 까쩨리나를 사이에 두고 서로 사랑을 독차지하려는 오르디노프와 무린의 싸움은 직접적인 의미 외에도 간접적이고 상징적인 의미를 지닌다. 여기에서 〈마법사〉나 〈구교도 상인〉인 무린의 형상 속에는 과거 러시아 역사의 어두운 권력 아래 고통받는 민족의 본성과 민중의 영혼이 반영되어 있다. 〈공상가〉 오르디노프는 무린과 반대되는 형상으로 과거의 역사에 반대하고 까쩨리나를 새로운 삶과 사랑으로 이끌고자 한다. 도스또예프스끼에게 있어 〈공상가〉의 형상은 이전의 러시아 문학에 나타난 낭만적 전통과 맥을 같이 하면서, 1840년대 젊은이들의 정신적이고 낭만적이며 공상적인 분위기를 보여 준다. 그러나 이 작품 속에 나타나는 인물들이나 그들의 대화와 잠꼬대와 행동은 구체적이고 분명한 의미를 갖고 있지 않으며 막연하고 모호하다. 이런 이유로 도스또예프스끼는 이전의 다른 작가들의 작품들을 흉내 냈을 뿐이라고 비판받았고, 이 작품은 많은 사람들로부터 실패작으로 간주되었다.

이상의 세 작품 「쁘로하르친 씨」, 「아홉 통의 편지로 된 소설」, 「여주인」은 도스또예프스끼 초기 작품들로 『가난한 사람들』과 『분신』, 그리고 이후 일련의 장편들이 누렸던 명성을 얻지 못한 실패작으로 보여지고 또 일반적으로 그렇게 평가되어 왔지만, 도스또예프스끼의 다른 작품들과 맺고 있는 직간접적인 관계와 다른 작품에 등장하는 주인공들의 단초적 특성과 성격을 미리 보여 주고 있다는 점에서, 그리고 도스또예프스끼의 이상인 〈유토피아적 사회주의〉 이념의 맹아가 나타나고 있다는 점에서 간과해서는 안 될 중요한 작품들이다.

우리 나라에 처음으로 번역 소개되는 「뻬쩨르부르그 연대기」는 1847년 4월부터 6월까지 「상뜨 뻬쩨르부르그 통보」에 연재된 작품이다. 원래 아카데미 판 도스또예프스끼 전집(전

30권)에도 수록되지 않은 것을 〈열린책들〉 편집부에서 어렵게 구하여 독자들에게 선보이게 된 것이다.

뻬쩨르부르그는 모스끄바와 함께 러시아 문학 예술의 상징적 공간이자 기호이다. 「뻬쩨르부르그 연대기」에서 뻬쩨르부르그는 이야기의 공간적 배경이라기보다는 주인공으로 등장한다. 도스또예프스끼는 뻬쩨르부르그 특유의 사계절과 기후, 공원, 극장, 거리, 근교의 별장, 소모임 등을 자세하게 그리고, 뻬쩨르부르그라는 도시 공간에서 자연스레 몽상가와 환자가 되어 버리는 뻬쩨르부르그 사람들의 심리와 내면 세계를 묘파하고 있다.

뻬쩨르부르그와 뻬쩨르부르그 사람들에 대한 〈생체학적〉 연구 보고서로 이름할 수 있는 이 작품은, 사물과 현상의 이면을 꿰뚫어 보고 인간 심리를 잔혹할 정도로 날카롭게 분석했던 만년의 도스또예프스끼를 예견케 한다.

번역 대본으로는 『도스또예프스끼 전집』(레닌그라드, 나우까 출판사, 1972년) 중 제1권을 사용했음을 밝혀 둔다.

초기 작품뿐만 아니라 도스또예프스끼 작품 전체의 심원한 내용과 난해한 문체는 우리들의 안이한 책읽기와 접근을 원천적으로 거부한다. 그러나 끈기를 가지고 도스또예프스끼 작품을 독파하고 나면 도스또예프스끼 문학은 물론 러시아 문학과 문화 전반에 대한 인식의 지평이 자신도 모르게 확장·심화됨을 느끼게 될 것이다. 그래서 나는 이번에 〈열린책들〉에서 기획한 『도스또예프스끼 전집』의 우리 말 출판을 감히 한국의 러시아 바로 알기에 한 획을 긋는 〈문화적 대사건〉이라고 부르고 싶다. 이 전집의 출판으로 우리는 비로소 러시아의 문예와 사상과 철학과 종교의 핵심에 다다를 수 있는 중요한 계기를 만든 셈이다. 러시아 문학을 전공하는 사람으로서 〈열린책들〉의 신선하고 과감한 기획에 뜨거운 박수를 보내고 빛나는 성공을 기원한다.

이항재

도스또예프스끼 연보

1790년 아버지 미하일 안드레예비치 도스또예프스끼, 우니아뜨교 사제의 아들이며 뽀돌리야의 귀족 가문의 자손으로 태어남. 모스끄바의 내외과(內外科) 아카데미에 들어가 1812년 조국 전쟁 때 부상자들을 돌봄. 1819년에 마리야 네차예프와 결혼.

1820년 첫아들 미하일 태어남. 아버지 미하일 도스또예프스끼는 군대에서 제대한 후 모스끄바에 있는 자선 병원의 주치의 자리를 얻음.

1821년 출생 10월 30일(현재의 그레고리우스력(曆)으로는 11월 11일) 부모가 살고 있던 모스끄바의 마린스끼 자선 병원의 부속 건물에서 둘째 아들 표도르 미하일로비치 도스또예프스끼 태어남. 11월 4일 마린스끼 병원 근처, 상뜨 뻬뜨로 빠블로프스끼 성당에서 어린 표도르에게 세례를 줌. 표도르란 이름은 그의 대부이자 외조부인 표도르 네차예프(1769~1832)에게서 물려받은 것으로 보임.

1822년 1세 12월 5일 여동생 바르바라 태어남.

1825년 4세 3월 15일 남동생 안드레이 태어남.

1829년 8세 7월 22일 쌍둥이 여동생이 태어나나 그중 동생인 베라만 살아남음.

1831년 10세 여름 아버지 미하일 도스또예프스끼가 뚤라 지방의 다로보예 영지를 사들임. 8월 농부 마레이 사건 발생(『작가 일기』 1876년

2월호에 이 사건을 소재로 한 단편 「농부 마레이」 발표). 12월 13일 남동생 니꼴라이 태어남.

1832년 [11세] 4월 어머니 마리야 표도로브나, 세 아들을 데리고 다로보예 영지로 감. 6월 도스또예프스끼 부부, 다로보예 옆에 있는 주민 1백여 명의 체레모쉬냐 마을을 사들임. 9월 도스또예프스끼, 어머니와 형제들과 모스끄바로 돌아옴.

1833년 [12세] 가을 형 미하일과 드라슈소프 씨 집에서 기숙사 생활. 4월 4일 부활절 주간에 소유지가 화재로 잿더미가 됨. 도스또예프스끼 부부, 여름 내내 피해 복구.

1834년 [13세] 여름 다로보예에서 지내면서 월터 스콧의 작품 탐독. 10월 도스또예프스끼와 형 미하일, 체르마끄가 경영하는 중학 과정의 기숙 학교에 들어감.

1835년 [14세] 7월 25일 여동생 알렉산드라 태어남.

1837년 [16세] 1월 29일 단테스 남작과의 결투로 뿌쉬낀 사망. 이 소식에 온 러시아가 충격에 휩싸임. 2월 27일 도스또예프스끼의 어머니 마리야 사망. 봄 도스또예프스끼, 갑작스러운 후두염과 목소리 상실로 고생함. 이 병은 그를 평생 따라다님. 5월 아버지와 형 미하일 그리고 표도르 도스또예프스끼, 수도 뻬쩨르부르그로 일주일간 마차 여행(모스끄바와 뻬쩨르부르그 두 도시 간의 철도는 1851년에 개통됨). 두 형제는 뻬쩨르부르그로 가서 중앙 공병 학교의 입학을 목표로 K. F. 꼬스또마로프가 경영하던 기숙 학교에 들어감. 아버지와 두 형제들 작별 이후 더 이상 만나지 못함. 7월 1일 도스또예프스끼의 아버지, 건강상의 이유로 퇴역한 후 아직 어린 두 딸과 시골로 들어감. 9월 두 형제가 공병 학교에 응시하나 표도르 혼자 합격(형 미하일은 신체 검사 결과 불합격).

1838년 [17세] 1월 16일 공병 학교에 입학. 6월 뻬쩨르부르그 근처에서 야영 생활. 돈이 떨어져서 아버지에게 서신으로 줄기차게 돈을 요구함.

1839년 18세 6월 6일 도스또예프스끼의 아버지, 다로보예 농노들에게 살해당함.

1840년 19세 11월 29일 하사관으로 임명됨. 군생활을 지겨워함. 호프만, 실러, 빅토르 위고, 셰익스피어, 라신, 괴테의 책을 읽음.

1841년 20세 8월 소위보로 진급됨. 미완성으로 남아 있는 두 편의 희곡, 「마리 스튜어트Marie Stuart」와 「보리스 고두노프Boris Godunov」를 씀. 알렉산드리야 극장을 자주 드나들며 발레와 음악회를 감상함.

1842년 21세 8월 육군 소위가 됨.

1843년 22세 8월 공병 학교를 졸업하고 공병국 제도실에서 근무. 9월 친구 리젠깜프 박사가 살고 있는 아파트에 자리 잡음. 박사의 환자들과 알게 됨. 돈이 떨어져 P. 까레삔에게 돈을 요구. 12월 발자크의 소설 『외제니 그랑데*Eugénie Grandet*』(1834년 판) 번역. 형 미하일에게 공병 학교 친구들과 더불어 번역 작업을 할 것을 제의.

1844년 23세 2월 재정 상태가 극도로 안 좋아짐. 유산 관리인으로부터 일시금을 받고, 토지와 농노에 대한 상속권을 방기함. 8월 제대 신청. 10월 19일 제대함. 『가난한 사람들*Bednye liudi*』 집필 시작.

1845년 24세 1월 『가난한 사람들』 처음부터 다시 쓰기 시작. 3월 소설 『가난한 사람들』 끝냄. 4월 세 번째로 전체 수정. 5월 원고를 친구 그리고로비치Grigorovich에게 읽어 줌. 그리고로비치가 이 글을 가지고 네끄라소프Nekrasov에게 뛰어감. 네끄라소프, 열광하여 그다음 날로 유명한 평론가 벨린스끼에게 보임. 작품이 성공을 거둠. 여름 레벨에 있는 형의 집에서 기거하며 두 번째 중편소설 『분신*Dvoinik*』에 착수함. 11월 하룻밤 만에 「아홉 통의 편지로 된 소설Roman v deviati pis'makh」을 씀. 벨린스끼와 뚜르게네프가 도스또예프스끼의 절도 없는 생활을 비난함. 12월 벨린스끼의 집에서 열린 문학 모임에서 『분신』을 낭독함.

1846년 25세 1월 24일 『뻬쩨르부르그 선집*Peterburgskii sbornik*』에

『가난한 사람들』을 발표. 2월 두 번째 작품인 『분신』을 『조국 수기 *Otechestvennye zapiski*』에 발표. 봄 뻬뜨라셰프스끼를 알게 됨. 여름 레벨에 있는 형 집에서 「쁘로하르친 씨Gospodin Prokharchin」 집필. 10월 5일 게르쩬을 알게 됨. 『여주인*Khoziaika*』과 『네또츠까 네즈바노바*Netochka Nezvanova*』 쓰기 시작. 가벼운 간질 증세. 10월 「쁘로하르친 씨」를 잡지 『조국 수기』에 발표.

1847년 26세 1월 소설 「아홉 통의 편지로 된 소설」을 잡지 『동시대인 *Sovremennik*』에 발표. 1~3월 벨린스끼와 절연. 6월 「뻬쩨르부르그 연대기Peterburgskaia letonisi」를 신문 「상뜨 뻬쩨르부르그 통보 Sankt-Peterburgskie vedomosti」에 발표함. 7월 7일 센나야 광장에서 갑작스러운 첫 번째 간질 발작. 7월 15일 뻬쩨르부르그 근교에서 도스또예프스끼의 절친한 친구이자 시인인 B. 마이꼬프가 뇌졸중으로 인해 익사함. 가을 『가난한 사람들』이 단행본으로 나옴. 10~12월 『여주인』을 『조국 수기』지에 발표함.

1848년 27세 5월 28일 비사리온 벨린스끼 사망. 가을 뻬뜨라셰프스끼와 스뻬쉬네프와 화해하고 그들의 사회주의 이론에 흥미를 느낌. 12월 뻬뜨라셰프스끼의 집에서 푸리에주의와 공산주의에 관한 강연을 들음.
• 『조국 수기』에 발표한 작품들 : 「남의 아내Chuzhaia zhena」(1월) 「약한 마음Slavoe serdtse」(2월), 「뽈준꼬프」, 『닳고 닳은 사람 이야기』(1장 「퇴역 군인」, 2장 「정직한 도둑」, 후에 1장은 완전히 삭제하고 제목도 「정직한 도둑Chestnyi vor」으로 바꿈), 「크리스마스 트리와 결혼식Iolka i svad'ba」, 「백야Belye nochi」(12월), 「질투하는 남편」 (「질투하는 남편」을 12월 『조국 수기』에 발표하였으나, 1월에 발표한 「남의 아내」와 합쳐 「남의 아내와 침대 밑 남편」으로 개작함).

1849년 28세 연초에 뻬뜨라셰프스끼 친구들 집에서 금요일마다 열리는 문학 모임에 참석. 1~2월 『조국 수기』에 『네또츠까 네즈바노바』일부 발표(4월 체포로 인해 작업이 중단됨). 4월 7일 푸리에의 탄생일 기념으로 〈뻬뜨라셰프스끼 모임〉에서 점심 식사. 4월 15일 뻬뜨라셰프스끼 집에서 열린 한 모임에서 도스또예프스끼는, 〈절대 왕정의 입장을 신봉했다는 이유로 고골을 비난하는 내용을 담은〉 벨린스끼의 편지를 두 번째로 읽음. 4월 23일 고발에 의해 새벽 5시에 체포당함. 9월 30일 재판 시작. 11월 13일 벨린스끼의 〈사악한〉 편지를 퍼뜨린 죄목으로 사형을 선고받음. 12월 22일 세묘노프스끼 광장에서 사형수들의 형을 집행하기 직전, 황제의 특사로 형 집행이 중단되고 강제 노동형으로 감형됨.

1850년 29세 1월 11일 또볼스끄에 도착하여 이곳에서 여러 명의 12월 당원(제까브리스뜨) 아내들의 방문을 받음. 그중 폰비진의 아내는 그에게 10루블짜리 지폐가 표지에 숨겨진 복음서를 몰래 건네줌. 1월 23일 옴스끄에 도착하여 4년을 지냄. 이 기간 동안 가족에게 편지 쓰기를 금지당한 채 혹독하고 비참한 수용소 생활을 견뎌 냄.

1854년 33세 2월 중순 출옥. 2월 22일 감옥 생활을 묘사한 편지를 형에게 보냄. 3월 2일 시베리아 전선 세미팔라친스끄에 주둔 중인 제7대대에 배치됨. 봄에 세무관 이사예프와 알게 됨. 이사예프 부인에게 반함. 이 기간에 뚜르게네프, 똘스또이, 곤차로프, 칸트, 헤겔 등의 서적을 탐독함. 11월 21일 세미팔라친스끄에 검찰관으로 임명된 브란겔 남작과 가까운 친구가 됨.

1855년 34세 2월 18일 니꼴라이 1세 사망. 8월 4일 세무관 이사예프 사망. 12월 브란겔, 세미팔라친스끄를 떠남.
• 이해에 『죽음의 집의 기록 Zapiski iz miortvogo doma』을 쓰기 시작.

1856년 35세 브란겔, 상뜨 뻬쩨르부르그에서 도스또예프스끼의 사면을 위해 활동을 함. 11월 26일 마리야 드미뜨리예브나 이사예프가 오랜 망설임 끝에 도스또예프스끼의 청혼을 승낙함.

1857년 36세 2월 6일 마리야 드미뜨리예브나 이사예프와 결혼. 4월 17일 이전의 권리(세습 귀족 신분)를 되찾음. 8월 감옥에서 구상하고 집필에 들어갔던 「꼬마 영웅 Malenkii geroi」이 『조국 수기』에 M이라는 익명으로 실림. 12월 간질 증세로 인해 군복무를 계속할 수 없다는 진단을 받음.

1858년 37세 봄 까뜨꼬프에게 편지를 보내 『러시아 통보 *Russkii vestnik*』지에 중편소설 게재를 요청함. 까뜨꼬프 받아들임. 6월 19일 형 미하일이 정치와 문학 잡지 『시대 *Vremia*』지의 출판 허가를 요청함. 9월 30일 미하일, 잡지 출판 허가받음. 10월 31일 돈 떨어짐. 두 편의 중편과 장편 한 편을 씀.

1859년 38세 3월 18일 하사관으로 제대함. 3월 『아저씨의 꿈 *Diadiushkin son*』이 『러시아 말 *Russkoe slovo*』지에 실림. 4월 11일 소설 『스쩨빤치꼬보 마을 사람들 *Selo stepantikovo*』을 까뜨꼬프에게 보냄. 7월 2일 세미팔라친스끄를 떠나 뜨베리로 감. 8월 19일 뜨베리 도착. 8월 28일 형 미하일이 도착하여 며칠간 동생과 함께 지냄. 도스또예프스끼, 상뜨 뻬쩨르부르그에서 거주할 허가를 얻기 위해 교섭. 뜨베리에 싫증을 냄. 10월 6일 네끄라소프, 『동시대인』지에서 『스쩨빤치꼬보 마을 사람들』출판에 동의함. 도스또예프스끼는 『죽음의 집의 기록』집필 구상. 11월 상뜨 뻬쩨르부르그 거주를 허가받음. 그러나 평생 비밀 경찰의 감시를 받게 됨. 12월 상뜨 뻬쩨르부르그에 도착(10년 만의 귀환). 며칠 후 스뜨라호프 Strakhov와 알게 되고 친구가 됨. 후에 그는 도스또예프스끼의 공식 전기를 쓰게 됨. 11~12월 『스쩨빤치꼬보 마을 사람들』이 『조국 수기』지에 실림.

1860년 39세 봄 여배우 A. I. 쉬베르뜨의 집에 드나들게 되고 그녀의 남동생 내외와도 알게 됨. 3~4월 〈문학 기금〉을 위한 두 편의 연극에 참여(고골의 「검찰관 *Revizor*」과 「코 *nos*」). 9월 『러시아 세계 *Russkii mir*』지(67호)에 『죽음의 집의 기록』연재 시작. 11월 검열 당국은 『죽음의 집의 기록』의 불온한 표현들을 삭제한다는 조건으로 이 책의 출판을 허가함. 가을 형과 함께 문학 서클 〈편집자들의 모임〉 결성. 당대의 유명 인사들이 대거 참여.

• 도스또예프스끼의 작품들이 두 권의 책으로 나옴.

1권 : 『가난한 사람들』, 『네또츠까 네즈바노바』, 「백야」, 「정직한 도둑」, 「크리스마스 트리와 결혼식」, 「남의 아내와 침대 밑 남편」, 「꼬마 영웅」. 2권 : 『아저씨의 꿈』, 『스쩨빤치꼬보 마을 사람들』.

1861년 ⁴⁰세   3월 5일 2월 19일의 농노 해방령이 시행됨. 7월『상처받은 사람들 Unizhennye i oskorblionnye』마지막 손질.『시대』지에 기고. 9월『상처받은 사람들』출판 허가. 이 해에 많은 작가들과 관계를 맺음. 그중에는 곤차로프, 오스뜨로프스끼, 살띠꼬프 쉬체드린도 있음.
• 『상처받은 사람들』이 두 권의 단행본으로 출간됨.

1862년 ⁴¹세   1월『죽음의 집의 기록』의 두 번째 부분이『시대』지에 실림. 1월 16일『죽음의 집의 기록』의 단행본을 내기 위해 바주노프와 계약. 5월 온천에 가기 위해 통행증 신청. 5월 16일 상뜨 뻬쩨르부르그에서 화재 발생, 15일간 계속되어 1천여 개의 상점이 잿더미가 됨. 도스또예프스끼, 크게 놀람. 6월 7일 처음으로 외국 여행. 6월 8~26일 베를린, 드레스덴, 프랑크푸르트, 쾰른, 파리 등을 여행. 7월 초 런던에 가서 게르쩬 만남. 〈도스또예프스끼가 어제 나를 만나러 왔습니다. 그는 순수하고, 그다지 명석하지는 않지만 매력있는 사람입니다. 그는 러시아 민족을 열광적으로 믿고 있습니다.〉(1862년 7월 17일 게르쩬이 오가레프Ogarev에게 보낸 편지) 7월 7일 체르니셰프스끼Chernyshevskii가 체포되어 뻬뜨로 빠블로프스끄 감옥에 감금됨. 7월 8일 도스또예프스끼, 파리로 돌아가기 전 게르쩬에게 자신의 서명이 든 사진을 선물함. 7월 15일 쾰른으로 갔다가 라인 강을 거쳐 스위스로, 그 후엔 이탈리아로 감. 12월『시대』지에『악몽 같은 이야기 Skvernyi anekdot』발표.

1863년 ⁴²세   2월『시대』지에「여름 인상에 대한 겨울 메모 Zimnie zametki o letnikh vpechatleniakh」연재됨. 4월『시대』지, 스뜨라호프가 1월에 발생한 폴란드인의 무장봉기 실패에 관해서 폴란드인에게 유리한 기사를 실었다는 이유로 4호로 발행 정지됨. 5월『시대』지 출판 금지 당함. 8월 외국으로 떠남. 8월 14일 파리에 도착하여 다음 날 먼저 와 있던 수슬로바와 만남. 둘의 관계가 악화되고 그는 노름판에서 돈을 잃음. 9월 수슬로바와 이탈리아로 출발. 바덴바덴에서 머물다가 뚜르게네프를 만남. 노름판에서 3천 프랑을 잃음. 바덴바덴을 떠나 토리노로 감. 그다음 제네바로 가서 도스또예프스끼는 시계를, 수슬로바는 반지를 저당잡힘. 그 후 제네바, 로마, 리보르노로 여행. 9월 17일 로마의 성 베드로 성당 방문. 9월 18일 포럼 산책. 스뜨라호프에게 편지를 보내 『노름꾼 Igrok』에 대한 이야기와 돈이 궁한 사정을 호소함. 스뜨라호프는 도스또예프스끼가 토리노로 가기 전, 그에게서 〈독서를 위한 총서〉의 편집자가 되겠다는 약속을 받아 냄. 10월 수슬로바와 나폴리 체류. 그곳에서 게르쩬 가족을 만남. 그 후 토리노로 돌아옴. 10월 8일 수슬로바와 헤어짐. 수슬로바는 파리로 떠남. 도스또예프스끼는 함부르크로 가서 도박을 하고 돈을 잃음. 수슬로바에게 편지를 보내 350프랑을 받음. 이 시기에 『노름꾼』과 『지하로부터의 수기 Zapiskii iz podlpol'ia』 쓰기 시작. 10월의 마지막 10일 동안 러시아로 돌아감. 11월 형 미하일, 내무부 장관 발루예프에게 『시대』지를 다른 이름으로 낼 수 있게 해달라고 요청.

1864년 43세 1월 발루예프, 형 미하일에게 『세기 Epokha』지 출판 허가 내줌. 3월 21일 『세기』지 첫 호 나옴. 3~4월 『지하로부터의 수기』를 『세기』지에 발표. 4월 4일 〈오전 문학 모임〉에서 『죽음의 집의 기록』의 일부를 낭독함. 4월 14~15일 아내 마리야 드미뜨리예브나의 건강 상태 악화. 새벽 4시에 병자 성사. 낮 동안 각혈 계속됨. 저녁 7시에 숨을 거둠. 4월 16일 죽은 아내의 머리맡에서 수첩에 자신의 반성을 적음. 〈아내 마샤는 탁자 위에서 쉬고 있다. 마샤를 다시 볼 수 있을까?〉 4월 말 뻬쩨르부르그로 돌아감. 7월 10일 아침 7시, 빠블로프스끄에서 형 미하일 사망. 그의 아내가 『세기』지 발간을 계속해 나갈 것을 허가받음. 9월 25일 친구 아뽈론 그리고리예프 죽음.
• 『죽음의 집의 기록』이 두 권의 독일어 판으로 라이프치히 출판사에서 나옴.

1865년 44세 3월 31일 친구 브란겔에게 아내의 죽음을 알리는 편지를 씀. 〈그녀는 나를 무척이나 사랑했지. 그리고 나도 그녀를 한없이 사랑했네. 그런데 우린 이제 함께 행복을 나눌 수 없게 되었어……. 내 삶은 갑자기 둘로 나뉘어 버렸어.〉 이 시기에 꼬르빈 끄루꼬프스까야 부인, 후에 유명한 수학자가 된 소피야 꼬발레프스까야와의 우정이 시작됨. 4~5월 꼬르빈 끄루꼬프스까야 부인에게 청혼하나 거절당함. 5월 10일 외국 여행을 위해 여권 신청. 6월 『세기』지 2호에 「악어」 연재 (「기이한 사건 혹은 아케이드에서의 돌발적 사건」이라는 제목으로 연재 시작). 『세기』지, 재정난으로 발행 중단(통권 13호). 여름에 출판업자 스쩰로프스끼와 계약을 맺고 자기의 모든 작품을 양도하고 1866년 11월 1일까지 일정 페이지의 새 소설을 탈고하겠다고 약속함. 계약을 이행하지 못할 경우 스쩰로프스끼는 보조금 지급 없이 이후의 모든 작품에 대한 저작권을 가지기로 함. 도스또예프스끼, 3천 루블을 받고 모든 작품의 저작권을 팔아 버림. 7월 말 비스바덴에 도착. 8월 3일 뚜르게네프에게 편지를 보내 노름판에서 거액을 잃은 사실을 알리고 1백 탈러를 보내 달라고 부탁함. 수슬로바, 도스또예프스끼를 만나러 비스바덴으로 감. 8월 8일 50탈러를 부쳐 주어서 고맙다는 편지를 뚜르게네프에게 씀. 9월 밀류꼬프에게 편지를 보내 어디든 상관없으니 중편소설을 팔아 당장 8백 루블을 보내 달라고 부탁하지만 허탕. 〈나는 호텔에 묵고 있습니다. 빚이 불어나서 위협을 받고 있습니다. 그리고 한 푼도 없는 실정입니다.〉 밀류꼬프는 〈독서를 위한 총서〉, 『동시대인』, 『조국 수기』지에 요청하지만 모두 그가 요구하는 선불금을 거절함. 까뜨꼬프에게 『죄와 벌 Prestuplenie i nakazanie』의 구상을 알리는 편지의 초안 작성. 편지에 소설의 줄거리 묘사. 10월 코펜하겐에 도착하여 친구 브란겔의 집에서 10일을 보냄. 15일 상뜨 뻬쩨르부르그로 돌아옴. 11월 2일 수슬로바를 만나 다시 청혼함. 11월 8일 브란겔에게 보낸 편지에서 돌아온 첫 주에 세 차례의 간질 발작이 있었음을 알림. 까뜨꼬프가 그에게 선불금 지급. 11월 말 『죄와 벌』 초고를 태워 버림. 〈새 형식, 새 플롯이 내 마음을 사로잡아 나는 모두 다시 시작했다.〉 (1866년 2월 18일 브란겔에게 보낸 편지)『죄와 벌』을 쓰는 동안 센나야 광장 근처로 자주 산책 나감. 어느 날 술 취한 군인이 다가와 목에 걸고 있던 십자가를 팔겠다고 해 그 십자가를 사서 목에 걸고 다님. 1867년 외국으로 떠날 때 상뜨 뻬쩨르부르그에 놓고 갔으며 이후 없어짐.

• 도스또예프스끼의 전집이 작가의 검토와 보충을 거쳐 스쩰로프스끼 출판사에서 나옴.

1권 : 「여주인」, 「쁘로하르친 씨」, 「약한 마음」, 『죽음의 집의 기록』, 『가난한 사람들』, 「백야」, 「정직한 도둑」. 2권 : 『상처받은 사람들』, 『지하로부터의 수기』, 「악몽 같은 이야기」, 「여름 인상에 대한 겨울 메모」 등.

도스또예프스끼의 여러 단편들과 중편들이 같은 출판사에서 단행본으로 나옴. 『가난한 사람들』, 「백야」, 「약한 마음」, 「여주인」, 「쁘로하르친 씨」 등. 『죽음의 집의 기록』의 세 번째 판이 검토를 거치고 새 장들이 추가되어 나옴.

1866년 45세 1월 『죄와 벌』, 『러시아 통보』지에 연재 시작(12월호로 완결). 1월 14일 고리대금업자 뽀뽀프와 그의 하녀 노르만이 대학생 다닐로프에게 살해되고 금품을 강탈당함. 도스또예프스끼는 『백치 Idiot』를 쓰며 이 사건을 숙고함. 3~4월 『동시대인』지에 『죄와 벌』에 대한 비호의적인 평이 실림. 4월 4일 러시아 황제 알렉산드르 2세에 대한 까라꼬조프의 암살 계획. 도스또예프스끼는 이 사건에 깜짝 놀람. 6월 여름을 여동생의 가족이 사는 곳에서 가까운 모스끄바의 교외 지역인 류블리노에서 보냄. 『노름꾼』의 줄거리와 『죄와 벌』 5부 작업. 『러시아 통보』의 편집자 까뜨꼬프에게 부도덕한 장면이라고 지적당한 2부의 6장을 수정해야 했음(라스꼴리니꼬프와 소냐가 복음서를 읽는 장면). 9월 까라꼬조프에 대한 재판과 판결. 도스또예프스끼는 작가 노트와 『악령』의 도입부에서 이 재판에 대해 언급함. 10월 스쩰로프스끼에게 약속한 소설을 제때에 끝내기 위해 속기사를 고용하기로 결심함. 10월 3일 저녁때 안나 그리고리예브나 스니뜨끼나Anna Grigorievna Snitkina가 찾아와 속기사로 일하겠다고 함. 그다음 날 『노름꾼』 구술 시작. 29일에 끝냄. 30일, 31일 원고 정서함. 11월 『노름꾼』 원고를 스쩰로프스끼에게 가져감. 스쩰로프스끼는 자리에 없고 그의 서기가 원고를 거절함. 도스또예프스끼는 출판사 부근의 경찰서에 소설을 맡김. 11월 3일 어머니 집에 있는 안나 그리고리예브나를 방문함. 그리고 『죄와 벌』 마지막 부분을 속기해 달라고 부탁함. 11월 8일 안나 그리고리예브나에게 청혼. 그녀의 수락. 이달 말, 도스또예프스끼는 하나뿐인 외투를 저당잡혀 쪼들리는 친척들을 도움.

• 도스또예프스끼 전집 제3권 나옴(스쩰로프스끼 출판사).

수록 작품: 『노름꾼』, 『분신』, 「크리스마스 트리와 결혼식」, 「남의 아내와 침대 밑 남편」, 「꼬마 영웅」, 「네또츠까 네즈바노바」, 「아저씨의 꿈」, 『스쩨빤치꼬보 마을 사람들』. 스쩰로프스끼 출판사에서 단편, 중

단편들이 단행본으로 나옴. 『분신』, 『지하로부터의 수기』, 『노름꾼』, 「크리스마스 트리와 결혼식」, 「악어 Krokodil」, 「악몽 같은 이야기」 등. 『상처받은 사람들』 세 번째 개정판(스쩰로프스끼 출판사). 『스쩨빤치꼬보 마을 사람들』의 세 번째 판(스쩰로프스끼 출판사).

1867년 ^{46세} 2월 15일 저녁 7시, 삼위일체 대성당에서 도스또예프스끼와 안나 그리고리예브나의 결혼식. 3월 30일 도스또예프스끼와 그의 아내, 모스끄바에 도착. 듀소 호텔로 감. 모스끄바에서 보석상 까밀꼬프가 양갓집 아들 마주린에게 살해당하는 사건이 발생. 도스또예프스끼는 이 범죄 사건을 『백치』의 마지막에 이용함. 4월 도스또예프스끼 부부, 외국으로 갈 계획 세움. 4월 12일 안나 그리고리예브나, 돈을 빌리기 위해 개인 물품을 저당잡힘. 빌린 돈의 일부를 도스또예프스끼 가족에게 줌. 4월 14일 도스또예프스끼 부부, 외국으로 떠나 4년 넘게 체류. 안나 그리고리예브나 일기 쓰기 시작. 4월 17일과 18일 베를린 체류. 4월 19일 드레스덴에 도착. 미술관에서 라파엘의 마돈나 감상. 책 사들임. 5월 4일 도스또예프스끼, 룰렛 게임을 하러 함부르크로 출발. 5월 5일 도박을 하여 처음엔 땄으나 그 후에 거액을 잃고 아내에게 여러 차례 돈을 요구하지만 이 돈마저 잃음. 5월 15일 드레스덴으로 돌아옴. 5월 25일 알렉산드르 2세에 대한 폴란드 이민자 베레조프스끼의 암살 음모. 파리 체류. 6월 디킨스, 위고를 읽음. 베토벤, 바그너의 음악회 감상. 이달 여러 번의 간질 발작을 일으킴. 6월 21일 도스또예프스끼 부부, 바덴바덴으로 떠남. 이후 룰렛 게임을 계속함. 6월 28일 뚜르게네프를 만나러 감. 러시아와 서양의 관계에 대한 생각 차이로 말다툼. 7월 10일 도박으로 마지막 남은 돈을 잃음. 물건을 저당잡힘. 7월 16일 도벨린스끼에 대한 기사 쓰기 시작. 8월 11일 도스또예프스끼 부부, 제네바로 떠남. 바젤에 들러 미술관 방문. 8월 13일 제네바 도착. 8월 28일 가리발디와 바꾸닌의 협력으로 제네바에서 평화와 자유 연맹의 첫 번째 회의 열림. 도스또예프스끼, 여러 회의에 참석. 9월 도박으로 또 손해를 봄. 제네바에 싫증을 냄. 경제 사정 매우 악화. 10월 『백치』 집필. 도박으로 돈을 잃음. 물건을 저당잡힘. 12월 6일 『백치』의 최종 원고 작업 돌입. 〈내 소설의 주요 생각은 지극히 완전한 사람을 그

리는 데 있다.〉
- 『죄와 벌』 수정판이 두 권으로 바주노프 출판사에서 나옴.

1868년 [47세] 2월 22일 딸 소피야 태어남. 3월 10일 한 가족(6명)이 땀보프에서 살해되는 사건 발생. 16세의 고등학생이 용의자로 지목됨. 도스또예프스끼는 이 사건을 『백치』 2부에 이용함. 도박 계속. 5월 12일 어린 딸 소피야 죽음. 9월 밀라노 도착. 성당에 감. 11월 피렌체로 출발. 그곳에서 겨울을 남.
- 『러시아 통보』지에 『백치』 게재.

1869년 [48세] 봄 러시아의 친구들과 활발한 서신 교환. 무신론에 관한 소설을 구상. 7월 프라하에서 사흘을 보낸 다음 베네치아, 볼로냐를 거쳐 드레스덴으로 돌아감. 9월 14일 딸 류보프 출생. 11월 21일 모스끄바에서 혁명 운동가 네차예프를 지도자로 하는 〈민중의 복수〉라는 혁명 단체가 불복종을 이유로 농학과 학생 이바노프를 암살함(소위 네차예프 사건). 도스또예프스끼는 이 사건을 주의 깊게 연구하여 후에 『악령 besy』에 이용함.

1870년 [49세] 봄 니힐리즘에 대한 〈악의적인 것〉 작업(『악령』). 6~8월 프랑스-프로이센 전쟁. 도스또예프스끼, 자기 일기와 서신에 유럽의 사건들에 대해 언급.
- 『오로라 L'Aurore』에 『영원한 남편 Vechniimuzh』 실림. 『죄와 벌』, 전집 제4권으로 나옴(스쩰로프스끼 출판사).

1871년 [50세] 1월 『러시아 통보』지에 『악령』 연재 시작. 3~5월 파리 코뮌. 도스또예프스끼의 편지와 『미성년 Podrostok』의 작가 노트에서 이 사건을 반영했음을 밝힘. 4월 비스바덴에 가서 룰렛 게임. 돈을 잃고 아내에게 편지를 써서 다시는 도박을 하지 않겠다고 약속함. 러시아가 그리워져서 다시 돌아갈 생각을 함. 7월 1일 네차예프의 재판. 재판의 내용이 『악령』 2부와 3부에서 이용됨. 7월 5일 드레스덴을 떠나 뻬쩨르부르그 도착. 7월 16일 뻬쩨르부르그에서 아들 표도르 태어남.
- 바주노프 사에서 〈동시대 작가 총서〉의 하나로 『영원한 남편』이 단행본으로 나옴.

1872년 51세 4~5월 딸 류보프의 팔이 부러짐. 도스또예프스끼, 뜨레 쨔꼬프에게 주문받은 초상화를 그리기 위해 뻬로프의 모델이 됨. 5월 15일 여름을 지내기 위해 스따라야 루사로 떠남. 며칠 후 딸의 잘 낫지 않는 팔을 수술하기 위해 뻬쩨르부르그로 다시 돌아옴. 10월 30일 『시민 *Grazhdanin*』지에서 도스또예프스끼와 공동 작업할 것임을 알림. 11~12월 안나 그리고리예브나, 『악령』을 직접 출판하기 위해 교섭. 도스또예프스끼, 『시민』지의 편집 일을 맡음. 12월 말 도스또예프스끼, 『시민』지 1호에 『작가 일기』 제1장 원고 조판 작업. 독감과 폐기종으로 고생하기 시작.

1873년 52세 1월 1일 『시민』지 제1호가 나옴. 편집장을 맡음. 1월 7일 끼르끼즈 대표단이 겨울 궁전으로 알렉산드르 2세를 접견하러 감. 검열 당국의 사전 허가를 받지 않은 점을 변명하기 위해 도스또예프스끼도 따라감. 뽀베도노스쩨프(성무권의 담당 검사관)가 왕위 계승자 알렉산드르 알렉산드로비치에게 편지와 『악령』 견본 보냄. 2월 26일 안나 그리고리예브나가 출판한 『악령』 판매 시작. 2월 27일 슬라브 자선 단체의 회원으로 뽑힘. 6월 11일 검열법 위반으로 25루블의 벌금형과 48시간의 구류(끼르끼즈 대표단 사건) 처분받음. 6월 15일 시인 쮸체프 사망. 그에 대한 글을 『시민』지에 기고함.
• 『악령』이 세 권의 단행본으로 나옴. 정치적, 연대기적, 문학적 기사와 중편소설, 일상 생활을 묘사한 『작가 일기』가 『시민』지에 연재됨. 『작가 일기』(『시민』지 제6호)에 단편 「보보끄」가 실림.

1874년 53세 1월 『백치』, 두 권의 단행본으로 나옴. 3월 11일 『시민』지 10호에 기고한 글 〈러시아에 사는 독일인들에 대한 비스마르크 왕자의 생각과 관련된 두 단어〉로 잡지는 첫 번째 경고를 받음. 3월 21일과 22일 센나야 광장의 보초에게 체포당함. 이때 『레 미제라블』을 다시 읽음. 4월 22일 건강상의 이유로 『시민』지의 편집장직 사퇴. 그러나 기고는 중단하지 않음. 6월 4일 스따라야 루사를 떠나 엠스에 온천요법을 받으러 감. 6월 12일 엠스에 도착. 독감에 걸림. 엠스에 싫증을 냄. 뿌쉬낀을 다시 읽고 『미성년』 작업. 〈엠스가 너무 싫은 나머지 감옥이 더 나을 것 같다.〉 7~8월 제네바에 가서 딸 소냐의 무덤에 감. 8월

10일 스따라야 루사로 돌아옴. 이곳에서 겨울을 나기로 결심함. 10월 12일 네끄라소프에게 보낸 편지에 『조국 수기』지에 자기 소설 『미성년』이 실릴 것이라고 알림.

1875년 54세 4월 9일 안나 그리고리예브나, 꾸르스끄 지방에 있는 남동생 아내의 땅을 소작하기로 남동생과 합의. 5월 26일 도스또예프스끼, 엠스로 떠남. 처음 왔을 때와 같은 참기 힘든 인상을 받음. 욥기를 읽음. 7월 7일 스따라야 루사로 돌아옴. 8월 10일 아들 알렉세이 태어남. 12월 길에서 일곱 살의 거지 어린애와 자주 만나며 그의 생활에 관심을 가지고 질문을 함. 현대의 부모와 아이들에 관한 소설 구상. 12월 27일 비행 청소년을 위한 감화원 방문. 12월 31일 개인 잡지 『작가 일기』의 발행 허가가 내려짐.
- 『죽음의 집의 기록』 제4판이 두 권의 책으로 나옴. 『미성년』이 『조국 수기』(1~12월호)에 실림.

1876년 55세 1월 월간 『작가 일기』 제1호 발행. 단편 「예수의 크리스마스 트리에 초대된 아이」 발표. 2월 『작가 일기』 2월호에 단편 「농부 마레이」 발표. 3월 영적 경험. 『작가 일기』 3월호에 단편 「백 살의 노파」 실림. 5월 18일 안나 그리고리예브나, 남동생에게 스따라야 루사에 집을 한 채 사놓으라고 시킴. 7월 도스또예프스끼, 엠스로 떠남. 그곳에서 의사는 〈죽으려면 아직도 멀었다〉고 안심시킴. 10월 도스또예프스끼가 『작가 일기』에서 말한 계모 꼬르닐로바의 재판이 열림. 그는 죄수를 두 번 방문함. 『작가 일기』는 점점 더 풍부한 통신란이나 다름없게 됨. 11월 도스또예프스끼는 뽀베도노스쩨프의 충고에 대해 『작가 일기』의 별책들을 유명해지게 할 것을 제안. 『온순한 여자 Krotkaia』 집필, 『작가 일기』 11월호에 발표. 12월 6일 까잔 광장에서 대학생들의 시위와 난투극. 『작가 일기』에서 이 사건을 상세히 다룸.
- 『미성년』이 3권의 단행본으로 나옴. 『작가 일기』 계속 발간.

1877년 56세 봄 스따라야 루사에 안나 그리고리예브나의 동생 명의로 집을 사들임. 4월 러시아 황제의 성명. 러시아 군대가 터키 영토에 진입. 도스또예프스끼는 성명을 읽고 까잔 성당에 감. 4월 22일 꼬르닐로바의 두 번째 재판에 참석함. 피고는 무죄 석방됨. 검사는 처음 선고는 『작가 일기』의 기사에 따라 취소되었다고 말함. 『작가 일기』 4월호에 단편 「우스운 사람의 꿈」 발표. 도스또예프스끼 가족, 여름을 안나 그리고 리예브나의 남동생 소유지에서 보냄. 7월 『안나 까레니나』 8부가 단행본으로 나옴. 전쟁에 대한 똘스또이의 반체제적 견해 때문에 거부되었던 책으로 『러시아 통보』지의 편집부에서 펴냄. 도스또예프스끼, 그 책을 구입. 7월 19일 꾸르스끄 지방으로 떠남. 어린 시절을 보낸 다로보예로 감. 12월 27일 시인 네끄라소프 사망. 충격에 싸인 도스또예프스끼는 밤을 새워 죽은 시인의 시를 낭독함. 12월 29일 연말 공식 회의에서 도스또예프스끼가 과학 아카데미 러시아 문헌 분과의 객원 회원으로 뽑혔음을 알려 옴. 12월 30일 네끄라소프 장례식에서 간단한 연설을 함.
• 『작가 일기』 계속 발간. 『죄와 벌』 4판이 두 권으로 나옴. 『온순한 여자』가 「상뜨 뻬쩨르부르그 신문」에 프랑스어로 번역됨. 단행본으로도 나옴.

1878년 57세 연초 도스또예프스끼, 매달 문학인 협회가 주관하는 저녁 모임 참가. 3월 베라 자술리치의 재판. 베라는 정치범을 하찮은 이유로 채찍질한 뜨레뽀프 경찰국장을 저격. 도스또예프스끼, 재판 방청. 5월 16일 세 살의 어린 아들 알렉세이 도스또예프스끼, 갑작스러운 간질 발작으로 죽음. 아들이 죽은 후 그는 자주 블라지미르 솔로비요프를 만남. 6월 23일 솔로비요프와 함께 러시아 영성의 중심지 중 하나인 옵찌나 수도원에 감. 암브로시 장로와 두 번의 대화. 그로부터 『까라마조프 씨네 형제들 Brat'ia Karamazovy』의 영감을 얻음. 12월 계획을 세우고 『까라마조프 씨네 형제들』의 첫 부분 씀. 12월 14일 『상처받은 사람들』의 넬리 이야기를 자선 문학의 밤 모임에서 낭독. 〈문학 기금〉의 저녁 모임에서 뿌쉬낀의 『예언자』를 읽음. 이 겨울 동안 문단에 자주 나옴.
• 『작가 일기』 1877년 12월호가 1878년 1월에 나옴.

1879년 58세 3월 9일 〈문학 기금〉을 위한 연회에서 도스또예프스끼는 『까라마조프 씨네 형제들』의 일부분을 낭독함. 3월 13일 뚜르게네프 기념 오찬 모임에서 뚜르게네프와 도스또예프스끼 사이의 별로 좋지 않은 이야기들이 회자됨. 3월 20일 어린 딸을 괴롭힌 혐의로 고발 당한 외국인 브룬스트의 재판. 도스또예프스끼는 이 사건에 매우 깊은 인상을 받아 『까라마조프 씨네 형제들』에 이용함. 도스또예프스끼는 술 취한 남자 때문에 길에 넘어져 얼굴에 상처를 입음. 그의 항의에도 불구하고 가해자는 16루블의 벌금형을 받음. 빅토르 위고의 주재로 열리는 런던 문학 회의에 참여해 달라는 요청을 건강상의 이유로 거절함. 7월 22일 엠스로 떠남. 베를린에서 이틀 머무름. 수족관, 박물관, 티어가르텐 구경. 7월 24일 엠스 도착. 그가 이곳에 머무는 동안 그의 아내는 아이들을 데리고 그녀의 친척인 꾸마넌 부인의 토지 분할 문제를 처리하기 위해 랴잔 지방에 감. 꾸마넌 부인은 2백 평방미터의 산림과 1백 평방미터의 경작지를 보유. 8월 6일 형수 죽음. 9월 러시아로 돌아옴. 『까라마조프 씨네 형제들』 작업. 10월 알렉세이 똘스또이의 미망인, 똘스또이 백작 부인이 도스또예프스끼에게 드레스덴 박물관에 있는 라파엘의 「시스티나의 마돈나」 사진을 보여 줌.

• 『까라마조프 씨네 형제들』(소설 3부의 제4권까지) 『러시아 통보』에서 나옴. 『작가 일기』 제2판 1876년. 『상처받은 사람들』 제5판.

1880년 59세 1월 도스또예프스끼의 아내가 출판한 작품 판매. 1월 17일 도스또예프스끼와 프랑스 외교관이자 작가인 보귀에 사이에 논쟁〔보귀에는 후에 유명한 책, 『러시아 소설』(1886)을 씀〕. 도스또예프스끼는 다음과 같이 말함. 〈우리는 모든 민족들이 가진 특징을 가지고 있습니다. 그 위에 모든 러시아의 특징도. 그 이유는 우리는 당신들을 이해할 수 있기 때문입니다. 그러나 당신들은 우리에 미치지 못합니다.〉 자선 문학의 밤 행사에 여러 번 참여, 자기 작품의 몇몇 부분을 읽음. 4월 6일 뻬쩨르부르그 대학에서 열린 블라지미르 솔로비요프의 박사 논문 통과 심사에 참석. 5월 11일 모스끄바에서 열리는 뿌쉬낀 동상 제막식에서 슬라브 자선 단체의 대표로 임명됨. 5월 23일 모스끄바 도착. 5월 24일 도스또예프스끼를 축하하는 오찬. 여러 작가들 참석. 6월 6일 뿌쉬낀 동상 제막식. 6월 7일 첫 번째 공개 회의, 뚜르게네프 연설. 6월 8일 두 번째 공개 회의. 도스또예프스끼, 대중의 열광을 불러일으킨 뿌쉬낀에 대한 연설을 함. 월계관을 받음. 저녁에 『예언자』 낭독. 밤에 그는 뿌쉬낀 동상에 가서 자기가 받은 월계관을 바침. 6월 10일 모스끄바를 떠나 스따라야 루사로 감. 『까라마조프 씨네 형제들』 쓰기 시작. 9월 26일 똘스또이가 스뜨라호프에게 편지를 보내 『죽음의 집의 기록』은 뿌쉬낀의 작품을 포함하여 새로운 모든 문학 작품들 중 가장 아름다운 책이라고 말함. 11월 8일 도스또예프스끼, 『러시아 통보』지에 『까라마조프 씨네 형제들』의 마지막 장들을 보냄. 〈내 소설은 끝났습니다. 이 소설에 바친 3년과 출판한 2년, 나에게는 의미 있는 순간입니다. 작별 인사를 하지 않은 것을 용서하시기 바랍니다. 나는 20년은 더 살면서 글을 쓸 작정입니다.〉 11월 29일 한 편지에서 나쁜 건강 상태에 대해 불평(폐기종으로 고생). 12월 10일 젊은 메레쥐꼬프스끼Merezhkovskii의 방문을 허락. 15세의 젊은 시인은 도스또예프스끼에게 자신의 시를 읽어 줌. 〈제대로 쓰기 위해서는 고통을 감내해야 한다.〉

• 〈뿌쉬낀에 대한 연설〉이 『모스끄바 통보』지에 실림. 『까라마조프 씨네 형제들』, 『러시아 통보』지에 연재(11월 완결). 『작가 일기』 제2판 1880년. 『까라마조프 씨네 형제들』 단행본 며칠 만에 동이 남.

1881년 60세 1월 『작가 일기』 작업. 1월 19일 알렉세이 똘스또이의 미망인 집에서 열린 연극 『폭군 이반의 죽음Smert' Groznogo Ivana』에서 수도승 역을 맡음. 1월 26일 상속 문제로 여동생이 찾아와 다투고 간 후 도스또예프스끼 각혈, 5시 반에 의사 폰 브레첼 도착, 진찰 도중 다시 각혈, 의식을 잃음, 6시경 병자 성사를 받음, 7시경 아내와 아이들에게 작별 인사. 1월 27일 각혈 멈춤. 1월 28일 아침 7시 도스또예프스끼는 아내에게 오늘 틀림없이 죽을 것 같다고 말함. 그는 복음서를 아무데나 펼쳐 「마태오의 복음서」 3장, 14~15절을 읽음. 죽음의 전조가 보임. 아침 11시 또 각혈. 저녁 7시 자식들을 불러 아들에게 자신의 성서를 건네줌. 저녁 8시 38분 도스또예프스끼 사망. 1월 31일 알렉산드르 네프스끼 수도원 묘지에 묻힘. 많은 사람들이 긴 행렬을 이루며 그의 죽음을 애도함.

• 『죽음의 집의 기록』 제5판 나옴. 『상처받은 사람들』의 프랑스어 번역이 「상뜨 뻬쩨르부르그 신문」에 실림. 『죽음의 집의 기록』 영어로 번역됨. 『상처받은 사람들』 스웨덴어로 번역됨.

열린책들 세계문학 128 뻬쩨르부르그 연대기 외

옮긴이 이항재 1956년 충남 당진에서 태어나 고려대학교 노어노문학과를 졸업했으며, 동 대학원에서 문학박사 학위를 받았다. 고리끼 세계문학연구소에서 연구교수를 역임했으며, 현재 단국대학교 노어노문학과 교수로 재직 중이다. 저서에 『소설의 정치학』(1999), 『뚜르게네프 — 시인의 마음, 사냥꾼의 눈』(1996), 『러시아 문화의 이해』(1998, 공저), 『러시아 문학개론』(1996, 공저) 등이 있으며, 역서로는 『러시아 문학사』(1995), 『러시아 문학 비평사』(1993), 『러시아의 작가와 사회』(1990) 등이 있다.

지은이 표도르 도스또예프스끼 **옮긴이** 이항재 **발행인** 홍예빈 · 홍유진
발행처 주식회사 열린책들 **주소** 경기도 파주시 문발로 253 파주출판도시
전화 031-955-4000 **팩스** 031-955-4004 **홈페이지** www.openbooks.co.kr
Copyright (C) 주식회사 열린책들, 2000, 2010, *Printed in Korea.*
ISBN 978-89-329-1128-1 04890 **ISBN** 978-89-329-1499-2 (세트)
발행일 2000년 6월 15일 초판 1쇄 2002년 3월 15일 신판 1쇄 2004년 8월 1일 신판 5쇄 2007년 2월 5일 3판 1쇄 2009년 9월 10일 3판 4쇄 2010년 6월 10일 세계문학판 1쇄 2023년 4월 5일 세계문학판 3쇄

이 도서의 국립중앙도서관 출판예정도서목록(CIP)은 서지정보유통지원시스템 홈페이지(http://seoji.nl.go.kr)와 국가자료공동목록시스템(http://www.nl.go.kr/kolisnet)에서 이용하실 수 있습니다.(CIP제어번호:CIP2010001870)

열린책들 세계문학
Open Books World Literature

001 **죄와 벌** 표도르 도스또예프스끼 장편소설 | 홍대화 옮김 | 전2권 | 각 408, 512면

003 **최초의 인간** 알베르 카뮈 장편소설 | 김화영 옮김 | 392면

004 **소설** 제임스 미치너 장편소설 | 윤희기 옮김 | 전2권 | 각 280, 368면

006 **개를 데리고 다니는 부인** 안똔 체호프 소설선집 | 오종우 옮김 | 368면

007 **우주 만화** 이탈로 칼비노 단편집 | 김운찬 옮김 | 416면

008 **댈러웨이 부인** 버지니아 울프 장편소설 | 최애리 옮김 | 296면

009 **어머니** 막심 고리끼 장편소설 | 최윤락 옮김 | 544면

010 **변신** 프란츠 카프카 중단편집 | 홍성광 옮김 | 464면

011 **전도서에 바치는 장미** 로저 젤라즈니 중단편집 | 김상훈 옮김 | 432면

012 **대위의 딸** 알렉산드르 뿌쉬낀 장편소설 | 석영중 옮김 | 240면

013 **바다의 침묵** 베르코르 소설선집 | 이상해 옮김 | 256면

014 **원수들, 사랑 이야기** 아이작 싱어 장편소설 | 김진준 옮김 | 320면

015 **백치** 표도르 도스또예프스끼 장편소설 | 김근식 옮김 | 전2권 | 각 504, 528면

017 **1984년** 조지 오웰 장편소설 | 박경서 옮김 | 392면

019 **이상한 나라의 앨리스** 루이스 캐럴 환상동화 | 머빈 피크 그림 | 최용준 옮김 | 336면

020 **베네치아에서의 죽음** 토마스 만 중단편집 | 홍성광 옮김 | 432면

021 **그리스인 조르바** 니코스 카잔차키스 장편소설 | 이윤기 옮김 | 488면

022 **벚꽃 동산** 안똔 체호프 희곡선집 | 오종우 옮김 | 336면

023 **연애 소설 읽는 노인** 루이스 세풀베다 장편소설 | 정창 옮김 | 192면

024 **젊은 사자들** 어윈 쇼 장편소설 | 정명문 옮김 | 전2권 | 각 416, 408면

026 **젊은 베르테르의 슬픔** 요한 볼프강 폰 괴테 장편소설 | 김인순 옮김 | 240면

027 **시라노** 에드몽 로스탕 희곡 | 이상해 옮김 | 256면

028 **전망 좋은 방** E. M. 포스터 장편소설 | 고정아 옮김 | 352면

029 **까라마조프 씨네 형제들** 표도르 도스또예프스끼 장편소설 | 이대우 옮김 | 전3권 | 각 496, 496, 460면

032 **프랑스 중위의 여자** 존 파울즈 장편소설 | 김석희 옮김 | 전2권 | 각 344면

034 **소립자** 미셸 우엘벡 장편소설 | 이세욱 옮김 | 448면

035 **영혼의 자서전** 니코스 카잔차키스 자서전 | 안정효 옮김 | 전2권 | 각 352, 408면

037 **우리들** 예브게니 자먀찐 장편소설 | 석영중 옮김 | 320면

038 **뉴욕 3부작** 폴 오스터 장편소설 | 황보석 옮김 | 480면

039 **닥터 지바고** 보리스 파스테르나크 장편소설 | 홍대화 옮김 | 전2권 | 각 480, 592면

041 **고리오 영감** 오노레 드 발자크 장편소설 | 임희근 옮김 | 456면

042 **뿌리** 알렉스 헤일리 장편소설 | 안정효 옮김 | 전2권 | 각 400, 448면

044 **백년보다 긴 하루** 친기즈 아이뜨마또프 장편소설 | 황보석 옮김 | 560면

045 **최후의 세계** 크리스토프 란스마이어 장편소설 | 장희권 옮김 | 264면

046 **추운 나라에서 돌아온 스파이** 존 르카레 장편소설 | 김석희 옮김 | 368면

047 **산도칸 – 몸프라쳄의 호랑이** 에밀리오 살가리 장편소설 | 유향란 옮김 | 428면

048 **기적의 시대** 보리슬라프 페키치 장편소설 | 이윤기 옮김 | 560면

049 **그리고 죽음** 짐 크레이스 장편소설 | 김석희 옮김 | 224면

050 **세설** 다니자키 준이치로 장편소설 | 송태욱 옮김 | 전2권 | 각 480면

052 **세상이 끝날 때까지 아직 10억 년** 스뜨루가츠끼 형제 장편소설 | 석영중 옮김 | 224면

053 **동물 농장** 조지 오웰 장편소설 | 박경서 옮김 | 208면

054 **캉디드 혹은 낙관주의** 볼테르 장편소설 | 이봉지 옮김 | 232면

055 **도적 떼** 프리드리히 폰 실러 희곡 | 김인순 옮김 | 264면

056 **플로베르의 앵무새** 줄리언 반스 장편소설 | 신재실 옮김 | 320면

057 **악령** 표도르 도스또예프스끼 장편소설 | 박혜경 옮김 | 전3권 | 각 328, 408, 528면

060 **의심스러운 싸움** 존 스타인벡 장편소설 | 윤희기 옮김 | 340면

061 **몽유병자들** 헤르만 브로흐 장편소설 | 김경연 옮김 | 전2권 | 각 568, 544면

063 **몰타의 매** 대실 해밋 장편소설 | 고정아 옮김 | 304면

064 **마야꼬프스끼 선집** 블라지미르 마야꼬프스끼 선집 | 석영중 옮김 | 384면

065 **드라큘라** 브램 스토커 장편소설 | 이세욱 옮김 | 전2권 | 각 340, 344면

067 **서부 전선 이상 없다** 에리히 마리아 레마르크 장편소설 | 홍성광 옮김 | 336면

068 **적과 흑** 스탕달 장편소설 | 임미경 옮김 | 전2권 | 각 432, 368면

070 **지상에서 영원으로** 제임스 존스 장편소설 | 이종인 옮김 | 전3권 | 각 396, 380, 496면

073 **파우스트** 요한 볼프강 폰 괴테 희곡 | 김인순 옮김 | 568면

074 **쾌걸 조로** 존스턴 매컬리 장편소설 | 김훈 옮김 | 316면

075 **거장과 마르가리따** 미하일 불가꼬프 장편소설 | 홍대화 옮김 | 전2권 | 각 364, 328면

077 **순수의 시대** 이디스 워튼 장편소설 | 고정아 옮김 | 448면

078 **검의 대가** 아르투로 페레스 레베르테 장편소설 | 김수진 옮김 | 384면

079 **예브게니 오네긴** 알렉산드르 뿌쉬낀 운문소설 | 석영중 옮김 | 328면
080 **장미의 이름** 움베르토 에코 장편소설 | 이윤기 옮김 | 전2권 | 각 440, 448면
082 **향수** 파트리크 쥐스킨트 장편소설 | 강명순 옮김 | 384면
083 **여자를 안다는 것** 아모스 오즈 장편소설 | 최창모 옮김 | 280면
084 **나는 고양이로소이다** 나쓰메 소세키 장편소설 | 김난주 옮김 | 544면
085 **웃는 남자** 빅토르 위고 장편소설 | 이형식 옮김 | 전2권 | 각 472, 496면
087 **아웃 오브 아프리카** 카렌 블릭센 장편소설 | 민승남 옮김 | 480면
088 **무엇을 할 것인가** 니꼴라이 체르니셰프스끼 장편소설 | 서정록 옮김 | 전2권 | 각 360, 404면
090 **도나 플로르와 그녀의 두 남편** 조르지 아마두 장편소설 | 오숙은 옮김 | 전2권 | 각 408, 308면
092 **미사고의 숲** 로버트 홀드스톡 장편소설 | 김상훈 옮김 | 424면
093 **신곡** 단테 알리기에리 장편서사시 | 김운찬 옮김 | 전3권 | 각 292, 296, 328면
096 **교수** 샬럿 브론테 장편소설 | 배미영 옮김 | 368면
097 **노름꾼** 표도르 도스또예프스끼 장편소설 | 이재필 옮김 | 320면
098 **하워즈 엔드** E. M. 포스터 장편소설 | 고정아 옮김 | 512면
099 **최후의 유혹** 니코스 카잔차키스 장편소설 | 안정효 옮김 | 전2권 | 각 408면
101 **키리냐가** 마이크 레스닉 장편소설 | 최용준 옮김 | 464면
102 **바스커빌가의 개** 아서 코넌 도일 장편소설 | 조영학 옮김 | 264면
103 **버마 시절** 조지 오웰 장편소설 | 박경서 옮김 | 408면
104 **10 1/2장으로 쓴 세계 역사** 줄리언 반스 장편소설 | 신재실 옮김 | 464면
105 **죽음의 집의 기록** 표도르 도스또예프스끼 장편소설 | 이덕형 옮김 | 528면
106 **소유** 앤토니어 수전 바이어트 장편소설 | 윤희기 옮김 | 전2권 | 각 440, 488면
108 **미성년** 표도르 도스또예프스끼 장편소설 | 이상룡 옮김 | 전2권 | 각 512, 544면
110 **성 앙투안느의 유혹** 귀스타브 플로베르 희곡소설 | 김용은 옮김 | 584면
111 **밤으로의 긴 여로** 유진 오닐 희곡 | 강유나 옮김 | 240면
112 **마법사** 존 파울즈 장편소설 | 정영문 옮김 | 전2권 | 각 512, 552면
114 **스쩨빤치꼬보 마을 사람들** 표도르 도스또예프스끼 장편소설 | 변현태 옮김 | 416면
115 **플랑드르 거장의 그림** 아르투로 페레스 레베르테 장편소설 | 정창 옮김 | 512면
116 **분신** 표도르 도스또예프스끼 장편소설 | 석영중 옮김 | 288면
117 **가난한 사람들** 표도르 도스또예프스끼 장편소설 | 석영중 옮김 | 256면
118 **인형의 집** 헨리크 입센 희곡 | 김창화 옮김 | 272면
119 **영원한 남편** 표도르 도스또예프스끼 장편소설 | 정명자 외 옮김 | 448면

120 **알코올** 기욤 아폴리네르 시집 | 황현산 옮김 | 352면
121 **지하로부터의 수기** 표도르 도스또예프스끼 장편소설 | 계동준 옮김 | 256면
122 **어느 작가의 오후** 페터 한트케 중편소설 | 홍성광 옮김 | 160면
123 **아저씨의 꿈** 표도르 도스또예프스끼 장편소설 | 박종소 옮김 | 312면
124 **네또츠까 네즈바노바** 표도르 도스또예프스끼 장편소설 | 박재만 옮김 | 316면
125 **곤두박질** 마이클 프레인 장편소설 | 최용준 옮김 | 528면
126 **백야 외** 표도르 도스또예프스끼 소설선집 | 석영중 외 옮김 | 408면
127 **살라미나의 병사들** 하비에르 세르카스 장편소설 | 김창민 옮김 | 304면
128 **뻬쩨르부르그 연대기 외** 표도르 도스또예프스끼 소설선집 | 이항재 옮김 | 296면
129 **상처받은 사람들** 표도르 도스또예프스끼 장편소설 | 윤우섭 옮김 | 전2권 | 각 296, 392면
131 **악어 외** 표도르 도스또예프스끼 소설선집 | 박혜경 외 옮김 | 312면
132 **허클베리 핀의 모험** 마크 트웨인 장편소설 | 윤교찬 옮김 | 416면
133 **부활** 레프 똘스또이 장편소설 | 이대우 옮김 | 전2권 | 각 308, 416면
135 **보물섬** 로버트 루이스 스티븐슨 장편소설 | 머빈 피크 그림 | 최용준 옮김 | 360면
136 **천일야화** 앙투안 갈랑 엮음 | 임호경 옮김 | 전6권 | 각 336, 328, 372, 392, 344, 320면
142 **아버지와 아들** 이반 뚜르게네프 장편소설 | 이상원 옮김 | 328면
143 **오만과 편견** 제인 오스틴 장편소설 | 원유경 옮김 | 480면
144 **천로 역정** 존 버니언 우화소설 | 이동일 옮김 | 432면
145 **대주교에게 죽음이 오다** 윌라 캐더 장편소설 | 윤명옥 옮김 | 352면
146 **권력과 영광** 그레이엄 그린 장편소설 | 김연수 옮김 | 384면
147 **80일간의 세계 일주** 쥘 베른 장편소설 | 고정아 옮김 | 352면
148 **바람과 함께 사라지다** 마거릿 미첼 장편소설 | 안정효 옮김 | 전3권 | 각 616, 640, 640면
151 **기탄잘리** 라빈드라나트 타고르 시집 | 장경렬 옮김 | 224면
152 **도리언 그레이의 초상** 오스카 와일드 장편소설 | 윤희기 옮김 | 384면
153 **레우코와의 대화** 체사레 파베세 희곡소설 | 김운찬 옮김 | 280면
154 **햄릿** 윌리엄 셰익스피어 희곡 | 박우수 옮김 | 256면
155 **맥베스** 윌리엄 셰익스피어 희곡 | 권오숙 옮김 | 176면
156 **아들과 연인** 데이비드 허버트 로런스 장편소설 | 최희섭 옮김 | 전2권 | 464, 432면
158 **그리고 아무 말도 하지 않았다** 하인리히 뵐 장편소설 | 홍성광 옮김 | 272면
159 **미덕의 불운** 싸드 장편소설 | 이형식 옮김 | 248면
160 **프랑켄슈타인** 메리 W. 셸리 장편소설 | 오숙은 옮김 | 320면

161 **위대한 개츠비** 프랜시스 스콧 피츠제럴드 장편소설 | 한애경 옮김 | 280면
162 **아Q정전** 루쉰 중단편집 | 김태성 옮김 | 320면
163 **로빈슨 크루소** 대니얼 디포 장편소설 | 류경희 옮김 | 456면
164 **타임머신** 허버트 조지 웰스 소설선집 | 김석희 옮김 | 304면
165 **제인 에어** 샬럿 브론테 장편소설 | 이미선 옮김 | 전2권 | 각 392, 384면
167 **풀잎** 월트 휘트먼 시집 | 허현숙 옮김 | 280면
168 **표류자들의 집** 기예르모 로살레스 장편소설 | 최유정 옮김 | 216면
169 **배빗** 싱클레어 루이스 장편소설 | 이종인 옮김 | 520면
170 **이토록 긴 편지** 마리아마 바 장편소설 | 백선희 옮김 | 192면
171 **느릅나무 아래 욕망** 유진 오닐 희곡 | 손동호 옮김 | 168면
172 **이방인** 알베르 카뮈 장편소설 | 김예령 옮김 | 208면
173 **미라마르** 나기브 마푸즈 장편소설 | 허진 옮김 | 288면
174 **지킬 박사와 하이드 씨** 로버트 루이스 스티븐슨 소설선집 | 조영학 옮김 | 320면
175 **루진** 이반 뚜르게네프 장편소설 | 이항재 옮김 | 264면
176 **피그말리온** 조지 버나드 쇼 희곡 | 김소임 옮김 | 256면
177 **목로주점** 에밀 졸라 장편소설 | 유기환 옮김 | 전2권 | 각 336면
179 **엠마** 제인 오스틴 장편소설 | 이미애 옮김 | 전2권 | 각 336, 360면
181 **비숍 살인 사건** S. S. 밴 다인 장편소설 | 최인자 옮김 | 464면
182 **우신예찬** 에라스무스 풍자문 | 김남우 옮김 | 296면
183 **하자르 사전** 밀로라드 파비치 장편소설 | 신현철 옮김 | 488면
184 **테스** 토머스 하디 장편소설 | 김문숙 옮김 | 전2권 | 각 392, 336면
186 **투명 인간** 허버트 조지 웰스 장편소설 | 김석희 옮김 | 288면
187 **93년** 빅토르 위고 장편소설 | 이형식 옮김 | 전2권 | 각 288, 360면
189 **젊은 예술가의 초상** 제임스 조이스 장편소설 | 성은애 옮김 | 384면
190 **소네트집** 윌리엄 셰익스피어 연작시집 | 박우수 옮김 | 200면
191 **메뚜기의 날** 너새니얼 웨스트 장편소설 | 김진준 옮김 | 280면
192 **나사의 회전** 헨리 제임스 중편소설 | 이승은 옮김 | 256면
193 **오셀로** 윌리엄 셰익스피어 희곡 | 권오숙 옮김 | 216면
194 **소송** 프란츠 카프카 장편소설 | 김재혁 옮김 | 376면
195 **나의 안토니아** 윌라 캐더 장편소설 | 전경자 옮김 | 368면
196 **자성록** 마르쿠스 아우렐리우스 명상록 | 박민수 옮김 | 240면

197 **오레스테이아** 아이스킬로스 비극 | 두행숙 옮김 | 336면
198 **노인과 바다** 어니스트 헤밍웨이 소설선집 | 이종인 옮김 | 320면
199 **무기여 잘 있거라** 어니스트 헤밍웨이 장편소설 | 이종인 옮김 | 464면
200 **서푼짜리 오페라** 베르톨트 브레히트 희곡선집 | 이은희 옮김 | 320면
201 **리어 왕** 윌리엄 셰익스피어 희곡 | 박우수 옮김 | 224면
202 **주홍 글자** 너새니얼 호손 장편소설 | 곽영미 옮김 | 360면
203 **모히칸족의 최후** 제임스 페니모어 쿠퍼 장편소설 | 이나경 옮김 | 512면
204 **곤충 극장** 카렐 차페크 희곡선집 | 김선형 옮김 | 360면
205 **누구를 위하여 종은 울리나** 어니스트 헤밍웨이 장편소설 | 이종인 옮김 | 전2권 | 각 416, 400면
207 **타르튀프** 몰리에르 희곡선집 | 신은영 옮김 | 416면
208 **유토피아** 토머스 모어 소설 | 전경자 옮김 | 288면
209 **인간과 초인** 조지 버나드 쇼 희곡 | 이후지 옮김 | 320면
210 **페드르와 이폴리트** 장 라신 희곡 | 신정아 옮김 | 200면
211 **말테의 수기** 라이너 마리아 릴케 장편소설 | 안문영 옮김 | 320면
212 **등대로** 버지니아 울프 장편소설 | 최애리 옮김 | 328면
213 **개의 심장** 미하일 불가꼬프 중편소설집 | 정연호 옮김 | 352면
214 **모비 딕** 허먼 멜빌 장편소설 | 강수정 옮김 | 전2권 | 각 464, 488면
216 **더블린 사람들** 제임스 조이스 단편소설집 | 이강훈 옮김 | 336면
217 **마의 산** 토마스 만 장편소설 | 윤순식 옮김 | 전3권 | 각 496, 488, 512면
220 **비극의 탄생** 프리드리히 니체 | 김남우 옮김 | 320면
221 **위대한 유산** 찰스 디킨스 장편소설 | 류경희 옮김 | 전2권 | 각 432, 448면
223 **사람은 무엇으로 사는가** 레프 똘스또이 소설선집 | 윤새라 옮김 | 464면
224 **자살 클럽** 로버트 루이스 스티븐슨 소설선집 | 임종기 옮김 | 272면
225 **채털리 부인의 연인** 데이비드 허버트 로런스 장편소설 | 이미선 옮김 | 전2권 | 각 336, 328면
227 **데미안** 헤르만 헤세 장편소설 | 김인순 옮김 | 264면
228 **두이노의 비가** 라이너 마리아 릴케 시선집 | 손재준 옮김 | 504면
229 **페스트** 알베르 카뮈 장편소설 | 최윤주 옮김 | 432면
230 **여인의 초상** 헨리 제임스 장편소설 | 정상준 옮김 | 전2권 | 각 520, 544면
232 **성** 프란츠 카프카 장편소설 | 이재황 옮김 | 560면
233 **차라투스트라는 이렇게 말했다** 프리드리히 니체 산문시 | 김인순 옮김 | 464면
234 **노래의 책** 하인리히 하이네 시집 | 이재영 옮김 | 384면

235 **변신 이야기** 오비디우스 서사시 | 이종인 옮김 | 632면

236 **안나 까레니나** 레프 똘스또이 장편소설 | 이명현 옮김 | 전2권 | 각 800, 736면

238 **이반 일리치의 죽음·광인의 수기** 레프 똘스또이 중단편집 | 석영중·정지원 옮김 | 232면

239 **수레바퀴 아래서** 헤르만 헤세 장편소설 | 강명순 옮김 | 272면

240 **피터 팬** J. M. 배리 장편소설 | 최용준 옮김 | 272면

241 **정글 북** 러디어드 키플링 중단편집 | 오숙은 옮김 | 272면

242 **한여름 밤의 꿈** 윌리엄 셰익스피어 희곡 | 박우수 옮김 | 160면

243 **좁은 문** 앙드레 지드 장편소설 | 김화영 옮김 | 264면

244 **모리스** E. M. 포스터 장편소설 | 고정아 옮김 | 408면

245 **브라운 신부의 순진** 길버트 키스 체스터턴 단편집 | 이상원 옮김 | 336면

246 **각성** 케이트 쇼팽 장편소설 | 한애경 옮김 | 272면

247 **뷔히너 전집** 게오르크 뷔히너 지음 | 박종대 옮김 | 400면

248 **디미트리오스의 가면** 에릭 앰블러 장편소설 | 최용준 옮김 | 424면

249 **베르가모의 페스트 외** 옌스 페테르 야콥센 중단편 전집 | 박종대 옮김 | 208면

250 **폭풍우** 윌리엄 셰익스피어 희곡 | 박우수 옮김 | 176면

251 **어센든, 영국 정보부 요원** 서머싯 몸 연작 소설집 | 이민아 옮김 | 416면

252 **기나긴 이별** 레이먼드 챈들러 장편소설 | 김진준 옮김 | 600면

253 **인도로 가는 길** E. M. 포스터 장편소설 | 민승남 옮김 | 552면

254 **올랜도** 버지니아 울프 장편소설 | 이미애 옮김 | 376면

255 **시지프 신화** 알베르 카뮈 지음 | 박언주 옮김 | 264면

256 **조지 오웰 산문선** 조지 오웰 지음 | 허진 옮김 | 424면

257 **로미오와 줄리엣** 윌리엄 셰익스피어 희곡 | 도해자 옮김 | 200면

258 **수용소군도** 알렉산드르 솔제니찐 기록문학 | 김학수 옮김 | 전6권 | 각 460면 내외

264 **스웨덴 기사** 레오 페루츠 장편소설 | 강명순 옮김 | 336면

265 **유리 열쇠** 대실 해밋 장편소설 | 홍성영 옮김 | 328면

266 **로드 짐** 조지프 콘래드 장편소설 | 최용준 옮김 | 608면

267 **푸코의 진자** 움베르토 에코 장편소설 | 이윤기 옮김 | 전3권 | 각 392, 384, 416면

270 **공포로의 여행** 에릭 앰블러 장편소설 | 최용준 옮김 | 376면

271 **심판의 날의 거장** 레오 페루츠 장편소설 | 신동화 옮김 | 264면

272 **에드거 앨런 포 단편선** 에드거 앨런 포 지음 | 김석희 옮김 | 392면

273 **수전노 외** 몰리에르 희곡선집 | 신정아 옮김 | 424면

274 **모파상 단편선**　기 드 모파상 지음ㅣ임미경 옮김ㅣ400면
275 **평범한 인생**　카렐 차페크 장편소설ㅣ송순섭 옮김ㅣ280면
276 **마음**　나쓰메 소세키 장편소설ㅣ양윤옥 옮김ㅣ344면
277 **인간 실격·사양**　다자이 오사무 소설집ㅣ김난주 옮김ㅣ336면
278 **작은 아씨들**　루이자 메이 올컷 장편소설ㅣ허진 옮김ㅣ전2권ㅣ각 408, 464면
280 **고함과 분노**　윌리엄 포크너 장편소설ㅣ윤교찬 옮김ㅣ520면
281 **신화의 시대**　토머스 불핀치 신화집ㅣ박중서 옮김ㅣ664면
282 **셜록 홈스의 모험**　아서 코넌 도일 단편집ㅣ오숙은 옮김ㅣ456면
283 **자기만의 방**　버지니아 울프 지음ㅣ공경희 옮김ㅣ216면
284 **지상의 양식·새 양식**　앙드레 지드 지음ㅣ최애영 옮김ㅣ360면